鳳歸
王妃躲貓貓
卷二
完
金大／著
光棍節之宅女愛越找真愛
晴空

Contents

目錄

【第一章】

王爺來救

「妳看我假扮得像阿奕嗎？」

「您的表情跟晉王不大像……晉王脾氣不大好，是那種惹了他不高興，立刻就會表現出來，可陛下您的表情很少，讓人猜不透您在想什麼……」

深秋的草場有大片枯黃的野草，在到處是荒漠缺少水源的地方，西山這裡卻有茂密的草叢灌木，年代久遠，便成了周圍狐狸、野馬的好去處。

有些野兔遠遠聽見了動靜，嚇得就往草叢裡鑽。

晉王帶了三十多名親隨，又另外找了兩名當地的嚮導，在天色剛暗時抵達西山。怕馬踏石子的聲音會驚動了火狐，晉王一行人把馬匹交給專門看顧馬的侍衛，其他人都小心前行著。

晉王閒散王爺當久了，早練就一身的打獵本領，此時雖然未獵得火狐，一路上卻已七七八八打到不少野雞、麅子、兔子等獵物，被那些親隨背在肩上。

他們緩步前行，別看夜已經深了，晉王的眼睛卻是越來越亮，他興致很高，滿腦子都是為他的林側妃獵隻火狐的念頭。

只是拉弓上箭正準備射一隻林中大鳥之際，晉王霍然抬起頭來，不知為何心頭猛然跳動，讓他呼吸一窒，一股不祥的預感油然而生，讓晉王心裡沉了下去。

正在他出神的時候，不遠處有什麼東西一閃而過，恍若一個林間的幽靈。

早有年老的獵人露出喜色，高興地說道：「恭喜王爺！剛才有火狐現身，像是要……」

話音未落，王爺手中的箭已經射了出去，只聽到一聲悶響，不知道那箭射中了沒有。

早有身邊的侍衛跑了過去，很快就聽見一聲歡呼，那侍衛手中抓著一隻火狐屍體從茂林中鑽了出來，那火狐剛剛被王爺一箭穿中了眼珠。

饒是多年打獵的老獵人都驚呆了，他沒想到晉王的箭法竟如此了得，居然可以射中火狐的眼睛，這樣皮子才完整，不會被破壞。

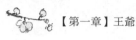

可是想得容易，真做起來困難，尤其又是這樣的靈物，再看向晉王的時候，那名老獵人眼光中帶上了敬服。

沒想到這位年輕驕縱的王爺，竟然有這樣的身手，哪裡像是一位閒散慵懶的王爺。

晉王卻是目光冷凝起來，把手中的弓箭交給身旁的侍衛。

他快速轉身向林外奔去，那些獵人跟侍衛皆大吃一驚，不明白晉王剛剛獵得一隻火狐，為什麼就要離開？

到了外面，早有護衛幫晉王把馬牽了過來，晉王翻身上馬，並不說話，只飛快地向西山外急馳而去。

片刻之間，晉王已經騎馬登上一處山坡，他往不遠處的蕭城看去。

果然如他預感的那般，此時的蕭城早恍如白晝一般。

那些隨後跟過來的侍衛及獵人都被眼前這一幕嚇到了。

密密麻麻的人群好像無數的螞蟻，不斷往蕭城湧去，從他們所在的土山上往蕭城看去，只覺得那無數的螞蟻正在啃噬著蕭城。

在荒野上安靜矗立著的蕭城，此時裡面也燃起了無數火把……

眾人都目瞪口呆，不明白為什麼轉瞬之間會有這樣的變化。

沒有多餘的聲音，曠野間只有粗重的呼吸聲還有獵獵的風聲。

眾人被驚得不知該做何反應。

此時，晉王已經調轉馬頭，他面若寒霜，對身側的老獵戶沉聲道：「老人家，這次需要你親自帶路，走小路把我們領回京城了。」

像是又回到當年齊王叛逆的時刻，突如其來，但又不是毫無預兆。

在往京城的路上，晉王不斷整理思路，當日在鼉地的時候，他便覺得有蹊蹺。

明明只是鼉地的小亂子，可平亂後，居然還有人敢在慶功宴上刺殺他，當時他就隱隱感到不對勁，還找了暗衛去查，現在看來他反應還是太慢了……

帶著這三十多騎一路狂奔，晉王料到途中肯定會有人暗算。

幸好有識途的老獵人跟著，一路上倒是順利，他們走在最偏僻的小徑上，星夜兼程。

奔行的速度很快，只是途中有馬匹受不得長途奔波，累得倒在地上，晉王的馬速卻是絲毫不見減慢。

等到了京城城下，他一行三十多人便只剩下十幾個人。

明明是急促回來的，又連續趕了一天一夜的路。可到了京城後，眾人的臉上都沒有露出倦容。

晉王一路上只喝了一些水，卻是精神抖擻，絲毫看不出狼狽來。

此時城門緊閉，晉王喚了人過來開門，看守城門的將領正是當年同晉王一起平過齊王之亂的將士，因此見到晉王時吃了一驚，沒想到半夜會見到晉王！

那人面色緊張，再看晉王的臉色，便知道怕是有大事發生。

不敢有絲毫怠慢，大門很快打開，那些守城門的將士們，整齊地跪在道路兩邊。

晉王瞧也不瞧，直接策馬而入。

他早已下了封口令，此時跟著進城的侍衛沒有一個人說話，氣氛壓抑到了極點。

京城內還不知道消息，天色早已經晚了，晉王看著那些點點燈光，看著周圍的店鋪、市井民居。

晉王騎馬走在官道上，想起之前看到的蕭城，他心裡暗自嘆息一聲，不知道此時蕭城內亂成什麼樣？也不知道他的林側妃是不是被嚇到了？

這種時候，只怕蕭城內早已經混入奸細，他知道哥哥一定會鎮定自若地去應對，只是……忙亂中不知道哥哥會不會記得要照顧他的林側妃……

可不管心裡想些什麼，晉王的臉上卻是絲毫不露。

他並沒有立即進宮，在權衡一番後，他先去了首輔大臣陸觀容所在的府邸。

此時正是由幾位首輔大臣坐鎮京城，那些總在內閣打架群毆，然後總被他那英明神武的哥哥「群拍」的一群笨老頭中，其中資歷最老的便是這位陸觀容。

等晉王到了陸府，陸觀容老爺子才剛睡著就被人緊急搖醒了，家裡的貼身僕人在喚著：「老爺不好了，晉王半夜返京，要即刻見您……」

頭髮花白的陸觀容當下就打了個呵欠，伸了個懶腰，還以為自己在做夢。

他迷迷糊糊地回著：「你說誰？」

「晉王爺！」

一等聽清楚來人，陸觀容老爺子立刻一個激靈，七十多歲的人了，硬是嚇得從床上坐了起來。

當年齊王叛亂，除了齊王一黨全部剷除外，就連先皇所留的幾位大臣都被罷官免職，那些刀光血影之間，始終有這位晉王的身影。

即便現在眾人都說這位是個混帳王爺，可首輔大臣陸觀容卻知道這位晉王爺是多麼殺伐果斷的。

一想到這位王爺要見自己，陸觀容都覺得牙疼。

而且正在猶豫著要不要見他呢，僕從接著更是給了他一個爆炸消息：「晉王已經在書房等您了……」

陸觀容嚇得夠嗆，忙起身收拾妥當。

等他趕去書房，便看見安靜坐著的晉王。

不過陸觀容老人家是有城府的人，雖然時間緊迫，又是如此意外來訪，可在進到書房時，卻是衣冠整潔，一絲不苟。

在向晉王行禮的時候，陸觀容也偷偷打量晉王。

他心裡納悶，不明白晉王怎麼大半夜地臨時返回京城，一時間他是既愕然又擔憂。

晉王見他進來後，也不從座位上起來，品著茶，看他一眼，就好像閒話一般地道：「這麼晚來找你，是有要事要同你商議，現如今聖上被困在蕭城，我來時估算了一下，若把京城附近的軍隊調過去，一來在平原上開戰，對方又是圍城之勢，只怕咱們還沒突破敵陣，對方便已經孤注一擲地攻下蕭城，現如今我倒是有個圍魏救趙的主意，想同你商議一下。」

這位晉王嘴裡說著商議，可是一點都沒想要跟他商議的口吻與表情。

陸觀容在官場熬了四十多年，現如今都七十多歲的人了，什麼事沒見過，可是帝君被圍困蕭城的事卻是頭次遇到！

哪怕是見多識廣，這位陸老爺子一聽到這個消息也不禁把手裡的茶杯摔到地上。

很快地有外面的僕從要過來收拾。

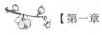

陸老爺哪還有這個耐性，他又怕走漏了風聲，忙揮手將他們打發走，嘴裡說著：「你們都出去……」

待那些人都出去後，陸觀容已急出一身冷汗。

他不是一開始就仕途順利的，能坐到今天的位置，無外乎是永康帝這位聖明君主要消滅相權。

不管是齊王之亂，還是之前的文官集團，永康帝看似溫和，可手腕了得，事必躬親，這才幾年，朝廷內早已經沒有一家獨大的情況。

可這樣的結果便是一旦永康帝出了意外，那麼內部傾軋的文官，及領兵的大將們又要由誰來控制？

陸觀容能做到這個位置，一是聽話忠心耿耿，再一個就是做事圓滑，要真論才幹的話，永康帝可不是因為他有才幹才選他做首輔大臣的。

此時陸觀容便有些六神無主，不過他這個歲數的人，自有一番行事方式，此時並不說拒絕的話，只道：「晉王，此時事關重大，實非陸某一人可以決定，還要請晉王讓我同其他幾位內閣商議商議，若是孟太后在的話，也請她老人家定奪。」

晉王聽後，反倒笑了，心說這位陸老兒，真不愧是他哥哥選出來的繡花枕頭，只是這種枕頭好是好，到了緊急時卻是一點用處都沒有。

不過這樣也好，他正好可以把這種人帶進宮去，他索性說道：「既然這樣，你就隨我進宮一趟，另外幾位大臣，我剛已經派人去請了，咱們到宮內再商議。」

晉王在京中調兵遣將之際，另一頭在蕭城城牆上看熱氣球的慧娘，卻發現了一個殘酷的事實。

她很快意識到，這種戰爭場面，不是隨便開一個金手指就可以徹底扭轉戰局的。

她實在是高興得太早了，在那些士兵燒掉投石機後，問題很快就出現了，製作時間太過倉促，那些熱氣球壓根沒有做好，雖然勉強能用，可在持續使用一段時間後，很快就發生了變化，不知道是不是操作的問題，其中一個熱氣球明顯要往下掉去。

慧娘在城牆上看得清楚，在那瞬間，她都不知道自己怎麼了，腦海裡竟沒有先想到那些士兵的安危，而是想著千萬不要整個掉下去！

一旦掉下去被敵方學到這種熱氣球的做法，說不定對方就會仿造著做出來，反而把這種熱氣球當做攻城的工具了！

不知道那些士兵是不是也想到了這一點，城裡的人便看到熱氣球忽然燃燒了起來，在即將要掉落在地面的時候，裡面的士兵似乎是知道自己在劫難逃，索性孤注一擲，用黑油把所乘的熱氣球燒掉了。

那東西離得遠，遠遠看過去只覺得好像是一個燃燒的紅球。

慧娘卻覺著自己的心臟好像要停止跳動了一般。

她捂住了嘴巴，不知道耳邊聽到的慘叫聲是那些氣球內的士兵，還是那些被燒到的敵軍發出的。

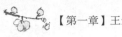

她不敢去想究竟是什麼地方出了差錯，是她的螺旋槳沒做好？還是那些氣囊裂開了……

這還不是這一夜裡唯一的失誤，在燒了大部分投石機後，那些熱氣球陸續出現了故障，有些更是直接飄遠了……

最後只有一個熱氣球安全回到城內。

一開始轟動全城的熱烈呼叫聲，漸漸沒有了溫度。

所有的人都望著那一幕，那是他們阻止不了的殺戮和犧牲……

在不遠的敵軍陣營中，那些正在下墜的神物裡，有他們同仇敵愾的兄弟，有那些把命都豁出去的士兵，他們是城內最好的射手……

此時那些人為了阻止自己落入地上敵軍的手裡，他們採取了最悲壯的方式，用僅有的那些黑油燃燒所乘的熱氣球……

城牆上的人什麼都做不了，他們只能眼睜睜地目送著那些士兵，用最無奈、最悲壯的方式走完最後的一段路。

樓內的吳德榮在出去取茶的時候，也看到了這一幕，他剛才在關窗時就心有所感。

那些士兵都是他親自挑選出來的，口諭也是由他親自傳的。

吳德榮嘆了口氣。

他待要上樓時，便看到樓下有人攙扶著一個人在慢慢往上走。

木質的樓梯走起來咯吱咯吱的，要是在宮內絕對不會有這樣的情形出現，可此時此地卻講究不了這些規矩。

吳德榮就著樓道內的微弱燈光，逐漸看清楚下面來人的臉色。

那是林側妃在兩位小丫鬟的攙扶下在往上走，林側妃臉色很不好，她只走到一半，就像體力不支般停下。

吳德榮遲疑了下，正要過去問問，就聽見林側妃跟小丫鬟小聲說著：「我沒事的，只是想靜一靜。」

林慧娘覺得身體很冷，她手指僵硬，不禁用力地蜷縮了一下手指，然後用手指在木質的樓梯上用力畫著，她想再畫一幅更好的圖……

她太倉促了，就連圖紙都沒有畫好就交給那些匠人去做……

「林側妃這裡冷，咱們回房吧。」小巧跟紅梅知道林側妃在難過。

她們雖然不懂那些，可剛才伺候著林側妃在城牆上站了一會兒，她們也都被看到的場景嚇到了。

有些還沒有被燒死的士兵，在掉落地上後，渾身都是火……

那些慘叫現在好像還在耳邊響起。

不知道是不是受了偷襲的刺激，慧娘她們很快便聽到外面又傳來廝殺的聲音，還有城外攻城的號角聲。

她望著城牆的另一邊，就在小巧及紅梅擔心她的時候，慧娘忽然開口說道：「妳們去找些大甕過來。」

小巧、紅梅都嚇了一跳，趕緊對看了一眼，還以為慧娘是出了什麼問題，忙寬慰她說：「林側妃，打仗總是要死人的……您不要太難過……」

「不是難過。」慧娘難過是難過，可是難過是於事無補的。

慧娘努力讓自己平靜下來，她淡淡說道：「我不能讓那些人白死，既然做了，就要做到最好，妳們聽我的吩咐，儘量多找些空著的大甕，然後挖坑埋一部分在地下，然後在城裡找些聽力好的人，不間斷地去聽甕內的聲音……」

小巧驚訝地說：「甕內的聲音？」

她還是不明白林側妃忽然這麼吩咐是為什麼？

紅梅也是一副驚訝的樣子。

「外面的叛軍那麼多，只怕會想出別的辦法，咱們這個城又沒有護城河，我剛才看過土質了，這裡的土質非常軟，又沒有石頭，要是挖地洞進來的話非常方便，唯一的辦法就是咱們把甕埋到地下監聽聲音，如果有了異常……」

原本只是清明乾淨的一雙眼睛，到了此時也變得凌厲起來，慧娘一咬牙地說：「我要給他們來個甕中抓鱉，把他們全都吊起來燒死！」

慧娘剛慷慨激昂地說完這些話，忽然就感覺好像有人在看她。

她詫異地抬起頭來，目光越過樓臺上的吳德榮，定在他身後的那個人身上。

吳德榮納悶了一下，他回頭一看，立刻就低下了頭，忙彎腰候著。

永康帝不知道什麼時候從房內走了出來，他身後跟著兩位太監，此時他正站在樓上，明明是居高臨下的位置，可他卻少有地笑了下。

跟這兩天的爭鬥煞氣不同、跟這個城內焦灼壓抑的環境不同，此時的永康帝竟然是片塵不染般地瀟脫，一點都沒有山雨欲來風滿樓的緊張感。

他慢慢走下去，走到慧娘身邊的時候，慧娘連忙帶著身後的兩個小丫鬟要跪拜在地上。

永康帝淡淡地道：「不必拘禮，妳隨我出去走走。」

這話不光是慧娘，就連永康帝身邊的人都吃了一驚，那位吳德榮大太監更是目光在慧娘身上巡了兩圈。

雖然這種時候無法太過講究，可這位慧娘是晉王的側妃，於情於理，都不該是永康帝帶在身邊散步的對象。

可現在的永康帝顯然不理會這些。

他表情自若，慧娘不敢逾矩，垂首在永康帝身後跟著。

永康帝走步的步速不是很快，如果是晉王的話，總會忍不住大踏步地往前走。

可這位永康帝走路很沉穩，不會讓人跟不上他的腳步。

永康帝心想，剛剛林側妃的那一番話，竟然讓他隱隱地好像看到了晉王的影子。

永康帝愛屋及烏，再來心裡已經想明白晉王會用什麼方式救自己，他也就不拘著什麼規矩，反倒像是哥哥、像是長輩，讓這位林側妃跟在自己身邊。

走到外面的時候，門外的御林軍便跟了過來。

慧娘低著頭，她被剛才那一幕刺激得心口都疼，一想起因為自己的失誤，讓那麼多人被燒死，她就很難過。

塞外的風強，她低著頭，很快地她的頭髮都被風吹得有些亂了。

她之前並沒有怎麼注意城內，蕭城很小，不過大概因為要迎接聖駕，內部的道路都修得很平整。

走了一段路後，慧娘這才發現城內竟然是這樣地井然有序。

每個人都在各司其職，看上去早已經沒有了剛被攻城時的混亂。

永康帝是話很少的人，他從小便是這樣，為了不讓別人猜測出他的本意，連表情都很少有變化。

可此時卻不知道為什麼，永康帝想要跟慧娘說上兩句，大概剛才的她實在是像極了阿奕。只是他不大擅長與人閒聊。

走了不遠後，慧娘忽然看見在不遠的城牆，早已經有些大甕一樣的東西埋在地上了，而且每個甕邊都有人在聽甕內的聲音。

永康帝身邊的吳德榮太監，一見她在看那些東西，忙解釋道：「林側妃，早在外面攻城的時候，咱們萬歲爺便已經吩咐下去了，您看到的那些甕，都是那一夜便布置上的。」

慧娘臉上一紅，想起她剛剛慷慨陳詞的話。

她還以為只有她能想到這種東西，卻不知城裡其實早已經布置好了。

只是走了幾步後，慧娘又發現一個奇特的地方，專門有一塊空地被空了出來，蕭城很小的，此時那塊空地卻是挖出了幾個非常深的坑洞，慧娘覺得奇怪，又忍不住多看了兩眼。

作為嚮導的吳德榮連忙開口解釋：「這是為防止敵人往城內扔死人引起瘟疫，特意提前挖出來的，而且城內如果有人過世，也要在燒完後統一埋到這裡，不然城裡一旦發生瘟疫就慘了。」

慧娘沒想到這種事情城內都想到了，她看了前面的永康帝一眼，她一直看他在御座上安坐著，看他那副淡定從容的樣子，以為他只是很鎮定，卻沒想到在他治下，這裡已布置安排得如此縝密。

慧娘頓時覺得自己像隻無頭蒼蠅，她之前以為自己很努力，可是現在想起來，她懂的那些還真是不夠看的。

城裡那些有序的糧堆，還有不時巡邏的人。木質城門內，更是被人搬來石頭，把城門堵死了。

在圍城的情況下、在這樣凌厲的攻勢下，她終於明白為什麼城內沒有亂了，因為這位永康帝已經當機立斷地做了許多布置。

慧娘一直安靜地陪著聖駕走著，她覺得這位永康帝很奇怪。

他帶她走的路線，明顯是要讓很多人都看到他們的。

永康帝目光清澈，眼中沒有一絲情緒，不知道為什麼，慧娘便想起那個在河邊握著自己手的少年。

慧娘正在出神的時候，永康帝像是想起什麼，忽然對吳德榮吩咐道：「去文樓取林側妃的披風過來。」

很快就有太監把她的披風取了過來。

慧娘這才發現她一直被風吹得耳朵都涼涼的，連忙繫上披風。

她沒想到一直在前面走著的永康帝，會注意到這些細節。

慧娘的心微微動了一下，這種感覺有點似曾相識。

她剛上大一的時候，因為是念理工科，本來就是男多女少，偏偏女生宿舍裡只有她一個人是念那個科系的，上學時都只有獨自一人，漸漸地她感到有些寂寞了。

然後她就遇到了那位溫和的學長……

那個同系的學長一直都像大哥哥般地照顧她。

那是很平淡的一種感覺，可很溫暖，那個學長從不會說多餘的話，只會默默幫她。

再然後就沒有然後了……

只是當她畢業後偶爾想起以前的事時，就發現她很欣賞那些年長、穩重的男人。

現在那種感覺好像又回來了。

雖然那位學長只是個普通的男生，可是在某些方面，慧娘覺得學長和永康帝很像，都是那麼溫和寡言。

「這些日子要拜託林側妃了。」永康帝扭過頭來同她說。

慧娘覺得自己就像在聽主管訓話的小職員一般，她不敢看他的臉，忙點頭應著。

在那之後慧娘發現自己不用再想著怎麼守城的事了，因為不管她多麼努力，城裡都會出現比她更有智慧的人。

古代這種攻防戰都不知道打了多少年了，那些經驗可不是她一個現代人隨便待幾天就能總結掌握的。

慧娘便開始努力縮減每日的用度，原本她以為很快就會有大軍過來救他們，可不知道為什麼都四天過去了，卻一點都沒有人來救援的樣子。

慧娘不得不悲觀地想著，這個地方被圍得水泄不通，也許京城壓根都不知道他們這裡發生的事……

只是每每一想到這個，就難免想到晉王爺，慧娘心裡就會忍不住擔心，都說禍害留千年，那位晉王爺該不會真的掛了吧？

不過每每想到此事，她就覺得這是很不可思議的一件事，於是很快就甩甩頭把晉王會掛掉的事兒拋到腦後。

之前膳食已經減少了很多，這個時候隨著圍城時間推進，她不得不又調整了每日的膳食，慧娘覺得，那些伺候的人和自己出的力氣少，那麼一天只吃兩頓飯就好了。

她這麼做之後，包括淑妃在內的女眷沒有一個反對，就連吳德榮都親自找上她，傳了聖上的口諭，意思是聖上也要跟大家一起共度難關，此時也要把每日的御膳減至兩頓。

慧娘哪裡敢照做，聖上雖然沒出力氣，可人家是貨真價實的腦力工作者，她便在白天減到兩頓後，又額外叮囑御廚房的人，記得晚上給聖上加一頓點心。

在她做這些事的時候，還有些奇怪的事情發生。

慧娘知道大家都說這位永康帝被關雎宮內的人迷了魂，然後對淑妃、皇后等人理都不理，可她不知道為什麼，最近一段時間永康帝不時就會讓她到樓上去坐坐，可是要說坐坐有什麼意思的話，又完全沒有別的意思。

每次去面聖的時候，慧娘都緊張得心都要跳出來了，生怕這位聖上知道了什麼。

可每次她過去時，永康帝卻又什麼都不說，只是賞給慧娘一些點心吃。

然後這位聖上便低著頭在處理公文。

慧娘是越想越心虛，他到底有沒有發現自己的身分啊？

如果發現的話，不該是這樣的吧？

可既然沒發現的話，幹麼要每天把她叫過來陪他一會兒？

她可是晉王的側妃，於公於私，她不該是被叫過來閒聊的對象啊，而且這位永康帝別說不需要找女青年聊天了，就算女青年主動找他聊天，他都不樂意呢。

現如今這樣的情形，慧娘即使想破腦袋也想不明白，這位永康帝頻頻召見她，到底葫蘆裡賣的是什麼藥？

這麼待了兩天後，慧娘便發現不管是吳德榮還是其他人，似乎都對這件事無動於衷。主要是這位永康帝名聲太好了，再者她每次都是帶著丫鬟隨行的。

而永康帝也總有四名太監及四名宮女隨身伺候著。

大家都知道她過去時，永康帝在辦公，等她走的時候永康帝仍在辦公，這種事兒還有啥好說的。

慧娘便想，天下沒有比皇帝更大的了，既然這位皇帝要這麼做，她索性既來之則安之。她本來就是個能靜下來的人，以前就是一名宅女，此時被永康帝叫到身邊，她便也安安靜靜地在他身邊待著。

只是浪費時間太可惜了，慧娘便把帳薄及每日的材料單子都拿過來計算。

兩個人就跟兩個悶葫蘆一般，大部分時間都是吳德榮在給他們兩個人倒水沏茶。

頓時偌大的御書房內，慧娘居然有種坐在辦公室隔間裡的感覺。

偶爾她遇到問題要思考時，一抬頭就會發現對面的永康帝好像在看她，可等她看過去的時候，就發現這位永康帝並沒在看她的樣子。

這麼奇奇怪怪地待了幾天後，想像中的援軍還是沒有到達。

城內的情勢卻是越來越緊張了，主要是糧食不斷減少，傷亡越來越大。

在經歷了無數次猛烈的攻城後，慧娘知道就連東邊的城牆都被敵人硬是撞開了個口子，那些人用雲梯跟大鐵錘，硬是給東邊的城牆弄出個洞來。

而且不光這些，慧娘都沒想到古代的攻城可以變態成這樣的，那些叛軍居然化整為零，每個人都拎著一籃子的土，然後頭頂著盾牌跑到城下，把那些土往地面一撒就跑。

雖然一籃子土不算什麼，可架不住那些人跟螞蟻一般，密密麻麻地往上衝，守軍要射箭的話，對方又有盾牌，而且對方只把土運到城牆下不遠的地方而已，那地方偏偏是弓箭射程不大容易射到的地方。

城牆上的人漸漸便明白了，叛賊這是要壘出土堆啊。

一旦把土堆壘出來，以蕭城這種小城，對方只要把投石機等攻城器架上去，那麼對他們的打擊絕對是致命的。

看著不斷堆起來的土堆，慧娘的心情也越來越沉，城裡的人多半也發現了，可是沒有辦法，那位置選得太好，弓箭手就算射過去，對方還有盾牌擋著。

就在慧娘想著破解的辦法時，那天一直負責收拾房裡東西的小巧忽然對她說：「林側妃，不知道為什麼，吳德榮總管過來拿走晉王的一些衣服。」

慧娘欸了一聲，也跟著納悶起來。

心想就算城裡缺衣了，可按理說也沒有拿走晉王衣服的道理啊。

就在她納悶的時候，倒是吳德榮親自來喚她過去，而且這位吳德榮太監的表情明顯有些不一樣，就跟鬆了口氣似的，臉上都帶上了喜色。

慧娘莫名其妙，不知道這是怎麼了。

等她再被叫去見永康帝時，慧娘一看到他的樣子，差點沒嚇得坐在地上，她還以為上面坐的是晉王呢，不過實在是跟那位晉王太熟悉了，再者兩兄弟的氣質實在千差萬別。

就在慧娘納悶的時候，吳德榮已經笑著說道：「林側妃，這次還要麻煩您跟咱們聖上一起出去。」

說完這些話，吳德榮便托著一個風箏走到她面前，示意要請她看。

慧娘接過風箏，就看見上面畫了個又像桃子又像李子的東西，她心裡納悶，不明白這是什麼意思？

她抬起頭來，不知道怎麼地就對上永康帝那雙溫和寡淡的眼睛。

她心口一沉，連忙掩飾地低頭看風箏，很明顯這個水果應該是要向他們表達什麼意思，這是城外有人要救他們了，給他們發出的信號？

在她思索的時候，永康帝忽然開口道：「林側妃，要麻煩妳跟我出去騙騙那些人。」

他的聲音其實很好聽的，只是聲調平板過於嚴肅了，每次聽他說話都有一種在宣讀課本的感覺。

慧娘雖然不知道具體要做什麼，雖然奇怪，可還是很快回道：「需要我做什麼，聖上您儘管吩咐便是。」

說完話，吳德榮早已經一步上前攙扶著她起來。

需要做的事兒，聖上自然是不方便講出來，吳德榮笑咪咪地幫聖上說道：「林側妃，這段時間，聖上不時召您過來，便是為了迷惑城中的內奸，早在之前，咱們聖上就知道會有這天，果然現在晉王已經放出了消息說聖上壓根沒在蕭城，早已經回了京城，咱們呢，只需要配合著，讓城外那些叛軍以為他們圍錯了人，在這個城內的人是晉王爺，那麼這圍城的危機便也解了。」

慧娘聽得都驚呆了！

她沒想到連這樣的事兒都有！

她覺得這麼做很誇張，那些內奸會相信嗎？

可是如果晉王在京城放出消息了，沒道理那些人不信的，畢竟若不是天子，誰敢指揮朝中的大臣、誰能調動軍隊……

如果對方真的相信的話，當然不會再圍一個只有王爺所在的城了……

可這些訊息只靠風箏上那四不像的水果就能溝通好了？

慧娘又一次抬起頭來，隨後她聽見永康帝淡淡地說道：「這是我同晉王小時候玩的一種遊戲，裡面有些暗語，只有朕跟他才會知道。」

一聽這個，慧娘就不再亂想了。

只是心裡有些忐忑，她知道自己的作用只是一個背景，可到了外面後，跟這位永康帝乘坐一輛馬車，平時她每天都會見到永康帝，可還是頭次跟他挨得這麼近。

一想到身邊這個人不光是皇帝，還把自己原本的身體放在宮裡亂摸……

還對自己的身體話嘮，那些原本該壓下去的情緒，一下就翻湧了出來！

慧娘頓時覺得自己的手腳都不知道該怎麼放了，身體更是繃得緊緊的。

不知道是不是要緩解她的緊張，一向寡言嚴肅的永康帝，此時不管是坐姿還是表情都有了些不同。

原本跟泥雕的雕像般的帝王，在穿著晉王的衣服後，居然還真有幾分像那位閒散晉王的飄逸。

此時的他表情都活潑了一些，其他的人多半以為這是這位少年天子在演戲。可慧娘在看了片刻後，卻忽然覺得有些不可思議。

她忍不住想，沒人會演戲演成這樣的。

在車內靠得近，她偷偷打量了這位永康帝的表情及眉眼後，更加肯定自己的猜測了。

這位年輕的帝王，就算氣勢再強，可歸根究柢也是個年輕的男子。

他平時一本正經端坐在御座上，現在這副樣子，簡直就跟卸掉了枷鎖般，眉眼都好像舒展開了。

他的表情柔和中又帶了一絲冷淡。

慧娘還是頭次在他的臉上看到那種冷冷的目光。

此時的永康帝比以往坐在御座上的樣子還要冷了幾分，簡直是拒人於千里之外。

不知是不是她在頻頻偷瞧，旁邊的永康帝忽然轉頭問了她一句：「妳看我像阿奕嗎？」

慧娘還是頭次聽到他自稱為我，而不是朕。

在聽到問話後，她很快低下頭去，小心回著：「陛下，不大像……」她一本正經地解釋著：「您的表情跟晉王不大像……」

她用手比劃了下，「他要是瞧不起誰，是不會做這種表情的，您是眼睛往下瞄，他則是挑起眉頭來……還有他最喜歡勾起嘴角了，可您好像嘴角一直不怎麼動，陛下，您大部分時間都只有眼神在變化……」

她猜著他應該是平時表情比較少才會這樣的。

多半是肌肉僵住了，偶爾想放鬆一下，也只是舒展，卻做不出什麼太細小的表情。

「還有什麼地方不像？」永康帝少有地有了興趣，從小到大，所有的人都說晉王跟他長得像，他還是頭次聽到他跟晉王如此相反的說辭。

慧娘低頭想了片刻，知道在當哥哥的面前吐槽弟弟很白目，可永康帝是那種讓人絕對可以信服的人，於是她忍不住嘀咕了一句：「晉王脾氣不大好，是那種惹了他不高興，就立刻會表現出來的，可陛下……」慧娘隱約知道自己的話有些逾矩，「您不是那種人，您……」

她不敢說永康帝城府更深，她只是覺得當皇帝的人是不是都要像他這樣，不能讓人瞧出情緒來，她就小心地說了一句：「您的表情很少……讓人都猜不透您在想什麼……」

一直在馬車外伺候的吳德榮驚訝地看著這一幕。

一向穩如泰山的永康帝居然會跟人閒聊，不是那種自己說、對方聽的命令式談話，而是一句一句好像閒話家常般，不過一等聽明白裡面的人在說什麼，吳德榮立刻就明白了，這位林側妃正在跟永康帝說晉王呢，怪不得兩個人能相談甚歡。

只是想歸想，吳德榮還是有些納悶，他也說不準為什麼自己心裡老覺得不對勁。

明明馬車內一切都對，聖上也是風平浪靜的樣子，可吳德榮就是覺得身體哪裡不得勁般，可他怎麼想也想不出個所以然來。

這麼一路走去，到城牆後的時候，林慧娘並沒有跟到城牆上，不過她知道叛軍壘出的土山已經很高了。

她正在馬車內安靜等待的時候，吳德榮卻想起他還有東西要呈給這位林側妃。

吳德榮連忙走去拿出一樣東西，這個東西是跟風箏一起飄進城的。

當時有無數個風箏，很多都落到了城外，只有兩三個落到蕭城內。

只是這樣東西一看就是給女人的，當時他把這樣東西給了聖上後，聖上還笑了下，說這是晉王給那位林側妃的。

此時吳德榮把那樣東西恭恭敬敬地遞到了林側妃手裡。

慧娘卻愣住了。

她望著吳德榮遞上來的東西。

那是用彩色的紙裁剪出來的一個鋼筆字的心字。

慧娘呆了一下，很快就想起了什麼。

那還是剛立秋時發生的事。

她睡醒午覺後，以為晉王還在睡著，便找了她自己做的鵝毛筆，想在宣紙上寫點東西。

那段時間她每天都過得戰戰兢兢的，特別想寫點東西發洩發洩。

只是寫了沒幾個字，就有人握住了她的手。

她回過頭去便看見晉王低頭笑她，「妳在學寫字……」

她記得她當時挺尷尬的，鵝毛筆那種東西壓根不適合在宣紙上寫字，再說她的字怎麼能跟從小練慣書法的晉王比。

他一定是在笑她寫的字怪怪的。

慧娘心裡彆扭，心想：我這個再不如你，可也是正宗的鋼筆字。

晉王卻不知道怎麼就來了興致，握著她的手，俯在她耳邊說：「我來教妳寫字。」

然後他便寫了一個心字，他那筆草書的寫法寫這種字，實在太彆扭了，尤其是她寫字一直橫平豎直的，壓根受不了他這麼龍飛鳳舞的字。

慧娘不明白他好好地寫這個幹麼，而且他握著她的手太熱了，簡直都跟要出汗一般。

他的另一隻手還扶著她的腰。

林慧娘止不住地煩躁，心裡跟有火在燒般地低聲說道：「這種寫法太麻煩了，這樣寫不簡單些嗎？」

她很快地寫出了個橫平豎直的心字。

而此時她手裡便是這樣的一個規規矩矩的心字。

她沒想到她隨便寫的第一個字，晉王竟然在這樣的時間地點，用風箏送了進來。

他做這個幹麼？

是想表達什麼意思嗎？

慧娘遲疑了一下，連忙把那剪裁出來的心字收了起來，對吳德榮道謝道：「謝謝你。」

吳德榮笑了笑，又跟想起什麼一般，對她道：「林側妃，現如今晉王多半已經在去圍剿狄億的路上了，要不然只靠城內沒有聖上的話，是勾不走這些亂軍的，只是這樣一來，側妃怕是要過好久才能見到晉王爺了。」

慧娘尷尬地笑了笑，心想晚點見到那個壞人也沒關係，她又沒想他。

等聖上從城牆上下來時，慧娘早已經下車候著了。

她安靜地等著聖上乘上輦車。

雖然是讓她裝裝背景，不過對方是什麼身分，自己還是要心裡有譜。

等聖駕上車後，她才在吳德榮的攙扶下也坐了上去。

只是剛坐穩，車子還沒走，慧娘忽然發現自己剛握在手裡的小剪紙不知道掉哪兒去了，她忙低頭尋找。

轉瞬之間情勢便發生了變化，慧娘覺得有什麼東西從她頭頂快速地飛了過去，等她抬起頭的時候，再一扭頭就看見，剛才她湊巧避開的東西正是被人射出來的暗箭。

而且不光是這一枝，明顯這枝箭只是個信號。

頓時不知道從什麼方向射出更多的暗箭。

最近一段時間永康帝一直深居簡出，這些刺客也是等到現在才找到機會。

眨眼之間，周圍的御林軍反應了過來，快速地衝了過去，將那些刺客團團圍住。

在捉拿那些刺客的時候，慧娘原本正在車內縮著頭，她忽然聽見了一聲淒厲的叫聲。

吳德榮的嗓子都變聲了，在急急叫道：「快、快，救……」

駕字還沒說出來呢，慧娘一個激靈，連忙抬手捂住他的嘴巴，她都不知道自己哪來的力氣，直接把吳德榮拽上了車。

此時慧娘已經看清楚永康帝被射中了，只是慌亂間她看得不大清楚，一時間也來不及她去細看。

她催促前面的車夫護衛，「快回文樓，你們立刻去把所有的御醫叫過來。」

在趕回去的路上，隨著車子晃動，慧娘很怕箭頭再被戳進去，她小心護著永康帝。

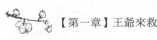

這一刻感覺就好像很久前，她曾經救過他的那一刻。

當時永康帝還是個少年的模樣。

他也是這樣身體不支地被她攙扶著。

她再定睛一看，便發現永康帝被射中了肩膀，那位置很靠下面，慧娘嚇壞了，不知道那個部位會不會傷到心臟？

抵達文樓後，早有御醫小跑著迎了過來。

大家七手八腳地把聖上扶了下去。

慧娘原本看著永康帝跟晉王長得那麼像，還以為這兩兄弟都是絕世高手，此時她才發現這位永康帝明顯只是個體力一般的宅男嘛！

她懷疑剛才的暗箭，如果是晉王的話壓根不會被射到。

她不敢看那些血糊糊的場面。

她現在身上沾了很多血，一等安靜下來，才發現自己的手腳都是哆嗦的。

在那些御醫給永康帝拔箭的時候，其中一名認識慧娘的御醫已經走到她身邊，壓低聲音說道：「林側妃，您還記得我嗎？當日在疈地的時候，我曾經照顧過晉王，那時候是您用一種神藥幫晉王脫險……」

慧娘沒想到在遇到熟人後，還要面對這種傳言，她趕緊解釋：「那不是什麼神藥，不過就是藥用酒精，可是現在聖上在失血中，那東西沒什麼用的……」

可病急亂投醫的吳德榮跟那些御醫，現在什麼都願意試一試，因為聖上的傷看上去太嚴重了。

吳德榮更是勸道：「林側妃，不管是做什麼用的，您要是有的話就備一些出來，萬一有用的話，省得到時候耽誤了時間。」

慧娘只得點頭道：「那既然這樣，我趕緊去準備。」

這種地方倒是有低濃度的酒，她雖然可以做藥用酒精，可問題是這玩意能有什麼用？

等她把酒精準備好後，慧娘仍覺得這個東西很不靠譜，因此在御醫要使用的時候，她遲疑了下，對那些人解釋道：「當時我給晉王用，是因為晉王在發燒，聖上這種是剛受了外傷……」

不過御醫那些人都不理這些，有些人大概是聽到過一些救治傷病的事兒，便想著試試，不敢多用。

這些人看著也都算是靠譜的御醫，慧娘不得不把配比跟使用的情況跟這些御醫及吳德榮說了。

吳德榮為了謹慎起見，拿到東西後，又對她道：「林側妃，還是要麻煩您，一會兒給聖上上藥的時候，還請您在一邊指點著。」

慧娘臉上就顯出尷尬的神情，忙說：「可是……」

在這種地方男女授受不親的，更何況一個是聖上，一個是晉王的側妃呢。

只是這種時候，自然是天子的安危最大。

吳德榮在宮裡那麼久了，自然也有辦法可以避開那些規矩，便道：「不礙事的，林側妃，一會兒我讓人取來青紗，到時候妳在另一邊，隔著紗帳幫咱們聖上看病如何？」

這下再推辭就不好了，慧娘這才點頭道：「那好吧。」

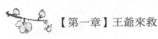

只是慧娘還是有點彆扭，畢竟這位永康帝跟她總有點說不清道不明的……聯繫……

慧娘覺得多一事不如少一事，更何況，這種事情應該是留給這位聖上的妃子來做。

她便抽空趕緊跑去找淑妃。

不過她也感到有點奇怪，照理說這位淑妃應該也聽到消息了，為何不過來看看呢？

等到了淑妃的住處，她趕緊進去，行禮道：「淑妃娘娘，現如今聖上受了傷，您要不要過去……」

坐在房內軟榻上的淑妃，就像個漂亮的娃娃一般，早已經眼淚汪汪，「本宮是想去的，可是剛才只是路過看到滴在地上的那些血，我就要暈過去了……」

慧娘真有點無語，嘆口氣，「那您好好休息吧！」

等出去後，慧娘無可奈何地找了穩重的紅梅跟著自己。

那一頭，吳德榮早派人找紗帳過來，特意掛在房間的中間位置，把房間一分為二地遮擋起來。

永康帝躺在房內的床上，林側妃則可坐在紗帳的另一側。

等她進去的時候，便聽見裡面窸窸窣窣的聲音，有太監及御醫在為這位永康帝脫衣服。

慧娘趕緊轉過頭去，不看那個方向。

她所在的地方既沒有椅子也沒有軟榻，紅梅機靈，忙從外面找了張坤椅。

偌大的地方，她坐在小椅子上，安靜地看著另一頭紗帳內的場景。

她正看著，忽然聽見裡面隱隱有人說了三個字。

她的身體頓時一僵，有什麼念頭在腦子裡動了下，很快便形成一幅畫面。

那是她放在腦子深處的回憶，宛如隔世一般，她只能當做是前生的事兒忘掉。可現在那三個字卻喚醒了那些回憶。

在水邊，那個少年溫柔平和的眸子，他在望著她，輕聲重複著：「吳曉曉……」

他的表情有些不可思議，大概是沒聽到過這樣的名字。

那是她第一次告訴他名字的時候……

那時候她還是穿著現代騎自行車裝備的吳曉曉呢……

在她陷入回憶時，裡面有人忽然喊道：「林側妃，麻煩您進來一下……」

慧娘不知道出了什麼事兒，趕緊從椅子上站起來，一掀青紗，便走了進去。

隨後她就看見那些御醫的臉都脹得青紫，她忙低頭看過去，果然就見永康帝擦了酒精的地方紅了一大片。

她遲疑了一下，也是頭次遇到這種情況，不過她知道酒精不會對身體有什麼壞處的，配比也不會有問題。

只能說這些傢伙用得太多，又是新傷，估計永康帝的傷口被刺激到了，才會有這樣的反應。慧娘便很快說道：「這大概是過敏了，不過沒大礙的……」

她忙叫人去找毛巾，她再把毛巾遞給吳德榮，讓吳德榮去擦永康帝出的冷汗，永康帝肯定很疼。

他出了好多的汗，她看得心裡不忍，忙道：「這個時候什麼都不要做，你們應該已經開了補血的藥湯了吧？一會兒熬好了給咱們聖上喝下去，讓傷口自己慢慢癒……」

吳德榮忙俯下身去幫這位永康帝擦汗，可不知道為什麼，他在擦汗的時候，永康帝明顯不悅地皺了下眉頭。

慧娘不得不重新接過毛巾，輕聲說：「你剛擦錯了，要這樣擦的……聖上不喜歡人摸他的額頭……」

這是當初她在救少年永康帝時知道的。

那時候她好像無意間摸了一下額頭，那個少年就往後退開了。

再那之後，少年跟她說，不知道為什麼，一旦有手靠近他的額頭，他就會覺得特別不舒服，想要避開。

慧娘嘆了口氣地想，當時覺得他的說法很不可思議，現在她卻隱隱覺得這毛病也不叫什麼不可思議了。

估計他不是不舒服，只是不大適應吧。

晉王是不受寵，這位永康帝呢，只怕是當年當太子的時候，被教導得太嚴了，嚴到都失去了童年。

他又是儲君的身分，誰敢隨便碰觸他，或是跟他親近地說些貼心話啊！

所以永康帝才會變成像現在這樣，既不喜歡人碰觸，卻又每天都跑去摸那位關雎宮內的植物人……

吳德榮都有些驚訝，看著慧娘小心翼翼地照顧著聖上，而聖上明顯也比剛才放鬆了很多。可隨即吳德榮就想明白了，這位林側妃能得晉王的寵，想來是極會揣摩人心的。

這下吳德榮更想讓這位林側妃在旁伺候了。

此時蕭城還正被敵軍圍困著，慧娘也知道聖上的安危豈止是蕭城一個小城的關係，那可關係著很多人的安危呢。

她便點點道：「那大家都往後退些。」

雖然她沒什麼護理知識，可是普通常識還是知道的，病人在生病的時候是不適宜被人圍著的。

讓那些御醫離開些後，慧娘便開始同吳德榮一起照顧聖上。

到了這個時候那些守城的將領都在門外候著，原本肅靜的樓層頓時就變得嘈雜起來。

雖然不是菜市場那般的嘈雜，可也是人多得不得了，吳德榮知道他必須出去一趟。

此時聖上受了重傷，雖然看著不會危及生命，可就怕下面的人出亂子。

吳德榮出去後，那些御醫又退到了青紗後。

慧娘正在旁邊守著聖上，忽然聽見聖上有了動靜，他明顯又動了一下，這次嘴裡呢喃般地說了句什麼。

慧娘本來要喚人的，一看他像是要說什麼，忙俯下身，耳朵對著他的嘴唇，輕聲說：「聖上您有什麼吩咐？」

「水……」

慧娘一聽這個，趕緊拿起旁邊放著的一個杯子，小心靠近聖上，用手托著他的頭，「水在這呢，您小心……」

等吳德榮處理完外面的事兒回來時，便看到聖上正拽著林側妃的袖子。

他進去的當口，看見林側妃正在試圖抽出自己的袖子，一副著急的樣子。

只是就連吳德榮也沒辦法，聖上拽得很緊，他們也沒膽子把聖上的手強行掰開。

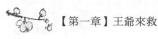

林慧娘此時都急紅了眼。

吳德榮以為她在尷尬，忙寬慰她道：「現在這樣的時候，也虧得您在了，您這是替晉王照顧咱們聖上的。」

慧娘明白他的意思，這位吳德榮可能是怕別人說些什麼閒話。

只是她尷尬的不是晉王吃醋或是婦德那些亂七八糟的事兒，她尷尬的是這個昏迷不醒的人不僅叫了她的名字，還拽著她的袖子，總覺得真實身分隨時要被暴露了。

不過照顧一段時間下來，吳德榮算是賴上她了，見她伺候聖上的時候，聖上格外受用，吳德榮也就拍著她的馬屁道：「還是林側妃比我們能幹，幸虧林側妃在，讓聖上的情況越來越好，之前還有些迷迷糊糊的，昨天都能坐起來用膳了，由林側妃伺候著，我瞧著聖上吃得比以往還要多些……」

林慧娘心說可別這麼誇我了，都要被你誇得嚇死了。

最近兩天，那些叛軍攻打城牆的次數一次比一次少。

吳德榮太監在她耳邊輕聲說著：「林側妃，圍城的那些敵軍已經往回撤了，想來是晉王已經要打他們的巢穴了。」

林慧娘也不懂那些，便點了點頭。

吳德榮伺候永康帝的時間早，他以往不會同這位林側妃攀交情的，現在大概是見她一副好相與的樣子，便多說了幾句：「聖上跟晉王小時候總在一起玩，當初為了區分長幼，先皇早早就把兩人分了宮，只是兩人總是跑過去找另一個，好多次都是一睜開眼就跑過去，結果便是晉王跑到了聖上那裡，聖上又跑到了晉王那裡，我那時候剛被派去伺候聖上，都不知道那些年跑了多少冤枉路……」

慧娘一想到兩個七八歲的小男孩在宮裡跟捉迷藏似地找對方，就覺得好玩，只是一想到那兩位裡，一個成了裡面的聖上，一位成了人渣王爺，她又覺著不可思議。

見慧娘很感興趣，吳德榮又揀著有趣的事情繼續說道：「咱們聖上從小就穩重，可晉王不同，晉王坐不住，做功課的時候，總惹教書先生生氣。對了，那時候晉王跟聖上的功課也是不同的，聖上當時是跟太子太傅學那些治國之道，晉王則是學些詩書禮儀，可晉王不喜歡學那些，晉王反倒是喜歡學兵法武功，還說以後他要做大將軍……這話當時宮裡的人都知道……」

慧娘現在也是既來之則安之了，她現在全部心思都在照顧永康帝身上，對梳洗打扮就疏忽了很多，索性每天都穿得素素淨淨的，頭髮更是怎麼簡單怎麼來。

永康帝的情況一天比一天好。

那天林慧娘再去的時候，便看到永康帝早已經從龍榻上起來了，此時的永康帝換了一身衣服，站在御案旁，似乎在看那些累積的書卷奏章。

慧娘心頭一喜，知道他已經大好了，忙輕聲問道：「聖上，您站起來沒事了嗎，胳膊還疼不疼？」

哪裡知道她問完後，一直背對著她的永康帝卻連頭都沒回一下，用沒有一絲起伏的聲音回道：「這裡不用妳伺候了，退下吧！」

慧娘心裡一震，不明白他怎麼忽然變成這樣了？記憶中的永康帝可是很溫和的一個人，別說對她這位側妃，就連對宮女、太監也都沒有這樣冷冰冰的時候。

不過天子都發話了，慧娘忙連忙彎腰施禮地離開。

她剛退出去沒多久，正在房門邊守著的吳德榮臉色一變，隱隱知道自己犯了什麼忌諱。只是吳德榮有些意外，他雖然知道讓林側妃照顧聖上有些不合規矩，可是一向不拘這些的聖上怎麼忽然就這麼計較起來？

吳德榮機靈得很，雖然永康帝沒有說什麼，但一等林慧娘出去後，吳德榮就跪下磕頭道：「殿下，是我思慮不周，聽說林側妃有神藥就請她來……」

「出去領二十杖。」永康帝也不廢話。

吳德榮並不覺得意外，這位天子便是這樣的性子，他也不敢求饒，忙磕頭謝恩道：「謝聖上。」

說完吳德榮就徑直出去領二十杖去了。

林慧娘莫名其妙的，都不知道自己是做錯了什麼，她趕緊在腦子裡想這兩天的事兒，聖上受傷了，她一直小心看著，絲毫都不敢弄疼他，再說又不是她一個人伺候聖上的，沒道理就只有她……

她剛想到這，身邊的紅梅就已經看到了什麼，忙扯著她的袖子，叫道：「側妃、側妃，您快看看窗外啊！吳德榮大總管在被人打板子呢……」

林慧娘忙往窗外看，很快便能看到樓下吳德榮正被人打板子。她還是頭次看到這樣打板子的方式，就是放了一條長凳，然後專有人按著他的腳，左右兩邊各有兩個人，拿著板子的人一下一下地打。

前頭還有一個專門記數的。

此時連紅梅都納悶了起來，在慧娘身邊悄聲說：「側妃，為什麼聖上剛醒過來就要罰吳總管啊……」

慧娘搖了搖頭，她哪裡知道，難道是因為臥床了兩天需要發洩一下？

這個時候倒是那位一直沒有露面的淑妃，早已經盛裝打扮好了款款走過來，見到慧娘便是一笑，最近知道圍城的攻勢少了，這位淑妃又跟活過來一般，親熱地握著慧娘的手說：「最近一段日子真是辛苦妳了，妳快去歇歇吧。」

慧娘也回了個笑，又按宮規向淑妃施了個禮。

等淑妃帶著一眾人等走遠後，紅梅便撇著嘴，悄聲同慧娘說：「怎麼有這樣的妃子啊，城亂的時候說自己嚇到了，您是不知道啊，側妃您那時候忙到腳不沾地的，不是裡面的事兒就是外面的事兒，可是這位淑妃娘娘倒是會躲清閒，居然還命人給她找來個算卦的師傅，聖上重傷的時候，她也跟著裝病，我聽人說，是那個算卦大師說了，她是貴人不能見血的，不然會對她不好，她倒是會說，說是她有病怕過到聖上身上才不去伺候的，現在怎麼病就好了，還不是覺得沒事了，可以過去獻殷勤。」

慧娘忙止住紅梅的話，左右看了眼，這種地方少不了淑妃的人，她壓低聲音，「妳這個丫頭，別多嘴了，宮裡的淑妃娘娘是妳能議論的嗎？」

紅梅這才止住話，小心攙扶著慧娘往回走。

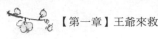

房間。

她們雖然都住在三樓，可是三樓按品階是淑妃住的地方，慧娘不敢逾矩，住的是很偏的房間也特意選比較小間的，為的就是少被人議論幾句。

最近她一直守在聖上身邊，都沒有好好休息。

等回到了房內，紅梅便叫著小巧，打算重新伺候慧娘梳洗一番，讓慧娘換身鮮亮些的衣服，頭髮也弄得漂亮些。

只是還沒收拾妥當呢，小巧就看見走廊那頭，淑妃正帶著一眾丫鬟太監又回來了。

去的時候那麼意氣風發，可等回來的時候淑妃臉色明顯發青，顯然剛碰了一鼻子灰。

她們的住處雖然偏，可是離走廊近，隱隱便聽到淑妃一邊往前走一邊道：「你們都是怎麼伺候的，聖上身體不舒服，你們居然讓我穿粉……混帳東西，都給我掌嘴……」

那些跟在淑妃身後的宮女及太監們統一低著頭，臉色苦哈哈的。

淑妃見那些人都沒動，氣得嗓門都提高了不少：「掌嘴不會嗎？別自己打自己，打旁邊的人！面對面地打！」

這下好了，慧娘算是開眼界了。

啪啪啪的，走廊那些人不斷互相摔著耳光。

窗外呢，吳德榮又被打著板子。

紅梅跟小巧都咋舌，止不住地說：「哎呀，這城都好不容易守住了，這是怎麼了，好好地咱們自己人倒打了起來……」

慧娘卻不知道怎麼地，她剛一低頭的工夫，掃到了自己的袖子，就想起當時聖上抓著自己袖子的表情。

那應該是聖上第一次意識到他在拽她的袖子，當時他身體還虛弱著，就連坐起來都需要人扶。

慧娘知道他只是失血過多虛弱罷了，可現在她卻想起一件事情，又覺得多半是自己多心了。沒人會因為拽著別人的袖子就會臉紅的吧？

更何況那位還是天子呢……

慧娘趕緊搖搖頭，止不住地想她腦洞開大了，臉紅多半是燭光的原因。

慧娘不明白怎麼永康帝忽然間就跟變了個人似的。

她是不需要每日都去請安的，不過在沒照顧過受傷的永康帝前，這位聖上還會看在晉王的面上，額外找人來看顧她一二，這次她明明沒覺得自己有做錯什麼事，可永康帝卻完全把她當成透明人一般。

慧娘雖然對永康帝前後態度的轉變感到奇怪，可也沒太往心裡去，估計上位者都是這樣反覆無常、陰晴不定的吧？

之前被圍城時，整個城內晚上除了街道有火把外，民居的每個房間裡都是暗暗的。

像死一般的寂靜，到了夜裡城內更是沒什麼人走動，隨著攻城次數減少，慧娘便漸漸發現，城內似乎又活了過來。

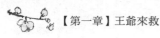

城內的居民也陸續出來晃一晃。

自從被打了板子後，吳德榮再也不敢叫慧娘做什麼事，每日裡大家安分守己地待著。

不過隨著攻城的次數減少，瞧得出來，外面圍城的兵馬已經在陸續往外撤離。

只是慧娘也不知道自己怎麼了，忽然覺得胃口變差。她最近一段日子每日都只吃一餐，雖然吃的量變少，但也不大可能會出現這種情況。

尤其到了早上就特別想吐。

紅梅看不下去了，連忙找了御醫過來，小巧則讓人搬了個屏風放在床前擋著慧娘。

慧娘也不知道自己是不是氣血虛弱，懶懶地打著呵欠把手腕伸出去，遞給外面的御醫。

不知為什麼，這次御醫把脈的時間比以往都要長。

慧娘原本只當自己是吃錯東西或者著涼了，見對方把脈的時間比以往多了一倍，心裡就開始忐忑，忍不住猜想，難道她得了什麼不得了的病症？

正在憂慮時，御醫已經一臉若有所思地道：「林側妃，您不是身體不適，而是有身孕了。」一聽到這句話，慧娘險些沒暈過去。

小巧不明白裡面的關係，還以為是好事呢，高興地說：「側妃，您要有……」

孩子兩個字還沒說完，紅梅已經一把扯住她的袖子，使勁地對小巧使眼色。

紅梅也不敢說什麼，等御醫出去後，紅梅讓人把屏風撤了下去，然後又讓人給慧娘改了改膳食的單子，儘量改成清淡些的食物，以及要拿些開胃的東西。

等來人忙完這些出去後，紅梅就扯著小巧的耳朵罵她：「妳怎麼越來越跟豬似的。」

她嘆息一聲，她比小巧穩重一些，想的事兒也多，就苦口婆心地對小巧道：「這種事兒怎麼能是喜事呢，咱們林側妃在王府時天天都要喝避子湯呢！不就是不能搶在王妃進府前生孩子嘛，更何況王爺是有過口諭的，只要發現誰有孕了就一律拿去，這個時候咱們林側妃被人診出懷了身孕，就算回到京內也是要被打掉的，鬧不好王爺還會不高興，會覺得咱們林側妃是不是故意使計要偷懷……這種事情可大可小……到時候留了把柄……唉，苦的還是咱們林側妃……」

小巧一聽，眼淚都要掉下來了，拿孩子可是很傷身子的事兒，小巧含著淚說：「那咱們側妃豈不是要受苦了？」

「那也是沒辦法的事，咱們只能好好照顧側妃，讓她身體好一些，不要失去了咱們王爺的寵愛，以後要孩子還有得是機會，等王妃進府了，生下嫡長子，林側妃自然是想生多少就生多少，只是現在……」紅梅嘆了口氣。

小巧忍不住說：「要是能把咱們側妃扶正就好了。」

紅梅瞟她一眼，用手指點她的頭，「又說這種糊塗話，我何嘗不這麼盼著，可是咱們林側妃娘家是賣胭脂的……」

小巧明白地點了點頭，出身實在是差得太遠了，就算普通官家要續弦也少有娶這樣出身的女子，更何況晉王爺了。

她們在外面收拾東西，幫慧娘準備膳食，又說了些閒話。

慧娘在房裡卻是坐不住了。

她摸著肚子還在震驚之中，簡直不敢相信自己居然這麼容易就懷了孩子。她記得一直都有按時喝避子湯的，沒道理還會懷孕吧？難道那種藥湯喝多了會有免疫力？

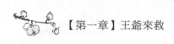

可很快就想起來，她的確有段時間沒有喝，當時被人推到河裡差點死掉時，她喝了好多補身體的藥，然後有御醫說她每日喝的避子湯內有些藥跟補藥是相剋的。

因想著她身體弱估計不用伺候王爺，那些人便給她停了幾日避子湯……

慧娘默默想著，這孩子可不能留啊，留的話，她可就一點盼頭都沒有了。

而且估計晉王也不會讓她留的，都日日讓她喝避子湯了……

只是一想到回京後會被打胎，她又感到不舒服了，自己不想要孩子是一回事，畢竟這不是她跟喜歡的人有的，可是被迫打掉孩子……又讓她覺得特別不能接受。

她的手指緊緊掐在了一起，從沒這麼強烈地想逃離她現在的身分。

在她糾結的時候，外面的敵軍終於正式撤離。

紅梅及小巧一得了消息，便興奮地跑過來跟她道喜：「恭喜側妃，我聽著守城的將士們說，外面的敵軍已經在準備拔營了，應該會陸續撤走，不過聖上下了諭令，城內眾人仍不可掉以輕心。」

「對了。」紅梅又跟表功一樣地道：「林側妃，這次回京，您不用坐之前的馬車了，吳德榮那給您安排了一輛車，據說是淑妃之前坐的那輛……」

她上次偶然遇到了吳德榮大總管，因為慧娘現在正懷著身孕，需要特別的照顧，尤其一想到回京時需要坐很久的馬車，而林側妃之前的馬車礙於宮規，只是從四品側妃坐的那種，她就特意找了吳德榮大總管說了聲，希望對方能照顧一下，給林側妃配輛穩妥點的馬車，還要馬兒性情溫和些的。

其實這事並不是吳德榮一個人安排的。

因晉王爺的側妃懷孕並不算是小事。

吳德榮便特意趁著聖上心情似乎還不錯時，把這個事兒提了一下。

吳德榮不知道是不是自己多心了，他覺得聖上的表情在那瞬間似乎是變了一下，不過很快又恢復了原來的神態。

聖上最近提都不提那位林側妃，以往他還會想起來讓吳德榮拿一些吃食用品去給林側妃，表彰林側妃做的事，此時卻是問都不問。

此時聽到了這個消息，永康帝望著那點在宣紙上暈開的墨點，淡淡吩咐道：「你這個差事真是越當越回去了，這種事兒你都不會斟酌著辦？」

吳德榮跟在聖上身邊久了，他都沒料到自己會得了這麼一句回答，什麼叫斟酌著辦？

吳德榮都有點糊塗了。

不過聖上的口吻他是能猜透的，聖上把斟酌兩個字咬很重，那便是說要讓他辦好一些，不能打馬虎眼。

吳德榮一得了這個旨意，便到處去找馬車。

只是這次打仗徵用了很多大件的東西，就連有些馬都被宰來吃肉，現如今能挑出來的也只有淑妃的那輛馬車了。

在大家都準備回京的時候，那些將領們也在忙碌著。

即便圍城的叛軍看似撤了，可城內的人也不敢貿然出去。

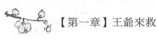

在眾人把擋住城門的那些大石頭挪開後，又派了三隊探子出去。

等了一天的工夫，三隊探子全都回來，回稟說敵軍的確全部連夜撤走了，他們追了很久都沒有追上。

守城的將士這才調兵遣將地準備回京，這次務必要日夜兼程，儘快回去。

等林慧娘她們準備好東西，要上馬車的時候，倒是淑妃帶了人過來。

淑妃款款走到慧娘面前，嘴巴一翹，勾出個刻薄的樣子，自從知道自己的馬車要給林側妃用後，她心裡就很不痛快，不就是個懷孕的側妃嘛！

她要笑不笑地道：「林側妃妳是有功勞的人，既在城內幫著咱們聖上分憂，又能為晉王生兒育女，林側妃在這點上，本宮哪裡比妳強啊，妳是應該坐這個的。」

林慧娘原本知道要坐淑妃的馬車，還覺得有點不合規矩，怕人議論，這個時候她反倒笑著福了一福，主動握住淑妃的手說：「就知道淑妃娘娘大度，只是我看車內有些東西不見了，那些軟墊啊、車內的小桌啊，我現要去找也不好找，淑妃麻煩妳讓下人們幫我重新裝回去吧。」

淑妃臉都要綠了。

慧娘也不管她，大大方方地坐到車內，一副謝謝妳啊的樣子。

而且這輛車比她之前的寬敞舒適很多。

只是一想到自己逃不掉，慧娘就很鬱悶，她摸著肚子想，若不管怎麼都要被打胎刮肚子的話，還不如找個地方隱居，這個時候不跑，以後到了王府裡更是沒機會了。

回京的路上挺辛苦的，大家都在匆忙趕路，途中不時有從京城趕來的大隊人馬接應。

人馬漸漸越來越多。

在臨近京城的地方，因為護軍增多了，大家終於有喘息的機會，敢在附近歇歇腳了。

此時趕巧走到了一處河邊。河面並不寬，好在兩邊的路很平，不像是會藏伏兵的樣子，便在此稍微停車休息了片刻。

慧娘一看到河水就動起腦了，她連忙從車內找到打火石偷偷捏在手心裡。

她上學的時候學著別人冬泳過幾次，知道一些冬泳的技巧，唯一的例外就是不知道現在這個身體受不受得了？

她觀察了一下，河面並不寬，游到對面估計問題不大，就是身上的衣服會濕，她雖然偷偷拿了打火石，可是能及時點燃柴火嗎？

她心裡有些忐忑，可是大部隊都停了下來，她索性走到河邊，原本紅梅、小巧也要跟著的。但慧娘不敢讓兩個丫鬟都跟著自己，忙把穩重的紅梅打發走。

她讓小巧在一邊待著，沒多久慧娘就跟想起什麼似地說道：「小巧，我肚子有點餓，妳快去幫我找點吃的過來。」

小巧不疑有他，就小跑著去了。

之後慧娘便望著河面發呆，想著怎麼能順著河道逃走。

回到京裡，等待她的就是打胎，然後繼續跟晉王待著，然後再等著王妃跟其他的側妃、通房丫鬟陸續進府，她的後半輩子只能是王府裡養的一隻金絲雀。

這麼一想，她很快便打定主意，雖然懷孕做冬泳這件事很冒險，可現在不拚以後就更沒機會逃了。

而且這個時候裝作掉進河裡逃跑，也不會牽連她的家人。

她正琢磨著是否要趕緊跳河，忽然聽見身後有腳步聲響起。

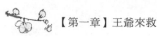

她回頭一看就愣住了，竟然是永康帝走了過來，她連忙要跪拜下去。

不過永康帝身邊的吳德榮攔住了她，笑著說：「側妃不必多禮，您是有身子的人。」

只是慧娘有些意外，她不明白永康帝好好地走到這種地方來幹麼？

倒是一向寡言的永康帝好像在看什麼東西。

她順著他的視線看過去，忽然注意到河對面遠遠有處山很眼熟，如果她沒記錯的話，那不就是當年的那座君山嗎？

她記得晉王曾經帶她去過那裡。

她心有所感，就提了一句：「聖上，那座君山，我曾跟晉王在那裡住過幾天。」她像是想起什麼似地說：「我見到了聖上您的墨寶。」

永康帝沒有看她。

慧娘還以為他走過來，是要同自己閒聊幾句的，沒想到都聊到晉王身上了，他卻仍是一個字都沒說。

場面一下就尷尬了起來

吳德榮也察覺到不對勁，連忙提醒著：「聖上聖體為重，這地方怕是有些涼了。」

永康帝這才淡淡轉過身來，他的眼睛並不看她，「妳也早點回去吧。」

說話間這一行人就要離開。

只是對慧娘來說時間已經不多了，她跟著永康帝回頭的工夫早已經看到了小巧。

小巧那丫頭大概是拿到吃的，老遠看到聖上帶著一群太監、宮女在河邊便不敢過來，只跪在路邊候著。

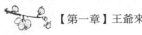

顯然小巧是要等聖上一走遠了就過來。

慧娘不敢多耽誤，她快速把外面的披風脫了，一個猛子就扎進了河裡，她想得很好，快速游著。

只是游了沒幾下她就發覺有人追了過來，那人從身後用力抱住了她，慧娘原本還沒事的，該閉氣就閉氣，該怎麼游就怎麼游，可這一下把她嚇得夠嗆，手裡的打火石都跟著丟了出去，掉在了河底。

她更是直接嗆了口水。

接下來的場景就混亂起來，她覺得特別憋悶。

她感覺到那人的手放在她的臉上，聽到岸上有人在叫喊。

很快有更多人跑了過來，似乎是在抬著她往什麼地方走，她被顛得終於咳嗽了出來，那些人紛紛道：「無礙了。」

等慧娘的身體慢慢暖和起來，身上就像被無數的小針扎著一般。

她難受得厲害，摸摸身體，不知道什麼時候已經有人給她換了乾爽的衣服，身邊不遠處有個火盆。

這個地方只是沿路一處落腳的地方，看著很是簡陋。

而讓她更驚訝的是，在離她身邊五六步遠的地方，正有個人一動不動地坐在那裡。

那人的頭髮看上去還有些濕潤，此時房間內並沒有那些伺候的宮女、太監。

這樣的場景有些讓人意外，慧娘還是頭次跟他兩人獨處在一個房間……

她心口忽然就跳得厲害。

而在房間內，不知道為何，永康帝面前偏偏放了一樣東西。

那正是之前她特意脫了放在岸上的披風，她怕進到水裡的時候，那東西會礙手礙腳，卻沒想到這樣一件東西能出賣了自己……

他不會是瞧出了什麼吧？是知道她想跑了，還是發覺她是要跳河尋死的？

永康帝沒出聲，他只是平靜地看著她的表情，觀察她在看到那件披風時的樣子。

慧娘蜷縮著身體，不敢跟他對視。

這麼安靜過了片刻，永康帝終於收斂了眉眼，他再不看她，望著他面前的一點燭光，並不問她緣由，只淡淡道：「此事就此揭過，朕只當妳是失足落水，再有下一次……」他頓了一頓，「我誅妳林氏九族。」

回到京城已經有好幾天了，自從到了王府後，林慧娘便一直深居簡出。

林慧娘是真的被那位天子嚇到了，她現在深信基因遺傳，別看那位永康帝平時看上去多麼地君子端方，可咬人的虎是不露齒的，這位皇帝說話都不需要露出恨意，就把她嚇得心驚肉跳。

從那之後慧娘別說逃跑，就連這個念頭都不敢再想起來。

等到了王府，她懷孕的事已瞞不住，王府上下卻是安安靜靜，就連一向巴結她的王嬤嬤都沒有過來賀喜。

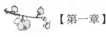

眾人都有一種不可言說的默契在裡面，所有的人都知道這不是件可以恭喜的事兒。

只有李長史找了個機會，把慧娘懷孕的消息遞給林家。

林府裡很快就有人過來看望慧娘。

在林家的人來訪時，王府內正有人在做著別的動作。

要是個通房丫鬟早就有人代晉王處理了，可這位是晉王擺過席、正經納的側妃，此時有了身孕，王府裡沒一個人敢多嘴。

可也不是誰都在等晉王的發落，眼瞅著晉王怎樣也要一個多月才能回來。

孟太后派在晉王身邊的耳目衛嬤嬤，這時就心思活絡了。

這位衛嬤嬤早些日子就跟慧娘結了仇，這個時候見慧娘犯了忌諱，再來衛嬤嬤也是要緊盯著這樣的事，她馬上派人去了清心觀，向正在清修的孟太后稟明此事。

只是捎話的人是不會說什麼好話的，雖然不至於往慧娘身上潑髒水，可是喝避子湯還能喝出個孩子來，隨便描述幾句，話就不會多好聽了。

孟太后是個面目慈祥的人，她自從娘家弟弟被晉王平亂時燒死後，便不再過問塵世，一心清修。

此時聽到這個，眉頭都沒皺一下，就跟打發貓狗般地下了個口諭，派人給這位林側妃遞碗打胎藥。

衛嬤嬤心裡高興，得了令，立刻就帶人趕緊找御醫去開方子熬藥。

這邊的打胎藥還在路上，林府裡來的王姨娘卻已做上了美夢。

她這次前來，特意上廟裡求了個護身符。

王姨娘心裡更是美滋滋的，想著這下林側妃有了孩子，那位置就更牢靠了，男人的寵愛太沒準，今兒有明兒沒有的，但孩子是自己的，只要生下來，又是晉王的第一個孩子，以後他們林家就真的有後臺了。

等再見了林慧娘，王姨娘便笑嘻嘻地巴結著她，說道：「我就知道側妃是有福氣的人，如今姑娘就好好保胎，這是我親自給您去求的護身符，您務必帶在身上，這一定能保佑您生個兒子。」

她身邊的林芸娘是個有心眼的，一聽說姐姐懷了身孕，林芸娘便打著要看望姐姐的藉口來了。此時林芸娘也有些迫不及待，「姐姐，妳懷孕的時候只怕身體不便，我在府裡一直擔心，要不要我來王府裡陪妳？」

別看芸娘歲數小，卻是人小鬼大，滿腦子早已經為自己鋪好了路，所謂近水樓臺先得月，再來姐姐是有身孕的人，怕是不方便伺候王爺。

只有林老爺臉色陰晴不定，沉著臉，把這些不懂事的女眷都攆了出去，這才嘆了口氣對慧娘道：「慧娘啊，為父總覺得這樣不妥當，王府裡比不得咱們小門小戶的，更何況為父從沒聽說過哪個有頭有臉的大戶人家正妻還沒入門，就有妾室生下長子的，為父覺得妳有孕的事不宜太過張揚，妳且聽著晉王的吩咐，而且……」

林老爺雖然就是個賣胭脂的，可活到這麼大歲數，心思也通透著，再來慧娘在王府裡，他多少也特意打聽了一下朝廷內的消息。

林老爺又思慮多，便悄聲道：「此時晉王爺在外平亂，這次咱們王爺的功勞很大，全國兵馬一半都在他手裡，所謂功高震主，更何況他同永康帝又都是孟太后所生……唉，聖上一直沒有孩子，妳又在這個節骨眼上懷了晉王的骨肉，為父總覺得心裡直跳，怕這個孩子給妳、給王府招惹了禍事。」

慧娘原本沒想那麼長遠的事，再來聖上跟晉王從小關係那麼好，她不覺得他們兄弟間會有什麼嫌隙。

她滿腦子只在想著要不要給她不喜歡的人生孩子？可是聽了她父親的分析後，也發現這個孩子真是來得不是時候。

按說她應該當機立斷把孩子拿掉的，可她忽然又膽怯了起來，不知道是不是雌激素上升，她現在摸肚子時，總覺得肚子裡的東西很奇怪，也說不上自己到底是什麼心情，只是忽然不那麼急著拿掉這個孩子。

慧娘正同父親說話，倒是院外的紅梅忽然走進來，臉色不好地施禮道：「側妃，衛嬤嬤不知道怎麼地帶了一批人正要過來。」

慧娘心裡納悶，連忙讓父親跟王姨娘等人都先去廂房裡避開。

才剛避開的工夫，衛嬤嬤就前呼後擁地到了。

這次衛嬤嬤的氣勢十足，在院內一站，就對裡面的人吩咐道：「去叫妳們側妃出來聽孟太后懿旨。」

慧娘原本感到納悶，但馬上就想到肚子裡的那塊肉，心裡咯噔了一下。

她沒想到自己懷孕的事，這麼快就被隱居的孟太后知道了。

等她出去時，院內的衛嬤嬤趾高氣揚的，見了林慧娘後，獰笑道：「林側妃，妳還不快跪下接皇太后口諭。」

林慧娘就像反應遲鈍般，站在那裡。

倒是紅梅、小巧她們機靈，忙上前搭腔道：「衛嬤嬤，請您息怒，我家側妃有孕在身，您且等我去為側妃取一個軟墊過來再行禮……」

「不必麻煩了。」衛嬤嬤陰森森地掃了紅梅、小巧她們一眼，晉王不在王府，衛嬤嬤又有孟太后這個後臺，自然是什麼都不怕的。

她直接一揮手，命令身後的那些人道：「把藥給她端過去。」

藥是早就熬好的，特意找御醫開的方子，此時用一個大碗盛得滿滿的，放在一個褐色的小木盒裡。

有一個宮內的老太監打開盒蓋拿出藥來，另有一個太監在旁邊隨時準備負責灌藥。

兩人一前一後走到慧娘面前。

慧娘心裡猛跳，沒想到打胎藥來得這麼快。

其實對孟太后而言，給林慧娘打胎的事兒並沒什麼，她不過隨口吩咐一句，只是衛嬤嬤慣會拿著雞毛當令箭，擺出這麼一副咄咄逼人的場面。

此時院內靜得可怕，周圍的下人丫鬟都不敢抬頭看。

紅梅、小巧更是含著眼淚，一個字都不敢說。

這是太后的意思，別說是一碗打胎藥了，即便是要林側妃死，也沒人敢說個不字。

場面頓時就凝重了起來，就連廂房內的林家人也都是大氣不敢喘一聲。

慧娘深吸口氣，心裡說不出的滋味，她早知道會是這樣的結果，而且林老爺剛分析的也對，她懷孕的實在太不是時候了……再來這孩子原本也不是她想要的……可心裡還是感到難受，她上前一步，鼓起勇氣端起那碗藥。

只是剛端起來還沒來得及喝，院內的大門便又被人一腳踢開。

那踢門的人進來得急，院子很快就闖入一群宮內的太監。

來人個個精神抖擻的樣子，其中領頭的更是吳德榮大總管。

只是讓人意外的是，這些人怎麼會忽然出現在王府內宅？

吳德榮別看外表鎮定，其實剛才趕路趕得他腿肚子都在抽筋，他是忽然得了聖上的口諭，讓他快快趕來。

吳大總管在永康帝身邊伺候得久了，知道永康帝言辭很少如此急迫。

而且吳德榮發現自從從蕭城回來後，聖上的脾氣就跟以往不大一樣，就連關雎宮都去得比較少了，有幾次甚至還對著奏章發起呆來。

吳德榮很怕自己當差不力壞了事兒，到時候萬一觸了聖上的楣頭，可是大大不妙。

所以一等進到晉王府內，他直接就往內宅裡闖。

帶著一眾宮內的太監及護衛，終於這個節骨眼上趕到了。

再一望那還滿滿的藥碗，吳德榮長吁口氣，心說只要再晚上幾步，估計他都不用回去覆命，直接一根繩吊死自己算了。

現在來得正是時候，他便大踏步走到慧娘面前，輕施一禮道：「側妃可還安好，我等奉聖上之命，特來為側妃送保胎藥的。」

說完吳德榮便一揮手，很快有御醫走了出來，那人手裡顫巍巍地遞上一個藥方子，顯然是在路上的時候匆忙寫出的保胎藥方。

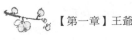

衛嬤嬤一見這陣仗，臉色頓時不好，那御醫正是之前她找過讓他開打胎藥的那位。

說完這些話，吳德榮是個圓滑的人，很多事不必點破，大家便也懂了，他笑著轉過身，這才佯裝剛看到衛嬤嬤般地道：「衛嬤嬤，原來您也在這兒呢……」

衛嬤嬤尷尬地笑了笑，眼角餘光瞄了眼被人端著的打胎藥，心裡衡量了一下，一邊是下了口諭的孟太后，一邊是吳德榮身後的聖上……

就在她偷偷衡量利弊的時候，吳德榮是何等精明，立刻笑著說道：「衛嬤嬤大概不知道吧，這次在蕭城時，晉王府的林側妃可是立了很大的功勞，聖上已經知道太后的口諭了，衛嬤嬤不用左右為難，這件事聖上已經派人去稟了太后。」

衛嬤嬤臉色鐵青，她沒想到這麼一個小小的側妃，不光晉王爺寵著，就連那位輕易不管內宮瑣事的聖上都親自出面了……

一想到那位永康帝，衛嬤嬤的冷汗都在往下滴。

她連忙擠出一絲笑意，又重新走到林慧娘面前，拜了一拜，「林側妃，剛才多有得罪，我等只是聽差的下人……希望林側妃不要往心裡去。」

林慧娘長吁口氣，也沒吭聲，衛嬤嬤訕訕地帶著人，灰溜溜地走了。

在廂房內的林府眾人，臉色也是個個不同，有高興手舞足蹈的，有低頭沉思的，也有像林老爺這樣擔心受怕的。

等衛嬤嬤走後，吳德榮又吩咐人把宮內賞賜下來的東西搬了進來，交給慧娘的手下。等都辦妥了，吳德榮才回宮覆命。

待院子靜下來後，林老爺連忙從廂房內出來，他嚇得臉都白了，一見慧娘就劈頭蓋臉地說道：「慧娘啊，為父怕妳要有血光之災了……」

他這個話說的不光是慧娘，就連身邊的王姨娘都嚇了一跳，連忙扯著他的袖子罵：「老爺，你這說的什麼話，側妃如何會有災？」

林老爺嘆息著道：「妳這婦道人家懂什麼，太后讓慧娘打胎，怎麼會有聖上攔著？這樣的事兒從來未聞，要是晉王回京，又該是什麼樣的境況……唉，只怕我們林家……」

下面的話林老爺沒說出口，不過等說完這些話後，林老爺便一臉苦楚地帶著林家的女眷走了，一副儼然好日子到頭準備等著倒楣的樣子。

慧娘心裡也是忐忑不安，她沒想到在千鈞一髮之際，讓自己免受打胎之苦的會是聖上。只是望著吳德榮送的那些東西，慧娘又有些糾結，她沒想到那位冷面的永康帝，會送她這麼多東西。

倒是紅梅、小巧等人都高興著，一邊清點這些賞賜一邊說道：「這都是宮裡賞出來的，這是……」

紅梅懂得多，一看到手裡清點的東西，當下有些愣住，「側妃，按說宮裡的賞賜都是有份例的，現如今怎麼宮裡會賞下這樣的東西來？」

那是一個並不高的小珊瑚樹，袖珍的一小盆，別看這東西不大，這可是有講究的東西。下面的底座更是用寶石鑲嵌的，盆是鑲金的盆。

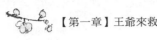

紅梅看得眼睛都直了，她壓低聲音，「這東西只有從二品以上的人才可以有，側妃您是從四品的誥命，難道這是聖上在暗示，您扶為正妃有望？」

紅梅被沖暈了頭，倒是小巧很納悶，「可是聖上怎麼會暗示這個？紅梅該不會是妳想多了吧？」

林慧娘也感到納悶，這位永康帝之前對她那麼冷淡，可是那次她跳河的時候，還是永康帝親自救她的，她發現時人都嚇傻了。

可那天之後，這位天子卻連見都不見她一面，等到了京城內，直接就遣人將她送到晉王府內，現在卻又出手助她，並給了一堆賞賜。

林慧娘都糊塗了，心想這位天子到底是什麼意思呢？

【第二章】

生離非死別

「晉王……你想過當父親會是什麼樣子嗎？」

他不明白父親是什麼，可卻喜歡這個女人為自己生兒育女，他拉著她的手淺笑道：「先不要想這些，等孩子生下來自然就知道了。」

往年這個時候早已經下雪了，可今年不知道為何仍未下。

直到那天慧娘正睡得迷迷糊糊的，忽然聽見外面有動靜。

她睜開眼睛就看見小巧跟紅梅，那兩個傢伙正小心翼翼叮囑著兩個二等丫鬟往暖爐裡填著炭火，隨後又似不放心般，紅梅悄悄進到寢室，本來要看慧娘身上的被子有沒有蓋好，卻發現林慧娘早已經睜開了眼睛。

紅梅便輕聲笑道：「側妃，您醒了。」

慧娘看了眼窗外，她平時都是這個時候起來，可瞧得出外面天色還很暗，一點都不像是白天。

紅梅知道慧娘在想什麼，趕緊湊過來，一面伺候她起床一面說道：「林側妃，外面下雪了，昨晚半夜的時候就開始下，下到現在還沒停呢，奴婢從外面進來的時候，雪都到腳踝這裡了。」

慧娘這才明白過來，說話間小巧她們也進來了，分別端著梳洗的臉盆，洗臉洗手的分開兩個臉盆，小雀又另外拿著擦手擦臉的毛巾。

自從懷孕後慧娘沒覺得身子重，只是渾身懶懶的，總想睡覺，明明都起來了，可還是止不住地打瞌睡。

她起身穿衣時，連連打著呵欠。

等收拾妥當想要出去，紅梅卻不敢立即讓慧娘出門，而是先把簾子掀開些，讓冷氣從外面進來一些，她們才慢慢扶著穿戴整齊的慧娘站在門口往外看了看。

外面的雪真大，好像鵝毛一般，院內原本植著一些竹子，這個時候早已經被雪蓋住了，就連院內的魚缸上也都是厚厚的一層冰。

鳥兒那些動物早都被人移到別處。

小巧見慧娘看得認真，忙從房內拿了薄被，輕輕蓋在慧娘的腿上。

紅梅在慧娘身邊說些最近聽到的事：「側妃，您看這雪多大啊，我聽人說咱們晉王爺就要回來了，這次王爺打了勝仗，為朝廷出了這口惡氣，不光解了蕭城的燃眉之急，就連狄億的宮牆都一把火燒掉了，據說還把城內的第一美……」

人字剛要說出口，紅梅趕緊吞了口口水，她緊張地瞧了一眼慧娘。

林慧娘就像沒聽到般，正全神貫注看雪景。

紅梅趕緊吐了下舌頭往後縮。

待紅梅回去重新倒茶時，小巧私下悄聲說她：「紅梅姐姐，看妳平時那麼機靈，如今竟也會說錯話。」

紅梅也是後悔不迭，主要是最近王府內外都在傳這件事，都說狄億有一位美若天仙的第一美人，叫什麼赫然氏的。此番王爺特意把人掠了過來，據說一路上很是看重。

英雄難過美人關，雖然林側妃長相清秀討喜，可那位帶回來的是天下聞名的第一美人。

就晉王爺之前的那些傳聞所為，讓人無法不多想。

紅梅便嘆了口氣道：「雖然都知道男子薄倖，可一想起咱們林側妃我就覺得難過……」

小巧也跟著嘆氣，「誰說不是呢，只怕新人一到，林側妃這位舊人就要失寵了。」

慧娘裝著什麼都不知道的樣子，其實她又不傻，紅梅跟小巧又屬於沒什麼心眼的人，什麼都會掛在臉上，兩個人雖不說，可是平時的表現早就顯露出來。

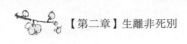

慧娘再一聯想歷史上攻城掠地搶女人的事兒，立刻就明白晉王準是在狄億得了什麼絕世美人了。

她心裡空落落的，也說不出什麼滋味。

手裡抱著暖爐，那東西暖暖的很舒服。

她的另一隻手下意識摸了下自己的肚子，日子還淺呢，按御醫說的到如今才不過兩個月罷了，所以肚子還平坦的。

她妊娠反應也不多，除了早起想吐外，大部分時間都很好。

現在她望著門外的雪景，忍不住想，給人生兒育女該是什麼感覺啊？怎麼她就覺得這麼不真實呢？

大概是知道晉王已經在回來的路上，雖然是大雪天，李長史等人早就匆忙準備著。之前這些人都要過來請示林側妃的，可現在慧娘什麼都不管，每天只是睡覺發呆。

李長史等人就各忙各的。

紅梅跟小巧雖然也知道晉王帶了美人回來，可還是把林側妃所在的院子裡裡外外打掃了一番，想著好好迎接晉王。

紅梅更是挖空心思要找漂亮的衣服給慧娘穿。

慧娘卻是有些不耐煩，在紅梅忙著給她梳妝的時候，擺擺手道：「我日子還淺呢，要這麼漂亮做什麼，我又不能承寵。」

紅梅跟小巧對視一眼，都不說話了，忙把衣服收起來。

只是院內少不了要布置一番，紅梅跟小巧找了幾個小丫鬟去外面折了些要開不開的梅花，放在瓶子裡插起來。

只是大家這麼忙碌準備著，等李長史再派了人過去打聽消息，很快就有人回話說晉王正帶人往宮內去。

李長史便讓那些在門口候著晉王的人先去歇歇。

此時慧娘也有了消息，王嬤嬤等內宅的人也都過來了，聚在慧娘這裡。

眾人都沒提那位絕色美人赫然氏的事兒。

只是不知為何這次晉王進宮的時間很長，原本王府內已準備了晚膳，結果過了好久又有人傳話說晉王被留在宮內進膳了。

慧娘望著面前滿滿一桌子的飯菜，因為等著晉王，她一口都沒敢吃。

一等得了消息，她便拿起筷子，倒是她身邊的小巧彎腰施禮道：「側妃，菜都涼了，我讓人端新的過來……」

「不必了，我沒什麼胃口。」慧娘勉強吃了一點便要回房休息。

王嬤嬤等人都不敢吭聲，院內靜悄悄的，等慧娘進到房內後，眾人才散開。

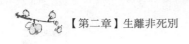

只是早有熟識的人過來打聽，都知道王嬤嬤跟宮內的人熟，便問王嬤嬤：「這次都說晉王帶了個赫然氏回來，您看這回是不是……」

「欸，這種事兒……」王嬤嬤哪裡知道這些，不過她很快想起件事來，「說起這個，我倒是有句話要提醒妳，咱們都是自己人，妳聽著便是，可不要亂說。」

那人忙點頭道：「那是自然。」

王嬤嬤這才小聲道：「聽說那位赫然氏並不是什麼天下第一美人，天下第一美人乃是她的姐姐，據說那位才是真正的天姿國色、傾城之姿，只是可惜很小的時候便掉到山崖下摔傻了……」

那人疑惑起來，不明白這跟赫然氏又有什麼關係。

王嬤嬤左右看了一眼，壓低聲音，「傳聞赫然氏便是背後害了她姐姐的凶手，為的就是要做這個天下第一美人，只是這些話都是傳聞，再來男人很少對這種事往心裡去，所以我聽說晉王一路上對這位赫然氏倒是很禮遇。」

不過一想到林側妃，王嬤嬤兩人都嘆息一聲，「就是林側妃這裡要難做了……」

她們說話的時候，慧娘早已經在寢室內等著了。

她起初是坐在軟榻上等著，可後來等太久，坐著直打呵欠，實在是熬不住便歇息了。

到了這個時候，慧娘心再寬也知道自己很快就要坐上王府的冷板凳了。

她也說不出心中是什麼滋味，覺得就連紅梅、小巧看她的樣子都帶著同情。

等躺下後，慧娘抱著被子，心裡憋悶著，默默想著：我又沒盼著他回來，我幹麼要難過失落……

想著想著，她不知不覺睡著了。

等早上起來的時候，她迷迷糊糊的，下意識伸手摸了摸身側的位置，空的。

慧娘立刻覺得冷涼，沒出聲地嘆息一聲，又把被子捲高了點。

她正憋悶著，忽然聽見身側傳來笑聲，她身體頓時一僵。

「妳在摸什麼？」

慧娘轉過身去，此時天早已經亮了，那人歇息了一晚，此時早已換好了衣服，正端坐在軟榻上看閒書。

那人背對著窗子，窗外的陽光照進來，正落在他身上，那雙眼睛還是那樣的神采飛揚。

慧娘愣了片刻，都不知道他是什麼時候進到房間的。

他已經放下手裡的書，幾步走到床邊，伸手握住她的手。

他許久不曾握劍了，此次出征卻是親自領兵打仗，每次都要身先士卒，以至於手上都磨出了繭子。

慧娘被他手上的繭了扎了一下，她皺了下眉頭，歪著頭看他。

「妳怎麼跑到這裡住了？」晉王顯然是問她為什麼不住在主屋內。

慧娘也說不上這是什麼感覺，明明已經有一個多月沒見了，此時卻一點都沒分離的陌生感，他的態度還是跟離開前一樣。

只是心跳得有點快，她都不知道自己在緊張個什麼勁，她皺著眉頭把心底的那種怪異感壓下去，「這是我的院子，我不住在這兒誰住這兒。」

晉王笑著刮了下她的鼻子，用額頭頂著她，「既然這樣，本王過來陪妳怎麼樣？」

他的手放在慧娘的肚子上。

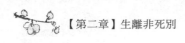

他是回城的時候才聽到消息的，雖然他這個歲數早就該有子嗣了，可因為國本尚且空虛，他一直都沒有這方面的想法。

這次進宮他特意同哥哥說了此事，雖然哥哥的口吻及表情都是他事先能猜想到的，可不知道為什麼，他老覺得哥哥像是有什麼事瞞著他，就連他獻上的那位天下第一美人，哥哥都不再是平時那副淡定從容的樣子，反倒是愣了片刻後，如同自嘲般地笑道：「既然是你進獻的，朕怎麼能不收下。」

此時晉王的手貼在慧娘的肚皮上，他奇怪地問她：「妳的肚子怎麼還這麼平？」

慧娘喔了一聲，告訴他：「還不到月份呢。」

她說話的時候，偷偷打量他的表情，在腦子裡細細描畫著，這個人就是她肚子裡孩子的父親……她怎麼覺得這麼不真實呢？

而且很奇怪，晉王平日裡可是煞氣十足，此時從戰場歸來，都不知道殺了多少人、屠了多少城，可此時給人的感覺卻是一點殺氣都沒有，整個人都靜了下來，眉眼間都有一種說不出的淡泊豪邁感。

只是慧娘眼尖，一眼就看見他脖子處有道疤痕，她忙掀開他的衣領看了看，就見那刀痕是順著脖子劃下去的，脖子上那塊還好，越往下越是嚇人。

她心裡愕然，她一點都不知道晉王受傷的事兒。

晉王的表情卻淡淡的，只握著她的手道：「天晴了，一會兒我帶妳去賞梅。」

慧娘原本很想問晉王是怎麼受傷的，受了這麼嚴重的傷有沒有怎麼樣？可話到嘴邊又嚥了下去。

因為身子不便，等她再陪同晉王出去時，地上的雪早已經清理乾淨，只有梅樹上還殘留一些雪。

冬天的京城內有一種蕭索感，可此時被大雪覆蓋，卻又少有地有了些趣味。

慧娘靜靜跟在晉王身後，身上穿著晉王帶回來的火狐皮做的裘衣，那東西既滑又軟，穿在身上十分暖和。

晚上的時候，慧娘有孕在身不好伺候晉王，本以為晉王不會再跟她同房，沒想到，到了夜裡，晉王還是要跟她在一起。

等慧娘去洗漱時，紅梅便抿嘴笑說：「側妃，我聽人說，昨晚晉王為咱們聖上獻了一位美人，就是之前大家都在傳的那位第一美人，估計聖上看了美人心裡高興，昨晚把咱們晉王爺留到了很晚，等晉王爺回來的時候，側妃您已經睡了，本來要叫您起來的，可王爺體諒您，都沒讓人進屋伺候……咱們晉王可真是疼您啊……」

慧娘喔了一聲，心想這兩個丫頭真的是一點事都存不到肚子裡，直接擺出那副喜氣洋洋的樣子。

只是她也不知道自己是怎麼了，有氣無力似的，這次再見到晉王，她心裡空落落的，也說不出個所以然來。

她正想著心事，院內卻傳來動靜，原來是王嬤嬤帶了幾個下人正在往她房內搬東西。

她房內一直都是那個小暖爐，此時卻有人抬了個鳥籠般巨大的暖爐過來，東西很漂亮，乃是青銅鎏金的，紋飾精美。

王嬤嬤派人搬過來後，笑著跟慧娘說：「側妃，這是王爺吩咐的，讓我們把他房內的東西往側妃這裡搬一搬，晉王大概要搬到您這個院內住了，側妃但凡有什麼需要的，一定要吩咐我們。」

這話說得紅梅跟小巧都喜上眉梢了。

而且不光是暖爐，很快又有晉王的東西陸續送了過來，只是慧娘房內只有三個丫鬟伺候，晉王身邊卻總是有四個太監、四個丫鬟隨伺，慧娘這裡並不大，慧娘就讓晉王身邊的人先去左右廂房候著，有了吩咐再去叫他們。

等慧娘收拾妥當進寢室的時候，晉王已經在床上等著她。

慧娘知道自己是不需要伺候的，便走過去坐在床沿。

她覺得現在的晉王跟以往似乎有些不大一樣，變得穩重多了。之前那副慵懶閒散的樣子，漸漸褪去。

慧娘低著頭，知道晉王正在打量她。

她遲疑了下，才道：「晉王，您辛苦了……」

「我聽說妳在蕭城內照顧過哥哥。」

慧娘有點不明白他這個話是什麼意思，很快點了點頭，回道：「當時情況急迫，我原本不想過去的，可那樣的情況又不能不去，吳德榮就找人掛了紗帳隔著……」

她知道古代人對男女有別很忌諱，連忙為自己辯白了一句。

沒想到晉王壓根沒想過這些，他握著她的手，親親她的手指，笑著說：「就算不用紗帳，妳也該替我照顧他。」

他這次進宮，可是被哥哥叮囑過的，讓他一定要好好待這位林側妃。

晉王似乎想起了什麼，「等妳生下孩子調養好身子，我再帶妳進宮，到時候咱們再一起騎那個活車。」

慧娘沒想到這位晉王爺還惦記著那輛自行車，她笑了下，「什麼活車啊，那東西哪裡有活的、死的之分，那應該叫自行車。」

這話讓晉王有些意外，不過一想名字倒真是貼切。

晉王也就拉著她的手點頭道：「這個名字倒是不錯。」

白天的時候晉王看著還好，人不僅變得和氣了，就連對下人，脾氣都好了很多。

只是半夜的時候，慧娘就發現晉王的老毛病又犯了，她在睡夢中被晉王折騰醒了。

覺得晉王用力地要抓住什麼東西般，她趕緊從床上坐起來。

就見晉王臉色不佳，明顯是在做惡夢，慧娘之前見過他這樣，她趕緊握住他的手。

自從他們兩人在一起後，晉王已經許久沒這樣了。一等握到她的手，晉王就安靜了下來。這下可有得慧娘忙了，雖然白天晉王一點異狀都沒有，可到了晚上慧娘就要打起精神照顧晉王。

而且這次晉王的狀況跟以往有些不同，他眉頭緊鎖，似乎是遇到了什麼為難的事兒。

慧娘也想不出個所以然來，最後懷疑他這是戰後創傷症候群。

等他再發作的時候，她便如同哄孩子般，在他耳邊輕輕寬慰：「沒事了，晉王，已經都好了，您現在在您的府裡呢……」

這麼一說，晉王倒真好了不少。

時間過得很快，自從晉王回來後，王府內的生活又重回正軌。

除了這些，李長史更是告訴慧娘：「側妃一切可還安好？林麗娘讓我代她跟您問好。」

慧娘沒想到這位李長史又打出她二妹的親情牌，有些納悶。

隨後就聽李長史說：「晉王爺派人賜了林府一處宅子，在咱們王府附近，以後側妃想見娘家人，只需要吩咐一聲就可以。」

慧娘這才知道原來有這麼個事兒。

果然娘家離得近了，自從晉王賞了林家老小宅子後，林芸娘不時就會過來看看姐姐。

如今大家都知道林側妃就要生下晉王的第一個孩子，有了這份功勞，誰敢得罪林側妃的娘家人。

因此林芸娘到晉王府內的時候方便很多。

她帶了些外面的吃食，不過這位林芸娘也並不是真心要送什麼點心，每次不過是派人隨便買幾樣做個樣子。

那次林芸娘剛讓身邊的丫鬟遞過去，慧娘身邊的紅梅就已經笑著接了，「林小姐又來了，每次都這麼客氣。」

等從房內出去後，紅梅臉色一變，就把那些點心摔在桌子上，氣得直扠腰，努努嘴地對小巧嘀咕：「我可真不喜歡這位林小姐，咱們林側妃那麼好脾氣的一個人，怎麼會有這個心眼多的妹妹，妳沒瞧見，這位林芸娘居然都不避著咱們王爺，哪裡有這樣不懂規矩的小姐，還沒出閣呢，就總往姐姐的房子裡鑽，見了男人也不躲，還往跟前湊著問安……」

小巧也是瞟了一眼裡面，嘆息道：「只是咱們林側妃壓根不會往那方面想，咱們可得留意著。」

紅梅因為不喜歡林芸娘，再來一看包點心的紙盒子，就知道這些點心都不是什麼好的，便直接叫了兩個二等丫鬟，賭氣地吩咐她們：「妳們拿了這個去餵魚吧。」

林芸娘在慧娘房內坐了許久都沒等到晉王出現，終於是說不下去了，再來慧娘懷孕後懶怠，林芸娘再不想走，可林慧娘一個呵欠接著一個呵欠的，她也只得訕訕站起來說：「姐姐，今日我就先回去了，改日我再過來看望姐姐。」

慧娘忙要起身去送，林芸娘客氣地按住慧娘的手說：「姐姐同我客氣什麼，您不要送了，小心身子才是。」

說完等林芸娘出去時，就見院內正站著兩個小丫鬟在餵魚。

冬天天冷，魚缸內的水都結冰了，為了餵魚，特意敲開了一處，那兩個歲數不大的二等小丫鬟就站在魚缸邊掰著點心往裡扔。

林芸娘身邊的丫鬟眼尖，剛走過去，立刻就瞧見那些人是用什麼餵魚，立刻就扯了扯林芸娘的袖子說：「小姐，您看，她們在拿您買的點心餵魚呢！」

林芸娘看到後，臉色就是一變。

紅梅在廂房原本正在準備慧娘要喝的茶水，這時聽見院內的動靜，就知道壞事了。

果然剛出去，就聽見林芸娘身邊的丫鬟已經嚷嚷了出來：「妳們這是什麼意思，不喜歡我家小姐買的點心直說便是了……」

林芸娘臉色也不好，她神色緊張地往寢室那邊看了一眼，趕緊攔住自已的丫鬟。

紅梅也嚇壞了，不喜歡林芸娘是一回事，可把林芸娘的點心拿去餵魚，還被抓個正著，就算慧娘脾氣再好，知道也是會生氣的。

紅梅便趕緊認錯道：「林小姐，是我不對，我剛才看到您送的點心有一些碎開了的，就讓她們拿那些碎末末先去餵魚了……」

原本臉色還鐵青的林芸娘，在聽了這些話後，居然臉色一變，又變成了一臉笑意，溫柔地拉著她的手說：「我就知道妳不是故意為難我的，也是我身邊的丫鬟來的時候不小心，居然把點心壓碎了，誤會而已，不用說什麼錯不錯的。」

等這位林芸娘走後，跟著紅梅一起出去的小巧以為沒事了，就笑著說：「這位林芸娘也算有點自知之明，知道自己的東西拿不出手……」

紅梅卻是一臉擔憂，自言自語般，「小巧，我以前只覺得這位林芸娘是個心思不純的小姑娘而已，現在看來……這位芸娘小小年紀城府這麼深，見到這些都不說什麼，反倒把這件事抹過去，倒是小瞧她了。」

房裡的慧娘哪裡知道這些事，自從懷孕後，她就跟廢了一樣，每天都是睡啊睡的。偶爾不睡了，那些下人也都攔著不讓她出去。

她在房內悶得很，只是天冷，不管是過來把脈的大夫，還是紅梅她們都不敢讓她出去散步，生怕她不小心著涼。

慧娘只得在房內散心，或者沿著遊廊走一走。

晉王也瞧出她無所事事，便想起她之前做的那些紙牌，笑著說：「要不然我陪妳玩一會兒紙牌。」

說完還真的找出那些東西，陪著她玩了一會兒。

慧娘知道晉王很聰明的，很快就能贏自己，沒想到現在為了陪她解悶，居然故意輸了一盤給她。

在玩牌的時候，她遲疑了一下，終於抬起頭來，她對當媽媽的事兒一點準備都沒有，雖然知道古人結婚早，孩子也生得早，可她不知道晉王到底是個什麼意思？她望著他的眼睛，「晉王……你想過當父親是什麼樣嗎？」

晉王拿著牌的手停頓了一下，他前段時間見多了生死，屍山血海地一路殺過去，等再回來的時候，放眼所及皆是他一路燒過的村寨部族……

那種蕭瑟冷冽，那些白骨森森，一如他腰間所繫的寶劍一般冰冷。

那些生死堆砌起來，早已經沖淡了他為人父的喜悅，就連自己的生死似乎都不再緊要。再來他也說不準父親是什麼，當年的父皇母后並沒有怎麼疼惜他，每日見了他，就連功課都少有詢問，每次只一本正經地訓斥他不能生出妄想。

他一直以為自己喜歡樣貌幽靜冷清的女人，可沒想到慧娘這樣一臉福氣討喜的樣子，他也如此喜歡

他不明白父親是什麼，可卻喜歡這個女人為自己生兒育女，他拉著她的手淺笑道：「先不要去想這些，等孩子生下來自然就知道了。」

說話間，倒是紅梅走了進來，輕聲稟著：「晉王，剛宮裡來人了，聖上在行宮內又賞了東西……」

最近一段時間因要準備來年的祭天，也是為了避寒，聖上已經去行宮住著了。

而且這次聖上不光是自己去的，還破天荒帶上了那位關雎宮內的天仙。

晉王聽了這話，就從榻上起來，既然是宮裡賞下來的，他怎樣也要過去看看究竟是什麼稀罕物。

只是離開前，晉王笑著指著自己面前的那副牌，對慧娘吩咐道：「妳別偷掀，等我回來接著玩。」

慧娘卻是一等他走遠，就笑著去掀他的牌。

房內伺候的紅梅、小巧早都見慣了這幕，都知道現在不管林側妃做什麼，晉王爺都不會生氣的。

而且兩個人簡直就跟尋常人家的小夫妻一般。

只是在翻牌的時候，慧娘忽然發覺肚子裡有東西在動，她驚了一下，心裡想著怎麼這麼早肚子就動了呢？那些御醫不是說怎樣也要到開春的時候才會有胎動嗎？

她正納悶呢，忽然就覺得肚子像被人從裡豁開一般地疼了起來……

她立刻就知道不妙了！

可是要喊人時，已經喊不出聲來，整個人不由自主地向前撲去，嗓子裡更是有鐵銹的味道瀰漫開……

慧娘險些倒在地上，幸好紅梅離得近，一看她不對勁，連忙伸手扶住她，只是一看到慧娘的臉色，紅梅嚇得就喊了出來，「林側妃、林側妃，您這是怎麼了？您還好嗎？」

旁邊的小巧也連忙過來圍住慧娘，只是兩人才剛扶住慧娘，慧娘已經憋不住地吐出了一大口血。

一看清楚她嘴邊的血跡，紅梅、小巧兩人皆臉色大變。虧得紅梅反應快些，一推小巧，催促道：「妳快去告訴晉王！快去找大夫！」

小巧也不管什麼房內丫鬟的規矩及走路姿勢，撒丫子就往外跑，只是太緊張害怕了，剛掀起簾子要往外跑，偏偏腳上使不出力氣。

她左腳邁出去了，右腳卻是怎麼也邁不動，一頭就栽到了地上。

院外原本有些伺候的人在候著呢，一看到房內的一等丫鬟這麼匆忙跑出來的樣子，都驚了一跳。

小巧在地上用胳膊支撐著自己站起來，還不等站穩，已經嚷道：「快來人啊！林側妃不好了，你們快去叫大夫過來！還有晉王在哪裡，快去告訴晉王，咱們林側妃不好了！」

那些原本在廊下當差的，一聽見小巧說的話都唬了一跳，誰都沒遇到過這種事，嚇得匆忙往外跑。

也是趕巧了，王嬤嬤正好路過附近，一等聽到消息，第一個趕了過來。

那些邊跑邊喊的下人們沒說清楚，王嬤嬤原本還以為是林側妃要小產了，可等掀開簾子往裡一看，王嬤嬤就嚇得傻眼了。

慧娘哪裡是小產的樣子，她居然正在吐血，這分明像是中毒了！

王嬤嬤嚇得就往屋外退了一步，只是還沒退出去，她忽然覺得身上一疼，有人急著進到寢室內，嫌她站在路中間礙事，直接把她一腳踹到了旁邊。

待王嬤嬤再回頭的時候，就看見晉王已經趕了過來。

晉王身邊的人大氣都不敢喘一聲。

晉王看都沒看王嬤嬤這些人，他全部的注意力都放在室內的那個人身上。

此時的場景詭異到了極點。

寢室內外的人腦子裡都有根弦繃了起來。

晉王望著半躺在紅梅懷裡的慧娘，顯然沒想到情況會是這樣，他愣了片刻才走過去。

此時紅梅身上沾染了血跡，都是慧娘吐出來的，那麼大的一口血。

紅梅早被嚇得動彈不得，只呆呆抱住慧娘。

慧娘的眼神有些迷離，她覺得自己像是要睡著了，身體倒是沒有之前的疼痛，只是眼睛總想合上，就跟人疲倦了想要睡覺似的。

在半睡半醒之間，她感覺到了晉王的視線。

她沒有合上的眼睛裡，映入晉王蒼白的面孔。

她的心動了下，晉王沒有像以往那樣靠近她。

他像個嚇傻的孩子，在離她一臂的地方止步不前。

慧娘努力眨了眨眼睛，她想看清楚點晉王。

在這個時候，小巧終於把大夫找了來。

大夫氣喘吁吁地，手裡拿著個診斷用的包。

待進到室內，一看到那些吐出來的血，大夫的手直哆嗦。

寢室外早已經聚了不少人，王嬤嬤、李長史等人都在外面大氣不敢喘一聲地候著。

被叫來的大夫深呼吸了兩下，接著連忙取出長長的銀針試圖去扎慧娘的人中，可是壓根沒有用。

那麼長的針扎進去，慧娘也未見得多清醒。

一直抱著慧娘的紅梅，能感覺到慧娘的身體越來越冷，此時她終於哭了出來，緊緊揪著大夫的胳膊，語無倫次地哭喊著：「求求你大夫，求求你救救我家側妃！我家側妃……我家側妃……」

大夫額頭都冒出汗來，被她抓的手就是一個哆嗦，王嬤嬤到底是歲數大些，一聽見這個混帳話，趕緊過去一把扯住了紅梅，紅梅這才把慧娘從懷裡放下，讓大夫診治。

她則跟著王嬤嬤到了寢室外。

一等到了外面，王嬤嬤上去就甩了紅梅兩個嘴巴，低聲訓斥她：「妳喊什麼，妳若耽誤大夫給側妃看病，有幾條命都不夠賠的……」

紅梅知道自己剛才幫了倒忙，站在旁邊抽泣。

王嬤嬤瞅她一眼，心裡止不住地嘆氣，林側妃要是沒事便罷，要是有事的話，只怕林側妃房裡伺候的這些人，沒有一個有好果子吃的。

紅梅卻是完全崩潰了，她壓根沒去想自己可能的下場，此時滿腦子都是最近幾天發生的事兒。

明明林側妃昨天還跟她們房內伺候的小丫鬟們一起聊天吃點心，最近天冷，林側妃還派人給她們做了衣服，側妃說過了，等她們再大點就給她們配好人家，要有喜歡的話，她們也可以自己提出來……

紅梅都不敢想，這樣的林側妃會出什麼事兒……

小巧在旁邊伺候著那位大夫行針，此時除了這位大夫，御醫也都過來了。

只是這不是普通的毒，那位大夫在診斷的時候，緊張得連銀針都拿不住。

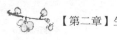

待那些御醫一看清楚慧娘的臉色，也臉色都變了變。

王嬤嬤離得遠，沒聽見那位大夫說的話。

可是李長史耳朵靈，立刻聽到了個毒字，後來隱約還有些怕是不好的話……

李長史臉色驟變，這下不光是裡面的大夫，就連外面的紅梅都發覺情況不對。

李長史沒有請示，直接一揮手叫了外面的親隨，壓低聲音命令道：「去，把院門關上，今天進入過林側妃房內的人都給我盤查起來，還有膳房跟茶水房裡的人一個都不准動，都原地等著……房間一律都用封條查封了！」

敢在晉王府內用毒，這已經不單單是毒死一個林側妃的事兒了。

李長史一想到裡面可能隱藏的某些深意，都覺得格外可怕。

王嬤嬤臉上也是一點血色都沒有，她原本最壞的打算就是林側妃小產，可要是下毒的話，一旦要牽扯起來，就算把王府內的人都殺絕了，也算不得什麼……

裡面的人卻是想不到這些事兒，不管是解毒的大夫及御醫，還是幫慧娘擦著額頭冷汗的小巧，大家都在小心忙碌著。

只有晉王呆若木雞地站在那裡。

御醫把解毒的藥丸用水化開後，要灌到慧娘的嘴裡，只是一張開嘴，慧娘又立刻吐出一口血來。

那殷紅的血，她膚色不算很白，可沾上一些血還是觸目驚心得嚇人。

晉王終於靠近了她，他俯下身，原本要去握她的手，可手指還沒有碰觸到，晉王就不敢再繼續探手，他怕摸到冰涼的慧娘……他都不知道自己見過多少死人，可慧娘不該是其中一員……他的慧娘應該是好好的，要為他生兒育女的……

反倒是慧娘似有感應般的，在半睡半醒間，她掙扎了下，伸出手來握住了他的手，其實肚子還在疼著，腸子就跟要斷掉一般。

她深吸口氣，像是要說什麼，可是說不出話來。

此時此地沒有人敢出聲，寢室內外的人就連呼吸都是靜悄悄的，生怕出了什麼聲音會驚動了晉王。

慧娘的嘴唇跟要裂開似的，她從沒有這麼渴過，身體也跟要燒著了似的，她嘴唇動了下，很慢很輕地吐出兩個字來：「孩子……」

她想伸手去摸自己的肚子，可沒有足夠的力氣，她無力地掙扎了下。

晉王終於是動了下，把她的手放在肚子上。

慧娘摸到了自己的肚子，只是肚子不似以前那麼柔軟，而是硬硬的。

那感覺很奇怪，就好像肚子裡的小傢伙已經不在了一般……

她的意識已經模糊了，這次她吐出來的字更加不清晰，「肚子在動……」還沒有說完，一股鐵銹味又在她嘴裡蔓延開，她沒有力氣再吐出來，可是血在嗓子口堵著，她的身體終於不可抑制地痙攣了一下，咳出了一點血。

晉王離得近，有血點咳到了他的臉上。

他原本皮膚就白皙，此時更是血色全無，那血點噴上去倒是格外顯眼。

身邊的人誰也不敢說話，就連動作都靜止了。

所有的人都心知肚明，這位林側妃怕是救不過來了。

小巧端著藥丸的手都在哆嗦，她一個字都說不出來，眼淚劈里啪啦掉著。

慧娘在彌留之際跟想到什麼一般，她看了看身邊的人，用盡力氣呼吸了一下，才緩緩道：「別……亂殺……人……」

她沒有時間精力去保護紅梅、小巧她們，她只是覺得不是這些人害她的……

在說完這些話後，慧娘終於沒有了聲息。

外面的王嬤嬤及李長史動都不敢動，在發現裡面的人都不動了之後，他們都知道這是林側妃已經去了。

寢室外的人頓時都撲通撲通跪在地上。

院外的人也都得了信兒，等紅梅再看過去的時候，就見院外也滿滿跪滿了人。

只是晉王沒出聲，沒有人敢哭出聲來。

大家都靜靜等著。

紅梅憋著哭聲，她一抽一抽的，又覺著自己是在做夢。

小巧已經從寢室內走了出來，站立不穩地癱倒在她身邊，緊緊抱著紅梅說：「紅梅姐姐，到底是誰那麼狠心要害林側妃……」

紅梅一個字都說不出來，她也不明白，林側妃所有的飯食都是專人送過來的，而且那些打理的人都是王府內的人，怎麼想也沒道理會中毒，再說她跟小巧不時都會被林側妃賞些點心果子，再說每次用膳林側妃都是同晉王在一起……她實在是想不明白，究竟林側妃是怎麼被人下的毒？

林慧娘一點沒有要死的感覺，她覺得自己是要睡著了。

本來身體疼到了極致，可忽然她發現可以躲開那些疼了，她本能地躲到了一個很奇怪的地方，她頓時覺得身體涼涼的。

身下的感覺也怪怪的，遠遠地似乎還能聽到暮鼓的聲音，她覺得奇怪，而且還嗅到一種很熟悉的味道……

【第三章】

還魂

「聖上，謝謝您救了我，只是我們仙家是不可以跟俗家有塵緣的，如今我既然已經醒了，希望殿下能把我送到山清水秀的地方清修……」

「不知仙家是哪門哪派？學什麼仙家道法？」

「我派所學甚雜，只要習得一法便可窺知宇宙奧妙，我主要研修拉格朗日的分析力學，輔以一些牛頓跟萊布尼茲的微積分……」

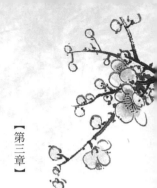

天氣仍然寒冷，不過此地的的氣溫比京城要高上幾度，慧娘自從醒過來後，就發現自己在一處全然陌生的地方。

這個地方比她在晉王府內的住處還大，她躺在一張雕花床上。

除此之外，有兩個小宮女不時會過來看看她的情況。

有時候那些宮女還會幫她翻身，用手在她全身上下按摩，給她鬆鬆筋骨，推拿幾下，疏通血脈。

再來就是一天十幾次地在她唇邊滴一種像是精油似的東西。

慧娘雖然醒過來了，可身體還是很不舒服。

身上的力氣就像被抽乾了一般，她起初一點都動不了，就連睜開眼睛都要耗費很多力氣，十分疲憊。

她就讓那兩個小宮女這麼照顧著。

不過她漸漸地發現其實照顧她的不只是兩個小宮女，那些宮女都是輪班的，每過一段時間就會輪換一班。

而且不光是這麼照顧她，每過兩天，那些人還會把她抬到一處溫泉似的地方泡澡。

那水舒服極了，讓她四肢百骸都極為舒緩。

水汽氤氳中，慧娘有幾次小心地睜開了眼睛，不過那些伺候她的小宮女都在認真地幫她清洗身體。

而且不光是清洗，那些小宮女還會順帶做做按摩。

不知道是被熱氣熏的，還是身體在逐漸恢復，慧娘的知覺越來越多了，之前身體像是麻痹一般，此時已經有了冷熱觸感。

能感覺到水溫有些偏高，那些宮女的手在不斷幫她擦拭著。

身體麻痹的時候還好，一旦有了感覺，想要再裝作昏迷的樣子就很難了。

只是慧娘還沒理清楚自己的思路，也不知道該怎麼用這個身體再去面對這個世界。

倒是在沐浴的時候，她聽見一名宮女在悄聲對另一名小宮女說：「發現沒有，這位貴人的皮膚越來越好了，據說咱們每日給她塗抹的東西，都是世間少有的好東西，原本這位貴人的皮膚沒這麼好的，現在竟然保養得如凝脂一般，我要是男人我也愛……」

「不光是皮膚，妳看看這頭髮，也比前幾年好了不少，黑亮黑亮的，可惜不管用多少心血，耗費多少好東西，終歸是個半死人……」

「噓，這個話可不要隨便說出去。」聽到的宮女趕緊提醒道：「這種事兒也就妳我私下說說，要是傳出去就壞了，聖上是明君，可在這件事上，別說妳我這樣的宮女了，就連孟太后的勸諫照舊是一個字都不聽……這種話可不是能隨便說的……」

那兩個宮女雖然在說著八卦，不過手腳倒是放得很輕，感覺得出來這兩個都是很厚道的人，在伺候她的事兒上一點都沒有懈怠，很是盡心盡力。

在沐浴過後，慧娘又被那幾個宮女移到一張軟床上。

那床像是專門留著給人休息用的。

躺上去軟軟的，不知道床上鋪著什麼，滑順細緻，非常舒服。

很快地又有兩個小宮女過來，拿起指甲銼子，還有剪指甲專用的剪子，小心翼翼地幫她修剪指甲。

修剪的人全神貫注，其他幾名宮女卻得空了，少有地說起最近轟動京城的那件大事。

「唉，沒想到這樣的事兒都會有，我聽了心裡都撲通撲通的，怎麼會有那麼膽大包天的人，居然把林側妃毒死了，聽說林側妃身邊的丫鬟哭暈過去好幾個……我聽說林側妃是個厚道人，從不亂責罰下人，王府裡的舞姬到歲數了，不僅放出去還發了很多銀子，對身邊的人更是好得不得了。」

「聽說之前晉王常常杖斃身邊的人，可自從有了這位林側妃後，晉王已經很少責罰身邊的人了，偶有犯錯的，那位林側妃也會幫下人擋回去，晉王很聽側妃的話，現如今還不知晉王會變成什麼樣子呢……」

「可不是，看著寵愛的側妃死在自己面前，還是一屍兩命，聽說晉王當時人都瘋魔了，居然要用劍割開林側妃的肚子，想把那位側妃肚子裡的孩子挖出來……」

「這事兒也不知道是真是假，我也聽說了，如果不是林側妃身邊的兩個丫鬟拚死護主，只怕林側妃真就要被割開肚子，連個全屍都留不下。不過我聽人說，倒不是為了什麼孩子，只是晉王非要留下林側妃的那點血脈。」

「所以說晉王都瘋魔了呢，那才幾個月的胎兒，就算割開肚子也是個死胎啊。唉，其實也怪可憐的，晉王原本是不信鬼神之說的，現在也親自扶靈去了君山，還在君山住了下來，不肯下山……」

那個專門修剪指甲的修剪好了，也迫不及待湊了過去，跟著一起說道：「所以聖上才要親自過去，全天下能勸住晉王的就只有咱們的聖上了，那位林側妃也是個沒福氣的。不過說起來起碼晉王還有這麼位林側妃，倒是……」

剪指甲的宮女不敢把話說全了，可話中的意思大家都懂的。

那些宮女都是在伺候這位半死的貴人，眾人也都明白她的意思，忍不住說道：「只能說天下的情種都跑到皇家來了，這次聖上帶了關睢宮的這位貴人出來，只怕宮裡的那些娘娘們都要氣壞了……」

「可有什麼辦法，這些日子以來，聖上一直不離這位貴人左右，每天就寢都要親自歇在她房內。」

另一個不大懂事的小宮女，覺得奇怪，在那直問：「可是這位貴人除了有口熱氣，不跟死人一樣嘛，聖上就寢的時候用來幹啥？而且還不準身邊的人跟著……」

幾個年長的宮女就拿那小宮女逗趣，笑道：「妳還小呢，不懂的，女人能做的事兒多了，要不然妳躺下讓小李子去試一試，那些去勢的太監都能鼓搗出動靜來，妳說聖上就能被難住？」

慧娘原本還躺著偷聽，在聽到晉王的那些事情時，感覺像是在做夢。

她甚至都有點不敢想像晉王的表情，可等晉王的話題一轉，很快就發現八卦往不可預測的事兒上去了，她就跟受到刺激般，手指下意識地動了一下。

結果就這麼倒楣，在她的手指蜷曲了一下的工夫，就真有一個眼尖的宮女瞧見了她的動作，大驚失色地啊了一聲，趕緊站起來，一臉震驚地叫道：「動、動了！剛才貴人的手指好像動了！」

其他人哪裡會信，回頭瞧了一眼還在軟榻上躺著的貴人，紛紛擺手說：「妳眼花了吧？這都躺了多少年了，要能動早動了。上次聖上也說她動了，可最後檢查下來還不是跟死人一樣……」

那個叫出聲的人不死心，她絕對沒有看錯，明明看到剛才那位躺在榻上的貴人動了下手指的。

她趕緊走過去，可不敢驚了貴人的玉體，此時因為是躺著的，所以貴人沒有穿鞋子。那個宮女也就一咬牙，掀開了薄被，直接用手去撓慧娘的腳心。

慧娘這下可繃不住了，剛被撓了兩下，她就欸的叫了出來。

這下不光是那個咯吱她腳心的宮女，就連其他圍觀的宮女都是一副嚇到的樣子。個個目瞪口呆的，過了足足有一兩分鐘，最後還是最年長的那個終於反應過來，起身便往外面跑去，一邊跑一邊驚喜地狂叫：「來人啊，快去傳御醫！咱們關雎宮內的貴人有動靜，似乎要醒了！」

慧娘其實醒過來已有三四天了，只是她手腳一直都麻麻的，跟麻痹了一樣。

雖然中間被推拿跟沐浴，可還是手腳使不出勁。

等宮女叫來了御醫後，慧娘就聽見周圍亂糟糟的聲音。

宮女、太監還有御醫都圍繞在她身邊，七手八腳的，有的給她推拿，有的給她鬆四肢，還有給她針灸的。

頭幾次針灸她還感覺不到疼，可幾次之後，她越來越能感覺到疼了。

她原本以為針灸扎的時候不會疼，可現在才知道，原來針灸也跟打針一樣。

慧娘到現在也沒再隱藏的必要，終於睜開了眼睛，只是還是怠於說話，實在是沒精神，腦子一團漿糊，舌頭也不怎麼利索。

那些宮女們算是開了眼界，先不說這位貴人奇特的衣服，還有她那些事兒，就連存放在宮內的那件東西更是從來沒人見過的。

如今這個跟半死人一樣的人，居然還可以躺著躺著又活過來了！

那些宮女又怕又敬，只小心伺候著，都不敢同她說話。

只是在稱呼上，那些宮女不知道該怎麼辦。

之前聖上只是將這位天仙一樣的人安排到關雎宮內，卻一直沒有定下具體的品階，再來宮內有四位妃子跟一位皇后。

那些人在稱呼上也是有些犯愁，幸好在詢問在行宮留守的總管後，總管道：「不管怎樣先叫著貴人，倒不是叫貴人的品階，而是此人身分尊貴，等聖上回來，別說是貴人的品階了，只怕在貴妃之上再列一個妃位都是有可能的，妳們好好伺候，聖上現在還在晉王那裡，只怕現在已經知道消息，慢則三四天，快則明天就能趕回來，這段時間可千萬不要出了差錯，不然就連我都逃不過的。」

這些宮女一聽就明白了，伺候得更加小心。

再來宮內誰不知道永康帝對這位關雎宮內的貴人有多上心。

慧娘從此之後，身體漸漸復甦。

起先只吃些湯湯水水，大概是為了讓她的胃口緩和一下，等過了一天，又開始餵她喝了一些藥湯。

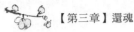

她也不知道那是什麼，藥湯喝起來有股酸味。

有三個穿戴整齊的宮女伺候著她喝藥，一個端藥丸，一個隨時準備幫她，再有一個是端著蜜餞的。

慧娘發現自己穿越後算是跟湯藥結下不解之緣，不管是什麼時候似乎都在喝藥。伺候王爺之後要喝避子湯，懷孕了要喝保胎的藥湯，現在剛醒過來又要喝養身體的藥。

她暈暈乎乎喝完藥，正待休息時，忽然聽見外面的聲音似乎有點不對。明顯有很多人往她這邊走過來。

腳步聲很急，她最近因為在養病，那些宮女及太監就連呼吸都是小心翼翼的，別說發出這麼大的腳步聲了，此時聽到這麼大的聲音傳來，慧娘忽然感到緊張了。

她早就有預感，可此時仍是緊張得全身僵硬，腦子裡亂哄哄的，止不住想著怎麼辦？要不要說她就是死掉的林側妃借屍還魂了……還是……

由不得她多想，那人已經到了。

在她還沒有來得及看清楚前，她已經被那人抱在懷裡。

那人在抱住她後，還喚了一聲：「曉曉，妳終於醒了。」

慧娘被抱的身體立刻一僵，她從來沒想到此時此地，會被人叫她以前的名字。

穿越後她被人叫多了慧娘，對這個從小一直伴隨著自己的名字反倒有些生疏了，此時被人叫出來，她還懵了一下。

愣了足足一兩秒鐘，才反應過來，她抬起頭來，對上那人的眼睛。

她還被人緊緊抱在懷裡，不知道是不是對方剛剛走路走太快，現在都能聽到他胸口內的心臟在劇烈跳動，她不知道是不是自己的錯覺。

他的呼吸，他貼著她身體的心跳，似乎都在向她傳遞著一種不可言說的情緒……

沒有任何意外地，在抬起頭的瞬間，她看到了永康帝的面孔。

他的表情沒有太大變化，還是那麼溫和淡定。

只是那種長輩一般的表情消失了，此時望著她的目光裡摻雜了些別的情緒，激烈的、躁動的，就跟他的體溫一樣，炙熱得讓她心驚肉跳。

像是被什麼扎到一般，她趕緊推開他。

此時已經變回吳曉曉的林慧娘，舌頭都要打結了，她不知道該怎麼把這位深情款款的男人，同那位高高在上的永康帝聯繫在一起。

而且她跟這位的關係十分複雜，她可曾跟這位的雙胞胎弟弟懷了孩子的……

如果沒記錯的話，當初她被立為側妃的時候，還是這位給下的聖旨。

現在再被這位這麼深情款款地凝視，她覺得自己都要起雞皮疙瘩了。

她遲疑了下，很快說道：「聖上，謝謝您的照拂……我已經知道是您救了我，只是我們仙家與你們俗家不同，我是不可以跟你們有塵緣的，如今我既然已經醒了，希望殿下能把我送到一處山清水秀適合修煉的地方，讓我清修……」

慧娘之前想過一些應對的方式，現在因為情勢嚴峻，她只能隨口胡謅，趕緊說出之前想好的藉口。

她可不想跟這兩兄弟發生什麼不能說的故事……

只是沒想到永康帝聽到之後，卻是淡定地接受了，反倒很快問她：「不知仙家是哪門哪派？學什麼仙家道法？」

慧娘差點沒吐血，心想搞什麼仙家道法啊！這位還真是打算深入瞭解這些啊？

她能懂什麼仙家道法啊……

只是聽說他這個人迷信才順口胡謅的，想找個能唬過去的理由就算了，現在一被問到，少不得又要趕緊想點東西糊弄她。

雖然心裡很發愁，可慧娘也是職場上歷練過的，努力保持臉上的表情，儘量裝著淡泊寧靜的樣子，「我派所學甚雜，拉格朗日的分析力學[1]、惠更斯的波動光學[2]，還有馬克士威的電磁學[3]這些……每個人的道法不同，只要學得一法便可窺知宇宙奧妙，我主要是學習研修拉格朗日的分析力學，歐拉的剛體力學[4]，輔以一些牛頓跟萊布尼茲的微積分[5]……」

她這麼雲山霧罩地說了一番後，儘量裝著高不可測的學究樣子，心虛地看了永康帝一眼。

永康帝一副似懂非懂的樣子，顯然是被她那些奇奇怪怪的名詞給糊弄住了。

慧娘學著那些道士尼姑的樣子，雙手合十，輕聲念道：「施主，力是讓運動狀態發生變化的原因，不知施主可否送我去一處清淨的地方，好好研習拉格朗日……」

永康帝安靜地看著她，沒有再伸胳膊抱她。

他面色平靜，顯然已經恢復了以往的樣子。

慧娘是知道他城府有多深的，此時這麼一靜下來，她立刻就覺得自己的腿肚子直抽筋，生怕他會瞧出什麼來。

幸好他並沒有想那些，反倒淡淡道：「妳不要急著研習這些，先在這裡靜養，待妳身體好了再做打算。」

說完後，永康帝又對身邊的人吩咐道：「你們去把青紗搬來，擋在床中間。」

慧娘心裡納悶，還搞不清楚怎麼回事，已經有太監動了起來。

很快就有一樣看起去挺重的東西被抬了過來。

是一個高高的架子，然後架子中間放著一種很輕的紗布，布織得非常細膩。架子特意放在床中間，寢室內的那張大床很快就被隔了開來。

自從這樣東西搬過來後，慧娘發現寢宮內的宮女及太監皆退了出去，這些人很有默契，都知道不能在這裡打擾。

等那些人一撤走，慧娘便覺得尷尬起來。

孤男寡女地共處一室，這種欲蓋彌彰、曖昧叢生之感讓她心裡特別不舒服。

注釋——

1　拉格朗日力學（Lagrangian mechanics）：法國著名數學家約瑟夫拉格朗日創出拉格朗日方程式，奠定分析力學的基礎，把力學理論應用到物理學等其他領域。

2　波動光學（wave optics）：又稱物理光學（physical optics），建立於惠更斯原理的基礎上，這個技術能夠計算繞射、干涉、偏振、像差等各種複雜的光學現象。

3　馬克士威電磁理論：詹姆斯克拉克馬克士威（James Clerk Maxwell）蘇格蘭數學物理學家，最大貢獻是提出將電、磁、光統歸為電磁場中的現象的馬克士威方程組。馬克士威電磁理論的重大義意不僅支配一切宏觀電磁現象，並將光學現象統一在此理論框架內，影響二十世紀物理學甚巨，並因此發展出對現代文明影響重大的電工和電子技術。

4　歐拉（Leonhard Euler）：瑞士數學家、力學家、物理學家，是近代數學分析的主要奠基人之一，他不僅將數學廣泛地應用到整理物理領域，並在力、聲、熱、光、電、磁等各領域皆做出許多重要貢獻。

5　萊布尼茲（Gottfried Wilhelm Leibniz）：十七、十八世紀德國重要的數學家、物理學家和哲學家，曾為誰先發明了微積分和牛頓有過一場世紀辯論。

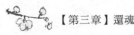

而且放青紗的時候，她就在床上坐著呢。

雖然身體沒什麼大礙，血脈也都通暢了，可體力還是不行，她長久沒活動，大部分時間都是靠宮女的攙扶才能走幾步路。

現在那些宮女一走，慧娘就只能在床上坐著、躺著。原本很大的床，現在無形中似乎小了一半。

永康帝也坐到了床上，伸展四肢。

他給人的感覺跟晉王完全不同，晉王是充滿攻擊性的男人，只要跟晉王在一起，慧娘就會擔心、緊張、害怕。

可是永康帝卻很特別，當他半躺在另一側床上的時候，慧娘只覺得尷尬，卻不覺得多麼害怕。

因為永康帝的形象太正面了，他應該是那種不屑強迫女人的男人。

他有一種天然的氣度，世界萬物都該為他所有。

那種居高臨下的氣勢與胸懷，明明他跟晉王一樣都只是個二十多歲的年輕男子，可是慧娘卻一點不覺得他有什麼不成熟的地方。

房間內靜悄悄的，慧娘沒有出聲，永康帝也不擅於說話。

慧娘感到有些奇怪，她記得這位永康帝其實是個話嘮帝的。

此時兩個人中間隔著一層青紗，或躺或坐著，還真要有什麼事即將發生似的。

就在慧娘搜腸挖肚地想著要不要起個話題的時候，她忽然隱約聽到了很均勻的呼吸聲，她記得晉王每晚酣睡的時候也會發出這種呼吸聲的。

她忍不住伸手掀了下紗簾，然後就看見那位躺著的永康帝，真的已經閉上眼睛睡熟了。

慧娘都不知道自己現在該是個什麼表情動作，她又輕輕地把紗簾放了下去。

她低著頭想，這位也真睡得著！

居然這麼快就睡熟了！

難道是知道她甦醒的消息後，連夜從君山趕回來的？看他這麼疲倦，再一聯想他是過去勸慰晉王的……慧娘忽然就心酸了一下。

不知怎麼地，當她再想起晉王的時候，感覺就像是另一個世界的事情一般。

她下意識地摸了摸自己的肚子，此時的肚子十分平坦。什麼胎兒、懷孕、妊娠那些都消失不見了，雖然不是她很想要的孩子……

可瞬間有種空落落的感覺，還是讓她疼了下。

此時她身體很瘦弱，長年只靠那些滋補的藥膏仙水養活著，她早已經骨瘦嶙峋，這幾天被這麼將養著也不過是胖了一點點而已。

慧娘嘆了口氣，她覺得自己整個人都蒼老了許多，心態再也恢復不到曾經那個單純的自己了。

慧娘也不知道還有沒有機會知道下毒的人是誰？就算知道了，自己又能做什麼……

她不知不覺也睡下了，第二天等她再醒來的時候，永康帝早已經起床了。

自從永康帝回來後，慧娘就發現這位永康帝簡直就跟聖人一樣。

如果晉王是閻王，那永康帝簡直就是天使級的。她都不知道這位至尊是如此好相處的人，簡直好相處到沒有存在感了。

他不會對她動手動腳，自從她說了想清修的話，永康帝就用紗簾擋在床中間，每日都是定時地跟她打個招呼就不再打擾她了。

更多的時候就連對話都沒有，只是安靜地讓她在身邊待著。

這種感覺，讓慧娘隱隱想起之前在蕭城發生的事情。

那時有段時間永康帝要假扮晉王，沒事就會把她叫過去，也不過就是讓她安靜地坐在他身邊而已。

這段時間，慧娘也不斷在努力恢復體力。

大概是生死之間走了兩遭，再來這具身體是習慣戴眼鏡的，現在猛地沒有了眼鏡可戴，她的眼神就有點兒飄。

再來那些宮女們給她弄來的衣服都是飄逸款的。

她好幾年沒打理的頭髮，此時因為半長不短的，大部分時間都是隨意地梳一梳。可就因為這樣懶散的打理方式，反倒讓她整個人顯得很飄然靈動。

往鏡子前一站，慧娘就發現自己真成了修仙版的吳曉曉了。

而且不光是這種外在的變化，她望著鏡子裡的自己都倒吸了口氣。

她的五官沒什麼太大的變化，只是沒想到在那些藥材的調理下，她的皮膚可以光滑細緻成這樣。

而且長年不怎麼曬太陽，她皮膚白了很多，頭髮也跟墨一般黑。

她從小就是書呆子型的，加上又宅，給人的感覺就有點冷冷清清，現在這副樣子，就變得有點黑髮如墨、臉若寒冰的冷豔高貴之感。

她的身體尚在恢復階段，隨著那些湯藥跟推拿的作用後，她逐漸可以自行走動了。只是每一步都讓那些宮女們擔心。

那些人特意在地面上鋪了軟軟的墊子，以防她有個不測摔倒受傷。

然後宮女們還把她練習走路的殿內東西搬開，留出更多的空地給她。

就算這樣，那些宮女還是亦步亦趨地照看她。

所有的人都當她是天下少有的修仙者，寶貝著呵護著她。

慧娘也知道這些人是怎麼瞧她的，為此她還要有事沒事就口中喃喃念著那個定律、這個理論的……

所以那些宮女偶爾就會聽見她嘴裡跟念經般嘀咕著：「對於曲線運動，在任意一個運動過程中至少存在一個位置，或一個時刻的瞬時速度等於這個過程中的平均速度[6]……」

在她養病的這段日子了，慧娘並不知道因為她的甦醒，連朝局都有了微妙變化。

首先是宮裡的四妃跟劉皇后。

那四個妃子倒還好，反正她們只是宮裡的妃子而已，都知道自己的地位無法與那位甦醒的貴人相比。

但劉皇后算是比較鬧心的，之前做夢都沒想到會有這樣的事發生，那位關雎宮內的貴人，之前沒醒的時候，聖上已當心肝寶貝般疼著，宮裡的女人一概不碰，每日只守著那麼個

注釋——

6 出自拉格朗日中值定理，是他眾多研究中對微積分領域的貢獻。

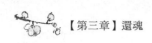

半死人過夜。

此時那人醒了，那還不寵到天邊去？

於是那些打探消息的人都活躍了起來，不管是孟太后放在宮內的人，還是劉皇后那邊的，形形色色的，就連朝堂上的閣老們也都知道這位貴人甦醒的事，皆怕有變局發生。

偏偏事件的主角，作為暴風眼中心的慧娘卻還在挖空心思想著跑路，想儘量躲開這位永康帝。

不過除了她之外，也還有一位風頭正勁的人物。

因為救助貴人有功，一直調配仙家靈藥的張道人，此時水漲船高起來，已經成了朝廷上的紅人，進出御書房的次數越來越多。

慧娘卻是沒想過這些，她還在全心全意地鍛煉身體呢。現在每天的工作就是散步恢復體力，喝藥吃飯，永康帝則是按部就班處理著各地的奏章。

因聖上要在行宮這種地方辦公，那些閣老大臣們也只好陪侍左右。

原本只是個避寒的地方，現在卻儼然成了第二個小朝廷。

這樣安靜平和的日子過得很快。

慧娘也不知道自己跟永康帝算是什麼情況，真論起來的話，她跟這位永康帝交流的次數，似乎還不如那個看門的太監交流得多。

可要說沒有交流的話，他們卻是每夜都會在一張床上躺著休息。

雖然是有紗簾擋著，可是那種東西真遮擋不了什麼。

而且這位永康帝非常喜歡天外飛來一筆，會冷不防地說句嚇人的話。

比如晚上就寢時，他會忽然說一句：「妳不必叫朕聖上，妳可以叫朕晟。」

林慧娘已經把頭枕在枕頭上了，她總有一種被大伯調戲的感覺。

雖然她跟晉王也算不上是自由戀愛結合的，可一想到他跟晉王是雙胞胎……她還是被噁心得夠嗆。

她摸著雞皮疙瘩，趕緊回了一句：「聖上，您幹麼不送我走呢？我跟您是沒有塵緣的……您看我身體已經恢復得差不多了，該放我走的，按我們的話說，你跟我就是不相交也不重合的兩條直線。」

林慧娘說完後，那位永康帝卻沒有開口搭腔。

他一向都是這樣的，一旦不想回答的時候就會沉默不語。

慧娘忍不住嘆了口氣，心想這位永康帝跟晉王完全是兩種風格的人。

不知道為什麼，她就想起在罨地時，晉王抱著她在夜裡疾馳的場景，那一次她差點死掉了，是晉王親自帶著她穿過了「死地」，把她帶到安全的地方，讓人為她醫治。

明明那麼相似的一張臉，行事作風卻截然不同，晉王是很急躁粗暴的性子，越是生氣，聲音壓得越低、越是面無表情。

可這位永康帝她相處久了，卻發現他好像不懂得什麼叫做急躁跟不高興，他是強大到不需要急躁的淡定帝，這個世上也沒人能讓他不高興。

更主要的是，她很難想像一個身居如此至尊之位的人，品行竟然如此好，這麼寬厚寧靜淡泊。

可越是這樣的人，一旦對她擺出這種「我不強迫妳，我只是喜歡妳」的策略時，她越是覺得心亂如麻、煩躁無比。

此時長樂宮內，暖爐熏香，地龍燒得很熱。

即便是這樣的冷天，屋裡也是暖融融的。

劉皇后臉色卻不大好地坐在椅子上，她最近總是沒來由地嘆氣，連宮女們都知道她在愁著什麼。

眾人皆小心翼翼，劉皇后是個賢淑的人，是孟太后千挑萬選才選出來的，性子自然是沒得說，從小知書達禮，自從執掌六宮後更是坐得正、行得端。既使現在愁眉苦臉，可也沒有無故拿身邊的人出氣。

只是后位不是妳是個好人就能坐得穩的。

再如何有口皆碑的好皇后，也架不住真愛來得猛烈。

現在那位吳曉曉、吳貴人還沒回宮呢，就連朝廷上都有了議論。

而那位永康帝又跟別的聖上不同，以往會有御史、朝中大臣去勸說，會以江山社稷來保她這個皇后……

可這位永康帝卻與眾不同。

劉皇后心裡發寒，那位看似好相處的聖上，卻是個全天下最難親近討好的人。

而且那說一不二、天下唯他獨尊的架式也不是一朝一夕學得來的。

他執掌天下的這些年，朝中沒有哪一個敢觸犯聖顏。

現如今別說她無所出，就算她真跟他有過什麼夫妻之實，只怕永康帝一句話也能說廢就廢掉她。

就在劉皇后唉聲嘆氣的時候，其他宮內的妃子也都過來了，最近大家都人心惶惶。

孟太后雖然遍選天下美女，可當時永康帝怕外戚坐大，不允許大家小姐入宮，所以宮內的四妃連帶劉皇后的門第都不算高，只勝在人美、性子好。

所以一旦有個什麼，她們這些宮裡的女人連個依靠都沒有。

四妃到了後都不開口說話，只裝著要閒談的樣了。

那些宮女早已識趣地退到門外，只留下幾個心腹宮女在內伺候著。

劉皇后也知道她們是為什麼來的，現如今不知道多少雙眼睛在望著她這后位呢，劉皇后悠悠嘆了口氣。

不光是這些宮裡人，就連她在宮外的娘家人，都捎人帶了話進宮，讓她千萬不要失了分寸。只是什麼是分寸？她不過是糊裡糊塗就成了一國之后，坐著轎子從正門抬進來的。

可大婚之日，聖上也不過就露了個面，就連交杯酒都沒有喝，就又去了關睢宮，宮內的哪一個人不知道這件事。

現如今那位關睢宮內的人已經醒了，只怕以後的日子會更難熬的。

劉皇后輕緩地開口道：「今兒天氣不錯，妳們要不要陪本宮去御花園散散心？」

其實什麼天氣不錯，如今天寒地凍的，御花園裡哪裡有什麼可看的。

只是四妃誰也不敢說個不字，都跟著劉皇后往御花園走去。

走到一半的時候，淑妃終於沉不住氣，之前她還能搏一搏，求聖上瞅她幾眼，現如今那位真愛一醒，大家都只有靠邊站的道理。

淑妃能甘心才怪呢，於是說道：「皇后娘娘，此事不知道孟太后有什麼想法？」

劉皇后心裡冷笑一聲，心想這個淑妃真是越活越回去了，現如今這種情況孟太后還能是什麼意思，只怕老太后現在正高興著呢。

國本空虛的時候，孟太后每天三催四請的，搞出多少事來，不就是想後宮能趕緊添個孩子嘛。

為了這個，孟太后壓了晉王多少年，硬是不讓晉王娶王妃，只盼著永康帝能先有所出。現在只怕那位貴人一醒，孟太后就已經在著手準備讓那位貴人懷龍子的事兒。什麼嫡庶之分、什麼正宮側妃的，對孟太后來說又有什麼關係，孟太后只要有孫子抱就可以了。

劉皇后便淡淡回道：「孟太后在清修呢，現如今怎麼好去打擾她老人家，說起來本宮倒是有樣東西想送到關雎宮去，之前貴人一直沒醒，也是本宮疏忽了，現在聽關雎宮內的管事說，關雎宮裡已經許久沒有修葺過了，只是現在天氣還冷，不適合動土，本宮就選了一些家什先送了過去，另外又想跟幾位妹妹商量下，可還有什麼趁手的東西，也一併都給那位吳貴人添置添置，也是咱們姐妹的一番心意。」

貴妃是個聰明人，一聽就明白劉皇后是要打溫情牌啊！便也笑道：「既如此，那妹妹我也借花獻佛，我宮裡正好有些織品，不知道那位貴人會不會喜歡，趕明兒我挑選好了，放在皇后娘娘這裡，也一併送過去。」

其他三個妃子，就連淑妃也都明白過來，不管心裡樂不樂意，都紛紛跟著說：「正是呢，我也去選一些……」

劉皇后跟四妃一團和氣，左右伺候的宮女聽到後卻是彼此對視一眼，有些心思活絡的簡直都想趕緊找門路去投奔關雎宮。

早些年但凡在宮內有門路的宮女、太監，沒有一個願意被派去關雎宮伺候那個不能動、沒知覺的半死人。

此時那些有門路的人都恨自己不長眼，竟然失去這麼好的機會。

這邊皇宮內苑正嚴陣以待等著吳曉曉。

吳曉曉在另一邊卻還在每天忙著鍛煉身體。

自從林慧娘的身體轉換成吳曉曉後，身體就一直還沒適應。

而且吳曉曉之前見識過晉王的霸道，如今她反而有點不適應這位天下第一的皇帝是位謙謙君子了。

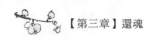

他溫和得太讓人起雞皮疙瘩，每日同她一起進膳時，只跟她一樣吃著清淡的菜。有幾次看到她喝藥湯，他還會親自嘗一口，為她品藥。這種事兒做多了，慧娘都覺著扛不住了。

她連忙把自己的藥碗拿回來，「聖上，這藥是給我開的，我喝就好了，您隨便喝藥對身體不好的。」

永康帝安靜地坐在她身邊，慧娘能感覺到周圍宮女、太監的目光都落在他們兩人的身上。那些下人雖然不敢明目張膽地看，可是那副小心窺視、偷偷瞄的感覺，還是讓她心裡特別不自在。

偏偏永康帝簡直就像從言情劇裡走出來的大情聖般，居然能一本正經地說道：「朕喝過後才能知道這藥苦不苦。」

慧娘的臉繃得緊緊的，「哪會有不苦的藥……」

她正說著話，有人過來稟告說張道人求見。

慧娘很少見到朝廷上的人，她每天都埋頭做著康復運動。不過除了御醫、宮女、太監，慧娘偶爾也會見到那位傳聞的張道人。

據說自己是因為這個人才會甦醒的，她之前喝的那些維持身體的藥，還有每日塗抹在身上的藥膏都是他精心調配的。

慧娘也不知道這位張道人具體是做什麼，她只知道永康帝很看重這位道人。

而張道人也不負眾望，每次都搞得神神祕祕的。

現下永康帝一聽是張道人求見，立刻就站了起來。

等永康帝去御書房的時候，慧娘好奇地跟身邊的宮女打聽：「那個張道人每日都在忙什麼？」她怎麼覺得那個張道人，現在沒事總往永康帝身邊跑啊？

「奴婢也不是很清楚。」宮女說完又吞吞吐吐地道：「奴婢只知道此人有些道法，他一直維持著貴人您的身體，所以如今成了永康帝面前的紅人，現在大概也在忙著為您祈福的事兒，據說聖上已經應了他，要修一座天下第一的道觀來為您祈福……」

慧娘就驚得欸了一聲，她記得那個永康帝很勤儉的，跟晉王那種敗家的性子完全不同，這位永康帝既是工作狂又是超級穩重的守成者，居然要為她建造什麼天下第一的道觀？這麼敗家無腦的事兒永康帝也做得出來？

「不過聽聞張道人最怕的便是晉王了。」有些八卦的宮女，見貴人喜歡聽這些就多嘴說了一句。

慧娘沒徵兆地猛然聽到晉王兩個字，心口就疼了一下，她心虛地說：「喔，晉王……就是那個死了……側妃的晉王嗎？他現在還在山上嗎？」

「據說還在君山上呢，到現在已經在山上待了一個多月了，自從林側妃去世後，晉王便上了摺子，請聖上下追封的聖旨，封那位林側妃為晉王妃，可等聖旨追封完後，那位晉王還覺得不夠，又特意要了謚號，為這個聖上連下了三道聖旨，起初的謚號已經足夠尊貴了，可不知道為什麼，過了幾日後，晉王還是覺得不夠，又請旨，現如今全天下的人都知道晉王有些胡鬧了……」

慧娘不懂這些，表情就有點跟不上。

其中一位年長些的宮女連忙解釋：「貴人不要小瞧了這種謚號，據說為了這件事孟太后都不高興了，可是全天下的人都勸不住晉王……而且因林側妃被毒的事兒，晉王把晉王府內的人都投入了大牢，還不知道要冤死多少人呢。」

「唉，不過我聽說那位林側妃臨去世前曾經留下遺言說不要亂殺人，所以晉王爺這次倒是沒有殺人，只是讓人徹查此事，只是這一徹查，到如今牽連的人沒一千也有八百了……」

大概是說起這種事兒，那些宮女們都忍不住八卦起來，「不過天子腳邊，敢在王府裡下毒毒死側妃跟側妃肚裡孩子的，只怕不是什麼簡單的人物，我聽御醫說那些毒藥跟以往的都不一樣，到如今仍查不出是什麼毒，就連什麼時候下的都不知道。」

「所以說此事蹊蹺得很呢。」

慧娘正聽得入神，已經有個小太監從外面走進來，恭敬走到她身邊，低聲說道：「請貴人移步到御書房。」

這下宮女們都住了嘴。

左右互相看了看，眼裡都露出喜色來，就算再遲鈍的宮女也都明白這句話的分量，這絕對是天大的恩寵，那位以國事為重的聖明天子，居然也會讓後宮到御書房去，這得是多大的尊寵。

那些宮女忙笑著為慧娘把頭髮紮好。

這裡的御書房跟宮內的完全不同，因地勢的關係，行宮內的御書房明顯小很多。

臺階倒是照舊是九階臺階。

等慧娘被宮女攙扶過去時，早已經有人通稟了。

等她到了御書房門外，便聽到裡面有人在說話，那人的口齒很清晰，明顯在向聖上稟明著什麼。

慧娘隱隱聽到什麼回宮、太后娘娘甚是想念、過來問候……還有調養好身體，早日誕下皇子……

等那人出來的時候，那名使臣似的人一眼就瞧到慧娘，慧娘心裡就是一顫。

她立刻想起那位只聞其名不見其人的孟太后，曾經逼著自己打胎的事兒。

正緊張時，那人卻是笑嘻嘻地跪拜在地，施禮道：「貴人身體可調理好了？孟太后最近聽聞貴人醒來的消息後，很是高興，每日都在神佛面前為貴人祈福呢，現如今，貴人務必要養好身體……」

慧娘感到莫名其妙。

隨後吳德榮迎了出來，一看見慧娘的表情，他連忙笑著在她身邊解釋說：「這是孟太后派來的人，特意來為貴人送送了湯藥的，只是太后娘娘也忒心急了些，貴人的身體怎樣也要將養些日子才好。」

等慧娘進到御書房時臉都要綠了。

然後她看見原本正在低頭批閱奏章的男人，此時從御案上抬起頭來，一看到她，那位身挑日月的男子不由自主笑了出來，這是從眼睛裡發散出來的笑意。

慧娘躊躇了一下。

看到慧娘過來，永康帝已經把手邊的奏章合上，對她伸手道：「一會兒晉王就要到了，朕領妳去見他。」

一聽到這句話慧娘差點沒嚇暈過去。

永康帝卻是心有所思，他之前還高興著呢，轉眼間他的表情又變得暗淡下來，他很少有這麼情感外露的時候。

他也不知道該怎麼說如今的情形，吳貴人清醒對他是潑天之喜，他最親的弟弟卻正遭受著喪妻之痛。

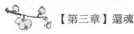

他們原本異體同心，當日遠在行宮內，他就忽然感到心如刀割，便知晉王是何等的心情，偏偏世事弄人，造化如此。

永康帝想了一二，最後淡淡道：「罷了，妳先回去吧，現在還不宜見晉王。」

自從林側妃出事後，晉王身邊的人都換了一批。

原本紅梅、小巧、小雀她們幾個丫鬟也都被牽連了，可經過層層盤查審問後，且不說這三個丫鬟之前沒有任何根柢，就連反應也不像是有牽扯的。

再來那三人一直都在房內伺候著，又跟慧娘很親厚，下面辦案的人也體諒這三個丫鬟的心情，一審問完，便將這三個人都放回晉王身邊。

因為林側妃的死，三個丫鬟早已經把眼睛都哭紅了，紅梅更是連著好幾天都吃不下飯。

在伺候晉王上肯定不如之前的日子好，只是到了此時，晉王已經不再是當日的晉王了。

像紅梅她們這種哀哀切切伺候不好的反倒沒事，倒是那些露出笑模樣跟沒事人似的，晉王是見一個打一個地打板子。

於是王府內的人很快都跟死了親爹親媽一般，個個愁眉苦臉的，恨不得天天以淚洗面。

之後晉王又上君山，不管是王府還是君山上的那些下人們，都提心吊膽伺候著，生怕發生什麼讓晉王大開殺戒的事。

卻沒想到晉王從此收了性子，別說沒大開殺戒，居然還吃素了！

而且不光是吃素，過了沒幾日，等追封正妃的聖旨下來後，晉王還留起了鬍鬚。

本朝男子一般都是有了後嗣後才留鬚，此時晉王也不管自己到底有沒有後嗣，直接就留起了鬍鬚。

再加上他一副哀莫大於心死的樣子，一等鬍子初具規模後，就跟瞬間蒼老了十歲般。

此時紅梅她們三個丫鬟也從君山跟到了行宮，一等下了馬車，那三個丫鬟就忙著收拾晉王的住所。

行宮不比王府，也比不得宮裡，規矩沒那麼多，只是也分了區域。

此時他們所在的地方正位於行宮的周邊。

內裡也有從行宮引出來的溫泉，寢室內的地龍燒得暖暖的。

有兩個太監按班看守著地龍。

房裡紅梅她們也是小心伺候著，從桌椅到床上的一應用品都細緻地查看一遍。

在收拾的時候，紅梅她們就聽見外面傳來腳步聲。

三個丫鬟彼此看了對方一眼，眼裡都露出為難不快的神色。

只是事已如此，雖然心裡不快，可紅梅她們還是垂首候在一邊，等著來人進來。

很快有丫鬟掀了厚厚的簾子。

隨後穿著素色衣服，一臉愁容的林芸娘便走了進來。

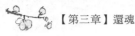

林芸娘就跟要上戲臺般，剛進到房內便準備長長嘆息一聲，結果往屋內一看，晉王並不在寢室內。

林芸娘很快臉色就是一變。

紅梅她們敢怒不敢言地垂著頭，安靜候著。

自從林慧娘去世後，林芸娘作為娘家妹妹就在王府裡落戶了。

林老爺是個懂道理的人，知道這樣的事兒說出去要被人笑掉大牙的。奈何王姨娘被豬油蒙了心，想著林家從此沒有依靠，死催活請地非攛掇著也要跟過來。

於是一家老小除了林老爺在家看家外，居然悉數都過來了。

林老爺在家唉聲歎氣的，止不住地仰天流淚，心想真是造孽啊，好好的一個嫡女沒有了，現如今王姨娘跟二女兒還要往王府裡奔。

林芸娘別看歲數小，卻是個有心計的，每日都跟晉王一起唉聲嘆氣，替晉王流淚。

可一等晉王不在身邊了，林芸娘就開始塗脂抹粉地打扮自己。

當初林芸娘主動找到晉王，一臉苦澀地說：「姐姐可憐沒有這樣的福氣，如果姐姐在該多好……」

晉王也是愛屋及烏，現如今沒有了林慧娘，對林家老小也是補償心理作祟，早已經客氣了幾分。

再來林家的人已經跟以往不一樣了，現在可是晉王妃的娘家人，那是何等的尊貴身分。

林芸娘不招人喜歡歸不招人喜歡，可那五官酷似林慧娘。

王府裡都傳聞這位林芸娘早晚要當第二個晉王妃。

紅梅跟小巧只是房裡伺候的丫鬟，哪裡敢惹這位跟林慧娘酷似幾分的林芸娘。所以一等林芸娘進到房內，紅梅她們就大氣不敢喘一聲。

林芸娘見晉王不在，心裡老大地失望，她這位姐夫對林家人好是好，可是不知道是不是還沉浸在悲傷中，居然一直對她不冷不熱的。

林芸娘也是心裡有氣，不明白自己跟慧娘長得那麼像，又比慧娘年輕，怎麼晉王就不對她動心呢？

此時見晉王不在房內，她也不避諱什麼，直奔著寢室走去。

這個地方沒有王府人，房內布置的東西也不如王府內精緻。

她左右看了看，不甚滿意地品評著：「妳們這些人都是怎麼伺候的，這插屏顏色不好，趕緊換掉。」

她隨後又看了看茶具，「我記得有一套素色的，怎麼不拿來用？」

紅梅她們手腳利索地行動著。

林芸娘還是不滿意，不斷挑毛病折騰這些丫鬟們。

正在弄著呢，王姨娘已經從外面進來了，雖然剛經歷了林慧娘的事兒，可王姨娘自從抓到林芸娘這根救命稻草後，又跟活過來一般。

因知道晉王不在房內，她難掩笑意地說：「芸娘啊，剛我看見溫泉了，據說泡溫泉可養顏了，還真是多虧了妳，也能讓我長長見識……」

「算不得什麼。」林芸娘嘆息一聲，瞟了那些丫鬟一眼，她尤其討厭那個叫紅梅的，早先她送給姐姐的點心，這個叫紅梅的都敢扔掉，再來這個紅梅又長得這麼標緻，她疑心慧娘姐姐一死，這幫丫鬟會趁機上位。

王姨娘哪裡知道她的心思，她沒事就跟人打聽宮裡的人事，現如今最熱門的八卦就是那位關雎宮內的貴人了。

因為到了行宮附近，王姨娘八卦的癮頭上來，忙不迭地跟林芸娘說：「芸娘啊，行宮裡的事兒可真是天下少有呢，妳說這溫泉多厲害，居然半死的人都能泡活過來，我聽說聖上為了寵那位貴人，居然要建造什麼天下第一道觀，在道觀下還要挖個八卦湖，光挖湖的兵馬就要動用十萬人……」

「姨娘，這話妳可別跟晉王提。」林芸娘表情淡淡的，她最近一段時間沒幹別的，沒事就在研究晉王的性子喜好，所以一說起這個來就頭頭是道：「妳知道這次晉王為什麼從君山來行宮？還不是要勸諫聖上！咱們晉王最討厭這些神鬼的事兒，更何況這次的事情是有些勞民傷財。」

王姨娘就欸了一聲，不明白地望著林芸娘。

林芸娘不免顯擺地說：「所以那位貴人及宮裡的事兒，姨娘妳就不要提了，這些事也不是咱們能說的。」

行宮外，林府一老一小在那裡議論著。

吳曉曉卻是滿腹心事地回到宮內，她心裡悶悶的，簡直就跟喘不上氣一般，滿腦子都是晉王兩個字。

她也不知道該作何想法，一想起那個跟自己連孩子都有過的男人，她都不知道該用什麼心情去面對那個人。

要說感情，她又覺得自己跟那個人是沒有真感情的。

她正在宮裡低頭胡亂想著，倒是有幾個太監抬了一樣東西過來。

最近永康帝不時就會賞賜她一些珍奇東西，只是對於首飾織品她都沒什麼特別喜好。

這個時候看見那些人抬著一個很大的東西過來，慧娘以為又是什麼織品。

結果沒想到等東西抬近後，把蓋著的布一掀開，她就愣住了。

這次不是什麼織品珠寶，而是她的應急包跟自行車！

她驚得立刻從椅子上站了起來。

她之前看到自行車的時候還奇怪怎麼沒看到她的背包，現在看來，這些東西永康帝一直都有為她好好保管著。

現在多半是快馬加鞭地找人從宮內運了過來。

她心裡激動，連忙走過去，打開拉鏈把背包內的東西倒出來，一一清點著。

一些應急的藥，還有手電筒跟望遠鏡，最重要的指南針，還有手機。

慧娘心裡十分激動，趕緊對身邊的人道：「你們先退下。」

那些宮女、太監哪裡見過她擺弄的這些東西，還以為她要做什麼了不得的事兒，一聽吩咐，連忙低頭恭敬地退了出去。

慧娘一等那些人出去後，才嘗試著把備用電池拿出來。

她記得當時都充好電的，只是不知道這些年過去了，還能不能用？

沒想到把電池放進去後，一按居然還真有電呢，只是電量不是很足。

隨著開機的鈴聲響起，她的手指都開始哆嗦了。

她深吸口氣，手指飛快點開裡面一個資料夾，在點開那個資料夾的時候，她的眼睛都酸疼起來。

她點開的是相薄，裡面有一些合照，相簿裡家人的照片很少，主要是天天都會見面，她壓根沒想過需要拍下來……此時看到那些人的照片，她眼淚一下就流了出來，自從到這個世界以後，她只能把自己當做是林慧娘，為了能好好活著，她把以前的吳曉曉徹底忘掉了，也不敢想起家人。

此時拿到手機、看到照片的瞬間，她才有了真切的感覺，她就是那個孤零零留在這個世界的吳曉曉。

在哭了一會兒後，吳曉曉又看到了疊得很整齊的自行車服裝。

她猶豫了一下，很快地把身上的衣服脫了下來。

反正殿內有地龍，也不冷，她換上服裝，想騎幾圈自行車試試。

她想找回當年身為吳曉曉時的感覺。

原本速度還不快，可那些過往就跟電影般地在她面前劃過，記憶不斷湧出，小學、初中、高考，還有等在考場外為她擔心的父母……

還有她拿了第一個月的薪水後，給奶奶買禮物時的場景……

她漸漸控制不住速度，越騎越快。

在一個轉彎的時候，慧娘忽然瞟見殿外似乎有人進來。

只是車速太快，她又是近視眼，只能依稀看到那人的身形很熟悉。

看著好像是永康帝過來了。

她心裡奇怪，永康帝這麼快就見過晉王了嗎？

就這麼一走神的工夫，她腳下一滑，原本車速已經很快了，再這麼一打滑，她立刻維持不住平衡。

眼看車子就隨著慣性衝了過去，要撞上那個忽然出現的人。

吳曉曉暗自心驚，手忙腳亂地想趕緊剎車。

這樣的車速又是猛地剎車，車子雖然立住了，可還在車座上的她，卻是一個不穩地飛了出去。

就在她飛出去的瞬間，在她正前方的那個人不僅沒伸手護著她，反倒是側身避過。

就連放在身前的手，也跟著背在身後。

那副淡定懶得理她的樣子，簡直是做到了韻味十足。

吳曉曉立刻摔了個眼冒金星，她趴在地上，動作別說沒一點淑女風範，連嘴唇都摔破了。她一面捂著嘴站起來，一面眯著眼睛抬頭看那個人，這才發現那個人的衣服跟永康帝不同。

當然除了衣服以外，更明顯的應該是那人嘴唇與鼻子中間的那撮小鬍子。

吳曉曉立刻愣在當場，她都忘記古代講究男女授受不親，就算偶然遇到陌生人，女子也應主動避開視線擋住臉頰才是，她卻跟傻了一般，愣愣看著眼前的人。

他表情冷淡。

那副表情跟以往她所見到的完全不同。

更可怕的是他還留了鬍子……

那麼英俊瀟灑的一個男人，此時留了鬍子後，竟然帶出了一股滄桑感。

在她看過去的時候，晉王的目光也沒有絲毫閃躲，他表情淡漠地看了她一眼，隨即就不耐煩地把目光抽離開。

他沒想到把哥哥迷得暈頭轉向的女子，竟然是這樣一位穿著怪異服裝的蠢物。

【第四章】

相遇

「皇兄，最近幾年都是你在盡孝道，我在想，要不改明兒我也去伺候太后她老人家。」

「阿奕，你不要妄下結論，還沒查清楚是誰下的毒，更何況她是咱們的母后……」

「你錯了，長久以來，父皇母后眼裡只有你，不過你是我最親的親人，我可以不計較那些，可母后不該動慧娘，我只有一個林慧娘！」

吳曉曉捂著嘴唇，狼狽地從地上爬起來。

快速收回視線，她的臉繃得緊緊的，沒有一絲笑容，手指更是忍不住發顫。

外面的宮女聽到摔車的聲音，都匆匆忙忙跑了進來。

此時一見殿內還有別人在，宮女們都露出驚訝的樣子，可有明白事理的，一看清楚晉王身上的坐蟒後，立刻就跪地施禮。

全天下能穿這種蟒衣又配有五爪龍雲紋的只有當今聖上的親弟弟晉王了。

晉王也不多言，他前來只是好奇哥哥喜歡的是個什麼樣的女子，進到行宮的時候，便特意繞過來看一眼罷了，此時看過後，他不拘禮，也不說什麼，扭頭便走。

這樣地肆無忌憚，就連宮內伺候久的宮女、太監都嚇了一跳。

原本他進來的時候，有太監看到了，只是那些人都不敢攔這位活閻王，此時見他又往外走，那些人也紛紛退後讓開。

等那位晉王走後，再一看貴人嘴唇都磕破了，那些宮女們嚇得臉都變色了，趕緊上來輕聲問道：「貴人，您怎麼會摔倒呢？這要是留了疤……」

吳曉曉一點別的想法都沒有，腦子簡直都要炸開了。她沒想到在這種地方、這個時刻會再見到那個人，不過那人肯定沒認出她來。

她被那些宮女七手八腳地攙扶到寢室內。

早有太監跑去找御醫了。

等再對著鏡子的時候，吳曉曉嘆了口氣，望著鏡子裡的自己，心想晉王怎麼能夠認出她來呢？

之前的林慧娘長得那麼討人喜歡，圓圓的臉，有點豐腴的身材，現在的自己不光是火柴妞，還是這麼一副清冷寡淡的外表。

她這裡正在等御醫過來，那頭晉王已經到了御書房內。

原本永康帝是要親自迎接他的，結果晉王進到行宮後繞了路，等他到的時候，永康帝已經又坐回御書房內了。

在行宮內沒有事情可以瞞得住永康帝，一得了消息，永康帝就知道他這位弟弟多半是去看自己的貴人了。

等晉王一臉凝重地進來後，永康帝並不開口說話。

晉王也不主動說什麼，以往他是不拘禮的，這次卻是額外行了君臣之禮。

等落坐後，晉王更是擺出一副沉穩老練的樣子。

一旁的吳德榮不知道為什麼，覺得晉王整個人都跟以往不一樣了，之前聖上去君山時，吳德榮可是跟著過去的，那時候的晉王完全一副失了魂般。

此時的晉王卻穩重多了，不知道是不是留了鬍鬚的原因，往永康帝面前一坐，也沒有了以往那個驕縱皇弟的樣子，反倒是穩穩當當的。

只是殿內氣氛很不對，永康帝跟晉王向來是親厚得像同一個人似的，從來沒這麼安靜地彼此都不開口說話。

吳德榮是何等聰明的人，立刻就知道這種時候，自己是不能留的，他很快就退了出去。

此時殿內只剩永康帝跟晉王兩個人。

晉王輕抿了一口茶水，他知道永康帝比他更有耐性，索性打開大窗說亮話，直接說道：

「我看到你的貴人了。」

永康帝笑了一下。

晉王也不同他廢話，雖然那人他是瞧不上的，不過看著倒不是什麼奸詐之輩，樣貌也還說得過去，算得上是位清秀標致的佳人，他便催了句：「既然人醒了，記得早點有個孩子，安安天下子民的心。」

永康帝聽他說完，臉上的表情柔和了起來。

只是轉眼晉王的臉色一冷，過了好半晌他才淡淡道：「太后……最近可還安好……」

永康帝的眉頭不自覺地皺了下，他儘量平靜地回道：「前幾日聽說著了涼，派了幾名御醫過去算是調養好了些。」

晉王沒搭腔，把手裡的茶杯輕輕放下，他的表情沒變，「最近幾年都是你在盡孝道，我在想，要不改明兒我也進山裡去伺候她老人家。」

永康帝這次不說話了，他凝望著晉王的眉眼。

兩兄弟向來是親密無間的，不管小時候阿奕遇到什麼，他這個當哥哥的都儘量護著他，同樣的，阿奕也好幾次救助過自己，自己能夠順利登基，也有阿奕的一份功勞。

只是有些事兒是不能做，也不可以做的。

為了林側妃被毒害的事情，京裡已經被阿奕折騰得翻天覆地，可到現在都還沒有查出眉目來。

永康帝早已經猜到阿奕在懷疑什麼了。

敢在王府的眼皮子底下下毒，還能辦得這麼神不知鬼不覺，掘地三尺都挖不出來的人，普天之下還能有誰？最怕他晉王先得子的人又會是誰？再者母后曾經給林側妃送過打胎的藥。只是現如今一切都是猜測罷了。

永康帝幾不可聞地嘆了口氣，他從御座上站起來，走到弟弟面前。

「阿奕，」他已經很少這麼直呼晉王的小名了，「你不要妄下結論，事情還沒有查清楚，更何況那是咱們的母后……」

晉王對上他的眼睛，語調反倒平靜得沒有一絲起伏，「皇兄你錯了，長久以來，父皇母后眼裡只有你，不過沒關係，你是我最親的親人，我可以不計較那些，可母后不該動慧娘，我只有一個林慧娘！」

等晉王離開，吳德榮再進去的時候，就看見聖上一副若有所思的樣子，以往聖上是不會這樣的，此時顯然是在思考什麼，過了片刻，永康帝才抬起頭來吩咐吳德榮道：「貴人在哪裡？叫她來見朕。」

吳德榮回稟道：「貴人正在寢宮內呢，聽說剛才不小心擦破了嘴唇，已經請御醫去看過了，想來是不礙事，奴才這就去傳她過來。」

以往聽到吳曉曉的事情都會萬般緊張的永康帝，這次卻是跟沒聽到般，少有地露出倦容來，淡淡道：「去傳吧。」

吳曉曉這邊早已經有御醫過來了，她嘴上剛上了藥，就被太監召了過去。

她心裡緊張，還以為永康帝又要找她見晉王，她現在只要一想起晉王，都覺得胸口疼。

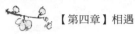

只是等到了御書房內，吳曉曉才發現裡面只有永康帝一人坐在御座上。

他這次少有地沒有在批閱奏章，不知道是不是敏感，雖然永康帝的臉上沒什麼變化，可她一看到他的臉，本能地就覺得永康帝心情不大好。

「陛下……」吳曉曉輕聲問著：「您還好嗎？」

永康帝沒理這話，只伸手示意她湊近。

吳曉曉忐忑地走了過去，就聽見他說：「朕原本想等妳身體好些了才回宮，可現在有些棘手的事情需要朕去處理，路上要辛苦妳了。」

吳曉曉喔了一聲，這才明白他叫自己來是說這個的，趕緊回道：「沒什麼辛苦的，我現在身體好多了……」

永康帝望了她一會兒，目光讓吳曉曉心裡緊張得直發毛。

總覺得他整個人都有點不一樣了，目光似乎很壓抑，她還是頭次見到他這樣心事重重一副壓不住的樣子。

他隨即伸手捧著她的臉道：「妳的嘴好些了嗎？已經上過藥了？」

被他這麼目光炯炯地看著嘴唇，吳曉曉連忙捣著嘴說：「不礙事了，只是騎車的時候不小心摔了下而已，御醫也說了不會落下疤的。」

永康帝點了點頭，沒再說別的，而是隨手拿起旁邊的一本奏摺，如同掩飾般地說道：「那妳先去將養，朕還有事要處理。」

吳曉曉之前也遇到過這樣的事，她知道這位永康帝是個工作狂，每天忙著批閱全國各地送來的奏摺。

只是這次走到門口的時候，吳曉曉忽然站住了，正準備給她掀門簾的吳德榮都愣了下，不明白吳貴人這是怎麼了？

隨即吳德榮就看見吳曉曉停下腳步，表情有點躊躇，顯然是不想回頭但是又不得不回頭般，最後吳德榮就聽見吳曉曉好像嘀咕了一句：「唉，又是這樣……」

然後吳德榮就看見這位吳貴人轉過身來，主動走到永康帝面前。

吳曉曉都不知道自己哪來的膽子，她直接把永康帝手中的筆抽了出來。

她也不說什麼勸人的話，她知道永康帝自從她清醒後，那強大的氣場跟自尊就不會允許他再對著自己話嘮了，可是一個人一旦連發洩情緒的對象都沒有後，很容易憋出毛病的。

她鼓足勇氣地說：「陛下，難得今天天氣還好，您要不要跟我出去散散步，或者騎騎車？不然您總這麼憋在房間裡會把身體憋壞的……」

這下連吳德榮都嚇到了，他在永康帝身邊伺候這麼久，還沒有哪個人敢拿走永康帝手裡的筆，要他休息一下的。

御座上的永康帝顯然也愣住了，可在抬頭對上吳曉曉的眼睛後，他很快露出無奈的樣子，苦笑了一下。

他的表情向來很少，吳曉曉立刻知道，今天自己的猜測對了，這位永康帝肯定遇到了什麼不開心的事，不然他不會情緒外露成這樣。

她趕緊扯著他的袖子，帶著他往外走。

她也沒多想，只記得她剛才心煩意亂地騎車之後，低落的心情有好一點點了。

如果他在為什麼事情煩心的話，她也可以讓他去騎騎車，發洩發洩。

只是把永康帝帶到後，她先給永康帝示範一遍如何騎車及技巧，隨後就發現他身上的衣服太厚重了。

吳曉曉望著他身上的衣服，告訴他：「陛下，騎車其實很簡單的，不過需要衣服輕便些，您的衣服有點累贅，要不您脫下來吧，穿得簡單輕便點。」

永康帝一直都是端正的人，從沒有衣衫不整過，這個樣子還是頭一次，他從出生起便是儲君，不管是身邊的乳娘、伺候他的宮女及太監，到後來的太子太傅、父皇母后，每一個人都告訴他，他是國本、是所有人的楷模，他要做千古一帝。

他聽罷搖了搖頭，而且也不明白吳曉曉找他來做這個幹什麼？

吳曉曉一下就明白了，晉王可以胡鬧，可是聖上不能衣衫不整地騎車兜圈。

她原本以為全天下最幸福、最自由自在的人就是皇帝了，要什麼有什麼，可現在她才明白，要做一位明君、要當修身齊家平天下的好皇帝，其實是怎麼做都不會自由的。

不過她也挺佩服這樣自律的永康帝，尤其他這麼年輕，還能把天下治理得這麼好，其中的心血努力都是她無法瞭解的。

吳曉曉也就檢查了一下自己的背包，裡面的東西雖多，可是沒什麼是有娛樂性的，只有一個望遠鏡，是她當時好玩塞到背包裡的。

於是她拿了出來，只是她沒覺得這個有什麼好玩的，不過仍遞給永康帝道：「這個是高倍望遠鏡。」

她記得當初買的時候，店家問她要不要有夜視功能的，因為差價不是很多，她索性就要了個最好的。

不過她一直沒怎麼用過，現在天黑了，吳曉曉就慶幸自己買的是有夜視功能的。

此時她稍微調試了下望遠鏡，就把那東西遞給永康帝，她也不覺得這樣的東西能有什麼了不起。

結果沒想到永康帝放在眼前後，一連看了好久。

這位永康帝可是泰山崩於面前都不會變色的人物，結果一個望遠鏡就能讓他這樣看得沒完沒了嗎？

而且他不光是看宮室外的景色，他還往天上看。

吳曉曉跟著看了看天空，今天天氣不錯，此時月亮星星都在呢。

正在她感到納悶的時候，永康帝終於不看了，他把手中的望遠鏡塞到她懷裡，指著天上的月亮說：「剛才朕看到的是上面的那個嗎？」

吳曉曉莫名其妙地接過去，往眼前一放，她買了之後只看過一次山，此時一等看清楚天上的明月，她才猛然想起，跟受到污染的現代都市不同，古代的天空污染物少，她都沒想到就這麼一個小小的雙筒望遠鏡，居然可以把天空看得那麼清楚。

更讓她驚訝的是，透過這個望遠鏡居然可以看清楚月亮上的那些坑坑窪窪的環形山，還有木星的那幾顆衛星、星團星雲……

她驚訝得嘴巴都要合不攏了，眨巴了下眼睛。

再扭頭看向永康帝時，他已經從她手中拿過望遠鏡，又放在眼前看了起來。

自從那夜一起觀星之後，吳曉曉就發現永康帝對她的態度變得怪怪的。

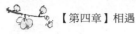

可又具體說不上來是哪裡怪，比如這位永康帝還是那麼地一本正經，對她既沒動手動腳，也沒私下有什麼不尊重的地方。

可是到了夜裡休息時，因為兩人中間只隔了紗帳，之前倒還好，永康帝每日只跟她道個晚安便歇了。

但從那次看星星、看月亮，看得吳曉曉渾身起雞皮疙瘩後，永康帝不知道是哪根筋搭上了，居然再到就寢時總會同她說上幾句話。

只是吳曉曉不知道他以前有沒有跟人正常交流過，反正永康帝說的話完全讓人沒辦法正經搭上一句。

他每次都是一副敘述事情的語氣，講的也不是適合閒聊的內容。

吳曉曉頭皮發麻，隱隱覺得永康帝大概是想跟她多做些精神方面的交流，只是她真的不想跟兄弟兩人都有扯不清的關係哇！

從那之後永康帝又帶著她看過幾次月亮，還問她為什麼月亮上會是這副樣子？

吳曉曉真的不知道該怎麼回答。

幸好沒幾天，行宮內的人已收拾妥當準備回宮了。

原本這次出行是要舉行春耕的祭天活動，可現下卻來不及了。

再來新年將至，這個時候回宮，只怕宮內也會變得熱鬧起來。

在收拾東西時，那些在吳曉曉身邊伺候的宮女們更是喜氣洋洋，如今宮內宮外，誰不羨慕她們在關雎宮內伺候的人。

當日她們是沒有門路，才被送到這個據說一輩子都見不得天日的地方，每日只能伺候個活死人。

可現在隨著貴人甦醒，別說那些曾經笑話過她們的人，就連吳德榮這種在聖上身邊伺候的大總管，見了她們這幾個宮女也都客客氣氣的。

吳曉曉身邊伺候的人多，她慢慢才記住幾個宮女的名字，那幾個貼身伺候的叫知畫、知書、知禮、知春，裡面話最多、最活潑的就要數這個知春了。

知春一邊伺候她梳頭一邊在她身邊嘰嘰喳喳說著：「貴人這次回宮，我們也要跟著沾光，以往聖上都是在行宮過節的，這次回去，宮內保準是有多熱鬧就有多熱鬧。」

另一邊收拾東西的知畫也湊了過來，一臉喜色，「而且這次不光是聖上，聽說連孟太后也要回宮呢，孟太后盼皇孫盼了好久，貴人您吉人自有天相，一定可以早日懷有龍子的。」

吳曉曉的臉色頓時變得不好。

那些宮女卻以為她在害羞，一個個喜氣洋洋的。

吳曉曉以前是林慧娘的時候，跟在晉王身邊出門過幾次，她知道皇家出行的規格大，動用的人力、物力很多。

可在準備好東西，到了時辰動身時，她才發現儀仗比晉王更複雜。

永康帝所乘的是輦車，車上杆頭的頂端、車轅、旗竿都以龍頭裝飾。

那已經不是車的範疇了，簡直是古代加長版超級禮車。

人坐在車上，空間大到可以自由活動走幾步的。

車的圍欄及扶梯的柱頭都是乳白色，看著好像是用象牙雕製而成，柱頭上雕刻著各色祥雲，車輪也極致美觀，車身用金絲鑲嵌。

永康帝已經算是勤勉的皇帝，從不在這種物件上花費力氣，可車上也按照慣例，鑲嵌著幾百粒寶石，一派珠光寶氣的，卻不庸俗，只覺得皇權霸氣、富貴滔天。

而在車的周圍，更是按規制布置了很多護衛軍。

讓吳曉曉意外的是，這種儀仗隊伍裡居然還有些手捧著各種器具的人。

隨行中專有茶水房等人，單列了馬車跟在後面，隨時準備伺候點心茶水，另外有果品更是隨叫隨到。

吳曉曉正看著，吳德榮已經小跑著過來，皇帝回宮不管是出發的時間，還是抵達宮中的時間都有算好吉時，吳德榮不敢耽誤時間，連忙跑到吳曉曉身邊，客氣地說道：「貴人，請上車吧。」

吳曉曉往左右看了看，也沒看見有哪輛車是屬於自己的，她正感納悶，吳德榮已經領著她往輦車走去。

吳曉曉當下就愣住了，她再傻也知道這種天子的車可不是隨便什麼人能坐的，就算是皇后同乘也都有講究，她一旦坐上去可就真說不清楚了。

她明顯遲疑了一下，可吳德榮哪裡會管她這些，早已急吼吼地要攙扶著她上車。

吳曉曉臉色尷尬地說：「吳總管，這車我不合適，您就沒有別的安排嗎？」

她想當然地以為她只會坐輛普通的小車跟著。

吳德榮以為她在謙虛，便叫著：「貴人，這是聖上的恩典，您不要推辭。」

此時天涼，一等她上了車，吳德榮就找人把車簾放下，頓時把吳曉曉跟外界阻隔開來。

別看簾子很厚，可是車裡卻一點不覺著憋悶。

那些在外面壓根看不透的紗，此時在車內往外看卻是可以看清楚外面的人，也不知道都有些什麼講究。

吳曉曉忽然聽見外面有口呼萬歲的聲音，她深吸口氣，正想出去迎接聖駕，永康帝早已經上來了。

她的手原本要掀簾子的，此時外面的簾子已經被人掀了起來，兩個人就臉對臉地愣住了。吳曉曉緊張地連忙往後退了一步。

車裡空間很大，別說躺著，簡直都可以在裡面打滾，而且帳頂很高。

她退進去後，永康帝安靜地坐了進來。

此時外面早已經開始鳴樂，樂聲莊嚴肅穆，卻又帶著喜慶。

隨後吳曉曉感覺車身動了一下，不知道是不是車子有專門設計過，反正行走時一點都不會顛簸。

吳曉曉腦子裡亂哄哄的，她還是頭次跟他在這麼窄小的空間裡待著。

以前在殿內，起碼還有紗帳擋著，此時卻是一點遮掩都沒有了。

她索性就在那裡琢磨這種車為什麼不顛呢？難道在古代有什麼她不知道的技巧能避震？如果要達到避震效果用的是什麼材料？

她胡亂想著的時候，永康帝就見她的眉眼一會兒舒展一會兒緊皺。

宮內的女人，不管是他的母后，還是他母后為他挑選的那些女人，每一個都跟戴著面具一般，在他面前向來是溫柔淺笑，言語和緩。

像吳曉曉這樣眉眼活潑，有什麼情緒都直接擺在臉上的，他還是頭次遇到。

他少有地問了她一句：「妳在想什麼？」

「我在想這車怎麼會這麼穩？」吳曉曉說完還掀開簾子往外看了看，納悶地說：「我看著好像也沒安裝避震的東西啊？」

永康帝笑道：「沒有那些，只是木頭不一樣罷了，車輪是用整根的木條做成，另外木輪有皮革包裹著。」

吳曉曉納悶地看向永康帝，沒想到他日理萬機，居然連車子的這種細節都知道。

就跟知道她的迷惑一般，永康帝淡淡道：「是阿奕，也就是晉王當年幫朕設計的，他知道我每年都要祭天，就專門設計了這輛車給朕，的確比朕以前的輦車舒適很多。」

吳曉曉很快地把頭偏過去。

她不知道為什麼每次聽到晉王的名字時，心裡就跟被針扎了一般。

她現在一閉上眼睛還能想起那個留著鬍子的晉王。

她都不敢去想他留鬍子的原因。

她知道自己該憋著的，可就是忍不住，在沉默了片刻後，小聲問著：「晉王小時候什麼樣？你們兄弟感情很好？」

「他小時候很頑皮。」大概是說到跟自己最親的弟弟，永康帝的表情也柔和了起來，「朕小時候身體不好，每次都是他跑過來找朕，等朕身體好了，朕再去找他……」

「你們小時候沒住在一起？」吳曉曉這才發現，她跟晉王在一起的時候，好像從沒問過他以前的事，她那時候只會害怕厭惡晉王，所以對晉王的一切都漠不關心。

「起初有在一起，可後來因朕要入住東宮，便分開了。」

吳曉曉淡淡地喔了一聲，她不知道為何就想起她跟晉王在那個殿前的事情。

如果永康帝住在東宮的話，那離晉王小時候住的殿挺遠的。

明明該是世上最親近的人，卻被父母分開了，中間只怕還會有各種嫌隙，一想起歷史上那些為了皇權爭得你死我活的兄弟，再一想這對雙胞胎兄弟的感情，吳曉曉都有些感動，她過了好半天才說：「你們感情真好……要是小時候一直住在一起就更好了……」

如果那樣的話，也許晉王就不會長歪，也會變成跟永康帝一樣的好王爺也說不定呢！

因為有這樣的皇家儀仗，等到了京城的時候，吳曉曉並沒覺著體力透支。

只是她對關睢宮沒什麼印象，反倒是她身邊的那些宮女太監看到關睢宮時，眼睛都差點沒瞪出來。

這哪裡還是他們曾經待過的那個關睢宮啊！

永康帝是明君，雖然對貴人寵愛，可貴人畢竟是個活死人，再加上長年使用無數上好藥材，永康帝也沒心細地想過關睢宮內還需要添置什麼。

所以宮內都多少年沒修葺過了，雖然宮裡的人勤著打掃，可總有股冷清寒酸的味道。

此時等再進到關睢宮內，那些宮女及太監差點沒被殿內的東西閃瞎了眼。

屏風桌椅那些自不必說，就連隨手放的梳子都是鑲了金邊、帶著寶石的。

首飾盒上更是有牡丹等吉祥物，彩花卉碗、翠玉雕花蓋碗，碗外壁凸雕著纏枝蓮紋。

那些宮女雖然知道自家主子要得寵登天，可也沒想到宮內的人會巴結到如此地步。

而且他們剛進到殿內，早已經有皇后那邊的人已經到了。

那位劉皇后派來的人看著就是一團和氣，先笑著對吳曉曉施禮，隨後捧著一個首飾盒說：「這是宮內新近的樣子，不知道貴人喜歡不喜歡？都是皇后娘娘讓婢女給您送來的。另外，您許久沒在關雎宮內住了，皇后娘娘原本想要再布置一番，可又不知道您喜歡什麼樣的東西，如今您既然回來了，皇后娘娘特意囑咐，只要是您想要的就都搬過來，要是宮內沒有的也儘量給您找去，您想要什麼只管吩咐老奴便是。」

吳曉曉有點不知該說什麼好了。

她相信那位劉皇后多半知道她是跟皇帝同乘一輛車回來的，而且這些日子永康帝還天天留在她那裡過夜……都這樣了，那位劉皇后還能這麼善待自己？

吳曉曉忽然就覺得自己身上冒著一股小三上位的餿味。

她臉整個紅了，一想到自己跟已婚男人拉拉扯扯地糾纏不清，還跟對方的弟弟也有說不清楚的關係，她就慚愧得不敢抬頭。

她躊躇了下，忐忑地回道：「謝謝您，請您轉告皇后娘娘，我這裡什麼都好，我……一會兒就去向她請安。」

「哪裡的話，貴人才剛到宮內，請安不請安的不急在這會兒，貴人請先歇著吧，我也趕緊回去跟皇后娘娘覆命。」

等送走了這位劉皇后派來的宮人後，吳曉曉正想歇下，結果很快又有貴妃派來的人，照舊是送了禮品並問候幾句。

於是四妃連上劉皇后都集齊了。

關雎宮內的人原本還面帶喜色，此時卻都是一臉肅靜了。

望著那些送過來的簪子、鐲子、釵，所有的人腦子裡都只有一種想法：關雎宮恐怕很快就不再是關雎宮了，這位吳貴人，已經打開了通天的路，現如今便只看她想怎麼走了。

都說孟太后回宮了，只是沒想到這位孟太后回到宮內沒幾天，就要召見自己。

吳曉曉剛聽到消息時，都有些意外。

她打心眼裡不想見這位曾經逼自己喝打胎藥的人。

她身邊的丫鬟太監卻很高興，誰不知道自從孟太后回宮後，劉皇后跟四妃都恨不得長出翅膀飛到太后身邊，跟太后多親近親近，奈何太后都以清修的名義拒絕了。

此時只召了吳貴人過去，那意思不是顯而易見的嘛。

吳曉曉心裡彆扭，只是傳話的人一副笑臉迎人地等著，她沒辦法，只得收拾了一番，硬著頭皮被太監領去了。

孟太后體諒她身體虛，所以派人領她坐著暖輿過去。吳曉曉還是頭次坐這種東西，沒想到轎子也會有各種區別，暖輿坐起來很溫暖舒適。

在宮內穿行，很快就到了孟太后所在的慈寧宮。

之前孟太后一直在清心觀，慈寧宮一直空著的，此時門口有六名太監守著。暖輿在門外停下，吳曉曉下轎後，被太后身邊的宮女攙扶著。

地龍處專有伺候的人，廊下也站著隨時聽差的宮女們。

慈寧宮與其他宮不大一樣，此地有單獨的花園，用來給太后散心的。

在吳曉曉進去時，早已經有人通稟了裡面的人。

吳曉曉趁機整理了下衣服及頭髮，她心口發緊，知道自己即將要見的是整個帝國身分最尊貴的女人。

這個女人跟劉皇后不一樣，劉皇后是位客氣的厚道人。可這位孟太后絕對不是等閒之輩，從晉王跟永康帝所說的隻字片語中，她能猜出這個孟太后是多麼強勢的女人。

結果等她進到宮內時，發現孟太后並沒有在正房內。而且也不知道是不是孟太后喜歡清靜，宮內並沒有其他伺候的宮女。

她便有些忐忑，正想著要不要進去找人，隱約就聽見一位很年輕的女人在說著什麼。

說話的聲音很低，也虧得吳曉曉聽力好，才能聽到一些內容，那個年輕的女人似乎說了句：「他既然發現了那兩個人……有了證據……姑姑……您再不……只怕與晉王的嫌隙會越來越大……」

吳曉曉聽得一愣，沒想到隨便聽到的一句話裡都能聽見晉王兩個字。

此時裡面的聲音已經停下，接著從左邊房內走出一位穿灰色衣服、一臉慈祥的老婦人，頭上沒有戴任何珠翠，手腕也只有一串佛珠。

雖然上了歲數，可樣貌仍保養得很好，年輕的時候多半是位傾國傾城的美人。

吳曉曉猜想，這位多半就是傳聞中的孟太后了，她挺意外的，沒想到對方如此慈祥，完全就是位有風度的中年貴婦。

而且她能想像當年的孟太后是多麼風華絕代，難怪晉王跟永康帝都擁有那種逆天的好相貌，十之八九是遺傳自眼前的貴婦人。

孟太后坐在正座上，先是打量了一下吳曉曉，隨後便笑著招呼她：「離那麼遠幹麼，過來些，讓哀家好好看看妳。」

吳曉曉渾身僵硬地走過去。

此時又從左邊房間走出來一位年輕的女性。

那個人也跟孟太后一樣穿著灰色的衣服，頭上什麼都沒戴，只整齊地梳著而已，不過眉眼十分漂亮。

吳曉曉在腦子裡很快搜尋了一下，隨後想起，這位漂亮的女人，多半就是當年跟晉王鬧過緋聞的那位孟秀珠吧？

聽說當初孟太后有意讓孟秀珠當皇后，奈何她父親攙和進齊王之亂中，最後全家都被晉王一把火燒死。

原本太后想把孟秀珠送到宮內，也被晉王給攔了下，據說晉王還揚言非她不娶呢。

只是讓吳曉曉意外的是，這位孟秀珠瘦瘦弱弱的，一看就是個孤零零的孤女形象。

這兩個人都有些出乎她的意料，吳曉曉真沒想到孟太后長得並不怎麼凶惡，這一老一少的兩個女人看起來都慈眉善目的。

而且她們身上一點裝飾都沒有，就連殿內也沒看到什麼金銀器物，所有的家什擺件都是木製的。

孟太后讓她過去後，連忙牽著她的手，左右打量，在看到吳曉曉的樣子後，孟太后眼裡帶著一絲欣喜。

她在宮裡見的人多了，什麼樣的女人沒見過，這位吳曉曉外表標致不說，又很文氣，她這輩子看人的眼光還算準，尤其是看這些女人。

當初為永康帝選皇后妃子的時候，她就沒看走眼。

不管是識大體的劉皇后，圓滑的貴妃，還是老實的德妃，俏麗年輕的淑妃，她可都是選對了的。

此時見了吳曉曉，孟太后心裡明白，眼前的女子樣貌舉止還是不錯的，眼睛尤其清澈，這樣的女孩子心機都不會深，再來永康帝是真寵著她的。

她在心裡暗暗點了點頭，連忙扭頭對孟秀珠道：「去，把哀家準備的東西拿過來。」

孟秀珠就捧了個小托盤過來，上面放著一件做工精美的玉如意。

孟太后笑著拿起玉如意，對吳曉曉慈祥地說道：「哀家要謝謝妳，當日若不是妳救了聖上，哪有現在的太平盛世。」

見孟太后遞給她，吳曉曉忙雙手接過去，小心捧著。

孟太后也沒多跟她說什麼，閒聊了幾句就又讓她回去養身體去了，只是臨走時，忍不住叮囑了她幾句，讓她一定要吃胖些。

孟秀珠更是親自送她出來。

孟秀珠看著非常靦腆，吳曉曉總覺得這位孟秀珠似乎有什麼話想要對自己說。

果然就要走到宮門外的時候，孟秀珠忽然扯住她的袖子道：「貴人，請您留步……」

孟秀珠左右看了眼，顯然是不能被人聽了去。

不遠的地方有一處假山花園是供慈寧宮內的人散心的。

吳曉曉也好奇她要說什麼，便主動提出來道：「姑娘有事要同我說嗎？既然這樣，咱們去那邊的假山走走如何？」

等兩個人走過去時，孟秀珠連忙把身邊的人摒退了，才終於鼓足勇氣說道：「貴人，現如今我也不知道該怎麼跟您說，可普天之下沒有人能解開那對母子的心結了……」

吳曉曉就咯噔了一下，心想壞了！

她剛才腦洞開大了，以為這位孟秀珠也惦記永康帝，想著抓她到假山這裡表表忠心，讓她幫著遞話。

她都做好當媒婆紅娘的準備了，沒想到孟秀珠壓根沒說那些男女之事，而是直奔著家庭倫理劇去的。

「前些日子晉王妃被害，我同太后娘娘都吃了一驚，當日太后娘娘的確是給晉王妃送過打胎藥，可太后娘娘是信佛的人，沒有道理會害晉王妃的，更何況那胎兒月份大了，太后娘娘還曾同我說過，要不要給那孩子求個長命鎖，可不知道怎麼就有這樣出奇的事，晉王一直在追查真凶，恰恰就有兩個宮內賞出去的人死得不明不白，眾人都說那兩個人是畏罪撞牆死的，現如今晉王認定了這事同太后娘娘脫不了干係……」

說到這裡孟秀珠眼淚都要流下來了，那位晉王可是個天皇老子都不怕的人，當初她父親不過是受人矇騙，並沒有實際參與造反，卻就被晉王一把火燒了府邸，裡面的人一個都沒逃出來。

此時有了這樣的證據，只怕晉王那暴虐的勁一上來，弒親都不會怕的……

要不是因為這個，永康帝才會急著把太后接回宮內。

「我是出不去的，也不知道該指望誰，現如今聖上這樣寵愛妳，孟太后乃是聖上的親

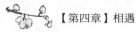

母，左邊是骨肉之情，右邊是兄弟之情，只求著貴人多為孟太后說說話，百善孝為先，更何況弒母之罪天理難容……」

等再從慈寧宮內出去後，吳曉曉都不知道該說什麼好了。

雖然知道晉王很殘暴，可是她還是覺得這位孟秀珠會不會誇張了些，只為了當初她的死，晉王就會犯這種滔天大罪？

雖然她有些感動，可又覺得很怪，再者這種事兒她怎麼做都是錯的。

白天一般是見不到永康帝的，吳曉曉知道他是個工作狂，多半是在會見群臣，外帶批閱奏章。

等回去後，她沒精打采地待了一會兒。

傍晚進了晚膳，她才好一些。

再晚一點，永康帝便來了。他現在養成了夜觀天象的習慣，總喜歡拿著她的那個望遠鏡對著天上看。

要不然就是登到最高的地方看京城內的景色。

古代沒有什麼很高的建築，所以從宮內往外看去，簡直一覽無遺。

吳曉曉每次都安靜地陪在永康帝身邊。

在他身邊待久了，她就覺得這位皇帝很完美，簡直沒有一絲瑕疵，只是很奇怪，這麼完美的人，她以前還覺得心動，此時真的待在他身邊時，卻有種不真實的感覺。

反倒是之前那個會對著她說心事的永康帝還帶著些煙火氣。

吳曉曉忍不住想，這樣一直戴著面具，努力偽裝自己的永康帝，真實的他到底會是什麼樣子？

被從小教育成明君聖主的這個男人，到底都對昏迷時的她說過什麼心事？

在她愣神時，永康帝像是找到了什麼有趣的東西，拿著望遠鏡給她看。

吳曉曉還以為他看到了什麼星星，結果往裡一看她卻愣住了，因為天氣冷，天黑後的京城很少見到行人。此時卻不知道為何，在宮外很遠的一個地方，隱約有幾個小小的黑點在移動著。

因為望遠鏡的倍數有限，所以看不大清楚，她納悶地看了好一會兒，才終於看清楚，那好像是一位父親帶著幾個孩子出去玩。

而且在她看著的時候，已經有小雪花往身上飄了。

那個爸爸大概是知道要下雪了，才特意帶著孩子跑出來的吧？

很快又看到除了那個爸爸外，當雪花出現時，似乎又有個穿得厚厚的女人跑了出來。

那女人顯然是要叫他們這些大人孩子回去，只是那些孩子玩得很開心……

吳曉曉納悶地把望遠鏡交給一旁的永康帝，她有點不明白這位聖上看這種東西又有什麼好幸福的？

可他真就看了好久，一直看到那一家人離開，他才放下望遠鏡。

此時雪已經下大了，他們所在的地方有殿簷擋著雪。

吳德榮生怕會凍到他們，特意在旁邊放了暖爐，殿內也是把火燒得旺旺的。

永康帝扭頭看了她一眼，他的眼裡帶著一絲柔情。

吳曉曉忽然笑了，心裡想著，自己可真傻，她光從自己的角度去推斷這位聖上，其實仔細一想不就明白了，這位聖上其實活動空間還不如晉王大呢。

晉王沒事還能跑出去打獵，到處折騰人，可這位聖上的活動區域，除了行宮便是待在皇宮內了。

對他來說，從這個望遠鏡裡能看到世態人情，人生百態。

她正想著的時候，永康帝已經執起她的手。

她的手有些涼，自從甦醒後，身體一直不大好。

此時被永康帝握著手，吳曉曉感到尷尬，剛要抽出手的時候，就聽見永康帝很輕地說了一句：「除夕夜晉王會進宮……」

跟自言自語一般，他淡淡道：「到了那日，妳記得跟在朕的身邊，不要亂跑……」

皇宮內只有一處御膳房，太后、皇后跟四妃都各自有內廚房。自從吳曉曉進宮後，吳德榮就額外給她安排了個內廚房，自此後，只要聖上過來，便是在她這裡用膳。

這下御膳房反倒是清淨了一段日子。

可等要過年時，不管永康帝平日在哪裡用膳，御膳房卻是忙得熱火朝天。

早在臘月二十四這天，御膳房就要蒸饅頭，這是御膳房內的規矩，用來討個吉利，而且物件都是有講究的。

永康帝未必吃這種東西，可是這樣東西出自御膳房內，卻是可以用來賞後宮內的各位主子，還有外面的大臣們。

得到賞賜的臣子都會把饅頭恭恭敬敬地擺到正房裡，外面罩一個黃色的包袱皮兒，每天對它三叩首，感謝皇恩浩蕩。

這些吳曉曉並不知情，因為知道晉王要過來參加晚宴，她心裡很緊張，等有人把聖上御賜的饅頭拿過來時，她正在琢磨晚上的事情。

忽然間她聽見外面傳來劈里啪啦的鞭炮聲。

從臘月二十五開始，一直到春節後的正月十七，宮內每日都會放鞭炮。

因她身體虛弱，所以吳德榮特意讓人在她所在的關雎宮外多放了一些鞭炮去晦氣。

這也是為了討好她，不過宮內都是這樣的，哪個宮內的人得寵，哪裡才會這樣熱火朝天地過節。

不過那些鞭炮煙火是不敢在她宮內放的，一是怕驚到她，再來也是怕引起火災。

等外面的鞭炮放完後，吳曉曉身邊的宮女們已經把御賜的饅頭收了起來。

知書、知畫兩名宮女在別人忙著收拾宮內各物的時候，也在張羅著貼門神。

只是她們貼的不是傳統意義上的門神，吳曉曉起初沒在意，可等注意到的時候，就發現那兩個宮女在門口的位置，貼的居然是送子觀音抱著大胖小子的圖。

吳曉曉當下就問她們：「妳們貼這個幹麼？」

「貴人不知，宮內的講究都是貼這個的。」知書笑著去攙扶她，恭敬地說：「外面天冷，貴人多歇息歇息，晚上的宴會只怕要到很晚呢。」

吳曉曉沒參加過這種宴會，也不知道皇家的年都怎麼過？

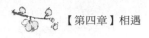

等進到寢室，她便找了宮女裡歲數最大的那個幫自己講解。

那宮女笑著說：「宮內跟尋常百姓家過年是一樣的，都是一家人團團圓圓地過，只是以往孟太后一直沒有回宮，今年因孟太后回宮，肯定格外熱鬧一些。晚上呢，照例是要吃餃子的，為的是吉利平安，民間都是在餃子裡放銅錢討個吉利，可宮內的花樣更多，一般宮內的餃子會包一些小竹牌，竹牌上刻著名稱，像是金佛、銀鳳、玉如意之類的，要是哪個嬪妃運氣好，吃到了，就按小竹牌上的賞賜。」

吳曉曉安靜聽著，其實她不想問這些餃子的事情，她想知道的是，晉王到了這個時候會是什麼樣的？

他會怎麼過來，會待到多晚？會不會跟太后起衝突？她心裡很忐忑，可這些話又不能隨便拿出來問宮內的人。

她遲疑了下才道：「每年這個時候，晉王都要進宮嗎？」

「是啊，晉王跟咱們聖上那麼親近，每年都會進宮，只是因有晉王在，孟太后已經很多年沒回宮了。」這些天下皆知的事兒，宮女也不瞞著她：「不知道為什麼，孟太后一直不喜歡晉王，晉王跟那位母后也不親近，兩個人雖然是母子，可卻一點情分都沒有。」

「可對聖上很好吧？」吳曉曉想起了孟太后召見她時的樣子。

她是晉王的側妃時就給打胎藥，現在她不也是永康帝名義上的小老婆麼，可別說打胎藥了，還給了個玉如意呢。

「好自然是好的，只是……」宮女像是想起什麼，為了顯得自己知道的宮內祕聞多，宮女悄聲說：「可是您要知道，聖上自打出生起便是東宮太子，就算疼這個兒子，可這是未來肩挑日月、一承大統的人，哪裡會像民間一般地疼兒子，據說孟太后跟已駕崩的先皇，對聖上很嚴厲，每日都要問上好幾次功課，有的時候做不好，還會罰聖上思過，那些太子太傅又都是嚴厲的人，聖上小小年紀就要去學那些，那些人還往往一個笑臉都不給，包括東宮內伺候的人，為了防止小人引得聖上輕浮了，那些伺候的人都是選最少言寡語的，所以我聽人說，聖上小時候都不怎麼會笑，也就晉王找他的時候，聖上才會笑一笑，而大部分時候整座東宮都靜悄悄的，只有聖上讀書習字的聲音……」

吳曉曉還是頭次聽到這種事兒，她一直以為晉王已夠倒楣的了，沒想到永康帝貴為天子，小時候也苦得跟小白菜似的。

她現在真心懷疑孟太后跟她老公絕對是對棒槌父母了，就沒見過這麼教育孩子的，晉王現在會變成這樣，絕對是教育失敗的產物。

只是很神奇，永康帝多半是體內基因突變了，雖然經歷了那麼糟糕的童年，居然還沒有長歪，竟成了這麼端正勤勉的好皇帝。

在她跟宮內的人閒聊的時候，其他宮內的人早忙得人仰馬翻。

劉皇后雖然是個虛職，可母儀天下的人，肯定要在長樂宮內接待那些誥命們。

那些誥命、命婦們，個個都穿得光鮮亮麗，由太監們引領至長樂宮。

劉皇后入座後，開始一波一波地召見，那些貴婦們魚貫而入，紛紛向劉皇后施禮，說些吉祥話。

只是在過了幾個回合後，劉皇后忽然發現下面有位豔麗非常的女子，這名女子劉皇后早有耳聞的，知道此女乃是狄億族的第一美人，被晉王擄了過來進獻給聖上。

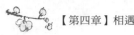

奈何聖上碰都沒碰，一直都放在宮內當擺設。

此時品階也不過是個不尷不尬的美人。

劉皇后心裡可憐她，知道這位外族女子只怕這輩子也就是這樣了。

等這波的人都打發走後，劉皇后忍不住感慨了一句，對身邊的人道：「這樣年輕美貌、天下無雙的女子，竟然要孤老在宮內，也是……」

劉皇后身邊的人都知道劉皇后這是有感而發，只是有喜歡嚼舌的人立刻就想起什麼，趕緊說：「皇后娘娘，這種人也用不著可憐她，我聽人說，她哪裡算得上是什麼狄億族第一美人，真正的第一美人應該是她姐姐，別看她剛才一副純良的樣子，當初就是她把她姐姐害得跌落山崖，摔傻了，她才取而代之成了天下第一美人，可要說美的話，聽說只要看到她那個傻姐姐，就會三魂失了兩魄的，只是可惜了……」

劉皇后聽了也沒太往心裡去，那種美人，就算是出挑一些，又有什麼關係，反正在永康帝眼裡都不存在。

到了這天，永康帝也比以往早起，現在他早已經不再處理朝政，而是在殿上接受各方的朝賀。

這麼忙忙碌碌的一天過去後，終於是到了傍晚時分。

等吳曉曉收拾妥當過去，路上她就聽見厚重的鐘聲慢慢響起，一聲比一聲沉。

在這樣的除夕夜裡，很有種悠長的韻味在裡面。

宮內也被布置過了，太監宮女們都穿著鮮亮的衣服，每一個人臉上都掛著喜色。

等吳曉曉進到殿內時，裡面早已經布置妥當。

她的位置在四妃之後，單有一張小桌給她，她悄悄走過去坐下。

等她坐好後，就有御膳房的人將事先預備好的各種素菜端上桌。

孟太后吃素，晉王自從林側妃去了之後，也一直在吃素，因此好好的除夕夜，也都變成了齋飯。

吳曉曉位置靠外，只是剛坐下沒多久，吳德榮就小跑著過來，原本吳曉曉是緊挨著賢妃坐的，當吳德榮朝她走過來的時候，吳曉曉明顯感覺到，她身邊的賢妃跟淑妃都在往她這個方向看。

雖然御膳房的人照顧她，給她安置了很漂亮的桌子，可畢竟品階不同，她的小餐桌不如那兩個妃子的大。

此時吳德榮卻是笑著跑到她身邊，躬身說道：「貴人，您怎麼跑這兒來了，聖上召您過去呢……」

吳曉曉都不敢去看賢妃和淑妃了。

尤其是那位淑妃，在蕭城的時候，她可是跟這位淑妃打過交道的，只是當時做夢都想不到她會有今天。

吳曉曉硬著頭皮走過去，就見殿內中央的位置，永康帝正坐在御座上，他的右手邊是孟太后，左手邊是晉王。

吳曉曉離得遠，以為晉王還沒到，此時她才發現原來重要的人物早都到齊了。

她深吸口氣，壓根不去看晉王。

可眼角餘光還是瞄到了，晉王今天穿的衣服有些奇怪。

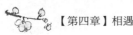

明明是過年，他卻穿得十分素淨，不知道是不是還在喪妻之痛中。

吳曉曉無聲嘆了口氣，心想何苦對一個強迫來的女人念念不忘呢？

等御膳擺好後，永康帝忽然從御座上站起來，取過吳德榮手中的一柄如意，上前幾步走到太后面前，道：「謹賀太后新年新喜。」

孟太后原本見到晉王後臉色不大好，現在看到自己最疼的兒子走了過來，還進獻賀禮，她心裡高興，忙將如意接過，正要回幾句吉利話的當頭，一邊的晉王也從座位上站了起來。

吳曉曉的心臟就劇烈地跳了一下，她一直都在回避晉王，這個時候卻連忙抬起頭來看向晉王。

她也說不出是哪裡不對，總覺得晉王走路的姿勢，還有他的表情給人的感覺都十分不對勁。吳曉曉心裡緊張，尤其想起孟秀珠的話，她更是直哆嗦，心想晉王不會真的做出什麼出格的事吧？

別說這是古代了，就連現代都很少聽見有為了媳婦跟媽媽掐架的男人。

可心頭這種不祥的感覺揮之不去，她瞪大了眼睛望著眼前的三個人。

不過吳曉曉很快就覺得自己想多了，這位晉王哪裡真會為了林側妃做出弒母的事情，這是晉王要緩和跟太后的關係吧？

晉王過去後，居然也只是低著頭，給太后進獻了一份禮物。

那是一尊很漂亮的佛像，乳白色的，雕刻得栩栩如生，吳曉曉猜這件東西多半是象牙雕刻的。

她看到沒事兒後，心裡鬆了口氣。

晉王沒說任何話，只把手裡的佛像遞給孟太后。

孟太后雖然不喜歡晉王，又加上林側妃的事兒讓他們母子有了嫌隙，只是為了這大好的江山，她就算再有嫌隙，也不便向晉王辯解一二。

可沒想到，晉王竟然趁著過年的時候給她進獻賀禮，這明顯是要同她挽回母子關係。世上再有嫌隙也是骨血相連的母子，孟太后心裡多少也放心了些，心道這個被人預言成逆天魔頭的二兒子倒還算有些人性，沒有為那個林側妃鬧到不堪的地步。

孟太后之前見到晉王過來，臉色還有些緊繃，這個時候就鬆了口氣。

因永康帝的如意她是親自接的，現在為了裝個樣子，她也把那個佛像接了過去。只是一接到手裡，孟太后的手心疼了一下，她連忙伸開手指對著宮燈看，只一眼就愣住了。原本還是乳白色的佛像，不知道什麼時候染上了鮮血，顯然就是從她手心裡流出來的。

再仔細一看，孟太后不由得倒吸了口氣。

佛像裡面不知道有什麼機關，剛在她接過去的瞬間，有三個針一般的東西從佛像的背後彈了出來，正扎在她的手心上。

望著那些血，孟太后手一抖就把佛像掉在地上。

佛像立刻摔了個粉碎，露出了裡面藏著的精巧機關。機關精巧得連一邊的吳曉曉都驚呆了，她不可置信地望向晉王，不明白晉王為什麼做出這個東西扎他親媽一下？

整個殿內鴉雀無聲，事發如此突然，眾人都傻在當場。

在吳曉曉等人還沒反應過來前，永康帝卻是知曉了什麼，他的聲音還是一如既往地平緩，只是說出來的內容卻是讓人心裡直打鼓。

「你們退下，宣太醫院的御醫過來。」

在吳曉曉還沒完全反應過來前，吳德榮已經慘白著臉色，過來一一請皇后跟眾妃退下了。

劉皇后等人一點都不敢耽擱，在走的時候，只遠遠對著孟太后及皇上施了施禮。

眾人在做這些的時候，壓根都不敢抬頭去看殿上的母子三人。只有吳曉曉很詫異，等她從座位上站起來準備出去的時候，她發現孟太后的臉色變了。

孟太后身邊的孟秀珠更是抱著孟太后要說什麼。

那副神情激動的樣子，就點醒了吳曉曉，她原本還在詫異為什麼晉王要刺傷孟太后，此時她猛地想明白了，那針頭上不會是有毒吧？

吳曉曉不可避免地望向還在地上跪拜著的晉王，自從把那佛像遞過去後，晉王就一直沒動過，他一言不發，表情更是平靜，沒有一絲波瀾。

再看一向沉穩的聖上，表情雖然沒什麼太大變化，可是明顯將拳頭都握緊了。

待吳曉曉從殿內出去後，劉皇后等人已經被安排送回寢宮。

不知道是宮內還是宮外，有人在放煙火，此時天空早已經暗沉沉的，煙火在天空中綻開，很快又消散開。

宮女們今天特意給吳曉曉穿了件雪絨狸毛短坎肩，不管是過來的時候，還是在殿內坐著的時候，她一直都沒覺出冷來。

此時忽然覺得冷了起來，她抱住自己，望著眼前的那些宮殿圍牆……

明明這麼混亂的事兒，她腦子卻很清醒。

她沒有往寢宮走，雖已經理清楚剛才發生的事了，但永康帝及晉王的反應都不對，還有孟太后的表情……如果只是被刺破手心不該是這樣的反應，唯一的解釋便是，那不僅僅是刺手心。

晉王這是在為她報仇嗎？

因為懷疑孟太后毒死了她，一等有了證據，他就設計了那個精巧的佛像，反過來毒死孟太后，還專門挑了這麼舉國同慶、眾目睽睽的場所！

這是何等的膽大包天、大逆不道！

竟然毒死自己的親生母親？吳曉曉的目光暗淡下來。

倒是一邊的吳德榮見到她一直沒有動，過來悄聲催促著：「貴人，現如今不比以往，您還是不要在這裡待著了，您看其他人早都走了，只怕下面的事情不是妳我能看的……」

說完吳德榮還特意對下面的暖轎做了個手勢。

很快有個機靈的小太監從下面跑上來，恭敬說道：「吳貴人，外面天冷，暖轎早都為您準備好了。」

吳曉曉沒有動，她慢慢轉過身去，往大殿內看了看。

之前還敞著大門的殿內，此時早已經把門緊緊閉上。

不知道什麼時候御林軍被調了過來，整個地方儼然要被那些舉著火把的軍士圍困住。

宮燈火把，士兵冷冷的面孔，還有吳德榮額頭上的薄汗……所有的場景交織在一起。

一陣風吹過，吹得吳曉曉一個哆嗦，牙關都抖了起來，手腳更是抑制不住哆嗦。

晉王一直都不是好人，她以前不知道多少次盼著晉王不得好死。

可是不管他是遭天譴，還是自己胡鬧死的，都跟她沒有關係。卻唯獨沒想到會看到這樣的情景，她的胸口劇烈地疼了下，她沒想到，始料未及，這個男人對她所做的……已經超出了她的想像……

吳曉曉終於下定決心，很快地轉過頭去，對吳德榮道：「吳總管，我不能走，我、我不放心裡面……」

說完她就要往裡闖，只是還沒闖進去，御醫們已經被叫了過來。

吳德榮可不想這位吳貴人鬧出亂子來，直接對左右的人使了眼色，那些太監、宮女嘴裡小心翼翼地說著：「吳貴人，得罪了……」

說完就七手八腳地去攔吳曉曉，最後把她連拉帶拽地往轎子內塞。

她被塞到轎子後，就立刻有人抬著轎子趕緊跑往她住的關睢宮。

吳曉曉知道自己回不去了，不甘心地掀起轎簾往外張望，那地方很亮，在御醫們進去後，很快就有人走了出來。

很奇怪，明明離得那麼遠，她還沒看清楚那個人，就已經下意識地知道那是誰了。

吳曉曉的聲音卡在嗓子內，她忽然呼吸急促起來，用力地想探出頭去，可是這種暖轎包裹得很嚴實，她用力敲打著，那些抬轎的人反倒跑得更快了。

不知道怎麼的，吳曉曉的眼淚就掉了下來。

遠遠的，有人從象徵天子的九重臺階上緩步走下。從步伐上看不出他的任何思緒，他走下去的時候，那些圍著大殿的御林軍主動讓開了道。

只是在他走出去三四步之後，有位御林軍首領似乎過去同他說了句什麼。

沒有劍拔弩張、沒有你死我活的爭鬥，吳曉曉遠遠看著晉王被那些人簇擁著，慢慢向大殿的另一個方向走去……

雖然一切看似都很平靜，可是那種蕭瑟之感，卻讓吳曉曉的心臟都要停止跳動了。

她正要再看的時候，轎子一轉，她已經被人抬了出去。

中間又走了一段路，才終於抵達關雎宮。

關雎宮內早有宮女在外面候著，她去的時候就有四個宮女陪著的。

此時一知道她回來了，整個關雎宮內都熱鬧了起來。

只是等眾人攙扶著她出來時，都被她慘白的臉色嚇到了。

吳曉曉強自鎮定著，一等回到寢宮內，她立刻問身邊那幾個宮女，這些宮女平日伺候她的時間最長，入宮也已有一段時間。

她趕緊說：「知畫妳們幾個有沒有門路幫我打聽一下大殿的事兒，還有晉王會怎麼樣？孟太后又怎麼樣了？」

一聽她這個話，那四位宮女立刻都跪在地上，嚇得不敢抬頭。

其中最年長的那個更是說道：「貴人，不是小人不去打聽，實在是這樣的事，吳總管早已經下了命令不得議論，只要有議論的立即拖出去打死。」

其他三位宮女更是神色慌張，「現如今宮內還不知道要出什麼大事，貴人就算聖上寵您，可是遇到這種事兒還是要謹言慎行，行差就錯一步，只怕會萬劫不復。」

吳曉曉身上一陣冷一陣熱，她知道自己也是太為難這些小宮女了，她們只是關雎宮內伺候的，能知道什麼情況。

她無力地擺了擺手，「既如此，妳們先退下去吧。」

那三位小宮女聽後一臉忐忑地準備往外走，只有知書遲疑了一下，她平日話並不多，因一直在大殿外伺候著，所以跟其他的宮女比，她的確是知道一些事情，再來一路上她一直跟在暖轎邊上。

等那三人都出去後，已經要走出去的知書明顯遲疑了一下，終於又走上前來幾步，小心翼翼開口道：「吳、吳貴人……奴婢一直都在外面伺候，對裡面發生的事全然不知，只是知道吳總管下的封口令，再有……」

她頓了一頓，有些緊張地看了看，見左右都沒什麼人，這才道：「我在外面伺候的時候，聽見吳總管對外傳令，讓那些御林軍速去晉王府……另外特意調派了御林軍到大殿內……抓拿晉王……」

下面的話知書不敢說了。

全天下的人都知道晉王跟聖上是什麼樣的關係，具體為什麼會發生這樣的事情，她們這些宮女哪裡會知道，只當是不管皇家兄弟怎樣親厚，骨血親情也會涼薄至斯。

吳曉曉聽了心口一窒，點頭道：「我知道了，妳先下去吧，要是那邊有什麼動靜，就悄悄告訴我。」

「貴人，我曉得……」知書遲疑了下，還是進言道：「只是貴人，這樣的事兒，您最好還是裝不知道的好，每日就在宮內待著……」

等知書出去後，吳曉曉一頭倒在床上，疲倦到了極點，連手指都不想動。

腦子卻是清醒的，不明白事情怎麼就變成了這樣一團亂麻。

她一夜都沒有睡。

早上天才矇矇亮，她便起來了。

宮女們端著銅盆進來，為她梳洗打扮，用銅鏡照著，為她臉上用胭脂水粉。

吳曉曉以前都隨便她們去弄，這個時候實在是心煩意亂，她也就一擺手，吩咐道：「妳們都下去吧。」

以往永康帝都會在她宮內過夜，雖然兩個人一直都是清清白白的，可是他總會過來露個面，早上更是會同她一起吃早膳，如今永康帝卻是面都沒露。

吳曉曉還是頭次這麼盼著他能過來的。

她心裡煩躁，連早飯都沒有吃，只勉強喝了一點點水，便開始在宮內來回走著。

剛走了沒幾圈，忽然聽見身後有腳步聲，吳曉曉身體一僵，趕緊轉過身去，果然就看見永康帝過來了。

永康帝換了一身衣服，明明是大年初一，最該喜慶的日子，永康帝卻穿得無比簡單，盤領、窄袖，玉帶皮靴，戴一頂烏紗翼善冠。

他面色如常，只看表情的話，瞧不出一絲昨夜的影響。

只是吳曉曉還是敏感地發現他的眼神有些渙散。

以往他看到她的時候，都是那種帶著笑意的眼睛，現在那雙眼內卻多了一抹空洞。

吳曉曉心裡著急，早已經顧不得許多，一見到他，立刻就走了過去，一把扯住他的袖子，急急問道：「孟太后沒事兒吧？昨夜御醫趕去後怎麼樣了？」

只有孟太后沒事……晉王才會沒事……她的擔憂都掛在了臉上。

永康帝看著她扯著自己袖子的手，他的手輕輕覆了上去。

「晉王不肯交出解藥，張道士還在為母后醫治。」

他的手涼涼的，吳曉曉低下頭去，努力掩飾著自己的焦躁不安。

她就知道晉王那個缺德的傢伙不會交出解藥的，他都要殺孟太后了，以他那副天下唯他獨尊的霸道樣子，能交出來才怪呢。

可是他一定有解藥的，那麼精巧的東西，在做的時候肯定不是一次就能做成，而且那種東西又是用於刺殺太后，想來他也不會假他人之手。

那他為了安全起見，就一定會留著部分解藥，以防止製作的時候出差錯。只是要怎麼讓他交出來呢？

吳曉曉忽然想到什麼，深吸口氣，望著覆在自己手上的那隻手出神。

永康帝一直都是個好哥哥。

對晉王來說，對他最重要的只怕除了自己便是這位永康帝了吧？

吳曉曉便深吸口氣，抬起頭對上永康帝的眼睛問道：「陛下，如果孟太后沒死的話，您會怎麼處置晉王？」

「如果母后沒事，朕會囚禁他，直到他知錯為止。」永康帝嘆了口氣，鬆開她的手找了椅子坐下，少有地露出倦容。

親弟弟犯下如此潑天大罪，一旦母后去了，他要怎麼處罰晉王才好？又該怎麼向全天下的人交代？

吳曉曉卻是打定主意，走上前一步，她知道這位永康帝是絕頂聰明的人，只怕這個時候是關心則亂了。

她俯下身，眼睛緊盯著他，一臉激動地說：「陛下，其實有個辦法很容易就能拿到解藥的，全天下晉王最在乎的便只有您這個哥哥了，殿下，如果您……」

這話絕對是大逆不道到了極點，吳曉曉嚥了口口水，鼓起勇氣道：「不管旁人做什麼，以晉王的脾氣秉性，他都不會鬆口的，可是您不一樣，您是他僅有最親的人了，您也不必求著他，您只要拿您自己威脅他就行，他一定不敢讓您有事的。」

她努力想了想自己所瞭解的那個晉王，晉王是典型吃軟不吃硬的人，一旦遇到問題千萬不要跟他硬著來，只能軟綿綿地去求他。

可是晉王又不全然是你求、你努力緩解就能服帖的，那個人簡直就跟馴獸一樣，只哄著他、勸著他也不行，要能拿住他的七寸才行！

其實剛出事的時候，她是嚇蒙了，如果當時聖上當機立斷地也給自己扎一下，晉王就算再想孟太后死，也一定會拿出解藥救聖上的，到時候自然連孟太后都能得救了。

別的事情上她還拿不準，可是這對兄弟的感情，她相信晉王是真的，也相信永康帝不是作假的。

再來兩個人也都沒必要在她面前裝什麼兄弟情深。

吳曉曉說完這些話後，忽然發現眼前的永康帝表現有些不對勁。

這位一直穩重安詳的永康帝，在看向她的時候，目光竟然沉了一沉。

不過很快就恢復了以往的樣子，他的嗓音還是那麼好聽。

他伸手握住她的手，有那麼一瞬間，吳曉曉都覺得他的目光裡帶出了寒光一般，可再仔細看的時候，卻發現他只是在凝眉望著她。

他輕咳了一聲，望著她的目光還是那麼溫柔，平靜道謝：「幸好有妳提醒朕。」

他沒再說別的，在放下她的手後，很快便扭頭向外走去。

吳曉曉遲疑了下，不知道為什麼，她心跳很快，趕緊跟了過去，等她跟到宮門口時，就見永康帝已經坐著御輦走了。

此時天色方亮不久，長長的過道兩邊都是侍衛跟太監在伺候著。

她出神望著這一幕，總覺得自己忽略了什麼。

倒是她這麼出神看著的時候，那些伺候她的宮女也都神色慌張地走了過來，紛紛攙扶著她，「吳貴人，怎麼今日聖上來了之後，這麼快就走了……」

吳曉曉知道這些宮女在擔心她說錯話了，可她沒心情應酬這種宮內的人，連忙吩咐道：「妳們都退下，我想安靜安靜。」

宮女們這下都不敢吭聲了，趕緊鬆開她，恭敬地退到宮外。

吳曉曉失魂落魄地坐在宮內，外面明明陽光那麼好，可不知道怎麼的，她覺得越來越冷。她忽然意識到，剛才自己表現太熟絡了，就好像她多麼熟悉晉王一樣，難道永康帝懷疑了什麼？

可是吳曉曉又覺得不應該的，她已經是另外一個人了，永康帝就算再聰明、再敏感，也沒道理會想出這麼驚世駭俗的事情吧？

就算她親自告訴永康帝，永康帝都未必會信的！他怎麼會猜出來？

可是吳曉曉又說不清楚，在那瞬間永康帝看向自己的目光中所隱藏的深意代表什麼？

她忍不住嘆了口氣，緊緊抱住自己，腦子裡還停留在昨夜晉王毒害孟太后的那一刻。

她無法理解，那是他的母親，晉王怎麼可以如此肆無忌憚、大逆不道？可是，她又能理解晉王的心情……

因為晉王所做的這一切都是因為她呢……

在她這麼胡思亂想時，外面的知畫大概以為吳貴人跟聖上有了什麼爭吵，宮內的人心裡著急，大家都知道關雎宮現在如此紅火，靠的都是聖上的恩典寵愛。

一旦關雎宮內的吳貴人失寵、一旦永康帝決定再也不踏入這個地方，那麼這個宮內的人，下一刻就等於被打入冷宮。

一想到這個，知畫幾個人也偷偷去別的宮內打聽消息，然後很快就知道了劉皇后及四妃的動向。

現如今孟太后在慈寧宮內養病，雖然那「病」來得蹊蹺，可是這個時候正是表現孝道的時刻。

劉皇后據說一粒米都沒有吃地在慈寧宮內伺候著呢，其他四妃也是有樣學樣，各種貼心孝順。

知畫她們知道後，立刻就大著膽子跑去找吳曉曉，緊張地說：「吳貴人恕罪……我等有事兒要稟報。」

吳曉曉發了好長時間的呆，現在聽見外面有動靜，她轉過身去，這才驚覺自己剛才不知不覺都落下了眼淚。

她不知道怎麼的，想起了曾經在自己肚子裡的小東西，她當初壓根沒想過自己會懷孕，對孩子完全沒有感情。她只記得晉王對她很好，總是帶著一種熱切的目光看著她。

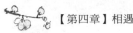

那種目光和溫暖，曾經讓她覺得彆扭尷尬，可現在卻又成了一道刺，刺到了她的心上。

吳曉曉忙擦掉眼淚，對外面道：「進來回話。」

外面的幾個宮女才小心地走進來，低頭回稟著：「吳貴人，我們剛探聽到，如今孟太后已經移駕回慈寧宮，因為身體有恙，劉皇后等人都在慈寧宮內伺候著呢……」

吳曉曉立刻明白這些宮女的意思，這正是個表現的好機會。她心情很複雜，不過她待在房內也做不了什麼，還不如趁機去慈寧宮內探探消息。

她便從榻上起來，讓那些宮女幫她換掉身上的衣服。

之前穿那麼豔麗漂亮的衣服是為了迎接新年，現在去慈寧宮探「病」顯然就不能穿得這麼扎眼了。

吳曉曉穿了件青色的衣服，又隨便戴了一些簡單的首飾，外面的轎子早已經備好。

她坐上後嘆了口氣，心裡沉甸甸的。

她所在的關雎宮離慈寧宮有段距離，走了好長一段路，等她到的時候，慈寧宮內人來人往，瞧得出裡面伺候的人很多，光宮外就停了五六頂轎子。

等吳曉曉往慈寧宮內走的時候，這才發現劉皇后等人壓根都見不到孟太后的面。

此時在孟太后身邊伺候的只有孟秀珠一個人而已。

包括劉皇后在內，那些宮內的人及御醫都只是在外伺候著，等著裡面傳喚罷了。

一見了這個，吳曉曉就後悔了，沒想到自己來這種地方別說探聽消息了，居然連孟太后都見不到。

可是來都來了，這個時候再走顯然是不合適的。

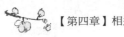

吳曉曉沒辦法，便也同劉皇后等人一起等著。

大家都很安靜，沒有一個人出聲，偌大的宮內竟然鴉雀無聲。

就在吳曉曉焦急等候的時候，裡面的紗帳一掀，張道人居然從裡面走了出來。

張道人是被特宣進去的，那些御醫都束手無策，永康帝便想起了這位可以讓吳曉曉起死回生的張道人。

張道人雖然醫術不是很精通，可到底是見多識廣些。一等看到孟太后的情況，又看到了那個傷人的機關，立刻就猜出晉王是用毒蛇提取的毒藥。

這種方式都是化外之民最愛用的，抓到含有巨毒的蛇後，卡著蛇的腦袋放在器皿上，來提取毒蛇的毒液。

這種毒全天下都未必有合適的解藥，可是那些化外之民既然能用這種毒藥，也就有提取解藥的辦法。

張道人聽說解藥的提煉方式非常之詭道，乃是把提取到的蛇毒注入到別的蛇身上，然後過滿七日後，用那蛇血來做解藥，另外還有傳言說毒蛇出沒之處，七步之內必有解藥。

種種傳聞雖不可信，可到如今，卻是都要試一試的，唯一的問題是孟太后到底是中了何種毒蛇的毒？到現在那些御醫們都拿不準。

以至於耽誤到現在，孟太后的情況也越發危險了。

不過在出來後，張道人很快就看到了吳曉曉。

別的人他還未必會往心裡去，可是這位吳貴人可是他登天的梯子，當年要不是幫助醫治吳貴人，他哪裡會有今天的權勢。

也因此見到吳貴人的時候，張道人比見了劉皇后還要客氣幾分，連忙恭敬說道：「吳貴人，您來了……」

吳曉曉跟他沒什麼交情，再說在這種地方也不方便說話。她只點了點頭，敷衍了下，只是這麼一來一去的，倒是讓紗帳後的人聽到了外面的動靜。

很快地一直在裡面照顧孟太后的孟秀珠，也跟著從寢室內走了出來。

一等看清楚吳曉曉後，孟秀珠便一把扯住她的胳膊，要把她往裡拽。

吳曉曉被拽得莫名其妙，不明白孟秀珠這種大家閨秀、名門貴女怎麼這麼激動，而且把她往裡拽要做什麼？

等把她帶到孟太后的病榻前，孟秀珠才赤紅著眼睛解釋說：「吳貴人，您同那些御醫不同，我聽人說您是仙人下凡，當日您曾經救過永康帝一命，現在……請您救救太后娘娘……」說完孟秀珠就要拜倒在地。

吳曉曉嚇了一跳，她這才明白對方是要她過來救命的！

可問題是她哪裡有這樣的能力啊，要說一般的事情她還能湊合做一做，可是現在別說她不懂解毒，就算是懂，她也沒有可以用的解藥血清啊！

可是孟秀珠這副樣子，顯然是當她肯定能做到的。

吳曉曉知道自己就算當下拒絕，孟秀珠也會糾纏不休，再來她也想多知道一些孟太后的情況，便回道：「我只是略懂一些皮毛而已，我不知道自己能不能做好……要不我跟妳一起在這照顧太后娘娘，咱們彼此間也有個照應。」

孟秀珠當然求之不得，雖然內外伺候的人多，可是到了這個時候，她誰都不敢信，生怕裡面會混有晉王的人。

就連內裡伺候的宮女、太監，她都打發了出去，現在房內也不過留著兩個最信任的宮女罷了。

只是吳曉曉都不知道自己這是走什麼狗屎運，居然有一天要照顧這位害死自己跟胎兒的人。她心情太過複雜，一方面真的不想孟太后死，因為孟太后一死晉王肯定就要完蛋，可要親自去照顧孟太后，她心裡又很彆扭……

她只得寬慰自己，這一切都是為了晉王……

孟太后的體溫很高，不知道是不是毒在體內發作的原因，之前御醫已經給她灌了藥，看來那些藥也沒什麼用。

吳曉曉連忙弄了條帕子為孟太后擦額頭上的汗，為她嘴唇上滴水。

這麼做的時候，倒是床上一直躺著的孟太后忽然嘴唇動了下，幾不可聞地說了一句：「為了天下……阿奕不要怪母后狠心……」

吳曉曉原本正要去擦汗的手，立刻就頓住了。

她覺得自己應該是聽到了孟太后的懺悔，孟太后真的做過毒殺自己的事情？

倒是一旁孟秀珠看到她的表情，忙開口解釋道：「吳貴人，您聽到這話是不是以為真如宮內傳聞的那樣，晉王妃的死是太后娘娘做的？」

吳曉曉目光沉沉，聲音更是沒有任何起伏地反問她：「難道不是嗎？」

到了這種地步，孟秀珠也不瞞著吳曉曉，她走到孟太后身邊，緊緊握住孟太后的手，其實這件事宮內的老人早都知道……

孟秀珠口吻平靜地告訴吳曉曉道：「冰凍三尺非一日之寒，孟太后所言的絕對不是晉王妃的事兒，而是十年前的舊事了，當年因有道士預言晉王會逆天而行，太后娘娘很擔心……可是皇家只有晉王同聖上兩個皇子，再來那畢竟是自己的骨肉，太后娘娘哪裡捨得對他如何……可是那道人不知道怎麼地又同太后說，其實他有一法可以破解晉王身上的暴虐之氣，只需要把晉王交給他，由他做上七七四十九天的法便可以化去……」

吳曉曉瞪大了眼睛，覺得這件事已經超出了她的想像力，她聲音繃得緊緊的：「那是晉王多大歲數的事兒？」

她忽然想起晉王在夜裡會胡亂抓著她手的樣子，那麼強悍霸道的一個男人，會在夜晚睡得那麼不踏實……她當時雖然覺得奇怪，卻一直沒有深究。

孟秀珠沉吟道：「我那時候還小，偶然聽父親說起過，好像是我五歲的時候，想來晉王在那年只有七歲……」

「七歲？」吳曉曉簡直不敢相信自己的耳朵，「別說當時孟太后是一國之母，就算是普通人家的父母，也沒有這種道理的，就因為一個莫名其妙的道人隨便說了幾句話，就要把自己七歲的孩子交給對方去做什麼法？而且晉王到底遇到過什麼，孟太后他們知道嗎？還是真的就是把人交出去就不管了？」

孟秀珠眼圈紅紅的，試圖為孟太后辯白：「那是得道的道人，再說世上的父母都是為兒女好的，我姑姑也不過是希望讓晉王不會成那種孽障魔王罷了，歸根究柢還不是……」

吳曉曉已經聽不進去了，她真沒想到這種地方竟會發生這麼腦殘的事。

她氣得直說：「妳覺得妳姑姑無辜，可是晉王呢？晉王當時才七歲，他又做錯了什麼？

能說出那種混帳話的道人又怎麼會善待晉王呢？而所有的一切只是因為莫須有的罪名，還是對一個七歲的孩子！」

吳曉曉說完這些話才驚覺自己失態了。

孟秀珠不可思議地望著她，不明白這位吳貴人怎麼會忽然這麼激動？

吳曉曉知道自己太激動，連忙掩飾地解釋道：「我……是修仙的人……我曾見過晉王一面，就面相來說，晉王絕對不是什麼逆天的魔王，如果從小好好教導的話，晉王長大後不會做什麼出格的事……」

說完這些話後，吳曉曉就低頭幫太后擦額頭上的汗。

孟秀珠雖然覺得她奇奇怪怪的，可也沒有深究。

兩人正在盡心盡力照顧孟太后，外面倒是忽然有了動靜。

外面進來了幾個人，當中的正是一直在永康帝身邊的吳德榮大總管。

在大總管身邊的還有兩個御醫院內管事的人，張道人也跟著進來了。

那些人臉色都很凝重，吳德榮手中更是握著個小瓷瓶。

孟太后病榻前只有一個屏風擋著外面窺探的目光。

孟秀珠趕緊從床上坐起來，急匆匆地走過去，詢問道：「你們這是……」

「孟姑娘。」吳德榮客氣回道：「這是聖上要到的解藥，只是時間很緊急，我們還不能分辨這解藥是真的假的……所以一時間也不知道該如何，聖上此時正在晉王處。」

裡面的吳曉曉一聽到這個，也跟著走到那些人面前，她望了一眼那個瓷瓶，立刻認出這個瓷瓶是當日她用來裝藥用酒精的那個。

當初她沒覺得那種藥用酒精是什麼了不起的東西，就隨便用個瓶子裝著，後來被御醫院內的人知道後，硬是當仙藥般給了她這個漂亮精緻的小瓷瓶。

之後那東西又被晉王要了去，她記得有天夜裡，晉王把她抱在懷裡時，還把那瓷瓶拿出來看過。

不過當時那些藥用酒精早都用完了，只剩下一個空瓶而已，饒是這樣，晉王還是要留著做紀念。

他明明是那麼霸道的男人，可在有些地方卻又心細得讓人不知所措。

吳曉曉心裡便是一動，她知道解藥的事情事關重大，連忙走過去，湊近那瓷瓶後說：「吳總管，麻煩你把這個瓷瓶打開讓我嗅一嗅。」

吳德榮總管見是吳貴人在問，便打開了瓷瓶。

吳曉曉趕緊湊過去聞了聞，味道並不怎麼沖鼻，可也感覺不出有什麼與眾不同。

她抬起頭看了看面色凝重的御醫們，略微思索了下，很快說道：「既然是聖上要到的，應該錯不了，再來我看太后的情況不大好，也容不得耽擱了……」

這話一說，那些人也明白這個道理，只是明白歸明白，這裡面的干係卻是不敢擔的。

吳曉曉心裡著急，見那些人都沒動，她便主動拿著小瓷瓶到孟太后身邊。

孟秀珠早就六神無主了，此時見她要給孟太后餵解藥，孟秀珠連忙命人去找了水過來。

吳曉曉也沒有莽撞，她嘗試著先在孟太后嘴唇上點了一滴，看著那一滴流到孟太后嘴裡後，孟太后也沒什麼太大的反應後，她才又小心地滴了兩滴。

她的動作很慢，每一滴都要滴很久、等很久。

她的呼吸都是急促小心的。

可她知道，身後的人只怕比她還要緊張。

時間一分一秒過去，待滴到第六滴的時候，吳曉曉明顯感覺到孟太后的呼吸似乎勻稱了一些。

她沒想到解藥的效果這麼神奇。

她身後眾人的臉色也都和緩下來，大家都長吁口氣，知道這事兒有了轉機。

吳曉曉心裡更是跟打鼓般，雖然孟太后的呼吸好了一些，可還是不敢掉以輕心，畢竟老人家歲數大了，容不得閃失。

她雖然心裡討厭孟太后，尤其知道這位當媽的對晉王簡直壞到了極點，既把晉王當惡鬼般防著，又找人毒死了晉王的老婆孩子……

可為了晉王，她還是很小心地做著，希望能救回孟太后。等餵了解藥後，她又找了水，擦了擦孟太后臉上的汗。

然後轉過頭去，叮囑孟秀珠：「我聽人說有些解毒劑不能用多，因為每樣東西都是環環相剋，所以妳再餵的時候也要像我一樣，一滴一滴地餵，不要怕麻煩，一旦發現有不妥當，就趕緊停下。」

孟秀珠點頭應著，感激地看著吳曉曉。

就在她交代完這些事情，孟太后顯然比之前更有精神些了。

吳曉曉之前一直都是半跪在病榻前伺候，此時從地上站了起來，揉了揉痠疼的膝蓋。

然後她忽然聽見孟太后說了句什麼，雖然離得近，可聲音太迷糊也太低沉了，她只隱約聽到：「母后都是為了你啊……阿晟……」

她心裡奇怪，忍不住想，阿晟是誰？

她皺著眉頭仔細想了一兩秒才想起來，阿晟是當今聖上的小名。

當初聖上讓她叫過的，只是她一直都沒有叫過。

吳曉曉也沒多想，就覺得這多半是孟太后又在說下毒的事。這位太后還能為了誰下毒？還不就是偏心大兒子、偏心當今的聖上，怕晉王妃先生下皇家血脈嘛。

知道孟太后已經好了之後，她實在一秒鐘都不想多待。

只是到了外面後，還有別的事情要擔心，她也不認得別人，再來別人的消息也未必多靈通，吳曉曉就走到吳德榮面前，趁著沒人注意的時候，悄悄對他使了個眼色，示意他跟自己出去。

吳德榮是個聰明人，見狀很快就跟著她到了宮外。

此時因為孟太后情況好轉，御醫及劉皇后等人都圍在孟太后左右，在那裡緊緊盯著孟太后的情況。

所以到了外面的時候，已冷清很多。

吳曉曉一等到了人少的地方，就焦急問道：「吳總管，如今孟太后看來已經好轉了，不知道晉王那裡怎麼樣？孟太后已經好轉的消息是不是已經告訴聖上那裡了？晉王是不是可以平安無事了？」

吳德榮心下有些奇怪，因為這位吳貴人三句話有兩句沒離開那位晉王，也不知是不是愛屋及烏，因為要體貼聖上才這樣的？

吳德榮說不出地彆扭，可還是恭敬回道：「請貴人放心，剛奴才已經把孟太后好轉的消息稟告聖上，只是晉王……」

吳德榮知道這位吳貴人在聖上心目中的地位，他也沒有隱瞞：「晉王爺性子烈，能做出這樣逆天的事兒，只怕也是豁出去了，剛聖上向他要解藥的時候……」

吳德榮這麼一停頓，吳曉曉差點沒被嚇死，瞪大了眼睛，手指都攪在一起了，不知道怎麼地她就想起晉王的脾氣秉性。

而且她居然立刻就猜到晉王的反應，實在是跟在晉王身邊太久了，對他的一舉一動都瞭若指掌，簡直閉上眼都能猜出他會做出什麼事兒來。

只是她都沒想到自己對晉王的瞭解會有什麼深。

晉王不管是在眾目睽睽之下毒殺太后，還是現如今被逼迫交出解藥，只怕晉王都是抱著必死的決心做的，對晉王來說，不管是為她報仇殺死母后，還是計劃失敗後的應對，只怕他都想過這樣的結局……

在吳德榮還沒說完的時候，吳曉曉已經接了下去：「晉王是要尋死麼……」

吳德榮詫異地抬頭看了一眼吳貴人，隨後趕緊低下頭去，吳德榮沒想到這位吳貴人挺聰明的，能立刻猜出來。

雖然晉王犯了滔天的罪，可他畢竟是永康帝最寵最親的弟弟。

吳德榮便也嘆了口氣，「從出事到現在晉王一滴水都不肯喝、一粒米都不想吃，這樣決然的態度，就連聖上也無可奈何，所以到如今聖上也是滴水未進地陪著呢，而且昨夜聖上在殿外吹了涼風，奴才看著聖上的臉色不大好，只是不管奴才說什麼，聖上都不肯去休息，聖上自幼身體就不好，奴才實在擔心……」

一聽了這話吳曉曉半天沒有言語，過了好半晌她才像想起什麼來地問他：「那晉王……就真的什麼都不在乎了嗎？」

他是堂堂的皇家貴冑，就算一時間有什麼想不開的，可富貴至此，人間極樂他都能享受到，真的就要這麼去嗎？而一切的原因都是因為她？

吳德榮心裡更是奇怪了，哪有剛說了聖上，就緊追著問晉王的，不過既然問到了，吳德榮少不得又要嘆息一聲，「誰能想到晉王竟然深情至此，他倒是還有惦念的，一則是他知晉王府因為此事被牽連到了，晉王求著聖上饒過晉王妃的娘家人，再來他還惦記著死後同晉王妃合葬的事兒……」

吳曉曉聽後只望著地面出神。

慈寧宮內鋪著光滑的地面，宮門外安放著一對銅鎏金瑞獸，那兩隻瑞獸明顯是在蹲守著這座年代久遠的宮殿。

吳曉曉無聲望著這裡的一切，有一個聲音漸漸清晰了起來。

雖然還不能分清楚她對晉王是什麼樣的感情，可當一個男人對自己做到這種地步的時候，她再不與他相認就說不過去了。

更何況那個男人已經到了生死邊緣，如果他知道她還沒有死的話，至少能保住他半天命。想明白這一切後，吳曉曉很快抬起頭來對吳德榮道：「吳總管，我現在要去見聖上，我有很重要的話要對他說。」

現在晉王正被囚禁著，沒有聖上的御令沒有人可以見到晉王。

而且……她對那位英明神武的聖上也缺一句解釋。

只是讓吳曉曉意外的是，她本來以為要去囚禁晉王的地方或者在三大殿內才能見到永康帝，結果等她過去的時候卻發現，永康帝居然是在她的關雎宮內。

等她乘坐轎子趕過去時，關雎宮內的人早已經被打發到外面了。

吳曉曉心裡奇怪，那些站在廊下或在院內等著伺候的宮女及太監們也是一臉奇怪。

就在吳曉曉要進關雎宮內時，忽然有人從裡面走了出來。

吳曉曉正在走臺階，那人原本身材就高，現在居高臨下地看著她。

吳曉曉首先注意到他身上的十二章紋，日月山川，隨後她愣了一愣。

永康帝的目光少有地越過她，往外面看了看。

此時天上的月亮很暗淡，大概是月末的關係，天上的月亮只是個下弦月。

他勾了下嘴角，少有地露出一絲淺笑，在她還沒有出聲前，已經舉起了手裡的望遠鏡道：「陪朕到御花園走走。」

吳曉曉心裡奇怪，不明白這麼冷的天到什麼御花園走走，而且宮內都是什麼情況了，他怎麼會有這樣的閒心？

可是他既然手裡拿了望遠鏡，難道是心裡太憋悶需要消遣？

「陛下，能晚些再去御花園嗎？我有話要同您說。」吳曉曉趕緊上前幾步，只是剛靠近永康帝就發現他的臉色不對。

他膚色一向很白，這個時候不知道是不是宮燈照的，她竟然覺得他的臉色有些發紅。她嚇了一跳，下意識就伸手摸了摸他的額頭，一等摸到了，心裡就咯噔了下，永康帝的體溫好高啊，他不會是連夜折騰，又吹了冷風被折騰病了吧？

在古代發燒可是了不得的事，她趕緊說：「聖上，天氣冷別去御花園了，如果只是想看看風景的話，在殿外也能看的……」

沒想到一向溫和的永康帝這次卻特別奇怪，他的目光定定地看著她，吳曉曉一時分辨不出來是什麼，她唯一知道的就是永康帝今天很怪。

可是在她驚訝看向他的時候，永康帝很快又恢復了以前的樣子，變成那位端正沉穩的聖明君主。

他轉過身去，往關雎宮內走去。

吳曉曉心跳得厲害，不知道為什麼頓時變得忐忑了起來。她緊跟在永康帝身後，沉默地走著。

她總覺得現在同永康帝說這種事不是好時機，可是時間緊迫，現在壓著不說的話，又怕晉王那裡會出了意外。

等到了殿內後，吳曉曉便一咬牙道：「聖上，我要同您說的事兒乍聽之下很像是神鬼故事，可卻是千真萬確的……」

吳曉曉急切地把話說完後，永康帝的表情卻是沒有變，安靜地點點頭道：「妳先跟朕到御花園一趟。」

吳曉曉心裡奇怪，不明白她都這麼說了，怎麼永康帝還是執意要去御花園？不過她還是乖乖跟了過去，一直小心跟在永康帝身邊。

在路上的時候，永康帝並沒有同她說話，而且以往都會坐御輦的，這次卻不知道永康帝為什麼，竟然要同她一起散步過去。

吳曉曉原本就在擔心他的身體，剛才摸過他的額頭，知道他有些發燒，現在天氣這麼冷，又是晚上，京城內的御花園可比不得行宮內的御花園，裡面景色不好不說，還因為有那座高高的假山，所以御花園內還比別處冷上一些。

等到了御花園後，永康帝少有地摒退了身邊的人。

就在吳曉曉要再次開口的時候，永康帝忽然把手指放在她唇邊做了個噤聲的動作，他親自牽著她的手。

吳曉曉愣了下，忽然發現永康帝的手好涼，跟他發燒的體溫不同。

假山很高，這裡的假山據說是很有來歷的，當初為了運這些假山很是費了些周折，不光是堆得高高的，裡面的形狀還各異。

只是白天看上去還好，等到了晚上，就算外面有宮燈照明，此時她手裡提著個琉璃燈，可還是架不住光線太弱，總覺得周圍跟有鬼影般，心裡總是緊張兮兮的。

假山很大，上面專有一處用來歇息的地方，那是一座小巧的八角小亭。

永康帝帶她走了過去，坐進去。

此時向東邊看去，從他們所在的地方能隱隱看到不遠的地方有處宮牆。

那宮牆內並不怎麼亮，顯然裡面沒有住人。

就在吳曉曉納悶的時候，永康帝終於指著那座宮殿緩緩說道：「那是東宮，我小時候一直住在那裡。」

吳曉曉奇怪了一下，她還是頭次聽見永康帝沒有再稱呼自己為朕。

她抬起眼睛望著他，從他的表情上瞧不出絲毫不同。

可他顯然有好多話想同她說。

「我身體不好。」他的聲音穩穩的，話裡聽不出抱怨哀歎的味道，只是很簡單地在敘述他作為太子的幼年往事罷了。

「貴恒久、貴思悟、貴知行、貴著述，當東宮的時候每日都要三省其身，要為天下表率……」他的話語很輕，表情更是沒有任何變化。

吳曉曉起初以為永康帝只是在同自己閒聊，可慢慢就察覺出詭異來，這位天子很少說這麼多話的。

而且簡直就跟滔滔不絕般，她下一刻就想起這位天子的話嘮個性。

當初她在昏迷不醒時，他就總對著自己說心事，難道現在是又要恢復嗎？

她正感納悶時，永康帝終於停了下來，他回過頭來，光線很暗，照在他的臉上，一半明一半暗的。

吳曉曉看後心裡就咯噔了下，總感覺他的目光不對勁。

到了這個時候他已經開口問她了：「妳不是有事要同朕說嗎？現在說吧。」

他坐得非常端正，那副樣子就跟在朝堂上一樣，他擺出這麼一副認真嚴肅的樣子，吳曉曉也有點被感染了，而且她總覺得他的目光沒以前溫柔了，有點凌厲的感覺。

她緊張地嚥了口口水，才道：「陛下，我……其實在醒過來前……曾經有一段時間不小心上錯了身體，您知道借屍還魂的事嗎？我當時便陰錯陽差地……給借屍還魂了……」

她說的明明是很驚悚的事，可永康帝的表情卻絲毫沒變，甚至都沒有催促她趕緊說下去。吳曉曉也不知道他是什麼想法，萬一他把自己當成神經病，或是怪物可就慘了。

而且後面的話只怕……就算再心寬的人也會受些刺激……

她只看他一眼，就趕緊低下頭，硬著頭皮說道：「所以有段時間我成了一個小門小戶內的嫡長女……然後陰錯陽差地被人送到了晉王府……」

後面的話她實在說得有些尷尬，畢竟她等於是跟這兩個兄弟都不清不楚的，甚至她跟晉王還有過一個孩子……

她停頓了一兩秒後才咬牙道：「我不知道為何被晉王請封成了側妃……後來的事兒陛下應該都知道了……」

一想到自己既做過晉王妃，又被他抱在關雎宮內夜夜守在一起……她就尷尬得不得了。

一等說完，她就低著頭不敢看人。

她安靜等著永康帝的發落，可沒想到永康帝的反應完全不同，她想過他可能有的反應，卻沒有哪一種該是這樣的。

永康帝居然口吻很平靜地問了一句：「此時妳告訴朕這些，是想要做什麼？」

吳曉曉抬起頭來，愕然望著這樣的永康帝。

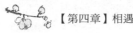

他是在生她的氣嗎？怎麼口吻這麼冷冰冰的。

慌亂中她趕緊從亭子內站起來，直接走到他面前，雙膝一軟就跪了下去，「陛下，我不該瞞著您，只是事出突然，裡面的種種為難之處陛下應該明白。現在之所以告訴陛下，是因為我聽吳總管說晉王現在已沒有了求生的意志……所以我想，如果他知道我還沒有死的話，是不是就會回心轉意……」

她離永康帝很近，永康帝的表情她都能收入眼底。

在她說完這些話後，便發現永康帝的表情終於有了些微不同。

他的眉頭微微挑了一下，很淺淡地勾了下嘴角，隨後他伸出手來，用手托著她的身體，試圖把她從地上扶起來。

吳曉曉原本以為他會生氣計較的，畢竟她隱瞞了身分，可看他的樣子又不大像在生氣。只是在把她扶起來後，他的手還放在她的肩膀上，一點鬆開的意思都沒有，反倒手臂不斷收緊。

起初她只覺得他扶自己的時候很用力，可到後來她都覺得疼了。

吳曉曉很意外，睜大了眼睛，試圖從他的手臂中掙脫開，可是一點用都沒有。

他們的力氣懸殊太大，他直接把她按在了懷裡。

她的頭不想靠向他的，可在她抬起頭的瞬間，他已經騰開一隻手按住了她，把她的頭用力按在他的胸前。

在一起這麼久了，吳曉曉還是頭次感覺到他如此激動的情緒。

她漸漸安靜下來不再掙扎，她能感覺到他的心跳，還有他微微顫抖的身體，還有越來越高的體溫……

冬天在假山上坐著其實是很冷的，又是這麼冷的院子。

吳曉曉終於從他懷裡掙扎出來，望著他的面孔，急急道：「陛下，您在發燒，現在不能在假山待下去了，得趕緊回去休息，宣御醫過來為您看病……」

「妳還記得在蕭城時的事嗎？」他的嗓子有些暗啞。

吳曉曉越來越不明白他了，他幹麼提蕭城的事？她皺著眉頭回道：「我記得，當時您要讓外面的人以為您是晉王，然後我就一直在您身邊……您在我心目中一直都是很強大的君主，明明外面那麼多大軍圍困，可是您一點都沒有慌亂……」

「妳一直在朕身邊照顧朕。」他的手臂收緊，又一次把她抱在了懷裡。

吳曉曉都要被他壓得喘不過氣來了，試圖掙扎了下，慌張地撇清關係，連忙道：「陛下，我是照顧過您，當時是吳總管拜託的，可是我沒做什麼事，不過是跟那些御醫一樣守在您身邊而已……」

「我小時候身體不好，有幾次重病，母后怕我熬不下來，便帶我去寺廟內祈福，夜裡我就一個人躺在佛像前，等著神佛顯靈，阿奕很生氣，每次都會同母后鬧，全天下能那麼為我的只有阿奕一個人……」

他的手終於不再那麼緊緊扣在她身上了，反倒緩緩說起了往事：「後來遇到妳救我……我才知道原來世上還會有人，不因為我是什麼人，只是單純地要救我這個人而已。」

他頓了一頓：「我有很多話想同妳說，妳原本該是除了阿奕外，我最親近的人……」

他的手指慢慢攀上了她的脖子，吳曉曉在這一刻汗毛都立了起來。

果然下一刻她就聽到，他如同耳語般，那話在她耳邊響起的時候，吳曉曉都以為自己出現了幻聽，停頓了兩秒才反應過來他說的是什麼……

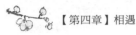

「沒想到朕要殺妳兩次……」

吳曉曉在反應過來後，人還是木呆呆的。

她覺得自己的腦袋跟蒙住了似的，足足過了三四秒，她才明白他話裡的意思。

她當下就驚得欸了一聲，嘴裡同時問了出來：「為什麼？」

她眼睛睜得大大的，她一直以為是孟太后下毒的，雖然孟秀珠一直在為孟太后辯解。

可是她實在想不出還有別人有這樣的動機，對於永康帝她卻連懷疑都沒有懷疑過。

一則是晉王同永康帝關係那麼親厚，再來當初孟太后要派人打胎的時候，還是他幫著攔下的……

難道皇家都要這樣爾虞我詐，算計來算計去嗎？

難道對永康帝來說，晉王側妃懷孕的事就那麼天理不容嗎？

就在她不明所以的時候，永康帝的手指已經覆上了她的脖頸。

雖然知道下一刻自己會遇到什麼，可到了這步，吳曉曉卻冷靜了下來。

她瞪著眼前的人，一字一句厲聲道：「陛下，就算您要我死，那看在您要我死兩次的份上，您能不能給我一個明白？」

永康帝倒也沒有瞞她，他的眼睛裡映著她決然的表情。

他的目光沉沉地盯著她，口吻很輕，還是那種恍若耳語般的聲音。

「我瞞不住了。」他的手指在她脖頸後輕輕揉捏了下。

吳曉曉冷汗都要滴下來了，她的手腳都是冰涼的，不知道被人掐死是什麼樣的感覺？可是現在這位永康帝已經擺出要掐死她的架式了。

她強自鎮定著，腦子裡不斷琢磨著他的話，永康帝說他瞞不住了？瞞不住什麼了？

「我想讓妳好好地活著，可我瞞不住了，每次聽到他說起妳的事，我的心都會狂跳，總有一天阿奕會知道的……我們是瞞不住彼此的，我不想阿奕因妳同我起了嫌隙……」

吳曉曉沒想到他說的會是這麼一個理由，她簡直都想翻一個白眼給他啊！

這位完美到極點的聖主明君，居然會做這種事！

她倒情願他是為了江山社稷、為了防備晉王才害死她！

如果只是因為兄弟兩人同時為一個女人心動這個狗屁理由，就要把人害死的話，她真的很吐血啊！

她有種在做夢的感覺，總覺得眼前的永康帝跟印象中那位端正沉穩的永康帝不是同一個人。這事兒處處透著股詭異，可是隱隱她又覺得此時的永康帝也許才是真實的那個人！

一直被父母教育、被周圍的人盯著，簡直都要被當做天下聖人的楷模了。

其實只怕這個人早已經在沉默中變態了吧！

她只是不能理解他，直接問了出來：「你就不怕晉王知道嗎？」

既然他們彼此心意相通，他做出這樣的事難道就不愧疚心虛嗎？

吳曉曉沒想到這位永康帝竟然會有這樣的一面，在聽到她的質問後，竟然可以淡淡回道：「他不會猜忌我，而且有母后在，他猜忌不到我身上。」

吳曉曉已經要氣結了，虧她還一路厭惡著孟太后，卻沒想到孟太后只不過是個背黑鍋的，被大家誤會了。

她知道等對話結束的時候，永康帝就會要取自己的性命。

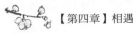

她深吸口氣，現在已經無心去糾結永康帝到底是好人還是變態的話題。

對她來說沒有比保住性命更重要的事兒，她當林慧娘的時候起碼還有個本尊可以活，可這次她若死掉的話就是真的死掉了！

她匆忙中想起件東西，只是不知道永康帝會不會給她那個機會。

她很快說道：「陛下，事已至此，我知道在劫難逃，只是現如今宮內刀光劍影太多了，您現在這麼掐死我，我脖子上一定會留有痕跡，就算宮內的人不說什麼，時間久了總會有些沸沸揚揚的謠言，所以陛下您不如讓我自己自我了斷。另外陛下，我還有一個小小的遺願……您是否還記得我跟您相遇時的那個背包？我既然要死了，我想把那個包包帶走，請您在我臨死前滿足我這個小小的願望。」

如果她沒有記錯的話，她那背包裡還有一個防狼噴霧，是當時她買瑞士小刀時，那個女店員送的贈品。

當時她還不想要，總覺得那東西不過就是個辣椒水的效果，再說了，她又不往危險的地方走。

此時她唯一能想到的，就是試試那個東西。

可是具體會怎麼樣，她也心裡沒底，畢竟天下都是這個變態的！

現在他扒開面具地說要殺她，她就算跑到天涯海角都躲不了這一刀。

不過這位永康帝倒還不錯，居然鬆開了她。

他喚了站在假山下的太監過來，讓那太監去關雎宮內取那個背包。

吳曉曉安靜地等著，頭皮一陣陣發麻，每一秒都緊張得心臟要麻痺了一般。

她現在可是跟著曾經下毒毒死自己的人在一起。

只是他卻像有很多話要同她說一般，他靠得很近，簡直又要抱住她似的。

她嚇得一個激靈，趕緊躲開了他一步的距離。

她一臉戒備地扭頭看向他，肚子裡有很多疑問，可是在看向他的臉的時候，卻一個字都說不出來。

她不知道殺人犯都該是什麼樣的臉？什麼樣的表情？可是沒有哪一個人在殺人時會露出如此悲傷的表情。

吳曉曉都不知道該說什麼好了，她這個准被害人還沒有難受呢，他就露出這種表情是不是太過分了！

人到了這步就不會計較對方是不是天子了，她索性直接說道：「求您了，事到如此，您還裝什麼偽君子啊！你說你當皇帝當成這樣，不覺著自己噁心嗎！」

吳曉曉說完這些話後，明顯感覺到永康帝的表情有些意外。

她當時沒感覺有什麼不對的，可轉過一想她就明白了，這位永康帝不管是當太子的時候，還是現如今做聖上，他哪裡會被人罵，更別提被她這樣暢快淋漓地說他是偽君子。

吳曉曉也是真豁出去了，說完這些話後她就閉上嘴。等待的時間雖然不久，可對她來說卻好像一個世紀般漫長。

他在她身邊似乎還有話要說，只是多一個字她都不想聽他的。

他的聲音很低沉，「妳死後朕會將妳葬在皇陵，百年後，只有妳能陪著朕，來生，妳來找朕，朕一定好好待妳……」

「我能求你件事嗎？」吳曉曉終於忍無可忍地瞟了他一眼。

在他探求的目光中，她咬牙道：「你能閉嘴嗎？」

這次她還沒等到永康帝的反應，倒是假山下的太監已經把她的應急包拿來。

這個時候氣喘吁吁的太監不敢造次，只在假山下請示：「陛下，東西已經取來了。」

永康帝淡淡看她一眼，那目光看上去不像是氣惱，只是有些意外。

對他來說，此時的吳曉曉讓他覺得很新奇、很意外，他一直都是天子之尊，沒人會、也沒人敢這麼對他說話，就算是從小一起長大最親厚的阿奕，也被周圍的人教育著多少會注意君臣之別。

可他又明白，此時的吳曉曉之所以這麼對自己，只是因為她知道自己命不久矣。

等拿到那個應急包，他少有地嘆息一聲，似乎註定與這個人的緣分陰錯陽差。

當日他那麼喜歡她，為她六宮都不問一聲，把她當做唯一的寄託，可等她真正醒來後，他卻發現這個人只是他心中的一個綺想罷了。

吳曉曉其實猜不出他的想法，可大概是人到死的時候，五感都會超水準發揮，就連第六感都一躍而起地出現了。

她冷笑了下，轉過頭來，一邊接過自己的背包一邊道：「其實你壓根沒有喜歡過我，什麼我救了你，你對我一見鍾情，那都是騙鬼的話。」

她頓了一頓，開始覺得很奇怪，永康帝怎麼就對自己看對眼了呢？怎麼會放著那麼多漂亮賢淑的女人跟看不見一樣？

說穿了，不過是這個男人城府太深，壓根不允許有人靠近他，他寧願把所有的想法、感情都寄託在一個對他最沒有危險的人身上。

也許他是有過一兩次的心動，可心動前，他最先考慮、最先想的始終都是他自己。永康帝沒有阻攔她拿那個背包，裡面的東西他都看過的，雖然不知道都是些什麼，卻也不過是些奇巧的東西罷了。

他哪裡會知道裡面會有個防狼噴霧器呢。

吳曉曉有些緊張，先是假意看了看其他的東西，很怕這位永康帝會看出自己的不軌意圖。可是她很快就想起來，這位古人只怕什麼是防狼噴霧器都不知道吧！

這麼一想她膽子就大了起來，直接把那個防狼噴霧器拿出來，發現她拿起這東西的時候永康帝居然都沒反應。

吳曉曉卻是緊張得心臟都要停了，努力鎮定下來，開口道：「陛下，您說我失足落下假山怎麼樣？這樣的話就沒人會懷疑您了……」

她說完後，故意地往假山下看了看，又道：「只是那樣的話，能麻煩您把御花園內的人都撤出去嗎？我不想被人圍觀……」

一直沉默的永康帝點了點頭。

吳曉曉在他過去吩咐人退出去的時候，趕緊打開防狼噴霧器，只是還沒來得及試驗，他已經轉了回來。

他的表情始終沒有一絲情緒，反倒雙眼裡滿滿都是情緒，那些情緒都被擠壓進了他的雙眼內。

她能感覺到他的心疼，吳曉曉不知道他是怎麼養成這樣的心性，喜歡什麼就要毀掉。

她隱隱覺得不光是因為他跟晉王都喜歡自己才要殺她，她總覺得這位永康帝在心理上也是不健康的。

不過一想起晉王來，吳曉曉也就釋然了，這變態一家親的，不知道是基因還是教育的問題，好好的搞成心理變態成了常態了。

此時假山下的人已經陸續退了出去，她知道永康帝吩咐的時候，特意說了，沒有他的命令那些人不得入內。

金口玉言的話說完，她估計裡面就算鬧出動靜來，那些人也未必敢進來了。

事到如今，吳曉曉終於鼓足勇氣，冬天為了保暖，袖子做得很長，因此她特意把防狼噴霧放在手心，用袖子掩藏著，然後一步步往假山走去。

古代沒什麼太高的建築物，這種假山已算是很高的了，而且假山下有怪石，就算高度不夠，估計摔下去磕一下腦袋也就差不多了。

她只往下看了一眼就覺得頭暈，趕緊縮回脖子，再轉身時就看見永康帝已經跟了過來，一副要送行的樣子。

他沒有要親自動手的意思，只安靜等著她。

哪怕她磨磨蹭蹭一點都不想跳的意思，他也不催促。

不知道是不是自己敏感，總覺得永康帝的呼吸好像越來越急促，她知道他有些發燒的，現在肯定變嚴重了，這下她的把握更大了！

吳曉曉正琢磨著該怎麼做，永康帝倒是忽然伸出手來。

吳曉曉當下嚇得心跳都要停了，以為他要親自動手了。

結果他只是輕撫著她的臉頰。

他這輩子從沒有跟女人如此親昵過，不知道是身體有恙還是難過，永康帝此時冷到手指都涼涼的。

永康帝終於動了一下，俯下身想親吻她的嘴唇，之前不管多麼渴望，他都以禮相待，從不越雷池一步，此時他卻控制不住了，他想要親吻她。

吳曉曉做夢都沒想到，她這個打算用來保命的防狼噴霧器，最終的用途真的就是用來防色狼的！

在他就要俯身親上自己的瞬間，她都不知道哪來的勇氣，抬起手對著他的臉就一陣狂噴。她也不知道噴霧內是什麼成分，只知噴得很用力，等噴完後，她發現永康帝就跟預料到的一樣，正捂著眼睛。

而且他肯定覺得疼了，手臂明顯抬起來擋了一下，想擋住她接下來的動作。

只是這一揮手臂差點把她揮到假山下。

吳曉曉腳下一歪，身邊沒有能抓住的東西，便下意識地拽了他的袖子。

所有的動作都是一連串的本能反應，可卻發生了不可思議的結果。

在她拽著他袖子的瞬間，永康帝不知是不是想躲開，明顯是想退後的，可是腳下石頭一滑，於是身體向吳曉曉的方向傾倒。

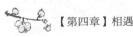

而吳曉曉腦子都沒反應過來，身體就自動躲開了，於是永康帝這位天下至尊，在吳曉曉面前如同斷線的風箏般，從假山上摔了下去……

之前她設想過各種狀況，例如噴了他後趕緊跑路，或者威脅他放自己走，所有設想都沒有現在的發展如此「給力」。

吳曉曉嚇得眼睛都閉上了。

她很快聽到了悶悶的一聲，不過聽聲音應該沒摔到石頭上。

吳曉曉都要嚇死了，平靜了一下，才趕緊從假山上下去，她大著膽子往永康帝摔倒的地方看了看。

雖然周圍有燈，可他正好掉在假山的陰影處，光線很弱，她瞧不清楚他摔成什麼樣了。

吳曉曉往那個方向湊過頭去，努力告訴自己：不是妳要這樣的，再說這個人可毒死過妳的，不僅毒死一次，還要再害死妳第二次，就算他被摔死了也是罪有應得的！

她這麼想著，等看清楚永康帝的樣子後，長長吁了口氣。

不知道怎麼的，她腦子裡想起的卻是晉王，想著幸好永康帝沒有摔死，不然她怎麼對晉王交代……

只是人雖然沒死，可明顯也摔得夠嗆，她走過去探了探他的鼻息，鼻息還有，她又輕輕搖了搖他的身體，然後吳曉曉為難起來，按理說她該趕緊叫人的，可是……一旦叫人過來，他會不會又要害自己？

在左右為難之際，她抬頭看了看，然後眼睛一亮。

這個御花園內有一座鳳澡閣，她知道那是放書的地方，之前聽宮女說過，永康帝偶爾會在這裡看看書，休息一下。

她立刻有了主意，只是永康帝很沉，一時間有些搬不動他，費了一些力氣才終於把永康帝拖到鳳澡閣內。

她沒救治過摔傷的人，可是在𨻶地時見過不少外傷的人。

此時她已鎮定下來，忙著解開他身上的衣服，她不求他沒事，只求他能活命就行。

她動作不算輕，剛才在拖動永康帝時，他明顯皺了眉頭，她擔心有骨折。

只是她摸著他身體檢查一番後，卻沒發覺哪裡有問題，不過身上有不少瘀青。

再來她拿不準他是摔昏迷的？還是腦子裡有瘀血？為了看看他是不是腦袋出了問題，吳曉曉掀了掀他的眼皮，在他耳邊問道：「喂，你還好嗎？腦子沒事吧？」

只是很奇怪，永康帝居然回答：「佛像會變成鬼吃我……」

吳曉曉放了一半的心，另一半卻又提了起來，趕緊又問他：「什麼要吃你？」

她深深懷疑這位變態君主不是摔傻了，就是摔糊塗了……

【第五章】

皇帝失憶

「阿奕沒想到咱們長大後，還是長得這麼像……我記得你曾說過，你長大後一定會比我胖，因為我天都要處理朝政很辛苦，而你可以天天玩，沒想到你還是跟我一樣……」

晉王詫異地睜開眼，「你怎麼了？」

這種生死關頭，誰還有心情管他神佛要不要吃他的問題啊！

如果永康帝好好地站在她面前，吳曉曉都能狠狠咬他一口才解恨，可現在看他這麼昏迷不醒的，卻不敢對他有絲毫不利的動作。

她嘆了口氣，鳳澡閣內總有一種鬼氣森森的感覺，這裡平日少有人來，大部分都緊閉著門。現在跟這麼個半死的人在一起，她也是挺緊張害怕的，便自言自語如同壯膽般嘀咕著：「你這個傢伙，要不就死痛快一點，要不就醒過來，你這樣我怎麼辦啊！」

她氣得在他脖子上比劃了一下，不知道是他感覺到了，還是在昏迷中的反應，永康帝的眼皮抖動了一下，吳曉曉望著他的樣子，深深嘆了口氣。

他長得太像晉王了，可仔細琢磨的話卻又是處處不同。

明明都在睡覺，晉王睡覺時總是四肢展開，這位永康帝卻是手腳併攏，睡得十分筆直。之前同床時，她曾擔心永康帝會在睡夢中把紗簾掀開或者弄壞，沒想到他一次都沒弄壞那個紗簾。

吳曉曉撫額，她手邊沒有任何急救的東西，真不知道該怎麼辦，之後終於想起自己還有個應急包放在假山上。

她親自跑到假山上，把背包收拾了一下，拿到鳳澡閣內。

只是她出去時，永康帝還好好地躺在一張桌子上，她怕他掉下去，還特意用長背的椅子擋了一下。

沒想到不過是上趟假山的工夫，永康帝居然掉在了地上。

吳曉曉這下可鬱悶了，趕緊把應急包放在一旁，跑過去連拖帶抱的，她剛剛把永康帝弄

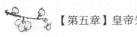

到桌子上就已經筋疲力盡了，沒想到還要弄第二回。

而且她不知道這一摔會不會又給他摔壞了哪裡？

果然等她搬動他時，永康帝似乎倒抽了口冷氣，這反應嚇了吳曉曉一跳，還以為他要甦醒過來了。

按理說，他若摔得不嚴重，應該是快醒了。

不過永康帝的眼睛仍是緊閉著的，沒有轉醒的跡象，吳曉曉失落地嘀咕了句：「你不會是真摔壞腦子了吧……」

她小心地放下永康帝，又把椅子往桌子兩邊靠攏，這才走到旁邊把應急包撿起來。

她仔細清點著包裡的東西，裡面有包未開封的酒精棉，不過東西不多，也就二十片而已。再來就是一些OK繃，不過裡面夾層的地方很意外地還放了個暖暖包。

她這才想起來，因為怕臨時遇到大姨媽來，當初特意放了這個東西。她同時想起應該幫永康帝保暖，只是不知道放這麼久了還能不能用？

吳曉曉把暖暖包搓熱，要找貼身的地方放，於是解開他的衣服，立刻就看到他胸前戴著一個玲瓏剔透的玉珮。

永康帝戴這種東西本來沒什麼奇怪的，不過她發現這麼漂亮的一塊玉，居然從中間裂了一條縫隙。那玉珮原本翠綠翠綠的，中間不知道怎麼地有一道豔麗的紅線，此時裂開的地方正在那條紅線上。

吳曉曉下意識地就拿起玉珮，心疼道：「居然摔壞了，不是說傳世寶玉可以替人擋災？你從那麼高的地方掉下去，不會就是這東西給你擋災了吧，只是擋災也不擋好一點，把你摔成這樣，還不如摔瘸了呢……」她自言自語地把暖暖包貼到他胸前。

之後吳曉曉找了把椅子坐下休息，她早已累壞了，幾乎一閉上眼睛就要睡過去。

可是哪能真的睡過去，萬一永康帝出了問題，或是外面吳德榮那些人等不及，闖進來看到此景會怎麼樣呢？

現在那些人以為她跟永康帝在這裡找情調，可是到了明天又該怎麼瞞過去呢？怎麼想都是問題。

只是吳曉曉只堅持了十幾分鐘，就眼皮打架地睡了過去。

等她再醒來時，只覺得在睡夢中一直有一隻很可怕的大手在拽著她的頭髮冷笑。

她嚇得一個激靈，剛睜開眼睛，就發現自己也不全然是在做夢，此時還真有個傢伙在拽她的頭髮。吳曉曉氣得厲害，抬起頭來，一把抽回自己的頭髮，瞪著不知什麼時候醒過來的永康帝。

這個偽君子早不知道什麼時候醒過來了，看上去仍很虛弱，躺著一動不動，只用貼近她的那隻手拽她的頭髮。

見她醒過來了，永康帝居然立刻笑了出來，那笑容簡直是要多燦爛就有多燦爛。

吳曉曉都被他那陽光燦爛的一笑給笑蒙住了。

在記憶中，別說偽君子永康帝沒露出這樣的笑容過，就算晉王也從沒這樣的笑容。

她當下就咯噔了一下，一股不妙的感覺立即油然而生。

她瞪大眼睛看著他，越琢磨越不對味，她見過永康帝和煦地笑、溫柔地笑、淡淡地笑，可如此心無城府的燦爛笑容卻是頭一回！

這種笑，別說是此時的永康帝不該有，在她印象中就連一般成年人都很少能笑成這樣！一般只有歲數很小的小孩子才會笑得這麼燦爛純粹吧！

在她發愣的時候，永康帝已經開口了：「姐姐，妳是佛祖派來救我的嗎？」

「佛祖？」吳曉曉皺著眉頭，慌張地從椅子上站起來。

椅子腿在地上摩擦，發出刺耳的聲音，可她已經顧不得了，趕緊伸手掐了掐他的手指，質問他：「你別裝傻，你裝傻也掩蓋不了你是個偽君子、大壞蛋的事實！」

話剛出口，吳曉曉就看見永康帝居然露出茫然的表情。

他既沒辯解也沒說什麼，似乎比她還納悶，更奇怪的是，他抬起手來，對著自己的手發呆，一副好像第一次看到他自己的手一般。

要不是他看得太認真，她都懷疑他是在做戲。

可顯然他是被他自己的樣子嚇到了，掙扎著要坐起來。

吳曉曉此時才意識到真的有事發生了，趕緊找了靴子給他。

他卻沒有立即穿靴子，而是盯著那雙成人的靴子發呆。

永康帝不明白，他只是重病被母后帶去皇家寺廟裡祈福而已，竟然會一夜之間長大成這樣……

明明之前他還病得不能動，可再睜開眼睛，一切都不同了。

他努力回憶，想知道中間發生了什麼，可不知道為什麼，只要回想他的頭就像要被人鋸開般地劇疼。

他捂住頭，痛苦呻吟道：「神仙姐姐，為什麼會這樣……」

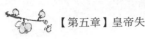

到了這個時候就算吳曉曉再傻、再遲鈍，也知道發生什麼事了，看來永康帝失憶了！

而且他失去很長的一段記憶，不然他的眼神不會如此純粹，也不會叫她姐姐，他肯定還以為自己是個孩子呢。

吳曉曉都覺得這件事太神了，試著問他：「永……」不過話一出口立刻就知道錯了，此時的「他」可沒有做皇帝時的記憶，她深吸口氣，努力組織了一下語言，「阿……晟……」

她隱隱記得永康帝告訴過她，他叫什麼名字。

此時已經失去記憶的永康帝，抬起頭來望著她。

吳曉曉心裡十分緊張，知道人在受到刺激或者被重擊，會出現短暫的失憶，她也拿不準他這種情況會持續多久，但如果是真的話，她都要雀躍了，如此一來，她不僅可以全身而退地逃跑，甚至可以讓晉王重獲自由……

可問題是要怎麼讓這個失去記憶的永康帝相信自己？吳曉曉小心地套著話：「阿晟……你剛才說什麼神仙姐姐啊？你還記得之前你在哪裡嗎？」

「在寺院內。」雖然眼睛像孩童般清澈純粹，可此時的永康帝卻還是一副皇家風範。

只是這種故作成熟的舉止動作，出現在一位已登基的成年男子身上，有種詭異的笑點，讓吳曉曉忍笑忍得很辛苦。

她嘴唇勾了下，沒想到永康帝從小就是這麼寡言，她問了那麼多句話，他居然只回答了「在寺院內」四個字。

吳曉曉不得不耐著性子繼續問道：「那你為什麼會去寺院內，你還有印象嗎？還有你是跟誰去的？」

「母后為我的病情專程送我到寺院。」他頓了頓，目光清澈如水，面色平靜，那副老成的樣子，簡直像是成年版的永康帝又回來了，只是他臉上的肌肉線條都是緊繃著的。

吳曉曉現在可以確信他絕對不是裝出來的，沒人可以演戲演成這樣。

而且他的話聽著很耳熟，她趕緊回想一下，立刻想起永康帝要殺她之前好像說了很多話。其中就有關於他身體不好，被孟太后帶到寺院內的事，如果她沒記錯的話，當時的永康帝才七歲吧？

只是看著眼前努力裝著我成熟、我穩重的成年版「小永康帝」，吳曉曉都有種無力吐槽的感覺。

她最後好奇地問了他一句：「那殿下，能請問您今年貴庚嗎？」

「七歲。」永康帝淡淡答道。

吳曉曉聽後差點沒罵娘，因為如果她沒弄錯的話，古代的人都是喜歡說虛歲的，那麼這位號稱七歲的永康帝，可能實際年齡……只有六歲？

一想到自己在跟一個六歲的「小孩子」說話，吳曉曉頭都大了，她眨巴了眼睛，眼前的永康帝卻一點小孩子的樣子都沒有。

他很穩重，動作表情都是那麼乖巧懂事，很難想像這樣的孩子會是出生在皇家，在他的身上一點都沒有那種小孩子的頑皮。

他只是安靜地坐著，教養好到了極點，氣質也好到了極點，明明只是個六歲的孩子……

吳曉曉都不知道說什麼好了，輕咳了一聲，才問他：「那……阿晟，你現在感覺身體怎麼樣了？頭疼不疼？」

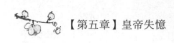

永康帝摸了下自己的額頭，點點頭道：「一想東西頭就會疼。」

吳曉曉不知道該怎麼做，只好伸手揉了揉他的太陽穴。

這個阿晟明顯也不明白為什麼自己一夜之間變成了這副樣子。

在幫他揉著太陽穴的時候，吳曉曉趕緊說：「你不是一夜變成這樣的，你是最近身體不好，再加上……」

她趕緊在腦子裡想了下晉王的事，然後小心地說道：「是你出了意外，你把很多事都忘了，其實……你已經長大，過了好多好多年了。」

「好多好多年？」阿晟一點都不明白話裡的意思，他皺著眉頭，雖然聽不大懂，可表情卻一點激動的樣子都沒有。

吳曉曉頓時想起鄰居家那個七八歲孩子，簡直是熊孩子中的熊孩子，導致她老遠看到七八歲的小孩子都會心裡害怕。

她忍不住想，小時候的永康帝一定很可愛，怪不得孟太后那麼偏心，不論誰家有這麼個乖巧懂事的大兒子，肯定是願意偏著些的。

她停下揉他太陽穴的動作，退後一步，重新坐回椅子上，過了兩三秒後，才開口道：「我要跟你說的事，你因為失去了很多記憶，可能不大能理解，可是……你要知道晉王是你最親的弟弟……」

在她說起晉王的時候，阿晟的表情明顯變了下，畢竟是個只有六歲記憶的人，他藏不住心事，就激動地問了出來：「阿奕怎麼樣了？我同母后出宮的時候，他攔在御輦前，母后還命人打他板子……」

吳曉曉沒想到兩兄弟小時候的感情這麼好，這下放心多了，只是阿晟太擔心弟弟了，還跟著動了下。

吳曉曉趕緊伸出手，安撫地握住他的手說：「你不要著急，你弟弟沒事的，只是……宮裡出了件不好的事情，是關於你的母后孟太后……」

這次阿晟的表情不再那麼激動，而且在聽到孟太后的時候，從擔憂就變成了淡漠。

吳曉曉覺得他的反應很奇怪，聽到弟弟都那麼激動，怎麼聽到親媽反而不激動了？她接著說道：「晉王有個妃子，因為懷疑被……孟太后毒害了，所以晉王很生氣，給孟太后下了毒，不過他很快就拿出解藥，只是這種弒母的事兒不大光采，晉王現在被囚禁在乾西所，正等你的發落……」

明明只有六歲，年齡雖小的永康帝卻沒有立即做什麼，而是側頭仔細想了想後，說道：「既然如此，可否請妳宣我的太師、太傅、太保三人速速進宮。」

吳曉曉立刻就傻眼了，她以為他只有六歲，就算智商再高、再穩重，仍是個孩子，她把話一說清楚，憑他跟晉王的關係，估計很快就會發話把晉王放出來。

沒想到這位永康帝小小年輕卻這樣地老成穩重，簡直要嚇到她了，可一旦叫來那三位，只怕事情就會大條了。

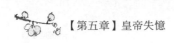

吳曉曉趕緊進言道：「可是陛下……」

之前她還滿口你你你的，現在卻是不由自主地稱呼他為陛下了，「如果真把那三人宣進宮來，只怕不管是國法還是家法，都不容易放過晉王的，難道陛下心裡真想懲罰晉王嗎？」

她頓了一頓，很快說道：「而且陛下之所以成了現在這樣，都是為晉王的事愁的……你可以問問自己的本心，到底要不要晉王死？」

聽了這話，阿晟明顯安靜了下來，他低頭想事情。

吳曉曉可以肯定這位永康帝從小就是這麼不動如山的性格了，此時他安靜思索的樣子，簡直就跟十幾年後的永康帝一樣。

想了片刻後，永康帝終於從桌子上下來，只是腳剛一著地，他就疼得皺了下眉頭。

吳曉曉趕緊過去攙扶他，因此跟永康帝不可避免地靠近了。

如果對方的心理年齡只有六歲的話，她是沒什麼需要避諱的。

只是沒想到她扶著他時，那位小永康帝已經仔細地看了她好幾眼。

她被他看得炯炯有神，心想這六歲的毛孩子在看什麼啊？

果然下一句話差點沒把她嚇死，他直接問她：「妳是我的妃子嗎？」

吳曉曉心臟都要蹦出來了，支支吾吾，又尷尬又彆扭地說道：「我……不算是吧。」

「可是妳的衣著打扮不像宮女，也不像伺候我的嬤嬤，再來我自從懂事起，身邊就已經沒有嬤嬤伺候，我貴為太子，只怕母后會早早為我安排側妃、正妃，如果妳都不是的話，妳會是誰？」

吳曉曉被他純得不能再純的眼睛看得汗都要冒出來了，心想這位小傢伙，能不能不要這麼神啊，他到底是真失憶了還是裝的啊？

她磕磕絆絆地解釋道：「其實你已經不是太子了，你在幾年前就登基做了皇帝，然後陛下在後宮內是有皇后跟四位妃子的，如果陛下好奇的話，等放了晉王，我便帶您過去……」

雖然只是個心理年齡六歲的孩子，可想來劉皇后跟那些妃子們日盼夜盼的，應該還是很想跟皇帝親近親近的。

吳曉曉打著如意算盤，嘴裡不斷哄著小永康帝道：「只是到了外面，會有一個叫吳德榮的太監過來向您問安，您可千萬不要讓人知道您失憶。」

「我明白。」小阿晟淡淡道：「阿奕要殺母后，我再失去記憶，如果被人知道，天下會大亂的。」

吳曉曉跟著點頭道：「是的是的，所以你首先要把晉王放出來，之後有晉王在您身邊，就什麼都好辦了。」

反正他們是兄弟，到時候怎樣都是一家親，她只需要事成之後趕緊跑路就行。

這麼看來，永康帝失憶對她簡直是好上加好的事兒。

她心裡高興，不過仍有點擔心出去時這個小阿晟會唬不住外面的人。

結果她發現之前還略顯稚氣的小阿晟，面對外面的人時，居然臉繃得緊緊的，要不是知道他體內只是個六歲的小孩子，吳曉曉都要被他那副冷若冰霜的樣子嚇到了。

吳德榮原本在外面守了一夜，此時見永康帝沉著臉出來，嚇得大氣不敢喘一聲。

永康帝等進到御輦內，才淡淡道：「去乾西所。」

吳曉曉也跟著上了車，她知道能與皇帝同乘是極高的榮譽，不過此時她也顧不上什麼榮譽不榮譽的，反正就算同乘也是最後一次了。

吳德榮別說沒瞧出破綻，他早被嚇得戰戰兢兢的，忙著指揮著眾人。

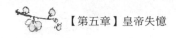

一路前去，很快就到了乾西所。

這地方很偏僻，原本少有人走動，此時卻是裡三層、外三層地守著無數士兵，顯然是要看守住晉王的。

阿晟見到後，臉色照舊沉沉的。

他這個樣子可唬人了，等他從御輦下去後，士兵們都整齊地跪倒磕頭。

小阿晟也不說什麼，直接就往裡面走，乾西所內的房間不像其他宮內的規範，只是些院子及房子罷了。晉王被囚在其中最大的一間房內。

待永康帝到後，那些兵士誰敢阻攔，紛紛讓開。

門上落了鎖，此時早有負責的人拿了鑰匙過來。

等開好後，人都退了下去，一副垂手低頭的樣子。

吳曉曉一直跟在永康帝身後，她算是知道什麼叫狐假虎威了，這一路簡直是所向披靡，沒有一絲阻攔，不過想來也是，誰敢跟皇帝過不去？

只是等再見到晉王時，吳曉曉都被室內的光景嚇到了，沒想到只是幾天不見而已，晉王就跟變了個人似的。

他原本就蓄著鬍鬚，現在因為幾天沒修理，鬍鬚長得更長了。

他肯定是滴水沒進，嘴唇都乾乾的。

此時的晉王躺在床上。這種地方的床肯定沒有其他宮殿內的好，不管是床上的被褥還是簾子。

在記憶中，哪怕是在貶地，晉王都沒有用過太糟糕的東西，吳曉曉心頭就是一顫，趕緊走過去。

只是還沒開口，一直安靜躺在床上的晉王，忽然睜開了眼睛。

雖然幾日沒進水米，可他的眼神還是那麼銳利，在看到吳曉曉的時候，讓她本能地倒退了一步。

她慌亂得不敢跟這樣求死心切的晉王對視，趕緊掩飾般地走到一旁，桌子上有人特意放了飯菜跟水，而且看飯菜的新鮮程度，顯然隨時都在更換補充。

吳曉曉就小心地拿起一個水杯倒滿了水，在她做這些的時候，小永康帝也走了過去。

晉王卻連眼皮都沒再抬一下，繼續閉上眼睛。

之前哥哥就來勸過他，只是他心如死灰，早已經不是一個勸字就能勸過來的。

沒想到這次永康帝卻不是說什麼勸他的話，而是俯下身看著他的臉說：「阿奕，沒想到咱們長大後，還是長得這麼像……我記得你曾經說過，你長大後一定會比我胖，因為我每天都要處理朝政很辛苦，而你可以天天玩，沒想到你還是跟我一樣……」

躺在床上的晉王詫異地睜開了眼睛，他同永康帝太熟悉了，熟悉到只要聽對方的聲音就能知道對方的心情如何，此時哥哥的聲音明顯不對。

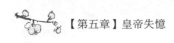

他不由得皺了下眉頭，「你怎麼了？」

小永康帝坐在他身邊，居然還能笑出來，他用手扯了下晉王的鬍子，像是想起什麼事般，「阿奕你的鬍子好像是父王的，你怎麼會留這種鬍子？你當初最討厭父王的鬍子，每次都說父王一生氣鬍子就會翹起來……你不用這麼看我，我也是剛剛才弄清楚，我好像是因為你的事情被刺激到失憶了，我只記得生病去寺廟裡的事，後面的我怎麼想也想不起來了。可在過來的路上，我卻能感覺到這個地方很熟悉，我記得小時候父皇是不允許咱們過來的，所以我應該是在長大後來過……而且我隱隱覺得我記得些什麼，可一想腦袋就會疼。所以阿奕，最近這段日子，我需要你輔助我怎麼做好皇帝。」

在小永康帝同晉王說話的時候，一直沉默著的吳曉曉終於湊了過來，把手裡倒好水的杯子遞給晉王。

她現在再看到晉王都有種恍然隔世之感，她真的沒想到，晉王會為了自己去死。

她說不出心裡是什麼感覺，所以她看向晉王的時候，目光沉沉的。

晉王原本就對她有印象，知道這位吳貴人是哥哥的心上人，他對她感覺一般般。

原本遞水的事情晉王沒當一回事，可是等他接過水後，吳曉曉就興奮了，趕緊又去桌子上揀了幾塊好消化的點心，用小碟子盛放著拿過來。

晉王剛喝完水，便發現他哥哥的女人正用熱切的目光盯著他看。

而且在遞給他點心的時候一點都不知道避諱，還在上下左右很露骨地打量他。

他心下立即不快起來，只是礙於哥哥在，不便表明，心裡卻無比鄙視，他哥哥不過是失憶了而已，這個女人一看到自己要攝政了，就這麼看他、巴結他。

這種女人居然會是哥哥的心上人？

晉王自從被放出來後，宮內的情況便很緊張。

永康帝失憶的事不能張揚出去，便以永康帝身體有恙需要休養為藉口把晉王留了下來。

其間小永康帝一直讓晉王幫他處理政務。

吳曉曉之前只知道晉王打仗的時候像個瘋子，簡直是戰爭狂人，此時看他安安靜靜坐在御桌的下首，勤勤懇懇地處理朝政奏摺，吳曉曉差點沒驚呆了。

沒想到晉王會有這樣老成的一面，而且自從晉王蓄了鬍鬚後，整個人都有些不一樣，常常擺出猶豫冷漠的神情。他除了對小永康帝友好外，對任何人都是冷冷的。

原本吳曉曉很擔心晉王的後續，可看著現在的情形，卻不那麼擔心了。

之前晉王謀害太后的事，因為沒有鬧起來，再來太后已經轉醒了，宮內的人更是閉緊了嘴巴不敢張揚。

朝廷內即便知道了，也都明白這是皇家的家務事，既然老太后沒死，也就犯不上折騰撞柱子給孟太后討公道，所以一時間朝廷內外倒還算是風平浪靜。

只是對於宮內的人來說，此時的天卻是一天一變。

那些宮女、太監們都搞不清楚如今是個怎樣的局勢，晉王不光是被放出來，還同永康帝同進同出的，聖上跟王爺親厚的樣子，簡直又回到了聖上還是太子時的那段日子。

而且永康帝深居簡出，只在承乾宮內活動。

可兄弟親厚歸兄弟親厚，有些規矩卻是不能不遵守，就算兄弟再親厚，也沒有成年的王爺在宮內長期留宿的道理！

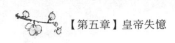

宮內的人難免就私下嘀咕幾句，這些話很快就傳到劉皇后的耳朵裡。

宮內除了她這位主母外，還有其他四個妃子，其中三位妃子倒還好些，唯獨淑妃是個藏不住事的。

再來淑妃所住的鐘粹宮挨著聖上、晉王等人住的承乾宮近，早些年又有晉王爺連母蚊子都不放過的傳言，一時間淑妃宮內的宮女們人心惶惶，很怕晉王會做出穢亂宮闈的事兒，不管事情是怎麼發生的，宮內的女人一旦被人侮辱了，便只有跳井自我了斷一途。

所以過了沒兩天，淑妃就去長樂宮找劉皇后，眼淚劈里啪啦地直掉，嬌聲說道：「皇后娘娘，如今宮內有了客人，雖說是咱們聖上的親弟弟，可是畢竟是名成年男子，宮內是有宮規的，我鐘粹宮內的人現在緊張得連門都不敢出，天還沒暗就早早鎖上宮門，若只住一天兩天的，我們也不好說什麼，可是現在看來，晉王一點要挪動的意思都沒有，這時間長了只怕會傳出不好聽的話來……」

劉皇后也是為難，她本來就是不受寵的皇后，空擔個皇后的名頭，要是以往還能找孟太后解決，可現在孟太后身體虛弱，還在將養，她於情於理都不敢去打擾孟太后。

可要她親自過去說，一想起那位晉王爺來，劉皇后就肝顫。那位王爺可太不一般了，要是得罪了，只怕自己還吃不了兜著走呢！

不過她是六宮表率，此時又不能什麼都不做。

左思右想的，最後劉皇后才道：「淑妃，妳不要太過擔心，本宮猜想晉王只是過來住幾日罷了，現在聖上身體不好，晉王是為了給聖上解憂才來的，一等聖上身體好了，晉王自然就會回他的王府去，妳要是覺得不方便，可以搬來長樂宮陪我幾日。」

這下更是把淑妃招惹了起來，淑妃早就對吳貴人很嫉妒，一聽了皇后的話，淑妃便攛掇著：「皇后娘娘，我豈是不懂事的人，既然您瞧得起我，讓我來陪您住幾天，自然是沒有不從命的道理，只是咱們後宮的人已經好久沒見過聖上了，我實在擔心，也不知道那位吳貴人伺候得好不好？皇后娘娘，不如咱們現在過去瞧瞧，給皇上請安怎麼樣？」

淑妃說得劈里啪啦，那頭晉王他們卻是全然不知，正在安靜地用膳。

其實晉王也發覺他住在後宮內不妥當了。

起初他是擔心哥哥失憶後會遭人暗害，可在宮內住了幾日後，也覺得彆扭起來。再來永康帝身邊總有吳貴人跟著，很多時候他們兄弟兩人同進同出的，便會有諸多不方便的地方。

吳貴人明明是他哥哥最寵愛的女人，可在他面前卻一點不知道避諱，見到他的時候，也沒有回避躲閃的意思，更是大剌剌地同他與永康帝一起吃飯。

甚至在三人一起吃飯時，吳貴人還會偷偷瞟他幾眼。時間長了，晉王對吳貴人的行為舉止也越發瞧不上了。

而且除了最開始吳貴人照顧了他哥哥一下，之後的日子裡，便很少見到吳貴人有什麼關心體貼哥哥的時候。

晉王難免就往心裡去，他知道哥哥多麼喜歡這個女人。

於是待三人用過晚膳後，按習慣應該要結伴去散步消吃，晉王卻沒有立即起身，而是對著永康帝道：「哥，你先去吧，我有點宮內的事要同吳貴人商量一下。」

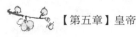

小永康帝自從失憶後，對這個長大版的弟弟有些不適應，不過就算不適應，這仍是他最親近的弟弟，所以一聽了這話，小永康帝也沒有多想，直接笑著點頭道：「那好，你們先談，談好了記得去找我。」

吳曉曉心裡卻是一緊，她最近一直都在想辦法逃走，奈何晉王這個人很厲害，自從知道永康帝失憶後，便把守衛安排得滴水不露。

別說要跑了，就連偶爾出去透口氣，都會看到那些明衛們在宮外守著，更別提宮內到處暗中安插的太監及宮女了。

而且每次單獨面對晉王時，她都心緒起伏得很厲害，心情已經不單單是複雜兩個字所能形容的了。

此時吳曉曉低著頭，手指糾結地攪在一起，腦子裡唯一想到的便是這個男人……為了她連命都豁得出去，以及他是真的把她當做他一生一世的妻子……

「吳貴人最近很忙？」晉王的口吻很不一樣。

吳曉曉敏感地感覺到，他的口吻很冷，她不明白他幹麼要這麼問？連忙搖頭道：「沒什麼可忙的……」

她能有什麼忙的，不過就是跟在永康帝身邊準備逃跑罷了。

「那便是身體有恙？」晉王這次聲量明顯往上揚了一下。

那濃濃的譏諷口吻讓吳曉曉心裡十分彆扭，她抬起頭來，不明白地反問道：「晉王，你到底要問我什麼？」

晉王爺嘴角很快地勾了下，這女人還挺厲害的，仗著他哥哥的寵愛，竟敢這麼大剌剌地

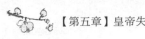

抬頭望著他，還反過來質問他。

他冷笑了下，「既然吳貴人不忙，身體也沒事兒，怎麼最近不見吳貴人伺候聖上？」吳曉曉都蒙了，她最近是有些疏忽永康帝，主要是永康帝曾經害死過她，她能善待他才怪了呢！但是要說沒伺候的話，也不全然對啊！

至少在面上她對永康帝都是客客氣氣的，而且能照顧的地方她也都有照顧到。不管其他人多麼怕晉王，可在她心裡，真沒辦法怕他。

她便為自己辯白道：「晉王爺，我不明白您的意思，我最近一段日子都有好好伺候聖上，知道他身體不好，腳上有傷，上下臺階我都會攙扶他，還有吃飯的時候也會額外照顧他的口味，每天更是緊跟在他身邊……」

「那為什麼妳要單獨住？」晉王這才沒繞圈子，直接問了出來。

吳曉曉這才明白他要說的是什麼，自從把晉王放出來後，他們三個人就住在承乾宮內，這地方雖然不大，可是裡面房間不少，自從住進去後，吳曉曉很自然地給自己選了間寢室，到了晚上就會自己安安靜靜地睡覺。

她沒想到這種事，現在卻成了晉王口中的錯，她趕緊回道：「王爺，如今聖上還沒恢復記憶呢，如孩童一般，就算我同他住在一起又有什麼區別？」

晉王望著這個有問有答的女人。

她在看向他的時候一點都不回避他的目光，口齒更是清楚得很，沒有一絲害怕緊張。

而且她的目光很明亮，不知道怎麼地有一種熟悉感從他的心底升騰出來。

他隱約好像從這個女人的目光中看到了某種熟悉的東西，他的心跳甚至都不由得快了一拍，他忽然就煩躁了起來。

按說女人水性楊花、攀高踩低的時候，總要有些奸詐狡猾的地方，可這吳貴人雖然喜歡看他，可大部分時間卻是規規矩矩的，一點勾引他的意思都沒有。

再來吳貴人也不是張狂輕浮的性格，大部分時候都很安靜。

晉王定定地望著她，他的目光可以讓很多人害怕緊張，吳曉曉卻已習慣他這樣帶著壓迫感的目光。

她不僅沒感覺到壓力，反倒被這種目光勾起了回憶。在晉王府內的時候，他每次不高興了就會這麼看著她。

她記得每到這個時候，只要軟言幾句就能哄住他。那些回憶清晰得就好像昨天才發生過一般。

以至於在回憶往事的時候，她腦子裡冒出個念頭：要不要告訴晉王實情？

只是這念頭剛一出現，吳曉曉就趕緊壓了下去，她一定是傻了才會想告訴晉王實情的，真要說出來，先不說她要夾在他們兄弟之間為難，就以這對皇家牌變態兄弟的思維，只怕她也難逃一死。

她嚇得趕緊把這個念頭打消了。

在她這麼胡亂想著的時候，晉王卻是淡淡開口了，他所說的內容，跟剛才已經截然不同，不容置疑地道：「吳貴人，皇上至今無嗣，國本空虛，小皇子的存亡關係到國之根本，我知道哥哥最寵愛妳，如今正是哥哥最需要妳的時候……」

他頓了一頓，這話固然不該由他來說，可他很清楚眼前的局勢，這次哥哥失憶的事情就

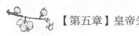

說明了國本空虛是多麼危險的一件事，一旦國本空虛，下面的人便會有作亂的藉口。

再來哥哥歲數大了，沒有子嗣總歸是個問題。

他把目光放在她的身上，比剛才明顯又冷了幾分，「妳之前還同哥哥夜夜宿在一處，此時妳更不該同哥哥分房。」

吳曉曉低著頭，一時間都想仰頭四十五度角流淚……她嘴裡都犯了苦味，心想這是要被前夫逼著給大伯子生孩子嗎？

這腦殘狗血的劇情都可以直接寫成天涯帖了，題目應該叫做：被蒙蔽雙眼的前夫啊，你逼我給你哥生個兒子為哪般啊！

晉王說完這些話後不再多言，留下臉色不佳的吳曉曉步出了大殿。

到了外面，小永康帝早已等了一會兒，見到晉王出來後，便擺手說：「阿奕你過來。」

小永康帝手裡拿著望遠鏡，畢竟是只有六歲孩童的記憶，小永康帝顯擺地把望遠鏡舉給弟弟看，高興地說：「這是吳貴人給我的東西，她說我在失憶前最喜歡用這個看天空，來，你也看看……」

晉王連忙走了過去，接過那個望遠鏡。

望遠鏡不算沉，他有樣學樣地把望遠鏡架在眼前，努力從鏡框內往外看。

他對六歲時的事已經記不清楚了，只記得當年的哥哥很安靜，話很少，此時的哥哥卻有些不同，似乎活潑了一些，更像普通的孩童了。

晉王從望遠鏡內看去。天上的星星很亮，用手上這種東西看到的天空，跟用眼睛看到的很不一樣。

晉王也被眼前的這一幕吸引住了。

他以前便喜歡奇巧的東西，果然他很快就喜歡上望遠鏡。他仔仔細細地看了好一會兒，才把望遠鏡還給哥哥，並且還在意猶未盡地看著天空。他沒想到從那件奇巧的小東西內看到的天幕竟然是如此不同。

小永康帝接過去後，很當寶貝似地又拿起來，對著天空看，那副快樂興奮的樣子真的跟個孩子似的。

晉王默默看著哥哥。

他始終不明白哥哥為什麼對那位吳貴人如此寵愛？要說之前是因為吳貴人救過哥哥，可現在呢？

已經失去那段記憶的哥哥，還這麼寵愛吳貴人就太奇怪了，更何況現在的哥哥只是個六歲大的孩童罷了。

他趁著哥哥開心的時機，不著痕跡地問道：「哥，你不去看看你後宮裡的女人嗎？劉皇后是非常賢淑溫柔的人……」

也許哥哥看到後宮內的皇后妃子，就不會對吳貴人那麼獨寵了。

小永康帝聞言卻是一愣，連忙把望遠鏡從眼前放下來，不可思議地看向晉王，然後很快搖頭道：「阿奕，我要的不是什麼溫柔的女人，我又不懂那些，我要女人溫柔幹麼。」

晉王不明白地看向小永康帝。

「我遇到的人裡，只有她能讓我放鬆。」小永康帝也說不出這是什麼感覺，他只有六歲的回憶，雖然最近在睡夢中總跟霧裡看花般能看到一些虛幻的影子，可影影綽綽間，他卻什麼都抓不到，也想不起來。

此時能讓他輕鬆愉悅相處的只有吳貴人。

再來他沒有男女之情的感覺，雖然知道自己有了后妃，可是那又跟他有什麼關係呢？他現在只需要一個能陪伴自己的玩伴。

而那個玩伴人選，真的除了吳曉曉外，就再也找不出第二個了。

吳曉曉從來不會當他是什麼聖上天子，自從懂事起，他身邊伺候的人，不是對他戰戰兢兢的，便是板著面孔教育他，就連父皇母后都是嚴厲的。

可吳貴人對他的態度卻跟所有人不同，甚至……

小永康帝想著吳貴人面對他時的樣子，不自覺露出溫柔的笑來，他雖然只有六歲的記憶，可是有些動作卻又透著說不出的老成穩重。

他也說不出這是什麼感覺，可他就是想多跟吳貴人親近。

因為跟吳貴人在一起的時候，那種輕鬆自在的感覺，比跟弟弟阿奕都要更輕鬆……

阿奕很小就被人教育過了，讓阿奕守著臣子皇子的本分，但那個吳貴人卻是不懂這些的，她在他面前隨時都在逾矩。

小永康帝笑著說：「就比如昨天臨睡前我想吃宵夜，原本吩咐要點心，結果吳貴人直接攔住我，說那些東西太膩了，讓人換了清粥小菜給我吃，如果我玩得太久，她便會直接過來叫我去休息……」

晉王安靜聽著，他同永康帝是一起長大的，他們的父皇母后為人太過嚴厲，而他跟永康帝的教育方式截然不同。

永康帝是照著明君之路去的，所以從小在哥哥身邊伺候的人，都是唯哥哥之命是從。

他則是隨時被提醒自己的身分，所以身邊伺候的人對他是各種阻礙，不給他想要的，讓他明白他的身分只是名王爺。

所以一等立了晉王府，他便肆意而為來補償自己。

可他從沒想到貴為天子的哥哥，雖然物質上要什麼有什麼，身邊卻沒有一個可以跟他閒話家常的人……

這麼看來吳貴人還真是難能可貴，她並不是一味順著哥哥，而是同民間夫妻般，當他哥哥只是個普通的人來看待。

兩兄弟說話間，忽有太監急匆匆跑了過來，小心稟告著：「啟稟聖上，劉皇后同淑妃娘娘因憂心皇上的聖體，此時正在殿外候著呢。」

晉王看了一眼永康帝，如果只是劉皇后過來，他在倒是沒什麼，可是一下過來兩位後宮的人，其中又有那個傳聞中的妖嬈淑妃，為了避嫌，晉王便主動說道：「哥，時候不早了，我先回房休息。」

說完晉王便往寢宮內走去。

他身邊跟著一些伺候的人，一見晉王走了，那些人也都緊跟著晉王往寢宮走去。

一時間永康帝身邊少了很多人。

之前為了怕被人瞧出端倪，永康帝身邊慣常伺候的那些人，比如吳德榮等人，都被晉王調開了，此時他身邊的太監及宮女，雖然也會盡心盡力伺候他，可畢竟膽子怯一些，不敢太過靠近他。

所以等劉皇后及淑妃過來時，便看見永康帝一個人孤零零地站在殿外，伺候的人都在四周靜立著。

劉皇后是個賢淑的女子，平素不喜歡那些華麗的東西，此時的衣著十分素淨。

倒是她身邊的淑妃豔麗得很，雖然天冷，穿得卻很單薄，特意露出細腰，走起路來風情萬種。

到了永康帝面前，淑妃早已經按捺不住地一個媚眼飛了過去。含羞帶怯地側著身子施禮，可眼睛卻一眨不眨地往永康帝面前看。

小永康帝當下就覺得奇怪，不明白這個全然陌生的女人這麼看自己幹麼？

劉皇后倒是落落大方，她同永康帝是上下屬關係，平日裡只負責一些重大場合的裝飾作用。此時見到聖上，她也沒有帶著別的心思。

可施禮的時候，劉皇后卻敏感地發現永康帝有些怪怪的。

他以前給人的感覺雖說冷冷的，可天子的氣場強大，此時的永康帝卻是有些……呆呆的……雖然還是那派皇家氣度，可總感覺沒有之前的霸氣。

劉皇后主動道：「陛下，聽聞您身體不好，我同淑妃特來請安。」

「不礙事的。」小永康帝早被人科普過了，當初晉王說過的，他的後宮內有劉皇后跟四位妃子。

只是他還是頭次見到她們，有些緊張，畢竟他只記得六歲前的事兒……這些人對他還是全然陌生的。

再來他也不知道該怎麼同這些成年的女性接觸，因為這兩個女人跟吳曉曉完全不同。

劉皇后給人感覺一眼一板，特別嚴肅，至於淑妃不知道是不是他多心了，總覺得她的眼睛有點什麼毛病，不是眨眼就是瞇眼地瞟他，難道是看不清楚？

他正疑惑，劉皇后卻暗自嘆了口氣，她這次過來是被淑妃硬扯著來的。

再來她作為國母也應該過來問候請安一下，可看到這樣木然沒有反應的永康帝，劉皇后心裡明白，只怕永康帝一點都不歡迎她們。

劉皇后別的本事沒有，可察言觀色還是會的，再來她這種沒有根基的皇后，最應該做的就是不討嫌。

劉皇后便趕緊俯身說道：「既然聖駕身體無礙，臣妾便放心了，天色已晚，陛下要儘快休息才是。」

說完劉皇后便做出一副要轉身回宮的樣子。

只是不是所有人都像她一樣有自覺的。淑妃可不想白跑這一趟，再來這次永康帝跟以往不同，她跟著聖上去過蕭城，知道聖上冷酷起來的模樣。

現在的永康帝跟那時相比，絕對溫和多了，再來永康帝並沒有趕人的意思，是不是意味著侍寢有門了呢？

淑妃一聽劉皇后要告辭，便暗自高興，心想劉皇后走了才正合適，所以淑妃既沒動也沒出聲，就在原地繼續站著。

劉皇后往外走了幾步後才發覺不對勁，停下腳步側身瞟了一眼淑妃，就見淑妃正低著頭，若有所思地立在永康帝身邊。

劉皇后知道淑妃這是想趁機跟永康帝親近，她心裡有些不快，但也沒說什麼，只當沒看見般地走了出去。

一等出去，劉皇后身邊的大宮女就不高興了，直說道：「皇后娘娘，淑妃也太眼裡沒人了，娘娘都告辭了，她居然還想留下，她以為自己是誰？這又是耍什麼心眼，難道娘娘跑這一趟是專給她搭橋的？」

劉皇后卻是沒有搭話，心裡在擔心另一件事兒，淑妃挖空心思侍寢倒算不得什麼，可若因此讓那位得寵的吳貴人多心，以為是她過來安插人爭寵的……只怕不妙啊！畢竟淑妃是她帶來請安的。

劉皇后鬱悶地摸了摸額頭，宮裡的生活看似平靜，可內在暗潮洶湧、防不勝防，各宮的女人全當永康帝是塊肥肉，這些女人平時在人前都裝著矜持，可私下同永康帝在一起的時候，只怕都恨不得化身餓狼好懷上龍種……

如果不是她有了后位，只怕也會豁出去地搏上一搏吧？此時她卻要擔心被吳貴人苛責，也不知道吳貴人會怎麼同她計較？

在劉皇后忐忑不安時，吳曉曉哪裡知道永康帝那邊正在款待嬌客呢。

等她到殿外去尋永康帝，忽然就有小太監跑了過來，氣喘吁吁地對她道：「吳貴人，陛下早已經回寢宮去了，剛剛劉皇后同淑妃過來，淑妃留了下來，硬扯著陛下去寢宮。」

吳曉曉當下就愣住了，趕緊往小永康帝的寢宮瞄了眼，在她看過去的時候，身邊的宮女及太監都嚇得臉色蒼白，大氣不敢喘一聲。

誰都知道吳貴人是永康帝的專寵，自從永康帝登基後，別說什麼淑妃了，就連劉皇后都沒碰過一根指頭……此時卻莫名其妙跟淑妃去了寢宮……難道永康帝這次轉性了，想要寵幸那位淑妃？

眾人都在等著吳貴人的反應，沒想到過了片刻後，吳貴人卻是什麼反應都沒有，既沒傷心欲絕也沒有暴跳如雷。

吳曉曉眨巴了眼睛，只覺得有那麼一咪咪的不忍心，一個只有六歲記憶的男人，被一個無比主動的女人拽到了房間裡……

她不用多想都能猜出裡面會發生什麼事，只怕永康帝會被那女人稀里糊塗地強上了吧？可是……晉王的話還在她的耳邊響著，皇嗣為重啊！

吳曉曉還是別過去打擾人的好事了，不管永康帝願不願意，誰叫他是皇上呢，總不能讓后妃們當尼姑吧！而且當皇帝的早晚要過這一關。

這麼一想，吳曉曉就對身邊的宮女道：「既然這樣，咱們就回去吧。」

她正好可以回去想想怎麼逃跑的事。

那些宮女卻是面面相覷，臉色都不大好，而且她們都在納悶，明明晚上用膳時，永康帝還同吳貴人很親近，怎麼轉眼的工夫就被淑妃叫走了？男人就算見一個愛一個，也沒轉變得這麼莫名其妙的啊！

再來就算永康帝想要寵幸淑妃，也沒必要在那間寢宮內吧？明明那間寢宮離吳貴人如此近，難道永康帝連這點臉面都不給吳貴人了嗎？

等吳曉曉回到房內，便準備洗漱睡覺。

只是身邊的宮女們面色都不怎麼好，知畫更是露出憂心的樣子，大著膽子說道：「吳貴人，您真的……不過去看看嗎？」

吳貴人納悶地看了這些宮女一眼，心想讓她過去看現場版成人片嗎？那事兒脖子以下可就不大和諧了啊！

吳曉曉趕緊安撫眾人，無所謂地道：「妳們啊，聖上後宮內又不是只有我一個人，再說淑妃進宮比我早，她在聖上身邊不是理所應當的嗎？別嘀嘀咕咕的了，都趕緊著收拾妥當，早點歇著去吧。」

知畫卻是欲言又止般地望著她，然後用力咬了下唇道：「貴人，其實您才是聖上身邊的第一人呢，當日如果不是您昏迷不醒，哪裡會有劉皇后的事……按資歷、按聖上的寵愛，奴婢從沒聽過有淑妃的分兒。再說聖上對您更是前所未有地專寵，而您也擔得起專寵兩個字。我聽外面的小太監說，淑妃狐媚得很，死扯著聖上的胳膊不放，非要陪聖上聊天，聖上這次不知道怎麼，居然就被她糾纏回寢宮了……」

那些宮女雖然不懂什麼叫小三上位，可這些日子以來，永康帝對吳貴人的專寵大家都看在眼裡、記在心上，誰知道竟然殺出來這個淑妃來，眾人心裡都是憤憤不平。

如果不是礙於身分，宮女們都想過去把淑妃架出去。哪裡有宮內的妃子如此下作的，簡直都要成勾欄院內的姐兒了！

只是吳貴人一點都不給力，吳曉曉別說生氣了，簡直就跟沒這事般地擺擺手道：「什麼專寵不專寵的，都別胡思亂想了，乖，都早點歇息吧。」

知書、知畫兩位大宮女跟著其她的宮女出去後，卻沒有立刻歇息，她們心裡氣得要命，不約而同往聖上寢宮的方向看去。

平時這個時辰，永康帝早就派人請吳貴人過去了！而且每次聖上都要拉著吳貴人聊很久，一直聊到吳貴人打呵欠，才能脫身呢！

此時回頭望望吳貴人所在的地方，再一想到永康帝身邊有了狐媚的淑妃，知書、知畫對視一眼，都跟著嘆了口氣。

在她們嘆氣的時候，永康帝那裡卻是燈火通明，曖昧橫生。

淑妃自打進到寢宮後，就覺得熱，就少不了要露個胳膊、脖子、肩膀的。她的頭髮更是不知道什麼時候被弄得鬆鬆垮垮的，長長的袖子半捲著，露出一段藕臂來。

只是永康帝話很少，都不怎麼理她。

淑妃便看著低頭琢磨棋子的永康帝，笑咪咪、嬌滴滴地說道：「陛下，這棋有什麼好玩的？您抬起頭來看看是我漂亮還是吳貴人漂亮？」

小永康帝莫名其妙，他哪裡知道什麼漂亮不漂亮的，他又沒有男女情慾的那根筋，自然只要長得順眼他看著舒服就好了，便直言道：「自然是吳貴人好看。」

淑妃都要氣死了，連忙伸出芊芊玉指，更加甜膩膩地道：「哎呀，殿下，難道我不漂亮嗎？你看我的手指怎麼樣……」說完她的手就要往下探去。

只是她的手還沒靠近，永康帝已經攔住，不耐煩地道：「妳擋住我的棋子了。」

這是之前他同吳貴人下過的一種棋，據說叫什麼大富翁的，每次他總是會輸掉，現在他想好好琢磨琢磨，下次爭取贏回一局。

淑妃卻仍不甘心，好不容易糾纏著永康帝到了這種地方，這麼千載難逢的機會，她才不會放過呢！於是咬著嘴唇，手指在自己的胸口壓了壓，跟嬌喘般說道：「可是聖上，我的手很巧的，您真的不試試嗎？」

小永康帝這次終於抬頭看了她一眼，立刻回身找了一件東西給她，打發她道：「妳看看這個，這個是吳貴人做的走馬燈，以前宮內元宵節的時候有掛，妳要手巧的話，就回去也照這個做一個給朕。」

淑妃都要氣死了，沒想到自己費盡心思，把劉皇后都得罪了，最後會被永康帝這樣不著痕跡地拒絕。

到了這個地步，淑妃也顧不得什麼矜持了，直接把衣服掀起來，頭髮披散開，用力一擺，露出更多白皙的肩膀來，歪著頭側著身子，擺出個優美性感的大S型，在那裡眼巴巴地瞅著永康帝。

小永康帝便有些納悶，這淑妃是腰疼嗎？好好的幹麼把腰扭成這副樣子？他打心底不喜歡淑妃陪著自己，她總是亂摸他，動手動腳的讓他特別不舒服。

而且不光是這個，淑妃在那裡扭了一陣腰後，又跟蛇一樣地貼近他，緊貼著他的耳垂，如呻吟般，「陛下，我有沒有比吳貴人好，陛下要試過才會知道，陛下您就試試嘛……」

小永康帝被她吹得耳朵直癢，當下眉頭緊蹙，吳曉曉每次跟他在一起，都跟個大姐姐似地陪著他。

吳貴人會安靜跟他說話，很有耐心地看著他，跟他保持一定的距離，她永遠不會靠得太近，可是又不會太遠，他喜歡吳貴人跟他的那種距離，讓他覺得安全舒服。

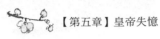

而且吳貴人從不在乎他說什麼，或者不說什麼，她從不會試圖讓他說什麼或者做什麼，只是單純地陪在他身邊。

可同樣都是他後宮的女人，怎麼這個淑妃會這麼沒教養禮法，連坐姿都歪七扭八的！而且說話的聲音陰陽怪氣的，像是嘴裡含著水一樣。

小永康帝終於忍無可忍，口吻冷了下來，冷冷道：「朕不用試也知道妳不如吳貴人，朕要就寢了，妳速速退下吧！」

淑妃臉色一變，原本還想再試一下，可一看到永康帝的表情，她就嚇住了，永康帝已經把「我不開心」四個字明明白白擺在臉上。

淑妃嚇得夠嗆，顧不上頭髮，只攏住了衣服就往外跑。

門外早有宮女及太監候著，那些下人雖然不知道裡面發生了什麼事，可看淑妃的表情都知道她絕對是吃了癟。

而且那副衣衫不整、頭髮亂糟糟的樣子，怎麼看就怎麼覺得滑稽。

眾人也不說什麼，心裡雖然覺得淑妃好笑，可也只是安靜目送她離開。

等把淑妃打發走後，永康帝心裡還是感到膈應，忍不住想起吳曉曉來，他索性不就寢了，直接傳人去喚吳曉曉過來陪他聊天。

只是在傳話的太監過去前，吳曉曉早已經打定主意要跑路了。

她穿戴整齊，悄悄地把宮門打開了一條縫，之前早已經把外面伺候的人都打發了，現在外面應該只有守衛的太監在，而且那些人都離她的寢宮很遠。

此時光線又這麼暗，她深吸口氣，今天真是難得的機會！

往日她都要陪在永康帝到很晚才能脫身，現在估計大家的視線都在永康帝那裡，沒人會注意到她。

她心裡高興，連忙把宮門推開，踮著腳尖，側身從寢宮內走了出去，為了方便行動，她

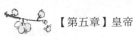

特意穿簡單利索的衣服。

雖然宮外沒有什麼人，可是再往外走就會碰到明衛跟看門的太監。

所以現在唯一的機會就是趁著她宮外守衛少，試試走承乾宮的後門。

不知道是趕巧了還是她比較幸運，一路走過去，居然一個人都沒有碰到，她心跳得厲害，腳步越來越快。

只是她老遠就在後門的地方看見一道影子，那影子飄乎乎的，又是在那麼暗的地方，她當下就嚇了一跳。

宮內很少會看到孤零零的人，哪怕是宮女或太監都要成雙行動，此時那個影子卻是形單影隻，看上去很淒涼。

吳曉曉早就聽聞宮內的各種詭異傳說，嚇得就倒退一步，心想自己不會是遇到鬼了吧？

可那影子很快就轉了過來，而且應該是看到她了，隨後便往她的方向走了兩步。

吳曉曉這才瞧清楚那人的面目。

她當下只覺得她還不如遇到鬼了呢！沒想到她居然可以在這種地方遇到晉王……

而且晉王大半夜的不睡覺，跑到這裡來幹麼？

倒是晉王淡淡望了她一眼，隨即收回目光，他的口吻薄涼：「吳貴人出來散心？」

吳曉曉跟被噎到般，「是、是散心……我出來看看星星月亮……」

她抬頭看見天上烏雲密布，一副要下雨的樣子，吳曉曉臉上便是一紅。

晉王卻沒理她的話，他消息靈通，知道淑妃到哥哥那裡去了，這位吳貴人一反常態地過來散散心也是應該的。

只是趕巧了，因他一直睡不著，總是會想起林慧娘，這才把周圍的人都打發了，專門跑到這種安靜的地方來寄託哀思。

現在遇到這位過來散心的吳貴人，晉王也沒什麼要對她說的，只是望著烏雲密布的天空，他那副樣子，落在吳曉曉眼中，不知道怎麼地，心裡就像被利劍插了一刀。

雪說來便來，轉瞬間天空中就有亮亮的東西在往下飄。

晉王望著雪花出神，想起晉王府內的梅園，當初林慧娘還是側妃的時候，就選了梅林處的院子，初冬時的那場雪，兩人還曾在院內賞梅，轉眼間卻是陰陽兩隔了……

吳曉曉不知道怎麼地也想起了那場雪，她的嘴唇噏動著，覺得有什麼就要從喉嚨裡吐露出來，她的腳都激動地發抖，試圖往晉王的方向走過去。

可是她很快就聽見有很急促的腳步聲往這個方向跑來。

她回頭就看見提著宮燈的知畫及知書，永康帝身邊的太監也過來了，那些人氣喘吁吁的，一看到她都紛紛鬆了口氣。

其中有一個太監，急匆匆地跑到她身邊道：「我的貴人，您可讓人好找，聖上正召您過去呢！」

知畫趕緊把手裡的披風披到她身上叮嚀著：「吳貴人，天氣冷，您怎麼穿得這麼單薄？這要是著涼了怎麼使得。」

吳曉曉下意識地就往晉王那裡看去，晉王也正在往她的方向看。

兩個人的目光對在一起，晉王的目光同她的完全不同，他的目光中沒有任何波瀾，甚至淡淡地催了一句：「妳快去吧，別讓聖上久等。」

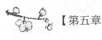

吳曉曉到了小永康帝那邊的時候，已經很晚了。

她精神不好，心裡總歸是扎了一根針，坐到小永康帝面前時，整個人都無精打采的。

小永康帝卻是全然不知。

兩人照舊閒聊了幾句家常，小永康帝的話是逐漸變多的，現在習慣跟吳曉曉說他一天都做了什麼。

看他的樣子明顯是想同她下一局棋，吳曉曉卻沒下棋的心情。

她每次看到晉王，都有種千帆過盡的感覺。那種心情看似寡淡了很多，但有種淒涼的感覺，往往會讓她無法自已，而且會有連鎖反應，忍不住想起以往的那些事兒。

因為那個人明明白白地站在那裡正在追思自己。

她見過他霸道瀟灑的人生，此時他的種種落寞哀傷都是因她而起，甚至還有他那讓人扎眼的鬍子……吳曉曉不知道該吐槽還是該心疼這樣的晉王。

「陛下，我今天累了，改日再下棋吧。」她努力控制自己的聲音，儘量不要露出別的情緒，可還是被小永康帝察覺到了。

小永康帝見她如此消沉，忍不住皺了下眉頭，他的眼睛在燈下亮亮的，帶著赤子般的熱忱問她：「妳在生朕的氣？」

吳曉曉納悶地看他一眼，不明白他為什麼會這麼問。

他的眼神很純粹，一絲雜質都沒有，單純地問她：「因為我讓淑妃跟過來？」

「沒有啊。」吳曉曉趕緊解釋：「淑妃是你的妃子，在你身邊服侍很正常啊，我為什麼要生氣？」

「妳呢？妳不也是朕的妃子嗎？」他緊盯著她的眼睛，「因為她在我身邊，妳今天都沒有過來，難道不是因為生氣了？」

吳曉曉一直當他是六歲的小孩，現在的話雖然有些曖昧，不過他說得如此坦然乾淨，表情動作更是純淨，她便平靜地告訴他：「陛下，我不是您的妃子，我只是湊巧救過您……等您恢復記憶就知道了，其實咱們從來不是皇帝跟后妃的關係。」

小永康帝這下低下了頭，像在想很重要的事一般，沉思了片刻才抬起頭來道：「那妳會離開我嗎？」

吳曉曉知道小永康帝現在挺依賴自己的，其實這種事一想就明白了。

他心理年齡只有六歲，說白了現在的小永康帝真就跟孩子似的，他那位母后簡直是個模範標版，只會教育孩子做千古一帝，卻連一點慈愛的樣子都沒有。

周圍的人也有樣學樣地要扶他當聖上，所以一來二去的，這個小永康帝真的沒什麼可以親近的人。

現在她對他不能說有多好，卻是少有幾個當他是孩子對待的人。她雖然對他有心結，可是該怎麼做、該怎麼說話，她都當自己是個大姐姐的。

只是吳曉曉不認為等他恢復了記憶還會這麼對自己，也許他恢復記憶後，要做的第一件事就是幹掉她呢。

吳曉曉便嘆了口氣，「不是我要不要離開，而是陛下您要明白，皇帝都會自稱為孤，那是因為做皇帝原本就是很孤獨的事，因為您是天下第一人。」

小永康帝也不知道明白沒有，他定定地看著她的眼睛，看得那麼入迷。

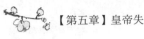

以至於吳曉曉都有點納悶，心想一個六歲的孩子這麼看她幹麼……

過了好久他才低下頭去，就像不好意思似地慢慢說道：「可我不是孤家寡人，我有妳、有阿奕，你們要永遠陪在我的身邊，我不需要什麼后妃，天下能交心的只要一兩個知己就好了，雖然我不記得以前的事了，可我能感覺到，我喜歡同妳在一起……」

吳曉曉不知道說什麼好，沉默了好半天，都沒有說出一句回應的話。

在小永康帝那裡湊合著待了一會兒後，她就回到自己的寢宮。

一夜無眠，等第二天天方亮，她就聽見身邊的宮女在議論一件事。

在伺候她梳頭的時候，知畫當做八卦跟她說：「吳貴人您知道嗎，晉王今兒搬出去了，據說是怕住在後宮內不方便，便搬到議事殿旁的南書房，只是晉王不知道怎麼的，居然把南書房布置得如同第二座晉王府一般，我聽太監們講，晉王特意仿造晉王妃生前所住的地方，把南書房裝飾得簡直就跟晉王妃還在一般……就連晉王妃生前用的三個貼身丫鬟也都接到了宮內。」

吳曉曉失神地聽著，聽到任何與晉王有關的話題，她的心都會高高懸起。

等梳洗完，正準備進膳時，忽然聽見外面有動靜，心裡一動，果然很快就有太監過來通稟道：「吳貴人，張道人求見。」

吳曉曉心裡納悶，對這個張道人沒什麼印象，只知道當初這位道人治療過自己，然後很會玄學，再來最近在孟太后那邊伺候著，現在來找她做什麼？

不過這麼一想，吳曉曉就想起來了，之前張道人不敢過來多半是忌諱著晉王，現在知道晉王搬離，他才趁機過來找聖上的。

吳曉曉連忙讓知畫領了人過來。

張道人一走進來便恭敬行禮道：「貧道見過吳貴人，吳貴人金安。」

「平身吧。」吳曉曉納悶地問他：「不知道張道人所來何事？」

張道人小心地看了看吳曉曉的左右。

吳曉曉身邊只有知書、知畫兩個伺候的丫鬟，這些日子以來吳曉曉很喜歡這兩個小宮女，見張道人這麼謹慎的樣子，便道：「張道人，現在我身邊的都是我宮內的人，你有話但說無妨。」

張道人這才小心翼翼道：「貴人不知，我是奉孟太后之命來的，如今都知道皇上聖體欠安，我雖然有心想見聖上一面，卻被擋了回來，孟太后也十分掛念聖上，只是……」

只是後面的話張道人沒說，只拿眼睛望著吳曉曉，吳曉曉立刻就明白了他的意思，只怕孟太后現在恨死晉王了。

親兒子敢毒殺自己，別說兩人本來就沒什麼母子之情，就算有只怕也消失殆盡了。

吳曉曉卻是不想參與到這麼複雜的事情裡，而且她誰也不好幫，便為難道：「這是皇家的事兒……」

張道人趕緊說：「貴人多心了，貧道所來不是為這個，只是想向貴人打聽一下聖上身體可真的好些了？」

吳曉曉也沒多想，想來當媽的不可能一個兒子都不愛的，便如實說道：「聖上身體已經好了，現在只是……精神不大好，需要將養一些日子，張道人可以轉告孟太后放心。」

張道人聽罷卻沒有立即走，而是神祕地笑了笑，「既然如此，貴人最近要在聖上身邊多伺候，等孟太后鳳體安康後，一定會重謝吳貴人的。」

吳曉曉總覺得這位張道人表情怪怪的，讓她心裡一個勁地彆扭。

待張道人走後，倒是知書悄聲對吳曉曉道：「貴人不知，我聽人說，張道人最近在孟太后面前很巴結，孟太后原本就信玄學的，現在只怕張道人已成了孟太后眼裡的紅人，再來兩個人都不喜歡晉王，也不知道會跟晉王有些什麼，吳貴人要小心，千萬不要攙和進去。」

吳曉曉點了點頭，現在都自顧不暇了，哪裡會有精力管這些。

不過在她這麼想的時候，沒多久又有事兒要她去做。

小永康帝知道晉王搬去南書房的事情後，想要過去看看晉王的住處妥不妥當，只是他現在的狀況還不適宜到處走動，所以小永康帝便想了個折衷的辦法，讓她帶了一份文房四寶過去，幫他看看。

其實這種事也不必吳曉曉親自去的，可以找別的妥當的太監或宮女過去，可是她的本心卻無法拒絕。

拿著御賜的東西，一路趕過去時，雖然早有準備，可一到了南書房，吳曉曉還是被眼前的一幕給震撼到了。

皇宮內多的是奢華的東西，不管是什麼富貴精巧的都能找出來，可是要在幾天之內就弄出一個相似的梅園，還有酷似的院落布置……

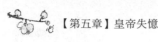

吳曉曉都覺得自己的呼吸被壓制住了，瞪大了眼睛看著這一幕，簡直就像時空交錯，她無意間又跑到了當年的那座晉王府內。

她緩緩走進去，身邊的知書、知畫哪裡知道她的想法，作為後宮的宮女都是頭次見到前面的外朝。

這裡除了晉王要住的南書房外，旁邊不遠處還有專供宮內那些老臣們處理政務的文淵閣，一路上兩個小宮女都不敢張望，矜持本分地端著永康帝御賜的文房四寶。待進到南書房，這才發現此地的不同。

這裡顯然已經被晉王單獨闢了出來，獨居一隅，自成一派了。

裡面也不是什麼宮內伺候的人，而是晉王府裡調派過來的嬤嬤、丫鬟。

吳曉曉一路上看到很多熟面孔，她的心忽冷忽熱的，想起當初在晉王府裡的那些事情。那些苦樂都揉在一起，此時她卻連一聲嘆氣都不能發出來。

只是趕巧了，晉王並不在南書房內，款待她們的王嬤嬤等人恭敬稟告著：「吳貴人，晉王一早就去文淵閣了。」

吳曉曉不無感慨地想，王嬤嬤肯定不會想到站在她面前的會是已經死掉的林慧娘。此時物是人非，誰會知道晉王把她的小院子都照搬到宮內的南書房內。

「不礙事。」吳曉曉淡淡說著，望了望房內，房內視線暗，看不大清楚，心裡微動，裝著不經意的樣子道：「聖上有令，讓我等把文房四寶放好，幫晉王看看房子可還妥當？既然晉王不在，我便先到書房內看看如何？」

那些人一聽她是奉命行事，誰還敢攔她。

吳曉曉很快就帶著身後的宮女及太監走了過去，臨進門的時候，她命令太監在門外候著。她則深吸口氣平靜一下心情，無比慶幸晉王不在，不然只怕她的心都會跳出來！

她帶著知書、知畫走到書房內，書房的布置還是跟以前一樣，她望著那張桌子，這桌子多半是從晉王府內搬過來的，她把手輕輕放在桌面上，心緒起伏不定。

知書、知畫兩個小宮女哪裡知道這些，連忙安靜地把永康帝御賜的文房四寶放下。

正在收拾時，門外忽然過來三名丫鬟。

那三名丫鬟都穿著青綠色的裙子，樣子樸素簡單。等她們一進來，吳曉曉立刻就認出來這三位正是當日伺候過自己的紅梅、小巧她們。

只是三個人再看向她的時候，表情動作沒有一絲熟稔之處，只剩全然的陌生疏離。

紅梅還是那麼老成，只是面目看上去有些蒼老，明明還很年輕，卻是滿臉愁容。

那紅梅一見了她，雖然沒說什麼，可立即就猜出吳曉曉的身分。

能在宮內這麼隨意走動，帶著聖上御賜東西的人，除了那個特別的吳貴人外還能有誰。

紅梅便輕聲道：「奴婢給吳貴人請安。」

說完紅梅領著身後的丫鬟紛紛向她施禮。

吳曉曉心情很複雜，正要說點什麼，倒是外面又傳來聲音，一位俏麗的女子從外面走了進來，那女子嬌俏得很，而且一點都不見外，別看是在皇宮內，跟謹慎的王嬤嬤及紅梅相比，這個女孩簡直就像個花蝴蝶般。

吳曉曉看到這女孩，愣了一下，沒想到林芸娘也會在這裡。

一見到吳曉曉，林芸娘就笑著拉她的手，親暱地說：「吳貴人姐姐，我是晉王妃的嫡親妹妹林芸娘，因姐夫一個人鰥居，特來照應他，聽說姐夫把我姐姐的東西都搬來了，我怕有什麼閃失，也跟著來看看。」

在林芸娘說話的時候，紅梅等人臉上都掩不住地鄙夷，只是誰都不敢說什麼。

林芸娘現在早已經修煉成精了，之前還掩藏著些，只是奈何晉王別的事兒上乾淨利索、殺伐果斷，可一旦遇到晉王妃的事，晉王就不乾淨利索了。

紅梅等人原本還怕晉王一時糊塗，找這位林芸娘續弦，幸好晉王自從晉王妃死後早已經心如死灰，別說是林芸娘了，估計就是再來個天仙都沒用的。

吳曉曉也沒說什麼，只聽著林芸娘嘰嘰喳喳地說話。林芸娘就跟花蝴蝶般，一點都不拘著，在晉王的書房內，簡直就像在自己家。

這麼待了片刻，吳曉曉就感到彆扭了，林芸娘臉上簡直就差刻上「我要當繼妃」五個字。此時這麼拉著她親近，還是想跟她搞好關係後，能向皇上那裡通通氣……

原本還想多待一會兒的吳曉曉這下可待不下去了，等她從南書房往回走時，心裡空落落的。對於一個已經死掉的人，這樣的事不是很正常嗎？

她坐在轎子內，最近才下過雪，地面的雪雖然早都打掃過了，可抬轎的人還是很小心，步子走得很小，所以移動的速度很慢。

吳曉曉有些煩悶，掀開轎簾望著樹梢上僅剩的那些雪，嘆了口氣。

很多事都會這樣，慢慢就被人淡忘了，沒忘的人只是想不開罷了。

只是再合上轎簾時，她忽然瞟見一道影子閃過，進入一座冷清的宮殿裡，頓時心裡咯噔了一下，她好像看見張道人了？

她連忙往那個方向看了看，卻發現早已沒了張道人的影子……

她心裡奇怪，也說不清楚是不是自己眼花了，而且張道人給她的感覺鬼鬼祟祟的。

她趕緊讓轎子停下來，吩咐左右道：「你們等一下。」

吳曉曉說完就要往張道人閃過的地方走去。

知書、知畫緊跟在她身邊，納悶地問她：「吳貴人，您是怎麼了？」

吳曉曉也說不出個所以然來，只回道：「我想散散心，妳們不用跟得太近。」

她隱隱覺得不安，尤其看見張道人那副奇奇怪怪的樣子，再說張道人最怕見到晉王，現在居然會在晉王的住處附近出沒，再一想到孟太后對晉王的態度，吳曉曉更是擔憂起來，現在他們母子勢如水火，該不會是孟太后讓張道人來做什麼吧？

只是晉王身邊戒備森嚴，又跟永康帝不同，他的武藝高強，會被暗算的可能性很小吧？

她走了幾步，不過很快就發現不對勁，這地方很奇怪，顯然是被廢棄很久的宮殿，裡面雖然沒有雜草叢生，可也是陰氣森森的。

宮內的布置她差不多都熟悉了，就算是御花園，為了預防有刺客藏在裡面，都沒種什麼參天大樹的，可這座宮殿內卻有些很粗的樹，枝繁葉茂遮住了陽光，所以進到裡面時，會覺得裡面的光線比外面暗……

更重要的是，一進到這裡就覺得不寒而慄，裡面似乎有什麼不對勁的東西般。

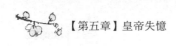

吳曉曉心裡擔憂，所以越走越快，身邊的知書、知畫明明跟得很緊，可還是落了後，只轉身的工夫，不知道怎麼的就找不到吳貴人了。

知書嚇到了，捂著胸口說：「知畫，我記得吳貴人明明就在這裡的啊！怎麼忽然一閃身就不見了？」

知畫也嚇得直哆嗦，宮內的鬼怪故事很多，早些年宮內就盛傳有屈死的宮妃要找替身，據說真有剛進宮的小宮女走丟的呢，結果偌大的皇宮，不管怎麼尋找，硬是生不見人、死不見屍……

兩個小宮女嚇得直哭，大著膽子四處叫嚷著：「吳貴人，您在哪裡？您別嚇奴婢了，快出來好嗎？」

在兩個宮女叫喚的時候，吳曉曉哪裡是躲起來了，她記得明明跟蹤到殿內，然後看到有扇門似的地方，趕緊跟了過去，然後走了幾步，忽然發覺不對，因為原本還很亮的地方忽然暗了下來，等再回頭時，發現身後哪裡還有什麼門啊，只剩一片牆了。

而她所在的地方是一個像是長長通道的地方。

吳曉曉當下就蒙住了，心想張道人真會裝神弄鬼，居然在皇宮內找到了這種地方？雖然知道歷朝都會有這種祕而不宣的密道，可是張道人那樣的人怎麼會知道？這種事不都是皇家的祕密嗎？不是為了將來以備不時之需的嗎？

她納悶地走了幾步，試圖繼續找張道人，可是走了好半天，都沒有看到人影。

她越走越像是迷路了，等她再回頭找來時的路，便發現這裡壓根沒有什麼標記，所有的地方都是類似的通道。

再來周圍既沒窗戶也沒門，她心裡著急，到最後索性用手拍了拍牆壁，可是什麼聲音都沒有。

吳曉曉無力地坐在地上，這時才想到一個很嚴重的問題，如果她一直被困在這裡，知書及知畫能找到她嗎？那些人會知道她在這裡嗎？

要是她就這麼消失了，會不會若干年後等人們發現時，只會看到她的乾屍？她越想越害怕，到最後緊緊抱住了自己。

不知道是不是她太渴望被人發現，忽然聽見有腳步聲往她這裡走來。

她整個人一個激靈，急忙從地上站起，趕緊往那個腳步聲跑去，只是跑得太快、太激動了，等要靠近那個人的時候，一個踉蹌居然身體不穩地倒了過去。

原本站在那裡的人一見她撲了過來，卻沒有扶她，而是特意騰開身，讓她自由落體。

等吳曉曉尷尬狼狽地從地上爬起來，抬頭看這位唯一能救自己的人時，她就驚得啊了一聲！無比驚訝地發現，眼前的人竟然是晉王！

這一刻，吳曉曉都不知道該怎麼形容自己的心情。她木呆呆地看著眼前的男人，心裡不斷想著他怎麼會在這種地方？難道她的預感這麼準，他真的被人算計了？

她嘴裡也跟著問了出來：「晉王，你怎麼會在這？」

晉王的表情冷冷的，反問她道：「妳呢？吳貴人又怎麼會在這裡？」

他看向她的目光有說不出的疏離。

吳曉曉心裡彆扭，知道他的反應很正常，自從他自認為自己是鰥夫後，就是這副死豬不怕開水燙的樣子。

她連忙從地上站起，揉了揉摔疼的膝蓋，不敢再大剌剌地看向他。

她低著頭解釋道：「我是奉永康帝之命去南書房給您送文房四寶的，然後便看到了張道人在附近行跡可疑，因為好奇就跟了過來，原本只看到一扇門，可不知道怎麼一轉眼，卻跑到這種地方來了……」

她說完後，偷偷看了眼晉王，晉王的表情沒什麼變化，正在往兩邊看。

他們所在的地方是一個典型的沒有窗戶的長通道。

左右看過去只有拐彎的地方會轉一下，可是周圍既沒有門也沒有窗戶，可在裡面卻不覺著憋悶，多半是專門通風的口。

這麼一想吳曉曉就不那麼緊張了，只要有通風的地方，他們就有機會出去的。

只是通道狹窄，兩個人並排走就已經感到困難。

吳曉曉原本想離他遠些，可這種地方壓根沒有太大的空間，只能倒退著往另一邊錯開些，跟他保持距離。

晉王也不同她說什麼，兩個人打過照面後，他便安靜地往另一邊走去。

吳曉曉跟在他的身後，他走的速度並不快，而且一邊走一邊在觀察四周，看樣子跟她一樣，也是在找通道的出口。

吳曉曉忍不住想，他不是武功高強嗎？直接一掌劈過去，把牆劈開不就得了？

不過她很快就看見晉王曲起手指在敲牆壁。

她心裡納悶，也跟著敲了敲，很快就明白了，這裡的牆壁還真不是一般厚，兩邊的牆壁敲起來都沒有回聲。

這下吳曉曉就更納悶了，就算是逃跑的密道，也沒必要建得這麼長吧？

簡直就像要貫穿整個皇宮般，他們可是走了好久都沒走出去……

她心裡直犯嘀咕，總感覺這種地方應該不單單是逃跑用的密道，肯定還有別的用途。

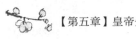

走了一段路後，吳曉曉就覺得晉王應該是熟悉這種密道的，就算不是很熟悉，至少也比自己要清楚這裡的來歷。

她正想開口問問他，忽然就覺得眼前比剛才亮了很多。

她之前走過的通道可不是每處都有光亮的，有幾個地方黑漆漆的，需要摸著牆壁才能往前走。就算是有光亮，也都是暗暗的，像是從什麼地方透出來的光線一樣，要很仔細小心地辨認腳下的路面。

而眼前的亮度簡直就跟有燈光照明般，她心裡奇怪，趕緊加快腳步走過去。

果然很快就見到裡面不止有光線，還比之前的通道寬敞很多，顯然這地方是單獨闢出來的小偏房。

她好奇地探頭往裡面看了看。

只是意外發現，裡面用來照明的並不是什麼燭光火把，而是一種發散著柔和光線的珠子。那些珠子鑲嵌在牆壁上，有黃綠色、淺藍色、橙紅色的，大小不一，就跟現代的床頭裝飾燈一般，把那面牆壁裝飾得漂亮無比。

她愣了幾秒才想起來，這些鑲嵌在牆上的珠子，該不會就是傳說中的夜明珠吧？那種價值連城的寶貝？

吳曉曉心裡明白，所謂的夜明珠無非就是螢光石、夜光石之類的東西，可是架不住這東西在古代物以稀為貴，此時見到這面牆，吳曉曉就更感奇怪了。

這種價值連城的東西，這麼大規模地鑲嵌著，皇家就算再富有，也沒道理把寶貝這麼亂用的！

把一個逃難用的地道裝修出龍宮般的規格，這也太讓人不能理解了！

她再往裡看時，就有茅塞頓開的感覺。

果然跟她料想的一樣，這種東西不可能是專門裝飾甬道的，裡面的空間壓根就不是什麼過道。

這裡雖然空間並不大，但眼前四四方方的一處地方，除了夜明珠照明外，牆壁上還懸著一把古劍。

此時她一眼望過去，就見裡面正是一間無比漂亮的寢室。

那寢室空間並不大，一張床就占了一半的空間，此時還有一些女子的梳妝桌椅。

在梳妝桌椅旁邊還有一盤沒下完的棋。

棋桌很小，下棋人的坐位不過是兩張蒲團罷了，被隨意地擺著。

旁邊更有張小茶几，專門用來擺放點心茶水。

只是茶几上什麼都沒有了，倒是棋桌上還有一盤未下完的棋。

吳曉曉不會下這種圍棋，只是好奇地瞟了一眼就不再看了。

除此之外，這間寢室就再沒別的東西。

東西雖少，但每一處都透著雅致精巧。

吳曉曉太好奇了，忍不住往裡走了幾步，就著夜明珠的光亮，仔細看了看室內的布置，這分明是間閨房，而且床上的枕頭是成雙的，顯然有兩個人曾經在這裡住過。

她仔細瞧過了，床上沒有宮內的紋飾，不是什麼龍啊鳳啊的，卻是並蒂蓮跟鴛鴦，這樣的床很像是民間常用的。

就在她納悶時，晉王也跟著進來了。

這室內空間小，晉王身材高大，他一走進來，吳曉曉立刻覺得侷促起來。她跟這個人有太多往事了，閨房之間的那些事更是數不勝數。

她趕緊低頭準備往外走。

晉王卻是跟她不同，他壓根沒關注床或梳妝用的東西，他伸手摸了摸鑲嵌在牆上的夜明珠。然後一用力，就硬掰下一個不大不小的夜明珠，轉手就交給正準備退出去的吳曉曉。

別看這東西挺漂亮的，不過吳曉曉很怕這玩意兒有輻射，誰知道古代的人什麼亂七八糟的東西都敢拿來裝飾房子啊，再說就算是螢光石也對身體不好，於是她不敢用手拿，而是小心地用衣服兜著夜明珠。

不過這地方太奇怪了，她覺得晉王像是知道這種地方的用處，忍不住問他：「晉王，這裡很奇怪啊，宮內怎麼會有這樣的地方？」

晉王表情很淡，這是宮中流傳百年的祕聞了，仁宗早逝，之後執掌天下的乃是攝政王甾隸，皇太后趙氏年輕，宮中便有時傳聞這兩人挖密道在內幽會。

只是這種祕聞宮裡早已經被禁了口，他也是偶爾聽到老宮人提起才知道的，此時見到也不過是一笑置之，宮內穢亂一向如此，他並不在意。

此時聽到吳曉曉問他，才淡淡道：「這是攝政王甾隸同趙皇太后幽會的地方。」

吳曉曉卻更納悶了，忍不住抬起頭往左右打量，這次藉著手中的夜明珠，看得比之前更清楚了。

這個地方雖然是半封閉的，沒掉落什麼土，可是也是年代久遠，此時床上、桌子上仍布滿了一層灰，頭頂上更是遍布蜘蛛網。

吳曉曉忍不住感慨了句：「這兩個人是因為政治因此在一起？還是有什麼內幕？」

晉王目光暗沉。這話倒是也勾起了他的好奇，那位名動天下的攝政王，當年真的不曾想過要反嗎？

吳曉曉心裡奇怪，悄悄翻了翻梳妝檯上的東西，裡面沒什麼首飾，只有一把小小的梳子，孤零零地放在那裡。

吳曉曉心裡納悶，那把梳子樣子太過普通了，壓根不像是宮內的物件。

宮內不管是什麼品階的人，哪怕是宮女手裡的梳子，都不會這麼簡單樸素的。

她拿起那把小梳子，對著夜明珠看去，然後發現梳子上居然還纏著一根頭髮，只是頭髮有些發紅……

她心裡奇怪，問身邊的晉王：「趙太后頭髮是紅色的？」

那顏色簡直就像現代人把頭髮染色了一樣。

「那是攝政王甾隸的頭髮，傳聞攝政王是一頭紅髮，當初有人說他是白面赤鬼再世。」

吳曉曉沒想到還有這樣的事，這樣一把小巧的梳子，居然是給男人梳頭髮的？是當初趙太后幫他梳的頭髮嗎？兩個人就在這種地方如同民間的夫妻一樣……

吳曉曉心裡有些尷尬，也說不出這是什麼滋味，她忍不住拿著梳子對著空氣模仿梳頭的樣子比劃了兩下。只是剛比劃完，便發現晉王正往她這裡看，心裡一緊，知道晉王肯定覺得她這樣子很傻。

她趕緊把梳子放在一邊，只是放梳子的時候，她又被一個小盒子吸引住，那小盒子跟梳子一樣，看上去並不起眼，可是打開後，發現裡面放了很多紅色的小藥丸。

她剛才走了好久的路，早就有些肚子餓，也不知道那是什麼東西，只是胡亂猜著，這要是什麼延年益壽的丹藥就好了，她想著想著就把丹藥放在鼻尖嗅了嗅。

立刻覺得一股異香撲面而來，很快順著她的鼻子進到肺裡，她整個人都有些輕飄飄的，那味道簡直就像能勾走人的三魂六魄，她忍不住就伸出舌頭舔了一下。

只是剛舔完，晉王已經看見她的動作，臉色一變，急忙喝止她道：「什麼東西妳也敢往嘴裡放！」

他幾步走到她面前，把她手中的藥丸直接拍到地上，隨後勾起她的下巴警告道：「這裡的東西不要隨便亂碰！攝政王甾隸最喜歡煉藥，當初煉製的勾魂丹就是很了不得的東西，一旦碰到心智都會迷失。」

吳曉曉被他嚇到了，也不知道自己剛才怎麼鬼迷心竅地就去舔那種東西。

不過她舔到舌頭上的味道可真香啊，而且還涼涼的，身體的溫度都跟著降低了不少。

她像是做錯事兒的小孩子般，手裡緊緊抱著夜明珠，晉王一等拿了這裡的夜明珠，就又要帶著她往外走。

他不是漫無目的地亂走，每走一段路就會很小心地留下一個印記，這樣的話，多走幾遍就能大概推斷出什麼路是可以走的。

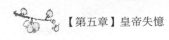

吳曉曉卻不知道怎麼的，明明找尋出口該是讓人煩躁勞累的，可她卻一點都不覺得疲倦，反倒有點興奮似地，嘴裡的話也變多了。

她原本只是隨便講講的話也跟滾珠似地往外掉，「晉王，其實我是在回宮的路上看到張道士才跟過來的，當時就猜想張道人不會是要害你吧？沒想到還真讓我碰到你了……」

她一點都沒注意到晉王的腳步已經慢下來了，還兀自說著：「他好像很怕你的樣子，上次他私下見了我，我就覺得他眼神怪怪的。然後他又是伺候孟太后的人，我就想，孟太后該不會是有什麼想法吧？只是晉王，你們總歸是母子……其實孟太后是你孩子的祖母，她就算心腸再不好，人老了也會有轉性的時候。倒是張道人，我很不喜歡他，改天我一定要告訴永康帝，就算為了你這個弟弟，小永康帝也得想辦法處罰那種妖言惑眾的人，至少要讓張道人出宮……」

「晉王……」吳曉曉納悶地抬起頭來，不明白前面的晉王為何停下了腳步。

「我是被張道人誘到這兒的，我以為看到了慧娘。」他很少露出這樣動容的表情。

吳曉曉的嘴唇翕動了下，眼睛裡慢慢溢滿了淚水，只是腦子裡卻亂糟糟的，嘴就跟停不下來般：「你從哪裡去看到慧娘啊，你多半是看到影子吧，其實那種東西很簡單的，就像皮影戲一樣……還有倒影成像……都可以做的，你要不明白原理，改天我可以做給你看。不過，你不是不相信迷信的事情嗎？」

「我想相信來世。」他安靜看著她的面孔，「那麼好的慧娘，會再同我相遇的。」

晉王安靜下來，似乎在回憶什麼，他自從妻子去世後就沒對任何人說過這些話，哪怕在哥哥面前，也只是沉默罷了。

此時在這裡，他不知道怎麼竟然吐露了思緒。

吳曉曉望著他的面孔，止不住地想：慧娘好嗎？其實她不想對你好，只是不敢惹你……其實她很多次都想抽你的……

可是所有的話都被堵到了嗓子裡。

她忽然口舌發乾，心裡更是鼓譟，剛才就很想握住他的手，感受他的體溫，她自己也覺得奇怪哪裡來的這種想法，她口乾舌燥地一把抓著他的手，直愣愣地看著他，到了這種地步，她已經顧不上什麼，張口便說了出來：「晉王，其實我就是你的慧娘……」

她雙眼已經紅紅的，裡面充溢著眼淚，臉頰更是紅彤彤的，整個人像是發燒的樣子。

她緊握著他的手，更是熱熱的。

晉王表情就是一凜，跟兜頭一盆涼水澆過來般地瞪大了眼睛，反手握住她的手，很快騰出一隻手來，毫不留情地又捏又掐她的臉頰，試圖喚醒她：「吳貴人！妳在胡扯什麼！妳給本王醒醒！妳剛是不是吃了勾魂丹？」

吳曉曉還跟做夢似地，眼睛此時都迷離了，她感覺不到他的手勁，直往他懷裡倒，嘴裡更是說著：「其實你跟小永康帝我一個都不想要的，你們是兄弟，要了有什麼好……我又不是吃撐著，讓你們好好的兄弟左右為難……」

晉王如同接到燙手山芋般，往後退了一步，吳曉曉就軟在了地上。

她蜷縮著，手臂抱著自己身體，躺在地上，嘴裡又迷迷糊糊嘀咕了幾句話。

望著她這副迷糊的樣子，晉王發了一會兒呆，然後很快嘆了口氣，她是哥哥最在意的女人，就算她吃了藥、犯了病，也不能眼巴巴地讓她躺在地上著涼。

他俯下身，伸出手重新把她抱起來，按照記憶中的道路，把她抱到之前的寢室內去。

只是在他儘量忽視她在自己懷內的感覺時，懷中溫熱的感覺竟然勾起了他的某些回憶，恍若與某種東西重疊到了一起，在他的四肢百骸間瀰漫開來……

室內光線很柔和，當日選取夜明珠的人必定是仔細篩選過，此時一室柔光落在人的身上，讓人覺著分外溫暖。

吳曉曉昏昏沉沉的，不知道怎麼的，好像走到了什麼地方。

她像是身處雲霧中，被遮住了眼睛，她用力試圖撥開雲霧，最後在一層層的雲霧後，終於看到她久違的家。

電視裡發出新聞播報的聲音，那是她爸爸每日必看的節目，裡面播報員的聲音清晰地傳了過來。

吳曉曉忍不住往廚房看去，她很快就看到媽媽忙碌的身影，在忙碌中媽媽似乎對外面喊了一聲：「曉曉……」

吳曉曉想要走過去，可是身體卻怎麼都動不了，在著急間，畫面忽然變了。

正在掌勺做飯的媽媽忽然把鍋鏟放下，坐在沙發上的爸爸慢慢起身走過去，似乎在她媽媽耳邊說了句什麼。

吳曉曉也想要說什麼，可是一點聲音都發不出來。她使勁地想要告訴爸媽她就在這裡，可是身體卻越發空虛，周圍的迷霧也跟著增多，漸漸地她又陷入迷霧中……

懵懂間，她不知道要去哪裡，這種舉目無親的感覺，讓她心裡空落落的。

她心裡很疼，想要抓住什麼，伸出手後卻什麼都抓不到。她在床上無助地囈語著，手更是伸出來在空中亂揮。

晉王原本在一旁靜坐，此時看到她的動作，眉頭不自覺地皺了一下。

她的嘴裡更是不知道在嘀咕些什麼，偶爾仔細聽的話，會隱約聽到爸爸媽媽、新聞播報

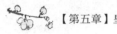

這類的怪話。

他嘆了口氣，在她又一次抓向自己時，伸出手去，把手放在她的手心中。

她的力氣很大，一把抓到他就不肯鬆手了。

緊緊抓著他的手就抱到了懷裡，身體軟軟地帶著暖意，她在睡夢中似乎不嫌棄他的手指是冰涼的。

吳曉曉迷迷糊糊感覺到自己抓到了什麼，雖然不知道那是誰的手掌，可能抓到東西的感覺讓她放鬆了下來。

她在睡夢中翻了個身，終於安穩地睡了起來。

此時被她拽住手的晉王沉默地望著她的面孔。

他看著她緊閉著的雙眼，望著她紅紅的嘴唇。

他有些奇怪，自己為什麼會這麼有耐心？即便她是哥哥的女人，也沒有照顧她到這種地步的道理。

不知道過了多久，他正出神時，忽然聽到她又在睡夢中動了下，這次她的口吻跟剛才截然不同，她嘴角掛著一種笑，笑容並不算舒展，倒像是心事重重一般。

他聽到了她輕聲呢喃般地說著：「晉王……雪這麼大就不要出去了……」

他的手頓了住，看著她的面孔。

她在睡夢中兀自說著：「不要摸我的肚子……你的手好涼，會凍到我的……」

他半天沒有反應，只愣愣看著面前的吳曉曉。

她之前說的那句「我便是慧娘」就好像投入靜湖中的石子。

他以為冰封的回憶，此時噴湧而出……

自從林慧娘去世後，他不斷在回憶著她所說過的話、做過的事，只是到了後來想得多了，反倒出現了幻覺，不知道哪些是真的？哪些是他胡亂想的？

他唯一記得的是他與慧娘一起生活的那段日子，是他無法回復的圓滿生活……

此時這句話卻喚醒了他的記憶。

他盯著她的面孔看了好一會兒，有些不可思議，之前只當她是在胡言亂語。

可是她在呢喃中說的這些話，卻是他跟慧娘私下說過的。

這種閨房內的話，慧娘斷不會同外人說，更何況即便說過，又怎麼會傳到這位吳貴人耳朵裡？

他看著她，這位哥哥最寵的女人，他的腦子在混亂了片刻後，很快變得清晰起來，那些線索連成了一條線，一切明白地攤在他面前，只是他從來沒這麼想過而已，此時想來，卻是紋絲不差。

當日慧娘第一次見他時，便說她救過他的命！

她一定是認錯了人，把他認作了哥哥……

晉王慢慢回想著往事，抽絲剝繭，慢慢都理順了，況且慧娘的死與吳貴人的甦醒，時間上如此一致……

林慧娘身上那些讓人不可思議的地方，還有這位吳貴人神祕的身分……

還有，她會讓他沒來由地感到惱怒煩躁……

他終於明白那種惱怒煩躁來自哪裡了，她的表情動作有太多讓他熟悉的地方。

時間過去得很快，過了好半天，沉睡中的吳曉曉終於動了下。

她打了個呵欠，用手擋住嘴巴，忽然發現自己手上的感覺不對，而且手指沉沉的，像是抓著什麼。

她納悶地睜開眼一看，立刻就愣住了。

她發現自己正死死地握著晉王的手！

吳曉曉當下就嚇到了，趕緊把晉王的手鬆開，更尷尬的是，她居然是躺在床上的！緊張地低頭看了看，還好衣服還完整，她長吁了口氣，可是再仔細回想，卻是怎麼都想不起來自己在昏睡前做過什麼了？

她左右看了看，努力才想起她臨睡前最後的事，她用手撓了撓頭，臉紅紅地問他：「晉、晉王，我剛才沒做什麼出格的事吧？」

她指著那個梳妝檯說：「我腦子空空的，記得我好像在梳妝檯那裡拿了個香香的藥丸，往嘴裡舔了一下，不知道怎麼的，我就想不起來後面的事情了……」

老天保佑千萬不要讓她做出什麼丟人的事啊！

只是她覺得多半是有事發生了，因為晉王看她的目光明顯很不一樣，之前那種冷凝的目光，此時看過來多了點很複雜的東西，她說不出是什麼東西。

她緊緊揪住自己的衣服，心裡著急。

足足等了兩三秒，晉王才終於開口，聲音很平靜，可因為太過平靜她才覺得更加古怪。

不過幸好他說：「妳沒做什麼，只是昏過去了。」

她長吁口氣，心想只要不是她意識不清時脫衣服跳裸舞就好，不然的話她可以直接撞牆死翹算了……

吳曉曉趕緊從床上跳下來，把睡皺的衣服撫了撫，頭髮小心地攏了攏，表情更是努力表現出嚴肅的樣子。

而且等再往外找出口的時候，她加快了腳步。

她很想將功補過，再來就算晉王沒說什麼，可是睡覺的時候抓著他的手，怎麼想都覺得挺不好的……

她越想越尷尬，簡直恨不得挖個洞把自己埋進去。

他們照舊按照之前的方式走著，每走到一條通道就做個記號，這樣不斷篩選可以走的路，中間覺得累了就休息休息。

只是走了好半天，都沒有找到什麼靠譜的地方，吳曉曉忍不住著急起來。

不過接著終於出現了轉機。

吳曉曉走著走著，忽然就聽見有人講話的聲音，她當下拽著前面的晉王，手舞足蹈地說：「晉王，你聽，我好像聽到了聲音！」

她心裡高興，知道有聲音傳進來，不是牆壁特別薄就一定是有什麼通道可以出去！

說完她趕緊同晉王一起尋找聲音的來源。

她舉著手裡的夜明珠小心翼翼地找著，果然很快找到一個小孔，那孔顯然是可以往外看的。她心裡納悶，心想這是專門的窺視孔嗎？

她奇怪地往外看了一眼，隨後就發現自己看到了了不得的東西，這個小孔居然能看到太后殿！

凰歸
王妃躲貓貓
金大／著
晴空
http://sky.ryefield.com.tw
非賣品

她這才想起來孟太后所住的地方是歷代皇太后的住所，那位傳聞中跟太后幽會的攝政王，只怕過來的時候，偶爾也會來偷看那位皇太后吧？這才留下了這種東西。

而且正巧孟太后就在小孔所能看到的範圍內，此時因為離得近，聲音就聽得更清楚了。

屏住呼吸後，很快就聽見孟太后嘆息的聲音，幽幽對孟秀珠道：「都是哀家的罪孽，生了那樣的孽障……」

孟秀珠眼睛紅紅的，從吳曉曉他們所在的角度看去，還能看見孟秀珠擦眼淚的樣子。

顯然孟秀珠搞錯了問題所在，居然無比腦殘地說了句：「姑媽都怪我，當日如果晉王求婚的時候，我應允了，此時就不會有這樣的事發生……」

孟太后倒是腦子不笨，很快道：「妳這孩子，怎麼還以為是妳拒婚得罪他的，壓根與妳不相干，那個孽子，不過是看我要送妳進宮，怕妳離間他們兄弟感情，索性主動開口要娶妳，這樣一來，就算妳不嫁他，聖上又怎麼能將你納入後宮。唉，可惜了我們孟家，我貴為太后，竟然因為這樣的孽子保不住娘家……」

孟秀珠抹著眼淚，「姑媽，要不是當日我父親糊塗，何至於此，都怪當初我爹鬼迷心竅招來了禍事，不然的話，您以天子生母的身分，怎麼會如此尷尬。」

吳曉曉聽著她們口口聲聲孽子的，下意識就瞟了一眼身邊的晉王。

晉王顯然也跟她一樣在聽外面的對話。

在他們偷聽的時候，很快外面有太監進內稟報：「太后娘娘，張道人求見。」

吳曉曉這下更是好奇，睜大了眼睛看著。

果然很快就見張道人從外走到太后殿內。

張道人之前看著還有點出家人的仙風道骨，此時看去簡直就是尖嘴猴腮的。一見了孟太后，張道人便笑著說：「回稟太后，事情已經辦妥了。」

孟太后顯然有些意外，別看晉王暴虐得很，可實際上卻是詭計多端，一般人輕易算計不到他，她納悶地問道：「你怎麼做的？」

張道人笑了笑，「太后不必擔心，打蛇要打七寸，晉王爺雖然天不怕地不怕，可是世人都知道他眼裡只有晉王妃，貧道便用了個小小的道法，變幻出晉王妃的影子，讓影子勾著晉王進到您所說的宮內密道內，裡面我特意布置了機關，只怕他早已經葬身在那裡了……」

話音剛落，吳曉曉緊張地一把拉住了身邊的晉王，急急說道：「晉、晉王！您可千萬別動怒！」

晉王看著她放在自己手臂上的手，沒吭聲。

吳曉曉卻以為他還在生氣，他這個人脾氣大得很，親娘都敢下毒的人，她都不知道該怎麼攔他犯渾。她直接擋在他面前，急道：「那是你的親媽，就算再不喜歡她，可是這種事也是一個巴掌拍不響，如果不是你要下毒做出那種大逆不道的事，她也不會想害你，晉王，把心放下吧！」

她知道這位孟太后挺冤枉的，明明是永康帝毒殺林慧娘，跟孟太后沒什麼關係，她卻好好地被小兒子毒就算了，現在要是因為這個連鎖效應又丟掉了命，就更糟糕了。

她以為要勸住晉王得玩命呢，沒想到她只不過說完這些話，晉王就已經主動轉過身，一副要離開此地的樣子。

她心裡奇怪，都已做好實在不行就要撲到晉王身上，使勁拽著他、攔著他的心理準備。

她趕緊快走幾步，越過他去，攔在他面前，衝著他說：「晉王，您……」

晉王表情淡淡的，自從她醒過來後，他就不怎麼看她。

吳曉曉雖然知道他做事沉穩，可是自從他衝動地要毒殺孟太后後，就一直把他跟恐怖分子聯繫在一起。

此時見他居然這麼沉默，心裡還是有些擔心，忍不住說：「晉王，我知道您心裡難過，晉王妃……」

「妳……」晉王明顯想對她說什麼，她詫異地停下腳步等著他說話。

晉王卻什麼都沒說，很快地把眼睛別開，淡淡道：「出口應該就在附近。」

吳曉曉這下更莫名其妙，難道他這個做兒子的忽然良心發現了嗎？

吳曉曉戰戰兢兢地放慢了腳步，走在晉王身後，準備隨時預防他忽然暴怒地跑過去要殺了孟太后。

不過走了一段路後，她就發現自己的擔心是多餘的，他別說暴怒了，整個人都有些不同，沒有之前那麼冷漠了。

他們小心試著，不過既然已經接近太后所在的地方，按著這個方位辨認的話，去承乾宮的方向就容易多了。

憑著感覺跟一次次地嘗試，吳曉曉終於在一個地方聽到了幾名宮女的聲音。

她停下腳步，顯然晉王也聽到了，兩個人都安靜地聽著。

裡面有幾個聲音她還很熟悉，好像是伺候她的知書、知畫她們在說著什麼。

那些宮女都很關心她，有幾個還哭哭啼啼的。

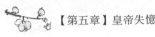

吳曉曉這下終於露出了笑容，他們應該是找到寢宮的位置，小永康帝肯定就在附近！

晉王也已經摸清楚了這些通道的方向，他們很快就找到小永康帝的寢宮。

這種地方居然跟孟太后所在的地方一樣，也有個不起眼的小孔可以窺探外面的情形。

吳曉曉正想往外喊話，讓小永康帝過來救自己。

結果還沒喊，便聽見坐在御座上的小永康帝面色沉重地說著：「曉曉妳在哪裡啊？阿奕你在哪裡啊？你們都是我最重要的人，不管是誰我都不想失去……」

吳曉曉聽後，立刻就喊了出來：「我們……」

只是後面的「在這裡」還沒說出口，就覺得身側發出一聲很大的聲響，立刻碎片飛濺得到處都是，還有那些灰塵直嗆鼻子。

她沒想到這位晉王居然忽然發力，把牆壁給轟開了。

原本坐在御座上的永康帝先是愣了一下，隨即就一臉驚喜地看著他們兩人。

吳曉曉趕緊拍掉身上的灰塵，她都被灰塵碎屑嗆到了。

不過幸虧晉王幫她擋了一下，不然身上肯定會更狼狽。

永康帝在驚喜後，很快道：「你們怎麼會在一起？」

這只是好奇的一句問話，晉王卻是臉色細微地變了一下。他不著痕跡地喚了外面一聲，很快進來兩名宮女，晉王吩咐著：「妳們帶吳貴人下去梳洗。」

待吳曉曉被侍女迎走後，晉王才平靜地走向小永康帝。

在他心中，永康帝一直都是他最親的大哥，是慧娘出現前唯一的家人，只是現在的他不習慣跟只有六歲的哥哥講話。

「哥……」晉王的話平緩得沒有一絲起伏，他的目光複雜得無法言表，「我有很重要的話要對你說，可是我不能對現在的你說，我要等你想起來的時候再同你說……」

他頓了頓，重複小永康帝剛才說過的話：「你們都是我最重要的人，不管是誰我都不想失去。」

【第六章】

左右為難

「阿奕，你是不是對吳貴人有什麼誤會？其實吳貴人很好的……」

晉王沉默著，過了好久才緩緩道：「我知道她很好。哥，我比你更明白她是個什麼樣的人……」

吳曉曉灰頭土臉地被宮女帶回寢宮後，知畫及知書幾個早已得了信，從宮內急匆匆迎了出來，一見到她，知畫幾個又驚又喜，眾星捧月般將吳曉曉迎入宮內。然後幾名宮女忙著倒水、找乾淨的衣服。

忙碌了一陣後，終於把東西準備妥當，吳曉曉之前光顧著找出口，還沒什麼感覺，此時一浸到熱水中，才發現自己累癱了，連手指都不想動一下。

知畫幾個幫她洗去身上及頭上的灰塵，洗淨並換了乾爽衣服後，時辰已經不早了。

知畫幾個早就吩咐小廚房做點心湯水，此時知畫小心地端過來，一邊遞到吳曉曉面前，一邊說：「吳貴人，您吃點東西壓壓驚，這是桂圓蓮子銀耳湯，安神補氣，多少嘗一嘗。」

吳曉曉還真有些餓了，拿去吃了幾口。

只是歇了才沒多久，宮外就有了動靜，有小太監跑來，在她的寢室外小心稟告著：「吳貴人好，聖上讓我來召您過去，要是您身體沒大礙的話就過去一起用膳。」

吳曉曉有些無奈，她挺想休息的，不過估計她出來時沒跟小永康帝說話，所以小永康帝在惦念她了。

既然小永康帝已經命人過來召她，吳曉曉撫了撫裙襬，從軟榻上站起來，往外走去。

小太監恭敬地低著頭，吳曉曉出去後，知畫及知書則小心地跟在她身後。

因離小永康帝的寢宮很近，所以吳曉曉也沒用轎子，直接走了過去。

她邊走邊想：不知道晉王怎麼樣了？是不是也跟她一樣回去梳洗了？

於是好奇問了那個傳令的小太監：「對了，我回來的時候，晉王還在聖上那裡，後來他走了嗎？」

「回稟貴人，晉王也同貴人一樣回南書房洗漱了，不過這個時候應該也到了吧。」

吳曉曉心裡奇怪，這次晉王還真是安靜，居然沒跑去太后殿折騰，她還以為一等晉王出來後就會去找太后麻煩，這麼看來難道晉王轉性子了？

等到了小永康帝所在的宮內，膳桌早擺好，而且晉王已經到了。

只是很奇怪，以往她的座位都是在小永康帝的左側，這次桌子的布置有些奇怪，吳曉曉不知道是不是下面的人疏忽了，她的座位明顯離小永康帝遠了些，反倒與晉王靠比較近。

椅子使用的木材太好了，所以整張椅子很沉重，吳曉曉過去一一對著聖上及晉王施禮後，待坐定後就不好再挪動椅子。所以她便發現自己居然離晉王比離永康帝還要近。

她坐下後，小永康帝正在同晉王說話，兩兄弟看上去感情很好。

不過他們一向感情很好，不是第一次一同吃飯，吳曉曉坐下後就規規矩矩地眼觀鼻、鼻觀心。

待兩兄弟說完話用餐時，吳曉曉也小心翼翼地陪著。只是等菜品端上來後，她便有些躊躇，以往她的主要任務是照顧小永康帝，吃飯的時候，小永康帝需要吃什麼，偶爾會需要她幫著調配菜品……現在這樣她不方便伺候啊！

在她遲疑時，小永康帝也留意到了座位的變化，他哪裡知道內情，於是笑著說：「吳貴人，妳離朕那麼遠做什麼？挪過來一些……」

話音剛落，吳曉曉身後伺候的太監還沒來得及走上前幫忙搬椅子，晉王已經淡淡開口阻止道：「哥，您是聖上，用膳的時候，不能總這麼沒規矩，更何況，你手邊按宮規只能坐著皇后。」

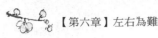

這下小永康帝都不知道該說什麼好了，他跟吳曉曉一直都是這種輕鬆隨意的相處方式，他身邊從沒有人會進言這些規矩。

若是別人跟他說這個，他還能理解，可此時卻是從來視宮規為無物的晉王在跟他講規矩……這是他最親、最在乎的弟弟阿奕啊！

小永康帝便沒說什麼，一時間餐桌上很安靜，三個人都在默默用餐。

不過吳曉曉低著頭用餐時，總感覺有道視線落在自己身上。她起初還以為是自己多心，等她偷偷掃了一眼後，很快便發現，居然是晉王在看她。

吳曉曉一下就拘謹起來，總覺得是不是自己哪裡做錯了？因為每次晉王這麼看她、注意到她的時候，一定是在挑她毛病的時候。

不過等到用膳後，晉王卻沒有說什麼。

吳曉曉鬆口氣，心想剛才多半是自己神經太緊張了，晉王肯定不是故意看她的，只是用膳的時候習慣往她這個方向轉頭而已。

不過等飯畢，那些端著盥手盆的宮女們都撤下去後，晉王卻沒有動。以往晉王用過餐後都會很快離開，這次不知道為什麼晉王卻沒有挪地方，一副還想繼續待著的樣子。

吳曉曉感到納悶，以往都是她陪著小永康帝的……

她正感詫異，一旁的晉王忽然繃著面孔對她說：「吳貴人，妳今天不累嗎？怎麼還不回宮休息？」

「欸？」吳曉曉就是一愣，這是晉王在攆她？

她這下更納悶了，之前要她陪在小永康帝身邊的不就是晉王嗎？怎麼現在又這麼陰陽怪氣地要攆她走？

早先她可是用過膳就走人的，至今都還記得那時晉王鄙視的眼神，冷冷地跟她說：「吳貴人妳身在後宮，是不是忘記了自己的本分？哪有每次用膳後就躲開聖上的，妳要是想躲清閒的話，有很多地方可以供妳躲著，何必要往後宮裡占個名分！」

吳曉曉記得自己當時囧得不得了，被這位晉王言辭嚴厲地教育了一番婦道。她最後攝於他的淫威才不得不在每次用過膳後都陪著小永康帝，她還為此鬱悶了好久呢！

幸好小永康帝性子很好，雖然是被迫陪著他，卻沒有讓她覺得有絲毫不快，時間久了也就習慣安安靜靜地在小永康帝那邊消磨睡前時間了。

怎麼現在她不過是照他吩咐的做，他卻跟換了個人似地，覺得她還留著就不好了呢？

吳曉曉感到莫名其妙，不知道這位晉王是不是吃錯藥了？不過既然晉王不樂意她在這兒，正好可以回去歇息歇息，她便輕聲對小永康帝道：「陛下，我先行告退了。」

小永康帝也很意外今天的情況，晉王往日不是這樣的，小永康帝還以為是吳曉曉不小心得罪了晉王。

他其實有好多話想同吳曉曉說的，見沒機會了，便關心叮囑著吳曉曉：「回去早點休息，要是有什麼不舒服的，不要忍著，記得叫御醫。」

吳曉曉感激地點了點頭，嘴裡應著：「謝陛下關心，我會小心身體的。」

等她再抬頭看晉王時，只見晉王的臉色很不好，目光看向她的時候，像要吃了她似地。

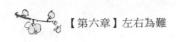

吳曉曉都不知道自己做了什麼得罪他的事，嚇得趕緊把眼睛移開。

等吳曉曉走後，晉王卻也沒什麼需要同小永康帝說的。他知道自己剛才的表現不對，輕咳了聲，想掩飾般地道：「吳貴人……每日都要在你這待到很晚……」

小永康帝點了點頭，同時問他：「阿奕，你是不是對吳貴人有什麼誤會？其實吳貴人很好的……」

晉王剛才的反應太特別了，他何曾如此外露地表現出情緒，小永康帝唯一想到的解釋只有晉王不喜這個吳貴人。

晉王沉默著，過了好半晌才緩緩道：「我知道她很好……哥，我比你更明白她是個什麼樣的人……」

吳曉曉回到寢宮後，時間還早，她還不想睡，便在軟榻上躺著想心事，不斷回憶剛才在飯桌上發生的事，晉王看她的目光、表情還有跟她說話的語氣。

不知道為什麼，她覺得晉王今天很急躁、很不穩重，跟以前很不一樣，只可惜她一點都不記得自己昏迷前的事了，難道是她做了什麼得罪他的事？

她正胡思亂想著，忽然聽見門口傳來聲音，吳曉曉也沒多想，小永康帝經常半夜讓人召她過去，或者送她宵夜點心。

她以為又是那邊派來了小太監過來，也就起身往外掃了一眼，結果下一刻就給愣住了。

因為進來的人，身形衣服跟太監一點都不一樣，雖然是逆光，可她還是一眼就認出了那是晉王的身影！

吳曉曉當下就呆住，無法反應了！

晉王卻是看著她，他離她還有三四步的距離。

知畫幾名宮女此時也急匆匆跟了進來，剛才她們幾個都驚呆了，以至於沒反應過來，竟然放了這位晉王爺進來！

因為從沒有王爺大半夜進來後宮的道理，更何況晉王爺這個樣子簡直就像是回他的晉王府一般自然！這也太狂傲無禮了！哪怕是皇帝的親弟弟，也要注意宮規，以及男女有別的忌諱吧！

只是這些道理，那些宮女心裡雖明白，可誰有膽子真的說出來？

她們嚇得跪在地上，反正有她們在旁盯著，想來晉王是不敢做出什麼對吳貴人不好的事情，也可以保住吳貴人的清譽。

事發突然，吳曉曉完全沒反應過來這些宮內忌諱，她被晉王看得心驚肉跳，不明白他幹麼用這種眼神看她？趕緊從軟榻上站了起來，把衣服順了順，一臉緊張地說：「晉、晉王……這麼晚了您過來幹麼？」

晉王沉默著往內走了一步。

這下子他身後跪著的幾個宮女都嚇壞了，匍匐爬到晉王身邊，「夜深了，王爺……這是後宮嬪妃所在的地方，請王爺……請王爺自重！」

吳曉曉一聽頓時明白事情的嚴重性，她嚇得往後倒退一步。

雖不覺得晉王會喪心病狂地過來對她怎樣，只是宮內規矩多，他大半夜莫名其妙跑到她的寢室內，很容易傳出不好聽的話……

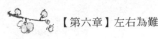

一時間空氣都凝結住了，不管是宮女還是吳曉曉，都大氣不敢出一聲。

在劍拔弩張的氛圍中，晉王卻忽然笑了。

那笑容讓吳曉曉頓時傻眼，因為不是冷笑、獰笑，這只是一個人高興到了極點才會散發出來的快樂笑容。

「妳……」晉王的口吻很輕，像是怕驚嚇到什麼似的，柔和得讓人起雞皮疙瘩，「早些歇息。」

說完這些沒頭沒腦的話後，他便轉身走了。

這下匍匐在地、嚇得要死要活的宮女們都驚呆了，一待晉王走後，幾名宮女立刻吩咐太監們鎖上宮門，然後急匆匆過去圍住吳曉曉，七嘴八舌說著：「天啊，嚇死我了，晉王到底是怎麼了？大半夜跑過來……」

更有宮女一邊捂著胸口，一邊後怕地說：「難道是中邪了嗎？為什麼要跑到咱們宮裡？萬一被人說出去，多不好聽啊……真要嚇死我了！」

吳曉曉重新坐下，覺得自己心口撲通撲通地直跳。

自從那晚之後，吳曉曉便覺得晉王似乎犯病了。他簡直就像更年期提前來臨一樣，變得喜怒無常，對她看著似乎不錯的樣子，可是只要她在小永康帝那裡多待一會兒，哪怕只是喘口氣的工夫，他都會變得吹鬍子瞪眼的。

更神奇的是，之前晉王留著鬍子說要悼念亡妻，現在居然好好地把鬍子刮了。

雖然看起來乾淨清爽，只是他忽然這麼做，還是讓人挺意外的。

吳曉曉剛看到時都呆了一下。

不知道是不是因為臉上的表情太明顯，晉王在回望著她時，就像在咬牙切齒般。他的目光沉甸甸的，落到她身上，都像能壓垮她似的，吳曉曉心裡很緊張。

這個前一刻才瞪過自己，下一刻就會對自己微笑的男人，吳曉曉被他一來二去，搞得頭皮發麻。

她心裡直犯嘀咕，晉王這麼喜怒無常，又把持朝政、權傾天下，也不知道老百姓會不會跟著倒楣？還有他忽然變得這樣到底是為什麼呢？

其實晉王也是心裡苦啊，好不容易苦盡甘來，老婆就在那裡擺著，偏偏哥哥是這個樣子。他實在沒有辦法對這樣的哥哥說出「你所愛的女人正是我的妻子」這樣的話。

只是他低估了自己的在乎，他發現哪怕是眨眼的工夫，他也不想吳曉曉在哥哥面前出現，只想吳曉曉守著他、做他的妻子……

不光是吳曉曉有壓力，就連小永康帝也感覺到晉王的急切。

晉王雖然一直很有耐心地在等他恢復，可現在卻一天比一天著急地問他有沒有想起以前的事，到最後已經恨不得一天問個三四遍才好。

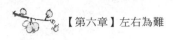

小永康帝原本就是個敏感的人，此時也跟著心急了，再來他失憶的時間實在太久了，也想要早點恢復記憶，只是這種事情哪有這麼簡單的。

他越想早點恢復，腦子裡反倒越是一團漿糊似的，而且因為想得太過用力，頭都跟著疼了起來。

那天午休他正在閉目回憶，也不知道怎麼，想著想著就像墜入深淵般，不僅沒想起以前的事，反倒頭痛得要裂開似的，額頭像針扎一樣。

到最後他實在忍耐不住，索性就要往牆上撞，看看能否讓自己清醒。

恰巧吳曉曉過來看他，一看見小永康帝要用頭撞牆的動作，當下就蹦上床，一把扯住他的胳膊，「陛下你怎麼了？好好地幹麼用頭撞牆啊！」

小永康帝被她緊緊拽著胳膊，她力氣可真大，都把他拽疼了。

她看向他的目光也是充滿關心在乎。

小永康帝心裡一暖，默然地坐到床上。

明明是個成年人，卻露出孩子般的表情，小永康帝用手指在床上畫著圈圈，「我想不起以前的事，想到最後頭都疼了，就想也許用頭撞牆的話能撞出什麼來。」

吳曉曉沒想到失憶可以把人逼成這樣，當年那個沉穩又陰險的永康帝，居然成了二缺型萌孩子了。[7]

只是撞頭不是鬧著玩的，搞不好變成腦震盪就糟了。吳曉曉就拉著他坐到床沿，像哄孩子似地哄著：「這種事急不得啊，反正朝政有晉王協助，您慢慢想就好了，要是因為著急而讓身體不舒服，不就得不償失了嘛。」

「可是……我覺得阿奕有重要的事情想同我說，只是礙於我還沒想起來才不能說的。」

小永康帝頭壓得低低的，簡直就像個做錯事的孩子一樣。

吳曉曉知道小永康帝是個既敏感又溫柔的孩子，繼續寬慰他：「晉王能有什麼必須要說的急事，我想他應該只是擔心著急而已，只是這種事是急不來的，您現在只要養好身體，朝廷上的事你們兄弟商量就好，別因為一時心急反倒揠苗助長了。」

「我明白，吳貴人……」小永康帝點了點頭，最近除了恢復記憶外，其實還有另一件事很困擾他。

他遲疑了下，一副難以啟齒的模樣，停頓了好一會兒才說：「吳貴人，宮外是什麼樣的？我、我從來沒有出過宮，阿奕還能時常出去，我卻一次都沒有。之前我見你們從祕道出來，我便一直在想祕道是不是可以通到宮外……」

吳曉曉被他唬了一跳，這傢伙好好地想什麼微服出宮的事啊，這種事兒歷史上倒不是沒有，可問題是哪有像他這樣心智都不全就跑出去玩微服私訪的，這要是出了問題，她還不得被晉王活吃了。

吳曉曉趕緊搖頭道：「陛下，您在亂想什麼呢，您貴為天子，天下都是您的，出去做什麼啊！」

「這些話只是說得好聽罷了。」小永康帝抬起頭來，望著她的眼睛，他的目光熱切得就像能發出光芒，「我雖然是天子，可從我做太子起，就一直被囚禁在這座宮中，我雖為天子之尊，也只在這麼大的地方裡而已……」

吳曉曉當然知道皇帝是不能亂跑的，不管什麼時代，皇帝都是要住在皇宮內的。

注釋——

7 二缺：指二百五加缺心眼的人。

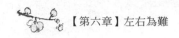

即使如此，仍有大把的人寧願一死都要當皇帝，她就勸他：「您也不是一直在這兒啊，我記得您之前才去過一處行宮，另外每年麥收的時候，您都可以外出祭天的，這些時候都可以出宮，哪裡就像您說的那樣被囚禁在宮中，只是現在您身體不好，若您真想出去，等記憶恢復了，找個好時機、好天氣時再出去就是了。」

她這一番話說完，小永康帝倒是不再說什麼了，只是低著頭，一副失落到極點的樣子。

吳曉曉知道他是個很乖巧的人，別看現在是個子高大的成人，可是要論起心智其實是只有六歲的沉穩乖孩子。

看他坐在床上攪動手指，一副失魂落魄的樣子，吳曉曉忽然不忍心起來，又哄著他說：「也不是都不可以的……反正地道還沒來得及封上，要不然我帶陛下在地道裡走走，散散心好了……」

她話音一落，小永康帝就像知道她會心軟般，很快地抬起頭，剛剛還滿臉抑鬱的人，現在竟然笑得像朵花似的。

吳曉曉這下總算知道給自己上套是什麼感覺了。

她都不知道自己剛才怎麼會腦抽，居然想帶小永康帝進祕道散步。

而且那個差點害死她跟晉王的密道，晉王早已經做了安排，特意找出之前的設計圖紙，把幾個重要的出入口都堵住了，剩下的那些他還沒想好要怎麼處理。

而且也不知道晉王是怎麼想的，吳曉曉知道自己宮內就有個疑似出口的地方，晉王不知道是沒想到，還是有意留的，現在倒像是給她跟小永康帝留了入口似的。

話既然已經說了，她就帶著小永康帝到自己的寢宮。一等進到寢室內，吳曉曉便把身邊的宮女都打發出去。

那些宮女見聖上跟著，都笑咪咪地出去了，還以為自己家的貴人要在這裡受寵幸呢。

一等人走後，吳曉曉趕緊把疑似有門的地方摸了一遍，最後還是小永康帝心細，最後按了個很低的暗磚，把內裡的暗門打開。

吳曉曉沒讓小永康帝進去，她先往裡探了探頭，左右看過後，才說：「這個地方我也是偶爾知道的，晉王跟我提了一下，可能是我這裡女眷多，所以還沒來得及安排工匠過來……再者工匠必須是十分信任的人才行，所以一時間也不好找。」

等再進地道時，吳曉曉已經不像第一次的時候那麼緊張。她當初在裡面都迷路了，此時卻已知道地道大概的規律，只要按照順序走，記著那些標記就不會走錯。

再來她也不會帶小永康帝到處跑的，憑著之前的記憶，她很快就把小永康帝帶到孟太后所在的地方。

她記得有個可以窺探太后殿內的小孔，到時候可以讓小永康看看他的親媽在做些什麼，然後就可以帶著小永康帝走了。

只是她想得雖好，可人算不如天算，等她到了太后殿那邊，剛往窺視孔內一看，吳曉曉就呆住了。

裡面的場景血腥到了極致。

一地的殘肢斷臂，還有人在大口大口吐著血……

此時坐在正當中座位上的，是一個面色陰沉的男人。

吳曉曉當下就捂住了嘴巴，差點驚叫出聲。

她沒想到晉王在隱忍了這些日子後，居然會親自跑到孟太后面前報復，而且她陰錯陽差地居然把小永康帝領了過來。

在那瞬間吳曉曉本能地就想把小永康帝帶走，如果晉王已經對孟太后不利的話，她肯定不能讓小永康帝看到這一幕。

只是她還沒攔住小永康帝，那邊已經有個披頭散髮的女人匍匐著爬到了晉王面前，哭喊道：「晉王！求求你了，太后是你的娘親啊！」

晉王淡淡地望了一眼抓著自己腳的纖纖細手，厭惡地把腳抽開，一聲沒吭。

他身後的人已經幾步上前，把那女人架起來扔到一邊。

在那邊上早有個老婦人癱坐在那裡。

孟太后閉著眼睛一聲不吭，被扔過去的孟秀珠哭得都哽咽了。

即使在密道這一頭，吳曉曉還是感覺到牆那側的森森殺氣……

她下意識就想做出點動靜來，讓裡面的晉王注意到自己，雖然孟太后是過分了，可是兒子弒母這種事，她還是覺得有點太過了。

只是她還沒拍牆，手就已經被小永康帝用力握住。

小永康帝也在往外窺探著，眼睛一眨都沒有眨。

吳曉曉心裡著急，忙附在他耳邊說道：「陛下，不能這樣，咱們得過去……」

小永康帝卻沒有動，表情特別平靜，就好像他看到的不是什麼家庭倫理悲劇，而是一齣戲文。

幸好外面也沒有真的出現弒母的事情，過了幾秒後，晉王對著地上的孟太后淡淡開口道：「太后，當日您娘家參與謀反，作為太后您就該自裁以謝天下，即便您不肯自裁，也該安分守己守著妳的青燈古佛，不問朝事，我今日看在聖上的面上不為難妳，可這次妳就不要再回來了。」

吳曉曉在地道裡長吁口氣，看來晉王多少有些理智了。

只是她以為小永康帝會比她還著急，沒想剛才攔著她不出聲的居然是小永康帝，難道是他們雙胞胎兄弟心意相通，所以小永康帝知道晉王不會殺了太后？

等看過這些事情後，吳曉曉納悶地跟在小永康帝後面。

沒想到走在前面的小永康帝似已猜到她的想法，竟笑咪咪地說：「吳貴人，妳是不是好奇我為什麼攔著妳？其實我也很擔心太后，只是那是阿奕要做的事……」他平靜地看著自己的手心，望著上面的薄汗。

剛才握著吳曉曉手的時候，他緊張得都出汗了。

「他做的事也是朕要做的。」他平靜地說：「長久以來，阿奕都是在為我做事，不管是惹怒父皇，還是反抗母后，他都是為了那個想做而不能做的我去做的……即便現在他要太后的性命，我也會允他的……」

吳曉曉聽得卻是一驚一乍，都不知道該用什麼表情面對這位六歲的小永康帝了，哪有一個六歲的孩子說話如此沉重的，可是他的表情又是那麼稚嫩，手指甚至還在微微發抖。

此時吳曉曉唯一的念頭是，皇家的教育……已經不光是失敗的問題了。

之後兩個人都沒有說話，吳曉曉因為有心事，走的步子變快許多，他們不知不覺已經走出去很遠。

等吳曉曉驚覺過來，估算著方向，猜想他們應該已經靠近城牆邊，若沿著密道再往外走一點也許就要出宮了。

她就趕緊拉著小永康帝的胳膊說：「不要再往前走了，搞不好就會出宮的……」

「我記得這裡……」小永康帝卻沒理她的話，往前又走了一步，仰頭看著頭頂。

這個密道並不高，吳曉曉這種身材的人在裡面走還可以，可小永康帝這種高個子，頭頂都會頂到上面的。

他伸出手，摸著頭頂的地方，像在回憶著什麼。

「當年阿奕要同我一起出去，我走到這裡卻停了下來。」他像是想起什麼似的，眼睛半瞇著。

吳曉曉起初沒發覺異樣，可在聽他說完這段話後，她忽然想到：只有六歲的小永康帝肯定不會跟晉王出宮的！

她的心當下就提了起來，緊張得嚥了口口水，不斷祈禱著千萬不要讓小永康帝現在想起來，不然在這種地方，他一定會立刻掐死她的！

她大著膽子問他：「陛下，您說的是什麼時候的事兒啊？」

這話讓小永康帝一愣，他原本放在頂上的手也垂了下來，努力回憶著。

這下吳曉曉更害怕了，嚇得倒退了幾步，只是密道內空間很小，她很快就貼到牆壁上。

幸好小永康帝什麼都沒想起來，搖了搖頭，「不記得了，那東西就像影子一樣，一閃而過，我能感覺到，卻抓不到。」

他說完又抬起頭來，目光堅定炙熱地看著上面，簡直就像要穿透這些阻礙般，急切說著：「吳貴人，我想出去，這次一定要出去看看宮外是個什麼樣子，妳不答應我的話，我怕以後都沒有這樣的機會了……」

他堅定地望向她。

吳曉曉心裡就是一凜，不明白他為什麼對出宮這麼執著，簡直就走火入魔似地，連眼神都不大對勁。

再來到了這種地步，她估計自己應該攔不住他了。吳曉曉就苦著臉想：若讓晉王知道她偷偷帶著小永康帝出宮的話，那位血腥王爺還不知道會把她怎麼樣呢……

從密道出去後，吳曉曉就犯愁了，她倒是無所謂，反正她穿的衣服雖然富貴，可也不過就像大富人家的小姐罷了，可是永康帝這身龍袍一旦走出去，非得立刻被押送到官府不可，到時候亂子可就不是一般大了。

她正發愁呢，忽然靈機一閃，想起之間看到過的那間臥室。趕緊又帶著小永康帝到密道內的小寢室。

這種地方建造得很隱祕，可裡面別有洞天。

之前因為她跟晉王挖走了兩顆夜明珠，所以牆上缺了一小塊。

小永康帝看到這處地方便是一呆，吳曉曉連忙給他解釋這地方的來歷。

「我聽晉王說這是當初攝政王與某位太后幽會的地方。」

「甾隸，攝政王甾隸。」小永康帝那副好奇的樣子就像個真正的孩子，他進到裡面，還對著牆上的那把寶劍看了好一會兒。

吳曉曉原本沒留心那把寶劍，見他看得這麼專注，她也跟著注意起來，仔細琢磨後也覺得不對勁了，哪裡有閨房內放寶劍的道理？

她便問了出來：「這種地方怎麼會有寶劍？」

小永康帝告訴她：「這是攝政王最愛的佩劍，當年先皇曾經派人尋過，一直沒找到，沒想到是放在這裡。」

他思維清晰，別看歲數不大，居然只靠這把劍便立刻推論道：「這麼看來，孟太后也是最近才知道這個密道，她是在宮外靜修的太后，若非是宮內有人照應，她如何得知？那人必定是知道內情的老宮人……」他扭過頭來，口吻淡淡道：「宮內的老人並不多，把最近在皇太后身邊待過的人盤查一番，就能知道究竟誰是內奸了。」

吳曉曉側頭看他，小永康帝的頭腦清晰成這樣，思維如此快，哪裡是個六歲心智的孩子啊，可是他的表情又跟個孩子似的。

吳曉曉驚了下，可隨即就明白了，就算他心智再小，可畢竟只是暫時失憶，他長年積累出的處事能力卻是沒有消失的。

這種地方有一些可以替換的衣服，只是年代久遠，有些都發霉了。

吳曉曉揀著看起來還好的衣服，朝小永康帝比劃了一下。

小永康帝的身形跟當年的攝政王肯定很像，至少都是高大英挺的，所以吳曉曉就把衣服塞到他手裡說：「你趕緊換衣服吧。」

說完她就背過身去，準備把頭上的珠翠摘掉一下。只是她剛摘了一根簪子，小永康帝卻輕拍了拍她的肩膀，一臉為難地說：「吳貴人，朕、朕不會更衣……」

吳曉曉都要吐血了，這才想起來這位一出生就是嫡皇子的傢伙，從小被人伺候慣的。只是怎麼會有人不會自己更衣的？她原本還以為他們這種人都是擺擺架子，喜歡讓人伺候的。幸虧她以前伺候過晉王更衣，不過現在回想起來，會不會晉王也是個連衣服都不會穿的二貨[8]啊？

因為心裡只當小永康帝是個六歲的孩子，給小永康帝換衣服的時候，就不覺得尷尬了。只是她低頭給他繫衣帶時，能感覺到他落在自己身上的目光。她比他矮了一個頭，低頭給他穿衣服的時候，鼻尖只能到他的胸口。

等她為他穿整齊後，她心滿意足地拍了拍他的胸口，笑著說：「好了。」

這是一個習慣動作，有段時間她給晉王穿衣服的時候也會這樣。

只是一做完吳曉曉就傻眼了，因為她也不知道是自己太敏感了，還是巧合，那一瞬間她真的感覺到他好像低頭在她額頭上蹭了一下，她辨認不出那是他的嘴唇還是下巴……

她愣了幾秒後，趕緊把那些亂七八糟的念頭趕走，他就算是成人的身體，也才六歲的心智啊！

注釋——

8　二貨：也簡稱「二」，原意是罵人傻瓜的意思。北方人稱「二楞子」、「二逼」；西北人稱「二球」。現在網路用語則指傻得可愛的人。

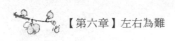

等他們換好衣服、把頭髮都整理好，再從地道出宮時，雖然沒事先計劃，可是這次出來居然趕上了二月二龍抬頭的日子。

吳曉曉在現代社會的時候，對這個節日並沒有很強烈的感覺，只知道這一天要去理髮做頭髮的人很多。

但在古代，她才發現這二月二居然是個很大的日子。

二月二又俗稱青龍，鄉下人習慣這一日讓婦人做了麵食休息一天。

京城的人喜歡附庸風雅，到了這天達官貴人少不了要攜帶酒餚，帶幾個美貌姬妾來到郊外，選地圍坐，亦歌亦舞、盡情歡飲。

等吳曉曉他們到了外面，就發現城內十分熱鬧，就連街邊做買賣的人都多了起來。

而吳曉曉頭次發現古代也有賣花的花童，大部分是些七八歲的孩子，臂膀上挎個籃子，沿街叫賣，遇到漂亮的轎子路過，就會一路尾隨著追出去好遠。

轎內的人也不見得是瞧上了這些花，只是圖個吉利高興，大部分都會要上一兩枝。

吳曉曉跟小永康帝出來得匆忙，口袋裡都沒什麼錢，吳曉曉倒是有根宮內帶出來的宮簪。看著做工樣式非常好看，只是不知道能值多少錢？吳曉曉就沿街找了一家當鋪，把自己的宮簪遞給裡面的夥計。

夥計原本正在打呵欠，忽然就見外面進來兩個人，前面是一位容貌俏麗的女子，衣服一看就價值不菲，雖然顏色不是多鮮亮，可是絕對是上好的料子，她這一身狀似不起眼的衣服，沒個幾百兩銀子只怕是下不來。

那女子身後的人就更別提了，剛一露面，小夥計就驚呆了，簡直像見到仙人般，要不是那男子長得相貌端莊，舉止儒雅，他都要懷疑是個絕世美女變裝的，要不然哪裡會有這麼美貌的男子？

小夥計立刻就機靈了起來，趕緊跑到內堂叫掌櫃的過來。

掌櫃一過來，便小心接過吳曉曉的簪子，一見雕工，掌櫃的眼前就是一亮，只是這種宮內的東西，民間雖然收，可畢竟這種東西稀罕，講究十足，鬧不好就要犯忌諱的。

掌櫃便小心問道：「請問姑娘，這簪子您是從哪裡得來的？」

吳曉曉哪裡能說是宮女幫她插在頭上的，她也不懂這些，不明白這裡面的講究。

宮內一般是冬天戴金、夏天戴玉。

吳曉曉遲疑了下才道：「這簪子是別人送我的，因為需要銀子拿來典當，你要是方便就當些銀兩給我。」

反正這種簪子她多得是，能換幾兩銀子哄著小永康帝玩是最好的。

掌櫃雖然平時很會壓價，可畢竟是有眼色的人，這名女子看著小家碧玉似的，出身並非特別高貴，可身後那位儒雅的男子，看著雖然斯文，可那股氣勢怎麼瞧也不是普通的富家子弟，只怕是大有來頭。

掌櫃就小心地寫了憑條又拿了二十兩銀子，客客氣氣地交到吳曉曉手裡。

二十兩銀子拿到手裡還挺沉的呢，掌櫃一見她連個錢袋子都沒有，又趕緊讓小夥計去後院找了個全新的錢袋子送給吳曉曉。

吳曉曉滿心歡喜地把錢收了起來。

到了外面她也不懂這種地方的價格都是怎麼算的，恰逢有二月二龍抬頭的廟會，吳曉曉來古代這麼久，還是頭次逛廟會。

小永康帝也是頭次微服出宮，兩個人很快地混入人群中。

吳曉曉不論看到什麼都新鮮，什麼吹糖人、波浪鼓，各式各樣的小商小販。還有那些打把勢賣藝的，吳曉曉看到有趣的東西就會拽一拽小永康帝。

小永康帝在宮內總是一眼一板，好像個催熟般的小大人，此時也被激出了童心，看到捏麵人就看了好久。

吳曉曉見狀立即掏錢買了一個，然後一邊遞給他一邊眨眼睛說：「這是我的，只是先借給你拿著。」

小永康帝看著她，很靦腆地笑了笑，真就像是幫她拿著一般。不然他這麼一個偉岸的男子，手裡拿這麼個東西還真有點不倫不類。

再靠邊的地方還有些賣針線的，只因趕上二月二的關係，那些賣針的都用紅紙包著針賣。吳曉曉湊過去看了看，她不過是好奇而已，宮內什麼新鮮樣子沒有。

不過她這麼一看，那些小販連忙熱情地招呼她：「這些樣子都是最新的，姑娘買個荷包吧，這個荷包多喜慶啊！」

再一看她身邊還有位俊秀的公子，賣貨人忙又改口說：「小娘子，買繡線吧，回去繡個鴛鴦荷包送給相公多好……」

吳曉曉臉上的表情一下就僵住了，趕緊扭頭就往外走。

心裡止不住地嘀咕，那賣貨人是什麼眼神啊，還小娘子、相公的……

這麼玩了一會兒，兩個人都有些累了，附近有麵攤，不過看著衛生就不行，而且很少看

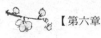

到有女眷在這裡吃飯。

吳曉曉就選了一間二層樓的酒樓，裡面環境倒是不錯。這種酒樓的二樓往往都是雅間，他們來得晚了，再來酒樓名氣大，有些房間是給權貴留著，此時只有一樓大堂裡有空座位。

吳曉曉也就率先坐下，等夥計過來招呼。吳曉曉也不知道要點什麼，就讓夥計揀著幾樣特色菜上來。

在等著上菜的工夫，吳曉曉就有一搭沒一搭地同小永康帝聊著天，兩個人說著剛才看到的那些新鮮玩意兒。

天氣越來越暖和了，一陣暖風吹來，就像吹去了小永康帝眉頭上的那些陰霾般，陽光透過窗子照過來，落在他的眉眼上。

吳曉曉原本就知道他是個俊美無雙的男子，此時他再這麼心無旁鶩地淺淺一笑，她都覺得這一刻的小永康帝要化身成三百六十度超完美帥哥了。

她忍不住想，就憑這張臉，放在她以前所在的世界，不管他內在是個什麼人，只怕女人都會搶瘋了的。

正想著時，忽然聽見一陣嘈雜的聲音從外面傳來，小夥計頓時就往外跑，連掌櫃也從帳桌後跑了出來，去迎接外面的人。

吳曉曉就往那個方向瞄了一眼，起初沒怎麼在意，可一等看清楚來人之後，吳曉曉就愣住了。

她沒想到會在這種地方看到林老爹！

頓時不光在場的夥計，就連在場的客人都跟著悄悄議論起來。

「這位林老爺可比國丈都厲害，大女兒嫁給晉王雖然短命死了，可二女兒也眼瞅著就要給晉王當繼妃，現如今京城內的人誰不知道胭脂林家的勢力。」

「可不是，如今就連李閣老的兒子李德然都要巴結這位林老爺呢，據說晉王誰的面子都不給，唯獨給這位老丈人面子。」

吳曉曉聽得都要囧死了，竟然這種事都有？她人都死了，居然還能給林家留下這麼大一筆政治資產？這種事也略奇葩了些啊！

她那膽小怕事的林老爹，居然也會跟朝廷命官、三閣老之一的李家聯絡？

她正囧囧有神，尤其是看著當日總喜歡長吁短歎的林老爺走路如有風般地往樓上走去的時候，她嘴巴都要合不攏了。

而且更神奇的是，大約是知道了林老爺要過來，李閣老的獨子親自下樓迎接。

那李公子是個大胖子，長相更是可悲地隨了他親爹，於是除了胖之外，還長了個酒糟鼻。不過這也架不住京內巴結逢迎的人誇他是少有的青年才俊……

一來一去之間，那位李家貴公子一眼就看見了樓下靜坐著的兩個人。

李公子待把林老爹迎上去後，卻心神不寧起來，他的眼前總是揮之不去的那抹身影。

等吳曉曉他們的菜剛上全時，李閣老的公子也跟著「風流倜儻」地下樓了。

吳曉曉納悶地見這個人帶著幾個家丁模樣的人走過來。

可等那人一走近，露出垂涎的表情時，吳曉曉立刻就緊張起來，這一幕太熟悉了有沒有啊！心想這是要上演惡霸調戲民女的戲文了嗎？若是如此，她等一下一定要把盤子扣到這種雜碎臉上。

只是事情卻壓根沒有朝她預想的方向發展，李公子一張口，吳曉曉就差點沒把臉拍在桌子上。

什麼一見如故啊、公子這樣的人物我怎麼沒早見到啊……我都白活了啊……今天見到你我才知道什麼是玉樹臨風、儒雅倜儻啊……

那些文謅謅的話，從這位的嘴裡說出來，再見他輕拈著小永康帝袖子的小胖手……

吳曉曉只覺得發堵……這種事兒、這種事兒……還不如衝著她來呢！

這是難得的一個好天氣。

不管是街上的人還是裡面的食客，到處都是歡樂的氛圍。只是吳曉曉卻一點歡樂的感覺都沒有，她窘迫地低著頭，呆呆望著桌子上的飯菜，不是她餓了，而是她實在想不出該用什麼表情去應對這件事！

因為那位小永康帝簡直就是心太寬的代言人！在李公子說完那些話後，小永康帝一點意外的樣子都沒有，甚至眉頭都沒皺一下，只是淺淡笑了笑，然後便很安然地同那位斷袖李公子閒聊了起來。

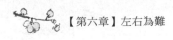

那副氣定神閒的樣子，吳曉曉都要看呆了！

她以為一般人遇到這種情況就算不惱羞成怒，必然也會尷尬得要死，結果這位小永康帝卻應對得體。

那溫文爾雅、倜儻風流的樣子，真是讓人目瞪口呆。

兩相對比下來，雖然李德然是閣老家的公子，也是一身的貴氣，可在小永康帝面前這麼一站，再一開口談話，立刻就顯得拙嘴笨舌了。

到了最後，李德然腰都彎了很多，簡直就像代替了大太監吳德榮的角色一般，在那裡點頭哈腰的，已經一臉奴才相了。

不過在言談間，吳曉曉卻忽然聽到一個詞，引起了她的注意。

「要不是今日有要事，我一定要邀您回府，實在是……」那李德然似乎是想顯示一下自己的身分，故作神祕道：「最近林府的人總是找我，他家的三女兒都跟了晉王有半年了，不知道為何晉王那裡卻是一點消息都沒有，如今林老爺子等不及了，想要讓我父親幫忙美言幾句，讓他家小女兒趕緊當了繼妃，省得夜長夢多，讓他們林家滿室的富貴化為烏有，要不是為這事兒……」

雖然只是閒談的話，可等李德然被小永康帝三言兩語打發走後，吳曉曉卻對著外面出起神來。

「有半年」三個字在她心裡反覆了幾次。

她想起在晉王所住的南書房遇到林芸娘的事，當時林芸娘就已經是一副迫不及待的樣子，拽著她不斷套近乎，而且擺出十足女主人的架式，沒想到事情會變成這樣……

當初林芸娘在她眼中還只是個孩子，現在看來卻是她看錯了林芸娘。

沒來由地，她悶悶不樂起來，心口就像壓了塊石頭，可她知道自己壓根沒生氣的理由，雖然想到鰥夫跟小姨子就感到彆扭，可是這種事兒又沒妨害誰。再說她死都死了，難道要耽誤晉王一輩子嗎？

別說晉王以為她死了，就算她沒死，古代的王爺哪裡沒有三妻四妾的！

吳曉曉低著頭，走神得厲害，乃至吃飯的時候都是一副心事重重的樣子，應付著吃了幾口飯後，都忘記挾菜了，只顧扒著白米飯吃。

對面的小永康帝看到了，卻是沒出聲，安靜地挾起一塊魚肉放到她碗裡。

吳曉曉這才有所察覺，趕緊抬頭看他一眼。

就見小永康帝還是那副溫和輕鬆的模樣，他看著外面湖上的遊船，笑著說：「等會兒吃完飯，咱們也去遊湖怎麼樣？」

吳曉曉不想讓他察覺出自己的不高興，強顏歡笑地點頭應著：「好啊，找條穩妥一點的大船，正好可以看看周圍的風景。」

等飯畢後兩個人真就去湖邊找了艘遊船，這種遊船不是單租給客人用的，內裡另有唱曲伴奏的人。

而且不光是這些，在船上想吃什麼，只要告訴船上管事的人，單有條在旁跟著的小船，會來往傳遞東西。說白了，這種遊船畫舫是專門供給那些想要享受的有錢人用的。

不過也因此，所以在欣賞兩岸風景的時候，還有樂聲伴著。

吳曉曉雖然在宮內的時間長，卻很少聽到宮內有歌女唱歌，此時船上女子的嗓音雖說不上頂好，卻也是挺動聽的。

而且偶爾看到什麼好玩有趣的東西，還可以讓人乘小船過去買來。

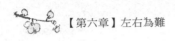

這種遊玩方式倒是既輕鬆又省力氣。

伴著這種民間小調，看著湖岸上的遊人，吳曉曉努力拋開那些煩心的事，試圖放鬆自己，只是等到天色暗了，準備下船的時候，她都沒有心情好一些。

而且在她準備回宮時，小永康帝卻是玩心不減，還想看夜景。

吳曉曉心裡著急，催促道：「陛下，你說出來散心的，民間的樣子你都見過了，好玩好看的也都嘗試了，現在時間不早了，咱們早點回宮怎麼樣……」

見小永康帝不走，吳曉曉又趕緊加了句：「您要是沒玩夠，大不了咱們改天再找個機會出來，但是這次要是回去晚了，一旦被晉王知道……」

小永康帝等她說完，才指著街邊的一家燒餅店道：「吳貴人，我沒吃過那個，妳陪我過去看看怎麼樣？」

吳曉曉真不知道說什麼好了，心想芝麻燒餅，宮內其實也有的，只是做得很小巧。

在民間這種燒餅吃一兩個都能當飯了，可是宮內的燒餅都是用小碟子盛著端上桌的。因為要趁熱吃，可宮內誰會一上這種東西就立即吃的，菜色點心那麼多，吳曉曉估計這位小永康帝就算吃到了，也早忘記了味道。

吳曉曉嘀咕著：「陛下，這種東西不見得乾淨，而且人這麼多，您混在裡面不好，您要喜歡可以讓宮內的人單獨做給您吃，味道只會比外面的好，又乾淨……」

只是這位小永康帝一旦玩心一起，壓根就攔不住，吳曉曉話才說了一半，永康帝已跑去排起隊來了。

吳曉曉這下沒法子，只好跟過去，一邊掏著錢，一邊小聲說著：「你啊……真是玩心越來越大了，等買完這個就一定要回去，知道嗎！」

在等待的工夫，吳曉曉也跟著掃了幾眼打燒餅的過程。古代打燒餅還真挺麻煩的，她看那些人揉麵，然後鋪平往上面均勻地撒上芝麻，又放到專門的燒餅爐內烘烤著。中間還要不斷打開蓋子去看爐內的火勢，或者轉動燒餅，哪裡像現代送到烤箱內，一會兒拿出來就可以吃了。

因為操作複雜，爐火都要人工調控，所以等到他們的時候天色已暗了下來，吳曉曉光只顧著看燒餅，壓根沒留意到天邊落日那裡有烏雲飄來。

倒是小永康帝對著天邊看了看烏雲。

吳曉曉低頭掰開了一個燒餅，剛出爐的燒餅很燙，她用手指捏著，把其中大塊的塞到他手裡，「趁熱吃吧，涼了不好吃的。」

等了半天才等到的東西，怎樣也要讓他吃到正宗的。按說這種東西並不特別，不過大概是等餓了，吳曉曉吃到嘴裡後還真覺得不難吃。

她吃了兩口後抬起頭來笑了下，點點頭道：「味道還不錯。」

小永康帝側著臉，似乎是發現了什麼，很自然地伸手捏起她嘴角的芝麻，隨後放到自己嘴裡。

吳曉曉雞皮疙瘩往外冒，皺著眉頭，小聲嘀咕著：「你今天怎麼古古怪怪的……」

而且原本要直接回宮的路，小永康帝卻非要繞去草山。那座草山是京內百姓口裡亂說的，京城內哪有什麼高山峻嶺，說白了就是壯觀一點的大土坡罷了，上面的草長得好，百姓

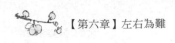

們喜歡過來郊遊，才有了草山之名。

反正是順路，吳曉曉雖然覺得有點累了，可都到這份上了，只要能儘快回宮，哪怕是刀山都值得走一趟。

只是也真倒楣，他們剛到山坡的位置，忽然一陣風吹來，簡直就像神話劇裡的妖風一般，山上頓時飛沙走石。

草山上沒有可以躲避的地方，最後還是小永康帝眼尖，拽著她跑到不遠處的一間土地廟內。他們剛進去時，外面就響起了轟隆隆的雷聲。

吳曉曉立刻就傻眼了，心想孤男寡女，在荒山野嶺遇到傾盆大雨，不得不躲入破山神廟的狗血劇情，居然也會發生在她身上！

不過這地方可不是什麼破山神廟，看著還挺像模像樣的。

裡面並不破敗，供桌上還都擺滿了貢品。

吳曉曉看過不少港臺的古裝劇，知道山上遇雨必定會發生曖昧，她緊張得往旁邊躲了躲，努力離小永康帝遠一點。

倒是小永康帝很隨意的樣子，略微打量過這個地方後，便拿起供桌上的紅棗咬了一口。

吳曉曉唬了一跳，趕緊說：「這是貢品吧！」

雖然她不是迷信的人，可是從小到大，只要到了廟裡，不管是導遊還是父母都會叮囑她，一旦進到廟裡就不要隨便亂動亂碰，沒想到這位永康帝居然這麼順手！

小永康帝卻沒理他，反倒揀了一顆更大的紅棗塞到她嘴裡，笑道：「朕是人皇，這廟還是借朕的土地蓋的，朕不跟他計較已算好的。」

吳曉曉詫異地皺起眉頭，總覺得哪裡怪怪的。

小永康帝雖然也會說些怪模怪樣的大人話，可是剛剛那些話已經不像小孩學大人講話，他的口吻有種……很不一樣的感覺在裡面。

她正琢磨著，忽然就聽見外面有腳步聲，吳曉曉當下就緊張了。

她下意識就拽著小永康帝躲了起來，直接鑽到供桌下。

小永康帝明顯一愣，這種供桌不大，兩個大人擠在一起，就顯得更加窄小。

小永康帝正準備要出去，忽然聽見外面有個女子的聲音，嬌滴滴地說：「你真壞，騙我來這種地方……」

「我會娶妳的，姐姐妳就給我一次吧！」

「你急什麼……哎呀……」

下面的聲音很快就兒童不宜了，吳曉曉頓時臊得慌，心想這是遇到什麼事啊，看來電視劇還真不是亂拍的，古代在廟裡歡愛是慣例吧？

而且就在她鬱悶得直捂耳朵的時候，忽然被身邊的小永康帝緊緊抱在懷中，而且她很快就感覺到他的身體在微微發顫……

她心裡當下就緊張極了，不明白他幹麼這樣？頓時腦子一片空白。

這個時候，一道悶雷打在廟前。

轟隆轟隆的聲音非常響，就連廟裡偷情的那對男女都嚇住了，女人連忙緊張地說：「天啊，這雷簡直就打在耳朵邊，咱們還是別……」

只是那個精蟲上腦的男人哪裡肯依。

外面拉拉扯扯的，吳曉曉內裡也在跟小永康帝較著暗勁，她正努力想把自己的身體撤出來，不要再被他緊抱著，只是他的臂膀收得很緊，雖然不至於弄疼了她，可是她還是覺得很壓迫、很緊張。

她在裡面正在玩命掙脫，外面狀態正好的男人卻是在春風得意，不過忽然被人扯住了後脖領子。

然後那個男人覺得身體一輕，直接飛到了外面，被狠狠甩到地上。

也是湊巧了，原本昏暗的廟內，此時一個閃電落下，頓時把廟內照得通亮。

地上衣衫不整的女子原本還以為是遇到了歹人，此時一見來人的衣著面貌卻是驚得說不出話來。

這個忽然闖入廟內的男子，待看清楚她的面目後，卻是長吁了口氣，他轉過頭去，不再看她。

他目光掃過整間廟宇，這裡地方窄小，一眼就可以看透。

他正急著尋人，剛才怕是有不堪入目的一幕發生，他沒有讓親隨跟進來，此時發現廟裡不是自己要找的人，他剛提起的心可算是放了下來。

他捏著拳頭想，幸好是他弄錯了，要是真的話，只怕他……

可偏偏天不從人願，此時供桌下傳來哐啷的聲響，原本已經準備離開的晉王，循聲看了過去。

他低頭一瞧，就瞧見了吳曉曉跟他親哥哥正從供桌下往外爬。

他們三個人都沒出聲，簡直就像不認識的陌生人般。

倒是早先那名在廟內歡愛的女子差點羞死，沒想到自己不光是被人撞到活春宮，居然還有人在身邊聽牆角！

那女子又羞又惱，趕緊攏上衣服往外跑。

到了外面那女子卻是嚇得癱坐在地。

明明雨下得這麼大，此時草山卻是熱鬧萬分。

漫山遍野都是穿盔帶甲的將士，那些人神情肅穆地站在廟外，此時整個地方黑壓壓的都是士兵。

廟內的情況也急轉直下，隨著第一場春雨的來襲，萬物復甦之中，卻是迎來了第一個春寒，此時溫度驟然變冷。

晉王望著吳曉曉，望著她狼狽尷尬的表情，沉默著不發一語。

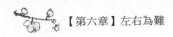

【第七章】

苦肉計

「皇兄，她入王府時，我並不知道她是你的心上人，還是你立她做我的側妃，她死後又追封為晉王妃。」

「你的晉王妃已經死了，倒是朕的貴人死而復生，終於被朕盼到了，這一死一生之間也是命中註定的事。」

「陛下、晉王，你們在說這些話的時候，都沒想過我究竟是想做晉王妃還是想做吳貴人？」

吳曉曉都不知道自己在緊張什麼，她只看了晉王一眼，就不再看他了。

倒是跟她一起從供桌下爬出來的小永康帝，見到晉王後，就跟早料到會有這件事似地，一點意外的表情都沒有，輕喚道：「阿奕你來了。」

晉王卻是不著痕跡地皺了下眉頭，定定地望著小永康帝。

在他面前的哥哥還是那副樣子，坦然的目光、全然無知的表情。

晉王心情很複雜，知道此時不管換作是誰，他都可以把那個人一劍穿心。可是全天下只有眼前這個人是例外的，他悶悶看了好一會兒，才嘆了口氣，口吻也變成譴責：「你們私自出宮，要是出了意外怎麼辦？」

只是胸口終究是堵著東西，他哥哥的心智只有六歲什麼都不懂，可是吳曉曉呢？難道她也什麼都忘記了嗎？竟然一點避諱也不懂嗎？

他話鋒一轉：「吳曉曉，聖上失憶了，難道妳也失憶了？這種事妳就算不好攔下，找人知會我一聲不知道嗎？」

吳曉曉心口一顫，趕緊認錯，「我、我當時以為只出來一會兒……沒想到會這樣。晉王，我錯了，我以後會注意的……」

只是她還沒說完，小永康帝已經走到她身邊，安撫她道：「沒事的，咱們又沒出事，再說這次也不怪妳，是我非要出來的。」

吳曉曉不知道為什麼，只覺得小永康帝不說這些話還好，等他說完後，晉王的臉色都發黑了，眼刀殺過來時都帶上了寒星。

吳曉曉趕緊閉上嘴巴，一言不發。

夜裡雨大，此時也不方便出去，他們三個人就在廟裡繼續等雨停。

土地廟裡也沒什麼陳設，除了供桌外，倒是有兩個蒲團擺在地上供人跪著磕頭。

小永康帝一點也不拘著，見到後，便很隨意地坐在蒲團上，還把另一個蒲團推到吳曉曉面前，示意她也一同坐下。

吳曉曉覺得廟內氣壓很低，雖然晉王一直沒看她，可她總覺得晉王那邊有無數的小箭頭在往她這個方向射。

在看到那個蒲團後，她緊張地望了晉王一眼。

不過晉王自從看見他們後，就一直在望著門外的雨景，似乎懶得看他們一眼。

吳曉曉遲疑了下，最後才小心翼翼地坐下，其實玩了一天了，她早累癱了。

如果現在能回宮的話，她肯定進到寢室內倒頭便睡。

在她坐下後，小永康帝還拿了供桌上的一些水果給她。

吳曉曉也有點餓了，只是才吃了兩口，就發現晉王的手臂好像收緊了似的。外面的雷聲也像是晉王的背景音樂，越來越密集，轟隆隆地連成一片，聽得讓人很緊張。

而且她也說不出到底是哪裡不對勁，總覺得這次晉王跟永康帝倆似乎有點不對勁……之前兩人很默契、很親厚的，現在也不能說感情不好了，可兩個人一站一坐的，不知道為什麼就是沒有了之前的親昵感。

吳曉曉琢磨著，難道因為私自外出的事，讓這對兄弟彼此之間有了嫌隙？

這種雷陣雨都是下得急、收得快，等了片刻，雷聲停了，雨勢也小了很多。

晉王就迫不及待地從土地廟內出去，只是外面地面很泥濘。

吳曉曉往外看了一眼，雨停是停了，可樹葉上還有些雨滴在往下滴答。之前的偷情男女早跑沒影了。

倒是外面的兵士都舉起了火把，整個山坡一眼望去，跟燃了一條火龍似的。

她沒想到晉王帶了這麼多人，而且那些火把連在一起，晃得外面就跟白天一樣明亮。

而且他們剛到外面，很快就有轎子抬了過來，吳曉曉這下挺開心的，她體力本就透支，還挺擔心下山的事，這個時候看見轎子，忍不住鬆了口氣，心想這下下山容易多了。

而且她實在不想跟晉王站在一起，一等轎子過來，就迫不及待地鑽到轎內。

只是等她坐進轎中之後，很快又有人進來。

吳曉曉直覺那個人應該是小永康帝，因為他也玩了一天，估計跟她是一樣累的。

可等她坐穩抬頭一看，卻發現進來的壓根不是小永康帝，而是晉王！

她當下就納悶起來，心想這位晉王平日裡不是習慣騎馬嗎？

而且在她正感納悶時，轎簾又被人掀了起來，有一個伺候的守衛幫打著轎簾，小永康帝掛著淡淡的笑容，也跟著擠了進來。

這一下轎內變得很擁擠了。

宮內的轎子比民間的要寬敞舒適些，可再舒服的轎子也沒法一次坐三個人，更何況裡面還有兩個個子高大的男人！

而且這頂轎子的位置是固定的。吳曉曉以前坐過，知道面朝前的座位是主子的座位，另一面雖然也有個像小座位的地方，其實不過是宮內講究，專門配個小輔位置，一則是偶爾可放點東西，二則轎內需要人伺候時，也可以讓伺候的人在輔坐上坐著。

晉王進來時，也不管輔坐擠不擠，直接就大馬金刀地坐在對面的位置上。

所以一等小永康帝進來後，便很自然地坐到吳曉曉的身邊，跟她擠在一起。

這下轎內的氣氛都跟高壓鍋一樣了。

明明氣溫降了不少，轎內卻熱乎乎的。

吳曉曉發現，不管是自己平視還是側視都不行，因為抬頭就會看見黑鍋底般黑著臉的晉王，側頭的話，就會看見一臉淺淡笑意，笑得那麼詭異的小永康帝。

吳曉曉索性就低著頭，閉目養神。

一路上三個人都沒說話。

抬轎的人也不知道是怎麼應付這種突發事件的，不過一路上雖然道路泥濘，轎子抬得倒是穩當。

他們浩浩蕩蕩地進到宮門內，因晉王的吩咐，先到了吳曉曉的宮內停下。

吳曉曉一等下了轎子，簡直就像刑滿釋放般，她都沒跟那兩個人告辭，直接就三步併作兩步地往自己的寢宮內走去。

她走了沒兩步，宮內的人就迎了出來，早都十萬火急地等著，見她平安回來，宮人們都鬆了口氣。

只是一見她還要往宮內走，那些人又連忙攔住她，知書苦著臉說：「吳貴人，請留步，今日因您跟聖上偷偷出宮的事兒，晉王發了脾氣，您的寢宮……晉王已經命匠人把那堵牆封上了，因此裡面弄得亂七八糟的，一時間不能再住人。」

吳曉曉便是一驚，不過她也能感覺到，晉王肯定是生氣了。

多半晉王還在氣她帶著小永康帝亂跑吧？

就是這下她有點犯難，不知道該住到哪裡。

倒是她身邊的知畫偷偷看了她一眼，小心地稟告著：「吳貴人，晉王已經安排我們去收拾了新住處，有一處榮華宮很是清靜，我們這些人今天過去收拾了好久，只是那地方離聖上遠了些……」

說到這裡，知畫帶著那些宮內的人整齊地跪了下來，她抬著臉看著吳曉曉，一副欲言又止的樣子。

如今宮內的人誰敢得罪晉王，但凡晉王吩咐的事，大家都恨不得長出三頭六臂去執行。只是吳貴人再是犯了宮規，可論理也只有聖上能處罰她的道理，哪裡有王爺越俎代庖行此事兒的，更何況這種處罰……明顯是過於嚴苛了。

「晉王還吩咐……我等守著吳貴人，讓吳貴人好好靜修，最近一段日子，吳貴人……您不能出榮華宮一步。」

吳曉曉當下就愣住了，沒想到晉王居然還要給她弄個禁足的懲罰！

那些人都是跪著說的，她雖然驚訝，可是沒有對這些人生氣的道理，他們不過是奉命行事罷了，又跟她沒有什麼恩怨。

吳曉曉嘆了口氣，示意那些人都起來，無奈道：「既然這樣，你們也別跪著了，咱們趕緊搬過去吧。」

只是這個晉王還真是有意思，特意先送她回到這裡受這種教訓，然後再讓她自己乖乖跑去榮華宮……

等要動身過去的時候，照舊有宮人抬了轎子過來。

不過等到了榮華宮後，吳曉曉就懵住了。

她沒想到這地方像是冷宮，榮華宮不光與小永康帝的住處離得很遠，還是個特別偏僻、特別冷清的地方。

不過算了，她這樣還清淨了呢，其實有時候小永康帝也是挺黏人的。起碼來這種地方後，不用夾在他們兄弟之間鬧心了。

吳曉曉自我安慰著進到宮裡，隨即眼前一亮，她發現這地方表面看起來破敗一些，其實裡面還是不錯的，家具擺設也都是新的，有些還是從之前的宮裡搬過來的。

吳曉曉也累極了，進到榮華宮後她沒怎麼仔細看，就趕緊準備睡覺休息。

很快洗澡的東西就收拾了出來，她被幾名宮女伺候著梳洗了一番。

等最後換上乾爽的衣服，準備去睡覺，吳曉曉睏得直打呵欠，估計自己沾到枕頭就可以立刻睡著。

那些伺候她的宮女也都目送著她進到寢宮內，然後小心地幫她掩上房門。

吳曉曉躺在床上，可不知道為什麼，雖然身體很累，腦子裡卻是半天都閒不住。

不是想起那個李德然說的林芸娘的事，就是小永康帝在供桌下抱她的事。

她稀里糊塗地翻了個身，忍不住又打了個呵欠，忽然就聽見外面傳來開門的聲音。

那聲音雖小，可是在這種夜裡會被放大無數倍。

更主要的是，那些伺候她的人都是被傳喚才會進來的，這個時候是誰要過來？她的心一下就提了起來。

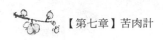

她趕緊翻過身去，睜大眼睛看著外面的動靜。
進來的人腳步聲也跟伺候她的那些小宮女不一樣，宮女們走路都輕輕的。
因此這人不是她宮內的人，她心臟跳得很厲害，已經隱隱看清楚了那人的身形。
那身形非常熟悉，原本還在緊張的心竟然漸漸放鬆下來。
她眼睜睜望著那個高大的身影往自己的方向走過來。
只是一等那人走近，待她看清楚那人的衣服後，她忽然失落了起來。
她沒想到自己認錯人了，那是跟晉王一樣身形的小永康帝。
她忽然感到好笑，晉王怎麼會好好地大半夜跑過來找她呢！
倒是小永康帝已經走到她面前，一把握住她的手說：「聽說晉王把妳安置到這裡，這下妳離朕就遠了。」
「不礙事的，只是路上多費些時間而已。」吳曉曉還是當他小孩子一般，打著呵欠地說：「不過你這麼晚了怎麼還跑過來了？今天咱們出去的事兒已經讓晉王不高興了，他若知道你大半夜過來找我，估計會更生氣的。」
她迷迷糊糊地眼皮都要打架了，忽然覺得床上一動，小永康帝居然躺到床上來了。
吳曉曉頓時睡意全消，嚇得就半坐起來，一臉不可思議地看著小永康帝，瞪著眼睛說：「欸，你怎麼跑上來了？你不回宮休息嗎？」
「朕累了。」小永康帝倒是沒有後續的動作，他擺出一張天真孩子的面孔，側身面朝著她，他原本就是個長相端莊俊秀的人，此時長長的睫毛隨著他的眉眼微顫著。
「朕在這裡不礙事的，吳貴人妳也快點休息吧。」

小永康帝說完，居然很坦然地閉上眼睛睡覺。

吳曉曉不可思議地望著他的睡臉，他倒是睡得自在啊！

她趕緊推了推他，小永康帝這才不得不把眼睛睜開，他的頭是面向她的，在睜開眼睛的時候，雖然室內沒有光線，可是他的眼睛卻很明亮，在看向她的時候，目光卻沉靜乾淨得讓人心悸。

吳曉曉心頭一顫，以前小永康帝也會全神貫注地看著她。可沒有哪一次是像這樣的，明明室內這麼暗，他的眼睛反倒比以往都明亮。

她沒來由地緊張起來，頭更是低了下去，他目光專注到炙熱的程度了。

「你不能在這裡睡。」她低頭堅持著，「陛下，您有自己的寢宮，您該回去的！」

小永康帝聞言坐了起來，就在吳曉曉以為他要下床的時候，他卻忽然靠近她。

她被這突如其來的動作逼得往後退了一下。

他的呼吸都要噴到她的臉上了，隱約間她能嗅到他身上發散出來的味道……

那味道很好聞，在他的寢宮內到處都是這樣的氣味，很淡雅、很古樸。

他髮絲間也有淡淡的髮香，她親身伺候過他，知道他洗髮的時候會有一種藥湯，是用來凝神的，洗過後會留下淡淡的藥香味。

在她嗅著他身上味道的時候，他的鼻子也在嗅著她身上的味道，她剛沐浴過，身上還殘留著淡淡的花香，宮內的那些宮女總喜歡在她沐浴的時候給她加些花瓣。

「是桂花嗎？」他聳動了下鼻子，側頭看著她，室內沒有宮燈，只有微弱的月光從窗戶透進來，此時照在她的身上，只有個淡淡的輪廓，要靠得很近，才能看清楚她的眉眼。

他專注地望著她的眉眼，他的鼻尖呼吸著沾染了她氣息的空氣，他笑著說：「這味道甜膩膩的，不如玫瑰。」

吳曉曉臉上一訕，她剛才被嚇壞了，此時才緩過神來。

她壓根不理他說的這些混話，伸胳膊推了他一把，想把他推遠一些，不要太靠近自己。只是她才剛推過去，他倒是配合，居然順著她的動作，很自然地就倒了下去，整個人四仰八叉地跟耍賴般地倒在了床上。

他倒下後，還順勢把手臂枕在腦後，半仰著頭看著她，表情是前所未有的悠然自得。

吳曉曉已經察覺出不對勁了，小永康帝是不會做這種事兒的！她有些懷疑永康帝是不是想起了什麼，可是又覺得不可能。

要是真的恢復記憶了，她跟這位永康帝可還有一筆帳沒算呢。

不管是他想要殺死她，還是她把他推到假山下的事，沒有哪一件是小永康帝可以輕易饒過她的。

沒道理此時孤男寡女地在一起，他不僅沒加害自己，還能怡然自得地躺在她的床上。

吳曉曉一臉狐疑，也不管他是不是在耍賴，直接從床上跳了下來，站在床邊，瞪了他兩三秒。

她知道趕不走他，便從床上抽了一條薄被，認命地悶悶說道：「好吧，你非要賴在這兒就賴在這兒吧，我把床讓給你好了，我睡地上，只是你別折騰了，也趕緊睡吧。」

床上沒有多餘的枕頭，她看著小永康帝枕著自己的枕頭，只能嘆了口氣，嘀咕著：「好吧，讓給你了。」

她找了離床有段距離的地方，把薄被隨便往自己身上一捲，也躺在地上湊合地睡下。而且她是真的累了，閉上眼睛沒多久便睡著了。

迷迷糊糊間感覺到自己好像被誰抱了起來，雖然尚存著一絲意識，知道可能是小永康帝在抱著自己，可身體卻是沉沉地怎麼也動不了。

這麼迷迷糊糊不知道睡了多久，吳曉曉在睡夢中隱隱感覺有一隻手在摸她似的，而且每次都只是小心地碰碰她，就像在逗她玩一樣。

到最後她的癢癢肉都被碰到了，忍不住笑了一下。她的意識越來越遠，漸漸就真的做起夢來。

那是個美好的夢境，在睡夢中所有的桌子擺設都是熟悉的，就連身上的衣服都是她熟悉的。她低頭看了看自己，發現肚子又隆了起來。她奇怪地望著自己的肚子，眼睛突然就酸澀了起來。

她想起那個未曾謀面的孩子，雖然當時她失去的還不是成形的孩子……

睡夢中的場景特別熟悉，好像是天氣正冷的時節，難得遇到了一個好天氣。外面暖和了一些，小雀把簾子掀了起來，紅梅則攙扶著她到院子內透透氣。

沒多久她覺得累了，紅梅她們便找人抬了椅子過來，讓她坐在上面休息。

她正眯著眼睛曬太陽，突然有人腳步很輕地走了過來，他輕輕捂著她的眼睛。

她笑著分開了他的雙手，她在睡夢中不可抑制地喚了他的名字……

阿奕……

她很少會這麼叫他，她總是習慣叫他晉王爺的，可她這麼喚他後，他高興了好久。

迷迷糊糊間，夢境又變了變。

那些夢有些很快樂、有些很悲傷，她的眉頭偶爾會皺起又偶爾會放鬆……

她不知不覺抓住了身邊人的手。

等天光方亮的時候，吳曉曉才終於從睡夢中睜開眼睛。

一睜開眼睛，吳曉曉就發現自己竟然躺在床上。

她皺起了眉頭，趕緊往身側看了看，幸好小永康帝早走了。

她長吁口氣，把臉貼著枕頭發愣，然後在枕頭上嗅到了永康帝的味道，而且不光是枕頭就連薄被上都隱隱有那種味。

吳曉曉心裡彆扭，忍不住琢磨，昨晚到底是怎麼回事啊？

她正在出神，忽然就聽見外面有人說話。說話的聲音很響，而且亂糟糟的不大像是她宮內的人發出來的，她奇怪地從床上起來，等走出去時，打開窗子一看就愣住了。

沒想到正有十來個工匠圍在自己的宮門處，正當她往外看的時候，知畫幾個小宮女已經臉色慘白地跑進來。

吳曉曉心裡一緊，知道多半是有事情發生了。

果然知畫很快就說了出來：「吳貴人不好了，今早原本還好好的，可不知道為何聖上好像很不高興似的，居然……」後面的話知畫都不敢說了，在那裡直瞧著她身邊的知書。

只是知書早已嚇破了膽，她們平日在吳貴人身邊伺候，見到的永康帝向來是和顏悅色的，就算偶爾會面色凝重，但也不會對他們這些下人怎麼樣。

可今天的永康帝明顯不一樣了，哪怕是隔著好遠，既使她們整齊地跪在地上，還是能感覺到聖上的不痛快。

「妳們快說啊！」吳曉曉心裡著急，忍不住往窗外又看了一眼。

這次她終於瞧清楚了，那些匠人好像是在砌牆，只是哪有在宮門口砌牆的道理？豈不是要堵著她的宮門不讓人進出嘛！

「剛……」知畫為難地道：「剛聖上走的時候留了口諭，讓匠人們過來把咱們榮華宮的宮門砌上。」

自古宮內所謂的冷宮不過是那些不受寵、被厭棄的妃了，被單獨圈起來養著。可說是圈起來，其實也不過是宮妃被禁足罷了，頂多用把鎖把宮門鎖了。

像這種砌牆封宮門的方式，別說自建朝以來沒有過，就算戲文裡也都不曾見過！

知畫幾個不知道昨晚吳貴人到底是犯了什麼滔天大罪？以至於聖上震怒到這種地步。她們只能把永康帝留下的話轉述給吳貴人：「聖上臨走的時候留下口諭，說貴人您語言上不知道分寸……讓貴人好好把心靜一靜，清清乾淨。」

吳曉曉跟遭了雷劈一般，一下就蒙住了。

什麼叫清清乾淨？小永康帝會對她做這種事？就那個像孩子似的小永康帝會找了工匠過來把她的宮堵上？怎麼想都不可能是小永康帝幹的，除非……

吳曉曉嚇得心臟都要跳出來了，除非是他恢復記憶了！

就在吳曉曉目瞪口呆的時候，外面又有個小太監大著膽子跑了進來。

一見了吳曉曉，小太監就趕緊跪下磕頭道：「吳貴人，奴才剛知道了個事兒，要稟告給主子。」

吳曉曉頹廢地坐在椅子上，腦子裡亂哄哄的，被打擊得太厲害了，神情木然地對那個小太監說：「你有話就說吧，沒關係的，這裡都是咱們宮內的人。」

「回稟主子，奴才是偶爾從御膳房內知道的。」那小太監人很機靈，知道榮華宮內出了大事，此時能多知道點外面的消息就要多知道一些，所以他才費力打聽到這些消息。

「聽說昨個夜裡，咱們聖上一回了寢宮，晉王就給聖上送了名美人過去……」這種事都是口耳相傳的，小太監也不知道真假，說得格外小心。

「送去的美人據說是狄億族的第一美人赫然氏，沐浴後脫著裹在被子內抬過去的，御膳房內的人之所以知道這個，是因為在臨睡前晉王曾經下令給聖上熬製了助興的宵夜。只是不知道為什麼那位美人送過去後沒多久……」

小太監很小心地抬頭望了望吳曉曉，隨即又緊張地低下頭去，「沒多久聖上就偷跑到您這裡了。」

知書及知畫幾個都聽傻了，瞪著眼睛問那名小太監：「那位赫然氏早有豔名……那她現在怎麼樣了？」

「後面的事兒奴才就不知道了。」小太監耷拉著頭。

一時間宮內都沒人吭聲。只是在震驚過後，眾人都在納悶一件事，宮內失寵是常有的事，可沒有這種新歡送過去就跑到舊愛這裡過了一夜後還要鬧彆扭的。

那麼就只有一個理由可解釋了。知畫大著膽子問吳曉曉：「吳貴人，您是不是昨晚衝撞了聖上？要是如此，不如您低個頭把事情圓過去，不然一旦這宮門砌上……」

那可是生殺予奪的聖上啊，所有人都只有哄著他開心的道理，哪裡會有跟聖上耍性子、鬧彆扭的。

在眾人期盼的目光中，吳曉曉卻苦笑了下，她跟永康帝哪裡是耍小性子的小矛盾。

她心裡明白，那完全是你死我活好不好！

當初永康帝對她可是動了殺心的，然後她直接就把人推假山下了。

她望著地面快速回憶著昨天的事，她是有感覺永康帝怪怪的，可是到底是什麼時候恢復記憶的呢？

是在晉王找到他們的時候，還是在遊船的時候？

又或者更早一些，在他吵著要出宮的時候，就已經想起來了？可如果當時他已經想起來的話，幹麼沒抓住那麼好的機會殺死她？

一時間她腦子很亂，都不知道該怎麼去應對這件事。

倒是那個小太監又想起一件事，稟告著：「另外，御膳房內正在忙著呢……」

他也不知道這種事兒需不需要稟告，不過一想到吳貴人這裡連宮門都要被堵上了，那頭聖上卻要擺宴款待晉王與那位林芸娘，小太監就覺得這件事應該同吳貴人說一聲。

小太監便很快說道：「聽御膳房內的人說，聖上要宴請晉王，而且還臨時召了林府三小姐林芸娘進宮，聽說是要給晉王賜婚的意思。」

林芸娘已經有好久沒見過晉王了，她心裡很擔心，為這個跟林老爺說過好多次。

永康帝的旨意還沒到的時候，她正在林府內跟林老爺鬧騰，拉扯著林老爺的袖子，哭哭啼啼地說：「爹，如今你讓女兒還怎麼嫁人啊！」

林老爺也是煩不勝煩，好好的大女兒大著肚子被人毒死了，二女兒給人做了填房，現如今唯一的嫡女跑到晉王府內住了半年後，又灰溜溜地回來，這話傳出可不好聽得很。

他嘆了口氣，當初他死活不想讓三女兒去王府的，他已經搭進去兩個女兒，幹麼還要再填進去一個，可王姨娘跟林芸娘都鐵了心要再攀高枝，他這才勉為其難地答應。

只是誰曾想會遇到這樣的事，林老爺對著哭哭啼啼的林芸娘勸道：「妳也不要著急，現在晉王也沒屬意的人，我昨天才見了李閣老家的公子，我看看託李閣老家的面子，是不是能讓晉王那裡鬆動鬆動……」

王姨娘一聽這個，也跟著摻和道：「老爺，現在說不說親倒是不要緊，要緊的是咱們芸娘得趕緊到晉王身邊去，不然晉王身邊一空下來，要是有了爬床的丫鬟，再懷上一男半女的可就壞了。」

林芸娘也是急得不得了，在那直攪著手帕，只是她是還沒出嫁的女兒，有些話不好說出口，只能心理著急。

林府正在鬧騰，倒是外面來了宮裡的人。

林府哪裡見過這個陣仗，小廝飛奔著跑到書房，林老爺等人唬了一跳，趕緊出去迎旨。待跪下磕頭後，宮內的太監言語清楚地宣讀起來，聖上的口諭很簡單，只讓林芸娘速速進宮赴宴。

林老爺心裡卻是一動，他昨兒個才找了李閣老，這李閣老的辦事能力也太強了，這麼快就說通了？

他半信半疑地站起身，倒是王姨娘已經面帶喜色，一個勁地巴結著林芸娘說：「這是姑娘的福氣到了啊，這麼好的日子赴宴，一定是有喜事的。」

說完王姨娘把林芸娘請了進去，忙著給林芸娘沐浴更衣重新打扮，等收拾妥當了，打扮得漂漂亮亮的，林府眾人才目送著林芸娘乘上轎子進宮。

林芸娘心裡忐忑，可又充滿了期待。

當日林慧娘死的時候，她也跟著難過了幾天，可一等喪事辦完，立刻就發現大姐慧娘的死反倒是成全了她，從此之後她就可以名正言順地陪伴在姐夫身邊了。

只是不管她想得多美好，可一旦站在晉王面前，她就會變得緊張起來，以致於還沒找到合適的機會色誘晉王。

不知道為什麼，晉王忽然就像想起什麼似地，硬派人把她送回了林府。

林芸娘在林府內嘔了幾天氣，沒想到這個時候居然出現了轉機。

她興高采烈地抵達永康帝擺宴的承乾宮。此時天還亮著呢，林芸娘心裡也是奇怪，一般都是晚上擺宴的，此時一頓午膳而已，居然也要這麼興師動眾的嗎？

她看著左右忙進忙出的人，不光是宮女、太監在忙碌著，她很快就發現承乾宮內居然布置了很多御林軍……她心跳都快了幾拍，下意識覺得這次的事情不大像是好事兒。

可是等她進了擺宴的地方，裡面卻布置得喜氣洋洋的。

她來得早，原本以為還沒有人到，可一等進去就愣住了，沒想到殿內居然早穩穩坐著一個人。

那人乍一看上去簡直就像是晉王坐在御座上一般，可仔細看的話，會發現在相似的眉眼下，那人的神情跟晉王沒有一絲相似的地方。

晉王因姐姐的死，在她面前不是陰鬱便是冷淡疏離，此時殿上坐著的那個人卻給人如沐春風的感覺。

那人臉上掛著和煦的笑，甚至見她進來後還對她笑了一笑。

很快就有一位上了歲數的太監走過來，親自給她搬了椅子，讓她坐下。

只是殿內很安靜，讓人心口發緊。

而且林芸娘能感覺到，不僅她在緊張，就連剛才給她搬椅子的太監也在緊張，甚至殿內所有的人都很緊張。

她茫然地看了看那些人的表情，但所有人都是低著頭。

永康帝身邊的吳德榮自從被召回來後，腿腳就一直有些不大靈活，他之前隱約猜出永康帝大約是出事了，雖然猜不出是什麼，可此時看著永康帝的神情，吳德榮連話都不敢說一句。

他唯一的想法只有，不管永康帝出什麼事、不管永康帝要他做什麼，他只管去做就是了，千萬不能有絲毫猶豫！

此時殿內早都布置妥當，就連宮外的林芸娘也都到了，這麼靜坐了一會兒，吳德榮焦急地往殿門外看了一眼，他遲疑了下，終於忍不住招手喚了個小太監過來，低聲道：「你去看一下晉王……」

聖上的口諭早已傳去，而且晉王應該就在宮內的，怎麼會這麼大半天還沒過來！

「不礙事。」永康帝笑了下，他的動作原本還端著的，此時很自然地用手臂支住了上身，半邊身子都倚了過去，用拇指跟食指分開交錯著支撐下頷。吳德榮都有些愕然，在有記憶以來他從未見過永康帝這樣輕鬆愜意的坐姿。以前永康帝向來是正襟危坐，哪怕累極了，也頂多是找個墊子靠在身後。

正在詫異間，那位姍姍來遲的晉王終於來了。

晉王穿著一件深色袍子，腰間繫著條龍紋腰帶，他膚色原本就白，此時被這一身深色的衣服一襯，顯得越發蒼白冷峻。

跟先前一樣，晉王這次依舊是一個人過來的。

每次見到永康帝，晉王都是不拘禮的。此時晉王也跟以往一樣，大剌剌地走了進來，眼皮都沒抬一下，旁若無人地找了個位置，一掀袍子便坐了下去。

只是位置離永康帝很遠，在吳德榮記憶中這兩兄弟都習慣挨著對方坐的，此時的座次明顯顯得生分了。

吳德榮很快發現，不光是位置不對勁，這兩兄弟之間明顯是出了大問題。

在永康帝看向晉王的時候，晉王壓根都不掃永康帝一眼的。

倒是林芸娘一見了晉王，眼神立刻發直，恨不得變出一副含情脈脈的樣子讓晉王看。

晉王卻是誰都不理。

吳德榮立刻就在腦內猜想這到底是怎麼了？難道是昨晚晉王給永康帝送的那個第一美人送錯了？還是……

他正琢磨著，宴席已經開始了，永康帝是個沉穩的性子，哪怕在宴席上也從不喝酒的，這次卻又一次破了例，居然讓人為他斟酒。

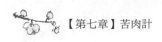

吳德榮頭皮都發緊了。

永康帝笑著舉起酒杯，對下面的林芸娘道：「妳是晉王妃的妹妹林芸娘？」

「陛下，民女正是林芸娘……」林芸娘面色羞紅地回道，忍不住羞答答地往晉王那裡看了一眼。

只是晉王始終沒看她一眼。

永康帝便是一笑，「晉王妃的事，朕很惋惜，現如今晉王也沒個人照顧，聽聞妳在王府裡住了一段時間，幫著料理晉王府。」

林芸娘雖然早猜著這次進宮是為了這件事兒，可現在親耳聽見永康帝說到此事，簡直不敢相信自己的耳朵，她做夢都想代替姐姐當上晉王妃，現在如果是被賜婚的，那簡直就是天上掉下來的富貴了！

她暗自高興，連忙跪倒在地，恭敬回道：「那都是民女分內該做的。」

「既然這樣，朕……」

永康帝的話還沒說完，倒是一直跟看戲似的晉王忽然涼涼開口了，他淡淡掃了一眼對面的林芸娘，壓根就沒看坐在御座上的那位。

「陛下可知臣弟為什麼來遲？」晉王薄唇勾了下，露出個冷笑，「我剛要過來的時候，忽然得了個喜信，剛李閣老家的大公子李德然公子已經向我這位妻妹求親了，林老爺很高興，只怕這婚事是用不著陛下操心。」

李芸娘腦子裡正勾畫出自己穿著王妃服裝在宮內行走的樣子，此時聽到這話，身體就是一僵，險些沒有倒在地上。

她嚇得叫了出來：「什麼？晉王爺，您不要唬我，我怎麼不知道這事兒！」

而且她前腳才出門，後腳怎麼就會有求親的呢！

晉王既沒動筷子也沒動酒杯，此時對著御膳桌，他瞟都不瞟永康帝一眼，對他來說林芸娘就更不值得一看了，他淡淡道：「臣弟還有事兒要忙，若沒別的事，臣弟就先告辭了。」

說完晉王就要往外走。

吳德榮嚇得連呼吸都不會了，目瞪口呆地看著往外走的晉王。

林芸娘卻是一下子驚得跌坐到了地上，雖然閣老家的公子門第很高，可是誰不知道李閣老家的公子有龍陽之好，平生只喜歡男人，對女人連看都懶得看一眼，現在父親居然答應了他家的求親！

林芸娘都要暈過去了，做夢都沒想到潑天的富貴居然瞬間化為烏有。

倒是晉王走得很快，這世間最可惱的便是這樣一個跟自己不分彼此、最親厚的人，居然用這種方式捅了自己一刀，他仁至義盡地對待這位哥哥，耐著性子等他恢復記憶，可他居然昨夜偷偷溜到吳曉曉身邊！

待要到榮華宮的時候，晉王的腳步卻是猛地停了下來。

他的心口驟然疼起，手指都在發顫，他不知道該去怎麼面對這樣的爛攤子。

他要怎麼開口對吳曉曉說出實情，他要怎麼去面對那位可能已經跟哥哥有過夫妻之實的吳曉曉訴說衷腸……

他瞪大了眼睛望著那處宮牆，腦子一片空白。

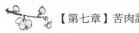

吳曉曉正在宮內坐著，她心跳得厲害，心神不寧到了極點。

此時宮門處聚集的匠人已經在忙著砌牆了，那些人雖然沒有喧嘩，可是砌牆這種事是無法靜悄悄完成的，不管是搬動東西，還是砌牆的過程，都是會發出聲音的。

而且砌牆的東西很多，正堆在旁邊，宮內的太監、宮女都知道一旦那堵牆砌好了，他們要面對的會是什麼，一時間宮內的人都沉默無語，氣氛壓抑到了極點。

明明到了午膳時間，可宮內沒有一個人進食。

吳曉曉也是一點胃口都沒有，她自從醒來後一口水都沒喝。

她不知道的是在宮牆外一臂之隔的地方，晉王正站在那裡。

他的情緒也好不到哪裡去，不過他是當機立斷的人，在沉思片刻後，很快又打算去榮華宮找吳曉曉，只是早已經有人捷足先登了。

在晉王猶豫不決時，之後趕來的永康帝，御輦早已經停在榮華宮的宮門外。

原本正在忙著砌牆的匠人一看到御駕親臨，紛紛跪下磕頭。

宮內那些伺候的太監、宮女也都嚇得跪倒在地。

永康帝從御輦上下來，踱步來到新砌的牆前，仰頭看了看那些縫隙。

那些執行他命令的人沒有打馬虎眼，新牆砌得很好，整整齊齊的，而且看著跪下的匠人們，他知道這些人用不了一天的時間就能把這個活兒幹完，把這個榮華宮整個堵上。

永康帝沒說什麼，越過那些人徑直往吳曉曉的寢宮走去。

宮內早有太監及宮女急匆匆去稟報吳曉曉了。

吳曉曉原本還在榻上坐著，就聽見外面砌牆的動靜忽然靜了下來，正感納悶，知畫已經跑了進來，氣喘吁吁道：「吳貴人，不得了了，聖上來了！吳貴人，這次您一定要好好同聖上說……」

知畫原本還有些話要跟吳曉曉說，只是還沒來得及說完，聖上已經到了。

知畫嚇得不敢再出聲，忙弓著身子往外退。

吳曉曉也是一驚，趕緊從榻上下來，看著永康帝。

此時肩挑日月的永康帝也望著她，他的目光很溫暖，他慢慢靠近她。吳曉曉卻是往後退了一步，一臉警覺地瞪著他。

永康帝淡淡笑道：「怕什麼，朕又不會吃了妳。」

吳曉曉咬了咬下唇，「陛下，你是不是都想起來了？」

永康帝隨意地走到軟榻那，坐了下來，他望著她房內的擺設，那目光就跟他是頭次見到這件房間一樣，左右看了一圈後，他才回道：「只想起了一些片段。」

他說完親昵地拍了拍身邊的位置，喚她：「別站著了，陪朕坐一會兒。」

吳曉曉卻沒有動，望著他的面孔、觀察著他的表情，「那陛下，您應該知道我是您弟弟的妻子了？」

永康帝這下沉默了起來，只安靜地看著榻几上擺的一個玉如意。

空間都像凍結了一般，吳曉曉也不知道她的問話是不是捅了馬蜂窩？她心裡正緊張時，外面又傳來很大的聲音，有人對裡面宣了一聲：「陛下，晉王求見。」

那明顯是吳德榮的聲音，顯然是吳德榮想要提醒寢宮內的永康帝。

雖說是求見，可話音剛落，晉王已經大步流星地進來了。

吳曉曉一看清楚晉王的表情，就倒吸了口冷氣，晉王簡直就跟惡鬼附身一樣，臉上充滿煞氣。

她本能地就往身後的位置躲了一下。

只是才剛退了一步，立刻就覺得手腕一緊，明顯被人拽住了手腕。

不知道什麼時候，正在出神的永康帝已經回神，並握住了她的手腕，接著永康帝笑著看了一眼進來的晉王。

晉王陰寒地看著這一幕。

永康帝的笑容怎麼看就怎麼誇張詭異，他似乎是故意的，握著吳曉曉的手漸漸收緊。

吳曉曉都覺得手腕要被他握碎了，她想往回抽出手腕，可別說掙不脫了，就連她的身體都被他掣肘住。

永康帝從軟榻上動作緩慢地站了起來，嘴角勾了下，用另一隻手去挑吳曉曉的下巴。

吳曉曉被他孟浪的動作嚇了一跳，記憶中永康帝可不是這樣的登徒子啊！

可一直不登徒子的永康帝，卻微笑著硬勾起了她的下巴。

他明明在做著這種調戲她的事情，可他的眼神、要說的話卻都是衝著晉王的。

「你不該跟朕客氣的。」他牽制著吳曉曉，聲音雖然是低緩和氣，可是又透著一股陰寒冰冷，然後他故意學著晉王的口吻表情說話——因為他們是雙胞胎，彼此心意相通，一旦要模仿對方的時候，惟妙惟肖地簡直就像是同一個人一般。

他真的就把晉王的樣子模仿出來，他的表情是如此深情、目光也變得炙熱，嗓音瘖啞：「妳是慧娘嗎？那個讓我朝思暮想的慧娘……今日妳我夫妻終於重逢，以後咱們就長長久久在一起好不好？」

吳曉曉頭都大了，她之前還不敢確定，現在可明白永康帝多半是被刺激得發神經了吧？不然他堂堂一國之君做這種事幹麼？而且他把她的手腕弄得好疼，吳曉曉終於受不了地一摔胳膊，叫道：「你這個瘋子，放開我！」

這次她一說完，永康帝真就放開他，只是他的動作很粗魯，直接把她推到一旁的榻上。

隨後永康帝一掀袍子坐到軟榻上。

吳曉曉因為剛被甩到榻上，為了避免挨著，她嚇得就往裡縮身體，這樣一來，她就像是被他逼迫進軟榻裡面。

在永康帝做這一切的時候，晉王自始至終都沒有出聲。

吳曉曉望了晉王一眼，晉王語氣冰冷：「妳出去。」

這話提醒了吳曉曉，也顧不得什麼宮裡的規矩禮儀，她直接就從榻上站起來，踮著腳，也顧及不了形象，直接就提著裙子要繞開這位永康帝，從軟榻的另一邊跳出去。

只是她剛走了一步，腳踝立刻就被人握住了。永康帝一手握著她的腳踝，一手握起手邊的玉如意淡淡道：「妳再敢動一步，朕打斷妳的腿。」

吳曉曉這下不敢動了，緊貼著牆站。

到了這個時刻，晉王終於走到永康帝面前。

因為她是貼牆站，所以不大的軟榻上倒是空出了一小塊地方。

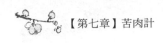

晉王就像不知道她這堵背景牆似的，也一掀袍子坐了下來。

到了這個時候永康帝才鬆開她的腳腕，只是吳曉曉被他剛剛那句威脅，哪兒都不敢去，小心翼翼地繼續當背景牆。

今日聖上穿的是淺色袍子，晉王則是一身深色袍子，兩個人安靜地坐在那裡，吳曉曉緊張得心臟都要停止跳動了。

她額頭冒汗，心想這算是兄弟為了她在PK暗鬥嗎？他們一個是王爺、一個是聖上，這要鬧起來不知道會有多少人遭殃啊！

她既緊張又害怕。

可等了好一會兒，卻沒見兩個人說話，反倒是各自都斟了茶，在那裡靜靜品了起來。

最後還是晉王這個做弟弟的沉不住氣，先開了口：「她入府的時候，我並不知道她是你的心上人，她家也不過是個賣胭脂的，還是你傳旨立她做我的側妃，後來她死了，又追封為晉王妃。」

永康帝也不急著說話，悠悠地又品了一口涼茶。

吳曉曉皺著眉頭看著這兩位皇家貴胄一臉高深莫測地喝著自己昨夜剩下的涼茶……

今兒個宮內的人早都被砌牆的事嚇破膽了，不管是太監還是宮女，都沒人有心情給她房內奉茶。

「你的晉王妃已經葬下了，死便死了，倒是朕的貴人死而復生，終於被朕盼到了，這一死一生之間也是命中註定的事兒。」

兩兄弟接著又是長久的緘默。

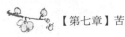

吳曉曉作為一個緊貼在牆上的背景牆，她左看看、右看看，房內的氛圍說不上是緊張還是凝重。

她也看不到兩人的表情，他們只給她一個後腦杓。吳曉曉忍不住想，他們自始至終都沒拿她當做可以同等對待的人看待，她簡直就是他們爭搶的一件東西，之前說的話也不過就是在宣布所有權！

她望著自己的腳面，在這樣凝重的氛圍下，終於開了口，她都以為自己被嚇壞了，可等開了口之後，才發現自己的語氣居然還挺平靜的，「陛下、晉王，你們在說這些話的時候，就沒想過我究竟是想做晉王妃還是想做吳貴人？」

晉王跟永康帝同時回頭看向她，被長相如此相似的兩個人同時看著，吳曉曉都要產生錯覺了，雖然心跳很快，不過她對自己要說的話倒是更清楚了。

她告訴他們：「其實不管是晉王妃，還是吳貴人，我都不想做，我只想做一個跟你們都沒關係的吳曉曉。」

吳曉曉說完這些話後，已做好豁出去的準備。結果卻發現那兩個大男人，居然一個淡淡地瞟了她一眼，另一個則壓根看都不看她，眼神只是平視著從她身上移開，然後兩人徹底把她的話給無視了。

兩個人只頓了頓，便繼續剛才的話題。

永康帝淡淡道：「不管是朕的吳貴人還是你的晉王妃，現如今都是這一個人，總不能把人劈開對半分吧？」

晉王知道這是哥哥要同自己商議，以前遇到這種情況，哪怕哥哥再不樂意，都會讓一讓的。他看了哥哥一眼，卻發現永康帝並沒有要讓人的意思，永康帝皺著眉頭，像是在努力想著什麼。

過了片刻永康帝才又轉過身去，衝著在當背景牆的吳曉曉問道：「朕當時是怎麼失憶的，妳應該清楚吧？」

吳曉曉望了望永康帝，又看了看晉王。

不知道為什麼，永康帝在問話的時候，眼睛看上去很空洞。

她幾乎是想都沒想地就把真相掩飾住了：「你當時為了晉王跟孟太后的事情失魂落魄的，然後到了假山那裡就踩空了。」

「真的是這樣？」永康帝微皺著頭，總覺得有一環很重要的細節被他遺漏掉了。

吳曉曉用力點了點頭，她也不是有心要包庇永康帝這個殺人凶手的，他殺死了曾經的林慧娘跟她肚子裡的孩子，可是……這種事兒若明白說出來，晉王會怎麼想？日後他們兄弟又該怎麼去面對對方？當初永康帝要殺自己，不就是為了滅口嘛！

在他心目中，他寧願殺了她，都要保住他們的兄弟感情，雖然她討厭甚至還有些恨永康帝，可一旦說出來，晉王也會受傷的……

所以她只能聖母一次，把永康帝的罪行掩蓋住，如果可以的話，她希望這件事情再也不會有人提起，她只要能遠遠離開永康帝就可以了！

之後房內就安靜了下來，三個人都沒有出聲。

吳曉曉腦子裡亂哄哄的，她知道事到如今，這對兄弟不管鬧或是不鬧，都要出問題的。

電視小說裡一旦兄弟要爭奪女人，那場面可是非常狗血壯觀的，不管是動手打架還是各種爭風吃醋，此時這兩位，一位是九五至尊，一位是霸氣王爺……吳曉曉一想都覺得身上的雞皮疙瘩要連成片了。

這簡直是狗血劇中的狗血劇，要是不怕噁心的話，可以用這樣一句話來總結：飛揚跋扈的皇家兄弟啊，為了一個女人，你們置江山於何地啊！

她正胡亂思亂想著，倒是一直沉默的永康帝長長嘆了口氣，他淡淡地苦笑了一下，望著地面。

過了好一會兒，才說出口：「阿奕，朕除了是皇帝，還是你的兄長，以前朕什麼都可以讓你，沒道理你最在乎的不給你……」

吳曉曉現在站的角度瞧不見永康帝及晉王的表情，只知道永康帝在說完這些話後，很快就走了出去。

晉王始終沒吭聲，也沒有做出什麼動作，始終都一動不動地坐在那裡。

有很多太監、宮女在外面迎著永康帝，一等永康帝出去，那些人就跪倒在地上。

不知道是不是永康帝的吩咐，寢宮的門很快又被外面的人合上。

這下吳曉曉都不知道該怎麼做了，她的呼吸跟著急促了起來。

她剛才大腦一片空白，甚至還嘴硬地說她誰都不想要，可在永康帝問她真相的時候，她卻下意識地考慮到晉王的心情……

她在晉王身邊太久了，久得她都不知道從什麼時候晉王已經跑到她的心裡去了。

此時她跟晉王單獨在寢宮內，她沒有一絲不快，甚至有些小小地期待，自從他知道自己的身分後，這是他們頭次可以這麼無所顧忌地在一起。

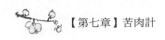

他會對自己說什麼？他是要叫自己慧娘還是曉曉？在她等待的時候，晉王卻是一個字都沒有說，甚至都沒有回頭看她一眼。

吳曉曉遲疑了下，終於問了一句：「晉王……你沒事吧？」

在她問過後，晉王才轉過身來。

他臉上的表情很不好，拍了拍身邊的位置，那位置是之前永康帝剛剛坐過的。

吳曉曉剛才站得太直，腿都麻了，見他讓她坐過去，她終於挪動了下，來到榻邊，膝蓋一軟地坐了下來。

晉王此時才看向她，細細打量她的眉眼。

吳曉曉被他看得渾身都不對勁，她低頭嘀咕了句：「又不是第一次見我……」

「我要送妳去君山。」晉王握住她的手。

他靠了過來，用頭頂著她的頭，兩個人的額頭碰在一起。

吳曉曉忽然覺得他的臉上似乎涼涼的，她正想要看他的眼睛，他已經一把抱住她，把她摟得緊緊的。

他拍著她的後背，緩緩說道：「我這輩子都不想同妳分開了，可是現在不行……」

他撫著她的頭髮，「我得給哥哥一段時間，我先把妳送到君山，妳在那裡等我好不好？最遲半年我就過去接妳。」

吳曉曉此時反倒是淡定了，她從晉王的懷裡掙脫出來，安靜地說道：「既然這樣，請晉王儘快安排人護送我去君山吧，而且半年的時間太短了，咱們以一年為期怎麼樣？」

其實晉王這麼做對她也挺好的，正好去君山理一理對晉王的感情。她現在整個人都迷迷糊糊的，只是心疼晉王不想他難過，可自己究竟對他是抱著什麼樣的感情？一時間她也理不出頭緒來。

而且吳曉曉知道一旦在晉王身邊待久了，晉王就不見得還能捨得送她走了，所以打鐵趁熱，她越快走越好。

晉王也明白這個道理，明明有滿腹的話想同她說，可到最後晉王卻沒再多說一個字。他很快開始著手準備送吳曉曉去君山的事。

護衛還有路上伺候的人，晉王何曾做過如此細緻的工作，此時他親力親為，就連榮華宮內的宮女、太監們都驚了一跳。

而且封宮門又升級變成了發配君山，一時間宮內再消息不靈通的人也都得知此事了。淑妃心裡暗自高興，還特意跑到皇后的長樂宮，只是劉皇后是個厚道人，犯不著跟淑妃一樣落井下石。

淑妃原本有一籮筐吳貴人的壞話要說，結果劉皇后理都沒理，淑妃這下碰了個軟釘子，在回宮的路上，心裡就老大不痛快，對身邊的大宮女說道：「什麼叫不要隨便議論，現在宮裡有人不議論此事的嗎？再說了，聖上把那塊石頭挪走後，誰知道下一個得寵的會是誰？」

大宮女也搭話道：「可不是這個道理，剛小李子已經出去打探，不過依照聖上的性子，估計就算不要那位吳貴人了，也不見得會立刻寵幸誰，只怕還要多打探些日子，倒是淑妃娘娘，您最近一定要找些機會去面聖。」

兩個人正說著話，倒是那個派出去打探消息的小李子已氣喘吁吁跑過來了。

一見了淑妃，小李子立刻跪倒在地，連磕了幾個頭，「了不得了，淑妃娘娘，奴才剛打探出來了，聖上今兒個晚上還真招了人過去侍寢……」

淑妃臉色頓時一變，手指都捏成了一團，問小李子：「你別說一半藏一半啊！到底是誰？是貴妃那個有心眼的？還是賢妃那個會來事的？」

「是赫然氏。」小李子嚇得臉都白了，這位淑妃做夢都想侍寢生個皇子，現在這樣的事兒落到一個名不見經傳的小宮嬪身上，她不生氣才怪呢！

「那個傳聞中的什麼美人？」淑妃氣得罵了一句：「番邦的小娼婦，這種沒門第血統的東西也配！」

跟淑妃一樣，六宮內的四位妃子很快都陸續得到消息，有無動於衷的，也有失魂落魄嘆息的。不管眾人怎麼想，可所有的人都明白，此時宮內已經變天了。

倒是榮華宮內的人都不知道該怎麼去面對這件事了。

明明是被發配出去的吳貴人，可不知道為什麼，在出行的時候，排場卻大得很，晉王親自挑選了她座駕上的馬匹，等吳貴人出來時，晉王還再檢查了一遍馬車。

像是怕吳貴人會有什麼不測般，晉王還從太醫院內找了幾名醫術高超的御醫隨行。

吳曉曉始終都沒說話，她被宮女攙扶著出來時，跟晉王對視了一眼。

她想起他在房內緊握著自己手時的樣子。

他的目光，還有他的溫度，似乎還殘留在她的身上似的，只是現在他們卻都沒有說話，就連看對方都很小心謹慎。

等上路的時候，吳曉曉深吸了口氣。

她把馬車的簾子放下，知道晉王一定在馬車後為她送行。

去君山的路途很好走，很多都是官路，而且君山離京城並不遠，這個地方以前她同晉王去過，知道山上風景非常秀美，半山腰還有一個住所，現在天氣不冷不熱的，住在山上應該還好吧？

雖然在宮女眼中她是第一次來，可吳曉曉對這裡的布置卻很熟悉。

只是到了山腳下，天色已經漸暗。

往山上走時，她又換了頂小巧的轎子，那些抬轎的轎夫非常小心謹慎，所以一路下來，等到了住所時，天色早已經暗得不能再暗了。

吳曉曉從轎內出來，嗅了一下截然不同的空氣，這裡的空氣涼涼的，跟京內的完全不同，也比宮內的空氣要舒爽許多。

只是心裡就像缺了一塊似的，她從宮內出來的那一刻起，便覺得心口空蕩蕩的。

她記得曾經跟晉王一起住過這裡，看到門口的宮燈，又往左右看了看，很多記憶都被喚醒了。

她心情憂鬱，也便對身邊的宮女道：「妳們都別進來了，我想靜一靜。」

那些宮女還以為她從宮內被趕出來心情不好，知畫幾個便小心地給她打開殿門，讓她自己走進去。

殿內早有人點上了宮燈，只是殿內空間很大，只在靠外面的位置點燃了一盞宮燈。

吳曉曉嘆了口氣，心想還是太倉促了些，早先她跟晉王來的時候，殿內早都收拾妥當了，現在這裡連燈都沒點全，她就拿起蠟燭，準備去點亮別盞燈。

她對裡面很熟悉，很快就找到擺放燭檯的地方，點亮了第二根蠟燭。

不過只有兩盞燈還是暗了些，她記得床邊還有一盞燭檯，於是一手小心握著蠟燭，一手護著燭光往裡走。她的頭更是低低的，全神貫注地關注著蠟燭的火光。

等她靠近那個燭檯的時候，正想伸手去點，忽然就聽見在她身後傳來一個聲音，涼涼說道：「朕要謝謝妳沒說出真相。」

吳曉曉嚇得手一抖，蠟燭雖然沒掉在地上，但是蠟油卻滴到了她的手上，疼得手指一縮，她趕緊低頭去吹手。

她一邊吹手，一邊轉過身，就著手中蠟燭的燭光，很快便找到那個出聲的人。

那人正坐在床上，跟白天相比，換了一身常服，此時他身上沒有了肩挑日月的標誌，也沒有了那些圖騰，可是吳曉曉還是一眼就認出他是永康帝。

雖然晉王跟永康帝長得很像，可跟這兩個人待久了，都不需要多看第二眼，她立刻就能分辨出兩個人的不同。

永康帝的臉上沒什麼特別的表情，整個人都很輕鬆，四肢舒展，跟他平時坐如鐘的樣子不同，他很隨意地坐在那裡，簡直就像把這地方當做自己的家似的。

吳曉曉心都要跳出來了，緊張地望著他，「你怎麼跑過來了？你來做什麼？」

永康帝看她嚇得臉都白了，露出一絲笑意，「朕跟晉王從小一起長大，他會做出什麼事，朕很清楚，早在他決定要送妳來君山前，朕已經備了快馬。」

為了能夠順利過來，他甚至還讓人把什麼第一美人赫然氏送到他的寢宮裝裝樣子。

到時候就算晉王要找他，可知道他寢室內有後宮的人在，晉王便不會再堅持見他了，自然也就不會發現他不在宮內的事實。

吳曉曉心都揪緊了，往後退了一步，本能地就想起殺人滅口四個字來。

永康帝連夜跑過來，肯定是有目的的！難道是怕她會洩露他的祕密，所以徹夜趕過來想再次殺她？

不過他可真能裝啊，當時裝著什麼都不知道的樣子，讓她在晉王面前撒謊！

吳曉曉眉頭都皺緊了，她把手中的蠟燭握得緊緊的，蠟油不斷滴落到地面上，有幾滴甚至滴到她的裙襬處。

手也被蠟燭的火稍稍熏了一下。

永康帝看到後，不動聲色地從床上站起來，幾步走到她面前。

吳曉曉避無可避，瞪大了眼睛看著他。

他沒有撲過來窮凶極惡地掐她的脖子，他只是伸手把她手中的蠟燭接了過去，他代替她把燭檯上的蠟燭點燃，然後他又走了幾步，把手中的蠟燭歸位，小心放好。

在做完這一切後，他才又重新走到她面前。

他安靜地望著她，目光別有深意，吳曉曉這下更是納悶了，心裡跟打鼓似地，已經完全猜不透他要幹什麼？難道他不是來殺她，是過來追求她的？

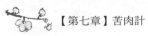

可是吳曉曉真不覺得這位恢復記憶的永康帝會做出這種事，在記憶中永康帝除了之前的那次失態外，向來都是高高在上，她都不敢想像這位不需要偽裝的永康帝在正經追求人的時候會是什麼樣子……

一時間兩個人都沒有說話。

靜謐的氛圍持續了片刻，永康帝才開口問她：「妳隱瞞朕失憶原因的事兒，是不想傷阿奕的心？」

吳曉曉知道他很機敏，這種事兒還真是一猜就中。她也不瞞他，很快回道：「是的，雖然你很可惡，可是自己最在乎的人被自己最親的人毒死，怎麼想都對晉王太殘忍了，我不說真相，不是為了要替你掩蓋，而是捨不得晉王受苦。」

不管她有沒有理清楚對晉王的感情，可那人對自己的一片深情卻是假不了的，她不後悔那麼做。

只是她心裡明白，她一旦這樣回答，就算是間接承認她對晉王是有感情的了！至少這個感情要比對永康帝來得深、來得在乎！

她可是為了晉王而隱瞞真相的，她很懷疑永康帝會惱羞成怒地對自己不利。

可意外的是，當她抬起頭來，永康帝卻是一點為難她的意思都沒有，表情甚至都沒有變一下。

明明如鬼魅般偷偷潛入君山，可此時的永康帝在聽到她的話後，卻只是淡淡笑了下。他的笑就跟她第一次見到他時的樣子一樣，那麼和煦溫暖。

以前她什麼都不懂，還覺得他是謙謙君子，可現在她已經明白了，這種和煦溫暖大氣的淺笑，只是他臉上的面具罷了，是他要偽裝成的明君兄長所必須要佩戴的面具！

穿著常服的永康帝安靜地找了一把椅子坐下。

然後他一指身邊的椅子，口吻平淡地命令她：「過來坐。」

吳曉曉明明一點都不想聽從他的命令，可被他命令後卻是下意識地就往那椅子走去，簡直腿腳都不受控制一般。她乖乖坐到他旁邊的椅子上，然後忐忑地看了他一眼。

永康帝臉上的神情沒什麼變化，他望著一旁燃著的蠟燭出了會兒神，像是很努力回想著什麼，過了片刻，才平靜說道：「妳不用害怕，從今往後朕只會當妳是阿奕的晉王妃。」

他說這話的時候，口吻沒有一絲為難不捨，乾淨利索地就像在陳述事實一般。

吳曉曉之前被他神經兮兮地鬧過一次，還以為他會不依不饒，或是要殺人滅口，此時他如此灑脫淡然，卻讓她都有種很不真實的感覺。

吳曉曉詫異地看了他一眼，可隨即就明白了，是她想錯了這位永康帝了！

其實自始至終永康帝都是這樣的，他跟晉王最大的不同便是他是九五至尊，永康帝哪怕有過片刻的猶豫，可終歸是不會向任何人低頭的，更別提做出跟自己的弟弟爭奪女人這種事，估計永康帝是壓根不屑為之的吧？

只是要說這些話，也沒必要大半夜跑過來啊！他應該還有別的事吧？吳曉曉趕緊想了下，試探地問他：「既然這樣……那陛下過來，應該不單單是要說這個吧？陛下是不是在擔心之前的事？」

既然他都只當她是晉王妃了，那就說明他不會再跟她有任何牽扯了，吳曉曉索性也打開天窗說亮話。

「你毒殺林慧娘的事，我很生氣、很難受，而且當時您不止毒殺了林慧娘，還有她肚子裡的孩子，可是，我卻也沒有辦法恨你……畢竟我也不算是真的死掉了……再來您是晉王的哥哥，我也不忍心讓晉王難過。所以您放心好了，這件事我只會爛到肚子裡。」

等她說完這些話候，永康帝才轉過頭來看向她，他這次再開口，口吻跟之前的又有些不同，就像天子對臣子般的：「朕欠妳一命，晉王妃今後有什麼要讓朕做的，只管說便是。」

吳曉曉有些愕然，沒想到永康帝還真是說一不二的人，居然一點都不囉嗦，說到做到，現在已經乾脆利索地喚她晉王妃了。

只是她躲他還來不及呢，哪裡會真的要求他做什麼啊！可是這是天子的金口玉言，她再傻也沒有往外推的道理，再說永康帝的面子可不是隨便什麼人都能駁的，她便硬著頭皮點了點頭，跟著回了一句：「我明白了，陛下，以後若有什麼需要的，我會叨擾陛下的，只是陛下，您也不必太介懷之前的事，我都已經放下了，陛下也就當沒發生過吧。」

之後永康帝沒再說什麼，他平靜地望著她，在燭光下，吳曉曉也瞧不出他目光中隱含的深意。

她只知道他風度依舊，哪怕在這種時候，他的氣度都沒有一絲減損，更沒有露出一絲軟弱的樣子。

在她這麼胡亂想著的時候，永康帝已經起身，最難能可貴的是，他沒有刻意地移開目光，表現得很自然，一點尷尬不捨都沒有顯露出來。

他口吻淡淡地告辭道：「天色不早了，沒別的事兒，朕便告辭了。」

吳曉曉原本還在擔心他會變卦呢，此時看他灑脫的姿態，立刻就把心放到了肚子裡，也跟著從椅子上站起來，做出一副恭送他出去的樣子。

等永康帝離開後，吳曉曉便把寢室內的蠟燭都點亮。頓時整座殿內明亮了很多，吳曉曉來回踱步地回想剛才的事，她一會兒高興又一會兒擔心。

她有一種做夢的感覺，以為會很難纏的永康帝，居然主動放手了，而且一點都不拖泥帶水。看來真是她想錯了，作為聖上，永康帝壓根不會對女人死纏爛打，更何況那女人還是他弟弟的女人……

吳曉低頭想，如果他們兄弟換過來，晉王也會這麼乾脆地放手嗎？可隨即吳曉曉就搖了搖頭。

晉王現在不就把她送到君山了嗎，讓她等待一年……所以說，若遇到這種事，晉王壓根不會鬆手的。

她覺得自己不該再胡思亂想了，現在要想的應該是怎麼度過這一年的時光。

這可是她難得的輕鬆時刻，既沒有壓力，也不需要為晉王跟永康帝發愁，在這麼山清水秀的地方，她躺到在床上愉悅地想著，這一年，還滿讓人期待的。

吳曉曉心裡想得挺好，在君山這樣的地方好好休養一段日子，正好可以修身養性，種種花草。

只是人算不如天算，她這裡才安頓下來，剛派人在山下找了些花種子，就連種花的地方她都整理好了，還讓人把花圃都壘了出來。

本來想弄個空中花園的，此時氣候開始暖和，節氣也適合花木生長，她為此還專門畫了張設計圖，開心地設計著空中花園該有的樣子，以後就可以在小花園喝下午茶了。

只是她才種了沒幾天花，山下很快就來了人。

那隊人馬到山上時，吳曉曉正在澆花，身邊的人匆匆忙忙地過來稟告她。

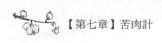

花圃內已經有幾株露了頭，吳曉曉一邊澆花一邊在心裡默默數著露頭的小嫩芽，心裡高興，沒想到半山上的土壤也這麼好。

只是剛高興了沒兩秒，就聽見知畫哆哆嗦嗦地說道：「不得了了，吳貴人，晉王正往咱們這邊來，聽外面的太監說，晉王來得很急，不曉得是為了什麼事，急匆匆要見您……」

全天下的人都知道晉王是個不能得罪的，知書、知畫她們幾個都擔心死了，也不知道晉王是來幹什麼的？

吳曉曉卻只是露出意外的樣子，連忙把手裡的水壺交到一旁的宮女手裡，很快整理了一下裙子和頭髮，隨後她便朝著晉王的方向走過去。

宮女們都嚇了一跳，尤其是吳曉曉迎過去後，眼瞅著吳貴人還領著晉王到了寢殿內，這下知畫及知書幾個都要被嚇死了，就算吳貴人是從宮內被趕出來的，可那也是聖上的人，哪裡有這樣的事兒，居然大白天把王爺往自己房裡領？

吳曉曉也是沒辦法，這位晉王雖然來得氣勢洶洶，可是一看他的眼睛，她就知道這位王爺多半是想當著眾人的面把自己摟到懷裡。

他那麼激動地看著自己，吳曉曉趕緊把他領到殿內避開外面的人。

果然剛到了殿內，晉王便一把拉住了她的手，上下左右打量她。

吳曉曉出宮已經有七八天了，他開始時以為自己可以等一年的，可她才剛剛離開，他就已經思念到無法忍耐的地步，晉王上前一步就把她抱到了懷裡。

吳曉曉也沒掙扎，安靜地被他抱在懷裡。

他的手臂收得很緊，她都感到疼了，可她一聲都沒吭。

「妳最近怎麼樣，在山上住得還習慣嗎？」

大概是緊貼著晉王胸口的關係，他的聲音有點甕聲甕氣的。

吳曉曉抬起頭來，沒有立即回答，而是伸出手描畫著他的眉眼，他的眉頭皺得很緊，用手指幫他把眉頭一一舒展開後，她才開口回道：「挺好的，我找人弄了花種子，已經種下去，我想再過一兩個月就會有花開出來，我還想再弄個籬笆……」

她的話果然引起了晉王的不滿，他像是要瞪穿她，他多半在想，他都那麼想她了，她竟然一點影響都沒有。

吳曉曉卻是一點都不怕他，明明從慧娘的身體死後，她已經有好久沒跟他在一起了，可她卻覺得自己更瞭解他了。

她笑著說：「誰知道你要多久才能來接我，我肯定要給自己找點事兒做的，不然我會胡思亂想。」她想了，「而且王爺……我不知道我是不是像你喜歡我那樣地喜歡你……我不瞞你，我很在意你，可我現在還做不到像你這樣……」

她也不大明白晉王為什麼這麼喜歡自己？他會為了林慧娘的死痛不欲生，完全像變了個人似的。

這些她都看在眼裡，覺得震撼心悸，卻又覺得自己配不上他這樣的深情。

「沒關係。」晉王輕撫著她的臉頰，他個子比她高，為了跟她頭對著頭，刻意把頭低下來，緊貼著她的額頭。

「只要妳一直在我身邊，只要妳活著就好。」他是失去過她的，跟那些相比，他才不會在意她說的這些廢話。

頓了一頓，他往殿內看了看，很快地說道：「這裡還是以前的樣子，妳還記得當初咱們住在這時的情形嗎？」

吳曉曉當然都記得，最近幾天沒事的時候也會想起來，不然她幹麼好好地跑去種花？就是因為她發現只要空下來，她就會陷入這種無休止的回憶中。

「記得啊。」她從他懷中退出去，走到桌子邊說：「當初你喜歡在這兒看書，對了……」她想起個事兒來，連忙從床邊找了本書過來。

這是當初放在桌子上的書，她最近晚上沒事就會拿來看，書裡寫的內容雖然沒錯，可是有些落伍了，她看的時候就會做些筆記，她指著其中一處對晉王道：「我最近也看了這本書，我發現裡面有些東西還是太淺了，這是我在後面加的內容，你有時間可以看看。」

她是很喜歡這些東西的，起了個頭後就有些把持不住了，不知不覺說了很多，說完後吳曉曉才發覺自己真是神了，竟然能對久別重逢的男朋友談起三角函數來，她的腦神經到底是什麼東西組成的啊！

幸好晉王沒說什麼，只要是她說的內容，他都會認真去聽，目光也一直落在她的身上。

吳曉曉都覺得自己在做夢了，居然可以心平氣和地同晉王說這些理論的東西。只是說完這些話後，吳曉曉才留意到晉王的心思壓根不在她說的那些理論上，他看著她的目光特別炙熱專注，他的身體甚至微微向她傾斜。

吳曉曉此時才發覺到一個很尷尬的問題，他們已經在大殿內待了很久，而且這裡還是他們一起同居過的地方，很多回憶都伴隨著那張床一一浮現，親吻、撫摸還有那些過往……

他們是連孩子都有過的關係，而且她還被追封成了他的王妃……所以他們不該是男女朋友的關係，而是夫妻？

同她說的這種理論不同，晉王再開口時，說的卻是很貼切的問題：「曉曉，妳現在在名義上還是我哥哥的後宮，我哥雖然已經放下了，這次還催我過來，可是在妳的身分上，咱們還要忍耐一段時間。」

他握著她的手，一臉嚴肅，「現在只能淡化妳的身分，對外宣稱妳在修行中，等過段時間，我會安排妳用新的身分嫁給我……如果可能，我還會向哥哥要一塊封地，咱們可以遠離京城、遠離人群，安安靜靜生活。」

吳曉曉點點頭，她當然知道當了皇帝哥哥的貴人，又嫁給王爺弟弟是多麼狗血八卦的事。如果是別的，晉王還不見得在意，可事關他哥哥，所以他額外小心謹慎也是應該的。

在說完這件事後，晉王也沒有多做停留，他來得匆忙，把事情跟她說過後便要離開。只是在離開的時候，晉王還特意留下幾個丫鬟。

吳曉曉原本還在納悶，心想好好地留什麼伺候的人啊，她明明身邊伺候的人挺多了，可一等看到那幾個丫鬟，立刻明白了晉王的心思。

晉王留下的是紅梅、小雀她們幾個。

這些人當初都是伺候過她的，他一直放在身邊，也是在懷念她，此時把這些丫鬟留給她，隱隱已經有了要讓一切都回復原狀的意思在內。

自從晉王來過之後，宮內也陸續送了東西過來，五花八門的什麼東西都有，有茶具還有點心。

她心裡明白，她跟劉皇后是沒交情的，這事兒多半是永康帝指派的。

她最驚訝的莫過於永康帝對這件事情的態度，因為永康帝真的很乾脆地就把他們之間的事都放下了。

以劉皇后的名義送來的東西裡，吳曉曉看到了很多熟悉的物件，簡直就像男女分手了，男方主動把女方的東西歸還女方一樣。其中最讓她驚訝的莫過於那輛自行車。

這東西當年永康帝當寶貝般收藏著，現在這麼大方地還給她。不管永康帝內心是怎麼想的，此時的永康帝真的很紳士。

在等待嫁給晉王的這段日子裡，晉王偶爾也會過來，只是每次都來得很匆忙。

吳曉曉心裡明白，晉王是個外硬內柔的人，他跟永康帝完全不同。

永康帝看著柔和，其實心裡很硬，絕對拿得起放得下，可晉王不同，晉王是那種一旦對誰好，就會好一輩子，寧願把自己傷得傷痕累累，也不會傷到所愛之人的人。

就算現在永康帝已經表明態度，讓事情過去了，可晉王還是在給永康帝時間。

吳曉曉就因為明白這個道理，她對晉王的感情也跟萌芽了一樣。

雖然見面不多，晉王不時會送一些書信或小禮品給她。

這讓她身邊伺候的人緊張得夠嗆，不明白這是怎麼了，怎麼好好的，吳貴人忽然跟晉王走得這麼近？

只是那些人很快就得了禁口令，不得隨便議論這些事。

不過對知畫、紅梅她們這些人來說並沒影響，她們本就不喜歡議論吳貴人的事情，她們都挺喜歡這個性子直爽、為人和氣的吳貴人。

不管是晉王還是永康帝，只要貴人好好的，大家就都平安和順。

倒是吳曉曉收到晉王的書信後很犯愁，她學不來古人的書法，她只好讓人找了羽毛做成鵝毛筆，然後沾著墨水，其實她可以偷幾首詩詞來震撼一下晉王的，只是她在凝神苦思時，卻發現自己壓根想不起任何一句詩詞來，她心裡唯有一句話想說：阿奕，我一切都好，只是有點想你……

吳曉曉在君山的日子過得說快不快、說慢也不慢。她只知道太陽落山，便意味著她要嫁給晉王的時間又近了一日。

在這樣的等待中，有次吳曉曉突發奇想，想要騎腳踏車，忽然想起第一次見到永康帝時的畫面。

那時的自己絕對想不到她會嫁給他弟弟。

大概是想跟以前的自己告別，吳曉曉明白一旦嫁給晉王，她就會跟晉王永永遠遠在一起了。到時候她記憶中的父母，還有關於現代社會的記憶，都會慢慢忘記的……

她要重新開始生活，要跟這個生活背景、社會地位完全不同的男人在一起生活，還要生兒育女，終此一生。

【第八章】

心心相印

「妳這是做什麼？我不在妳身邊時，妳就畫了這個解悶？」

吳曉曉笑咪咪的，反問道：「那還要怎樣，要我在紙上畫你的名字想你嗎？反正我知道你早晚會過來找我的。」

那日天氣正好，吳曉曉忽然聽見有人在外面叫她。

她心裡一顫，走出去便看到晉王正在廊下一眨不眨地看著她，那是只會出現在戀人之間的目光。

吳曉曉心頭微顫，她的臉跟著就紅了，她的晉王來接她了……

等到了晉王府大門，早已經有管家備好了轎子在那裡候著。

吳曉曉還記得王府裡的那些舊人，等她從轎裡出來，很快就看見跪倒在地上的人群中有一些熟面孔。

只是人太多了，有些人她壓根叫不出名字，不過那位機靈的李長史，吳曉曉卻是記得的。要不是這個人，她也不會被送到晉王府內，吳曉曉有些感慨，跟著晉王坐進轎內。

只是她也不知道他們會去哪裡，王府的地方很大，這次晉王會帶她去他所住的主房？還是會去當初慧娘住過的小院呢？

不過府內的場景都沒變，熟悉的花花草草勾起了她的記憶。

當初被送進來的時候，她緊張得不得了，還不知道晉王是個什麼樣的人，傳聞中他連母蚊子都不放過，可等見過後，她都有些意外。

她想起以前的事兒忍不住笑了下，轉身同他說：「還記得這裡嗎？當初有舞姬掉進池子，我還跳進去救人呢，結果你居然獸性大發，拉我去旁邊的帳子……」

她當時都要羞憤死了，這個時候大概是知道他不是曾經的那個晉王了，吳曉曉都放鬆了起來，說起這件事也能跟開玩笑似地，只是話音剛落，她便聽到了晉王的回話。

晉王說話的口吻也沒顯得多急迫，只是輕描淡寫，「我剛派人去準備了，也不用挑什麼吉時，一會兒妳就打扮一下，咱們今天就把婚事辦了吧。」

可能是晉王也覺得太急了，他說完很快又停頓了下，補充道：「不用急著裝扮，妳記得吃早膳。」

他說完俯身貼近她，幾乎是靠著她耳朵說：「晚上咱們就洞房花燭……」

吳曉曉臉騰地一下就紅透了，趕緊往後退了下，支支吾吾：「要這麼快嗎？我記得結婚的話，需要定聘、送禮、迎親，才能拜堂。」

哪怕就是現代社會也沒有當天說結婚就當天擺酒的道理啊！閃婚也沒這麼閃法的！

「這些本王日後補給妳，可咱們今日就得拜堂。」他的口吻到此時才顯出一絲急迫來。

吳曉曉原本還感意外，現在倒是被他的話提醒，她才猛然想起來，是得趕緊跟晉王把婚事辦了，不然的話，誰知道永康帝會是什麼態度想法……

現在永康帝還有要事處理，又跟晉王有著兄弟之情不好做什麼手腳，可他們兄弟感情再好，若真是鬧起來也會不好看的，肯定會地動山搖，一想明白這個道理，吳曉曉便點頭道：「既然如此，就趕緊辦了吧。」

時間倉促，很多東西都被省略了，只是饒是這樣，吳曉曉也差點被這些繁瑣的婚事給忙暈了頭。

她記得很清楚，自己被冊封為側妃的時候，也不過就是在院子裡擺了酒，晉王意思意思

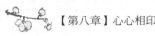

地請了一些京中的人過來，就連當初她的娘家林府的人，也只能在她的小院子裡擺酒，都不能去外面的。

饒是那樣，她記得林老爺也是一臉喜氣，王姨娘更悄悄進到她房裡，那時候處處透著喜氣，唯一不協調的只有自己，她對那樁婚事一點期待都沒有，只覺得自己不過是晉王眾多女人中的一個。

可經歷了這麼多事情之後，吳曉曉已經不會再胡思亂想了。

不過婚禮還是熱鬧得不得了，再來她也沒有初婚的感覺，總覺得自己是二嫁的。

而且嫁衣哪裡那麼快就能置辦出來，那些繡娘們都要急瘋了，起初不過是十幾個繡娘在旁邊給她邊量邊做，雖然是用現成的衣服改的，可也沒那麼簡單，要從頭做到腳的。

吳曉曉都為那些繡娘們感到著急，這還不算什麼，據說膳房內都要忙得腳朝天了。

那些張燈結綵、布置王府的人也是跟打仗似的。

吳曉曉在房內都能聽見外面亂哄哄的聲音，而且不光是外面，房裡搬東西收拾的小丫鬟也一刻不停閒。

幸好她所在的地方清靜一些，只是清靜歸清靜，吳曉曉很快就注意到，早先伺候過她的那些丫鬟們，臉上的笑意都不怎麼多。

吳曉曉還記得她們的名字，紅梅、小雀、小巧這三個丫鬟當初可是跟她很親近的。

能再見到她們，她也挺開心的，吳曉曉便笑著對那三個丫鬟說：「妳們都別站著了，今天是喜日子，都不用拘禮，都拿了凳子過來坐，桌子上的點心茶水妳們也都自便。」

只是她說完，紅梅卻是沒動，小丫鬟比之前看著長大了很多，在她說完話後，吳曉曉就發現紅梅還皺了下眉頭，然後眼圈一紅，很快地低頭說道：「謝謝姑娘，不是奴婢不識抬舉，只是……」

紅梅遲疑了下，知道再也沒有比新王妃進門就得罪新王妃更傻的事了，可是當日的林王妃對她們多好啊……

就在紅梅遲疑的時候，倒是年紀更小一些的小雀情緒激動地跪了下去，對著吳曉曉磕了幾個響頭，「請姑娘不要生氣，按說我們被派來伺候姑娘是祖上積了德的事兒，只是以前的主子對我們很好，有些話……」

紅梅嚇得臉都白了，她知道小雀做事有些魯莽，很怕小雀一時嘴快得罪了這位新主子，她趕緊把話頭接了過去，小心翼翼地說道：「有些話，奴婢實在不能不提，現在外面張燈結綵的，這是王府裡的喜事，奴婢心裡也很高興，只是按理來說是要請前王妃的娘家人過來坐一坐的，這樣主子面上體面，林家的人也體面……」

吳曉曉哪裡會為這種事情生氣，她聽後反倒是有些感動。

她沒想到她的前身都去世這麼久了，王府內的這三個小丫鬟還能記掛著她，為她的娘家人著想，怎麼想來，這三個丫鬟也是忠心耿耿，做事妥帖的。

這次的婚事辦得跟打仗一樣，她的確也是疏忽了這件事。

不管怎麼樣，她是該請林府的人過來，這已經不是什麼體不體面的關係。

尤其是林慧娘的奶娘，還有林老爺，那兩位可都是老好人。再說自己借用了人家姑娘的身體那麼久，也是要謝謝林家的。

吳曉曉便笑著說：「我怎麼會生氣呢，想來是府裡管事的事情太多遺漏了，既然這樣，你們趕緊找個妥帖的人，去請林府的人過來怎麼樣？」

紅梅原本都以為自己要被趕出府了，畢竟這位新王妃來歷不凡，聽獅子院那邊的人描述，這位新王妃能駕馭個好怪的東西，簡直就跟神仙一樣，王爺又是這麼寵著她，一等進府就要迫不及待跟她成親。

現在見她如此通情達理，紅梅眼淚一下就流了下來，跟著跪在地上，同小雀、小巧她們一起對著吳曉曉磕了三個頭，「主子，日後要有什麼需要奴婢做的，主子直接吩咐便是，奴才一定盡心盡力伺候您。」

這邊王府裡忙忙碌碌的，吳曉曉又派人去請林府內的人，那頭林府卻是炸了鍋。

自從林芸娘被許配給那龍陽之好的李公子後，林家算是再也沒有好日子過了。

雖然那李公子是高門大戶的公子哥，可是誰不知道那位公子哥是不喜歡女人的，壓根不把林芸娘當個正經娘子看。

要是別人家的女兒，興許還會自我解勸一番，努力把日子過好，覺得以自己的家世配不上李家的，委屈些也便委屈些了，偏偏林芸娘心大，早已經認定她該是晉王繼妃，現如今被許配給豬頭一樣的相公，她出嫁後在府內便成天唉聲嘆氣，又同婆婆鬧了些嫌隙，如今索性就躲回娘家。

她跟那位李公子雖然沒有夫妻感情，可這是宮裡指婚的，兩邊鬧得要死要活，李公子百般看不上她，卻也不敢真拿走她的正妻位置。

林芸娘卻是越發驕縱起來，也不再裝小白兔了，但凡心裡有個不順心的，不是拿了剪子要剪頭髮，便是又哭又鬧的，把李府鬧得不可開交，等鬧夠了，林芸娘就跑回林府靜養。

李府是挨著晉王的面子不敢得罪她，林老爺則是心疼女兒，知道女兒這個婚事委實有些委屈，也多方遷就她。

林芸娘也一臉愁苦的，每日山珍海味、綾羅綢緞地輪番要求林府及李府，就連自己的親爹都不肯放過，每日想起來便是哭鬧，對著父親抱怨一通，說些難聽話：「你也配做我爹，怎麼就有你這樣不中用的父親，大女兒被人害死了，小女兒也是這樣淒慘的下場……」

林老爺是個厚道人，每天長吁短嘆的，偶爾也會回一句：「怎麼成了我的不是了？當初為父的是怎麼勸妳不要去晉王府的，那種地方妳姐姐已經搭進去了，可妳鬼迷心竅一心要往裡鑽，後來的婚事爹也是為妳難過，可是木已成舟，妳把日子過好了，與公婆關係處好，就憑李家的家業門第，難道還真辱沒了妳嗎？到時候妳不管是過繼還是想辦法生個一子半女，妳的好日子還是有的，再說三女婿雖然喜好龍陽，可對妳還是不錯的，家裡的事兒也都由妳說了算，妳還要怎樣？難道嫁給那些姬妾多到不得安生的人家，妳就好過了？」

林芸娘哪裡肯聽，在那裡哭著嚷嚷：「什麼姬妾多的人家，難道我姐夫家裡姬妾多嗎？誰不知道他只疼我姐姐一個人，怕姐姐受了委屈，就連姐姐的棺木他都要親自躺進去試試，我要的就是姐夫這樣的男人……」

林芸娘這樣不依不饒地鬧騰，時間久了王姨娘也有些看不下去了，同林芸娘吵了幾句。兩個人很快便在院內因為一句「妳姐夫才不會不顧體面要妳」對嚷起來。

林老爺唉聲嘆氣的，忍不住後悔，當初明明晉王看在慧娘面子上那麼照拂他們家，早知當日為芸娘找個一表人才的對象嫁了就好了，偏偏等著、盼著，卻算計來這麼一門婚事。

不過好在晉王是長情的人，林家眾人都覺得只要晉王還念著他們家慧娘，便還會對他們林家照拂一二，誰知道沒多久就風雲突變，這位看上去失去林慧娘都生無可戀的晉王竟然如此薄情，轉眼間便要迎娶新王妃了。

若不是二女婿李長史托人捎了信兒，他們林家還都蒙在鼓裡呢。

林芸娘原本還能自我安慰，覺得晉王不是不愛自己，是實在放不下大姐慧娘，此時聽聞這個消息，簡直晴天霹靂，險些暈倒在房內。

林老爺也整個人都驚呆了，愣了好一會兒才緩過勁來，慢慢道：「唉，命啊……」

王姨娘不比這些人，她立刻就想到壞處，要是晉王續弦，那續弦再爭氣地生下一男半女，這以後他們家還怎麼擺晉王妃娘家的威風啊？

只是王姨娘又覺得此事很蹊蹺，正經來說他們作為前晉王妃的娘家人，現如今填房進門，於情於理，晉王都要同他們打一聲招呼的。

林府內的人又是哭又是嘆氣，正當王姨娘心裡覺著不對勁的時候，林府又迎來了信使，這次的信使可不是一般人，正是他們的二女婿親自上門來了。

吳曉曉讓人去請林府的人，負責這件事的紅梅立刻就想起跟林府帶親的李長史，不管怎麼想，也要找個有分量的人過去，還不如就找這位長史。

只是紅梅估計錯了李長史的人性，李長史在對林府的事情上，簡直就跟小孩的情緒似地說變就變，當初見林慧娘有了面子，李長史就各種交好，如今新人都大排場地進門了，所謂新人換舊人，林府的好日子也算是差不多到頭了。

李長史作為貨真價實的二女婿，態度倒不是瞧不起林家，中和了點親情面子關係後，變得不卑不亢起來。

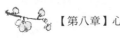

林老爺卻是唬了一跳，不知道這又是怎麼了？

等李長史把話一說，林老爺哪裡敢說個不字，很快就收拾妥當，跟著李長史去晉王府上候著。不管怎麼說，這也算是又給了林府面子，林老爺趕緊感恩戴德地謝過李長史。

吳曉曉哪裡知道這些內情，她還心裡想著是否有機會跟林老爹說說話，或者找機會再見見林慧娘的奶娘。

只是時間太緊迫了，她急匆匆地被幾個丫鬟打扮一番，又換了新嫁娘的衣服。

又有年長的嬤嬤見縫扎針般地，趁著她喘氣的機會，畢恭畢敬地同她講解了等一下的儀式，什麼房內坐帳，亦稱「坐福」，還有撒帳、合婚酒那些。

吳曉曉聽得直想打呵欠，她強忍著，雖然午膳有人遞進來，可現在被人圍得一點胃口都沒有了。

幸好一直忙到了晚上的時候，儀式已經走得差不多了，她早已經讓人轉告晉王，能免則免，於是前面很多儀式都省略了過去，倒是等晉王進來後，會有一些怎樣都要進行的儀式。

吳曉曉頭上蓋了個紅蓋頭，她等這一刻等了許久，能感覺到晉王正在往她面前走，她心跳得很快，簡直都要跳出去了。

她以為自己對這種二婚儀式是不會感到激動的，可真等到這一刻到來的時候，她卻激動了起來，簡直想立刻抬頭看看晉王此時的表情，想知道他在用什麼樣的眼神看自己？

她知道他下一刻就要用喜秤挑下她頭上的蓋頭，只是就在這個時候，吳曉曉忽然就聽見一個氣喘吁吁的聲音，在門外急急喊道：「王爺、王爺！聖上急召您進宮……」

等晉王一臉慍色趕到勤政殿的時候，就見勤政殿內燈火通明，裡面伺候的人雖多，此時卻是鴉雀無聲，諾大的勤政殿內恍若只有一個活人。

永康帝身著石青色的龍袍，在晉王進殿的時候，他正埋首在御桌前處理公務，面前是堆積如山的奏摺。

以往作為皇弟，晉王都會在永康帝不方便的時候上前幫忙哥哥處理政務，這次他的確是疏忽了，早已經忘記處理朝政這些事，而是把全部心思都放在婚禮上。

現在一見那堆疊在一起的奏摺，再見哥哥埋首處理政務的樣子，晉王的火氣已經消去了大半。

他原本是要進宮找攪和的哥哥算帳的，如今見到哥哥如此忙碌，雖然心裡不快，可晉王還是安靜地走到哥哥面前。

他知道哥哥這是在給自己添堵，揀著這樣的時機讓自己不能心想事成，只是……晉王低頭望了望那把椅子。

永康帝的御座旁早已經擺好一把椅子，顯然早就在候著他了。椅子上還有個藏青色的軟墊，一般來說哥哥是想不到這樣的細節，這必定是大總管吳德榮在向他示好。

白天雖然暖和，可勤政殿太大了，到了晚上就會冷一些。晉王瞟了一眼永康帝身上的龍袍，沒等哥哥開口，他已經坐下來，很隨意地拿起一旁的奏摺安靜地看了起來。

在看過後，便以輕重緩急為區分，將那些奏摺一一區分開，按前後順序放在哥哥面前。

大總管吳德榮一直都在旁伺候著，見晉王進來沒說話，吳德榮心裡便長吁口氣。就算是民間兄弟之間鬧矛盾都要雞犬不寧的，更何況是皇家這種地方。再來宮內消息靈通，今日皇帝的親弟弟要急著辦婚事呢。

吳德榮一早便得了消息，在那思前想後想了又想，吳德榮才咬牙報給永康帝。

永康帝在聽到之後倒是沒說什麼，只是轉眼到了晚上，居然要召晉王進宮，這不明擺著是要攪局嘛！

再來那位未來晉王妃的身分，竟然還是陛下最寵愛的吳貴人，怎麼想都是皇家要出亂子的徵兆啊！

現在見兩兄弟心平氣和地一起處理政務，吳德榮懸著的心算是放下了半個。

這麼過了片刻後，一直埋首政務的永康帝終於抬起頭來，把手中的奏摺放在處理好的那堆上，吩咐道：「你們都退下。」

這顯然是要清空勤政殿，有正事要同晉王談啊，吳德榮不敢耽擱，連忙率領眾人躬身往外退去，等所有人都出去後，吳德榮小心翼翼地把殿門合上。

然後只有他一個人站在殿門前候著，其他人則都打發到了殿外的臺階下。

外面氣氛緊繃著，殿內卻是另一番天地。

永康帝把御筆放在筆架上，看向晉王，淡淡道：「朕已經吩咐下去，你新娶的晉王妃是洛朔劉家流落在外的女兒，他家的門第想來還不會辱沒你的正妃，等過段日子，你便帶她過去認下這門親戚。」

他靜靜地覆述，全然是大家長的態度。

晉王安靜聽著，他心裡明白，他如此莽撞地迎娶了吳曉曉，可吳曉曉畢竟是宮裡出去的，現在哥哥這麼做，所要保全的還是他晉王的臉面、是他們皇家的體統。

他抬起頭來，往永康帝看去，只是永康帝一等把話說完，便又開始低頭處理政務了。

看著哥哥那副心無旁騖的樣子，晉王遲疑了一會兒，嘴唇嗡動了下，終歸是不知道要說些什麼。

過了好一會兒，晉王才道：「皇兄，還記得當年的九連環嗎？其實我一直都後悔，當初不該砸的。」

永康帝低頭看著奏摺，目光沒有絲毫游移遲疑，等處理了手裡的這份奏摺後，才抬起頭來，望著晉王的眼睛道：「不用介懷，朕已經忘了。」

晉王在宮裡待到很晚，才從宮裡回來。

他心情抑鬱地回到晉王府，回來的時候雖然知道該去找吳曉曉的，可腳卻不由自主地往偏院走去。

他迫切地想要讓自己靜一靜。

雖然心裡明白，這是哥哥故意給自己的新婚夜添堵，只是這種添堵的方式實在是恰到好處，拿捏得無比精準，既成功添了堵，又讓他無話可說，還滿懷歉意。

等到了偏院後，晉王才找人給吳曉曉帶了句話。

吳曉曉原本還在王府裡等消息，心裡忐忑不安，一直到王爺的人過來傳話，她才知道晉王早回來了。

這下吳曉曉身邊的嬤嬤、丫鬟都尷尬了，新郎破天荒地不過來掀蓋頭，也不過來洞房，怎麼想都讓新嫁娘沒臉。

王府內的人都不敢說什麼，那些知道吳曉曉身分的人更是小心翼翼，生怕說錯一句話就惹禍上身。

吳曉曉卻心裡明白，只怕晉王跟永康帝說了什麼，讓晉王再心寬也沒法立時過來。

吳曉曉倒是坦然了，見時間已經不早了，她想起林老爺來，吳曉曉連忙派人把林老爺請了過來。

等林老爺過來時，夜早深了。

林老爺歲數大了，精神不大好，此時立在廊下，看著比上次見面時還要蒼老十來歲。

吳曉曉不知道這都是林芸娘鬧的，她心裡可憐這位老人家，便親自從房內迎了出來，見了林老爺後，便主動施禮。

只是林老爺哪裡敢受她一拜，嚇得直往後縮。

吳曉曉趕緊道：「林老爺，於情於理你都要受我的這一拜，這都是為了林慧娘。」

雖然這個爸爸是便宜得來的，家裡那些人從王姨娘到林芸娘都不招人喜歡，可林老爺卻是真心疼林慧娘的。

吳曉曉想起以往的那些事，都覺著像做夢似的。現在她對這位喪女的老人充滿了同情，吳曉曉便也同林老爺聊了一會兒，隨後等林老爺要走的時候，吳曉曉趕緊找人送了林老爺些銀兩禮品。

在那之後，吳曉曉便在丫鬟的伺候下就寢了。

一直到了第二天天亮後晉王也沒有過來，吳曉曉也沒覺得著急，她好久沒回晉王府了，現在難得有閒時間，吳曉曉便找了紅梅她們領著自己在府裡轉了轉，以前總覺著王府大，現在轉了半圈下來後，吳曉曉忽然覺得這麼大的王府其實規劃得一點都不合理。

裡面有很多區域完全是沒意義的，而且花園太多了。

吳曉曉逛完後老毛病又犯了，忍不住又找人拿了紙筆在那塗塗畫畫的，想重新規劃一下晉王府的布局。

她正低頭畫著的時候，倒是晉王終於按捺不住過來找她了。於是吳曉曉就覺得有什麼人遮住了前面的視線，她猜著來人是誰，便笑著抬頭問：「你來了？」

晉王沒解釋昨天的事兒，他正俯身看她手裡畫的東西，他很快勾起嘴角，不滿地道：「妳這是做什麼？我沒在妳身邊，妳就畫了這個解悶？」

吳曉曉笑咪咪道：「那還要怎樣，要我在紙上畫你的名字想你嗎？反正我知道你早晚會過來找我的。」

「妳就沒想過……」後面的話晉王沒說完。

可吳曉曉心裡知道，永康帝一則是晉王的親哥哥，二則是天下至尊的聖上，怎麼想她都要擔心動搖才是的，吳曉曉卻搖頭道：「我沒想過什麼。」

見晉王眉頭緊鎖，吳曉曉連忙給他撫平皺紋，「因為你哥哥李晟真的是位好兄長，他不會強人所難，也不會奪你所愛，有你們的兄弟情分在那裡，我怎麼還好擔心你……」

晉王沉思了片刻，心裡有些感動。

不管他哥哥做過什麼，吳曉曉從沒在他面前說過哥哥什麼不好的話，哪怕是他們兄弟之間有了嫌隙，為她起了爭執，她也沒有趁機說過他們兄弟的事兒。

他沒再繼續這個話題，因為已經沒必要了，不管是他，還是哥哥，或是慧娘，他們之間已經有了某種默契。

他倒是像想起什麼般，很快把她畫的圖拿過來，看了看後，很不高興地道：「這個戲臺是怎麼回事？還有這個停車場是什麼東西？實驗室又是做什麼的？」

吳曉曉連忙湊過去跟他解釋：「停車場還有實驗室那些，都是我覺得有用的，再說你又不喜歡看戲，平白養那些女孩子做什麼？還耽誤人家的青春年華。」

晉王聽罷意味深長地看她一眼，隨後他笑著拉她的手說：「才剛進門就來算計這些，不過本王都聽妳的便是，那些舞女、歌姬，本王一概都不要了，只要妳陪在本王的身邊便好。」

吳曉曉笑著把頭貼近這個自戀狂，碰了下他的額頭地小聲呢喃著：「誰算計那些了，你可真臭美。」

彷彿是有感應一般，在御醫還沒來的時候，吳曉曉已經覺得自己是有喜了。她與晉王成親的日子也不長，算來算去也不過是剛過了兩個多月，可種種跡象已經像在說她有喜了一般。

吳曉曉知道晉王對懷孕的事還有個心結，當日懷孕的林慧娘便是在他懷中斷氣的，晉王受了不少刺激。

為了穩妥些，她並沒有同晉王提這個，而是私下找人召了御醫過來診脈。

御醫過來後，隔著帳子給她診脈，這次御醫診脈的時間明顯長了不少，診完一次還又按著她的手腕又診了一回，這麼反覆診了兩三次後，御醫才面帶喜色地說道：「恭喜王妃，您這是有喜了。」

一旁的紅梅剛嚇得心都提到嗓子眼裡，一聽見這個，喜得不得了。

吳曉曉倒是很淡定，連忙讓身邊的人打賞御醫。

隨後幾個丫鬟緊張地圍在她身邊噓寒問暖，紅梅穩重，當下還命人去膳房吩咐裡面的人做飯要仔細著些，多做些開胃的飯菜。

最近一段時間晉王正癡迷汽車，一刻都不帶閒的。吳曉曉也沒找人催他，等他過來用午膳時，吳曉曉才輕描淡寫地說：「阿奕啊，我今天身體有點不對勁，找了御醫過來。」

晉王原本還要同她探討一下汽車的構造，一聽到這個，他一下就緊張起來，臉上都能瞧出他的在乎。

吳曉曉笑著趕緊握住他的手，安撫他道：「你別這麼緊張，沒什麼大事兒。」頓了頓，她靦腆地笑了，「是我懷孕了。」

晉王明顯是呆住了，他愣愣地看著她，然後又低頭看了看她的肚子，最後他才反應過來，結果連午膳都不用了，就著急地找了膳房的人，就連紅梅那些房內伺候的丫鬟們，晉王都一併叫到廊下，仔細地叮囑吩咐。

他這個人平日不叮囑已經夠嚇人的了，現在忽然翻來覆去叮囑著那些人要仔細小心，那些下人們哪怕是每日都會見著他的紅梅等人，都嚇得戰戰兢兢的。

而且誰不知道早先的晉王妃便是懷孕時被人下毒毒死的，要是再來一次，整個晉王府的人就都別想活了。

吳曉曉倒是淡定，之前已有過一次經驗，這次她也是輕車熟路了，反正就按部就班地吃飯、散步，等著肚子一天天大起來。

這樣過了一段日子，肚子裡的孩子長大了不少，而且隱隱在肚子裡踢動似地。

她摸著肚子裡的小傢伙，有一種失而復得的感覺。

時間過得很快，很快又到了隆冬時節，晉王心結太深了，到了冬天就簡直寸步不離地守著她。

紅梅也是更加小心，只要是吃的、喝的，紅梅必定會先試毒，她吃過、喝過沒問題後，才會遞到吳曉曉面前。

晉王這樣寸步不離地跟著她，吳曉曉還真不大適應，可他真的是太在乎了，簡直離開一會兒便會心神不寧，到了最後，吳曉曉也適應了他的亦步亦趨。

只是很難想像當年的那個晉王會有如此的一天，簡直就跟被催熟了似地，從一個懵懂的男子變成了現在就要做父親的人。

這次的懷孕反應不大，吳曉曉每天都是定時散步，在王府裡悠閒度日。

紅梅幾個丫鬟也不知道聽了誰的話，居然請了送子觀音來，每日都要跑過去磕頭跪拜，還早晚上香，求著盼著晉王妃能一舉得男。

吳曉曉知道後都不知道該說什麼好了，她倒是無所謂，對她來說在古代這種沒有有效避孕的地方，她已經知道自己得照著三四個地生了，所以先來女兒或先來兒子又有什麼關係。

只是一想起生產的陣痛，吳曉曉也是害怕，陣痛可不是一般人能扛的，可是這裡條件就這樣了。吳曉曉也不會什麼醫學知識，無痛分娩那些她也不人懂。

隨著日子越過越快，尤其是月份大的時候，吳曉曉都覺得還沒做好心理準備呢，生產的日子便到了。

到了臨盆那日，早有穩婆候著了，這次晉王卯足了勁，光穩婆就找了三四位過來。

早早就放在王府裡候著，現在一等有了動靜，其中最得力的兩個婆子早已經跑到吳曉曉身邊。

晉王在外面焦急等著，房內的動靜倒不是很大。

吳曉曉起初也疼了一會兒，可到後來她自己都不知道是怎麼做到的，甚至都沒有聽到孩子的啼哭聲，她累得昏昏沉沉的，天氣早暖和了起來，產房內卻是密密實實的，還有厚厚的門簾擋著。

晉王進來的時候，吳曉曉早已經睡著了，一臉疲倦。她身邊奶娘正抱著孩子，晉王先是看了看吳曉曉無礙後，才低頭去看奶娘懷裡的孩子，那孩子還看不出什麼來，閉著眼睛，晉王看他的時候，小傢伙張著小嘴巴打了個呵欠。

奶娘壓低聲音恭喜晉王：「王爺，這孩子多漂亮啊……」

晉王點了點頭，讓奶娘哄著孩子到一旁去，他則守在吳曉曉身邊，整整守了一夜。

中間紅梅她們過來勸晉王先去休息，晉王都沒有走，他盯著吳曉曉的睡臉，在那裡靜靜看著她。

一直到了第二天晌午的時候，吳曉曉才醒了過來，她身體也終於有了勁，膳房早送上補身子的東西，吳曉曉揀著清淡的吃了一些。

月子期間她大部分不是睡覺就是看看孩子，晉王則一直守著他們母子。

至於外面擺酒開席，慶祝新生兒的滿月酒、百日宴，吳曉曉雖然知道，可並沒有怎麼被驚動過，倒是永康帝少有地過來看了看她。

只是永康帝什麼都沒說，他不過是專程來看孩子。

時至今日，吳曉曉已經有一年多沒見過永康帝了。這段日子為了顧及晉王的心情，吳曉曉從沒問過永康帝的情況，現在見了他本人，吳曉曉稍微打量了下他，瞧得出永康帝還是跟以前一樣，並沒有太大變化，此時的他顯然又恢復成那個寡言的帝王。

坐在座位上，永康帝讓奶娘將小傢伙交給自己，奶娘戰戰兢兢地把懷裡的孩子遞過去。他的手掌很大，接過孩子後，直接撐著孩子的身體，托著小傢伙，只是小傢伙的身體還軟，不大立得住，最後永康帝沒辦法，只得把小傢伙摟在懷裡。

那副不知所措抱孩子的樣子，竟然跟晉王初次抱孩子時一模一樣。

永康帝抱了一會兒孩子，又低頭細細看了看孩子的眉眼，而且真是血脈相連，那孩子在被他抱住後，很快就咯咯笑了起來，一點都不認生，還伸手去勾他脖子上的紅繩。

那紅繩也不怎麼明顯，小傢伙的力氣很大，這一抓居然就把吊墜抓了出來。

吳曉曉都沒留意到那個東西，現在被小傢伙拽出來，她才看清楚，吳曉曉面上便露出了些許尷尬，她已經認出這吊墜，正是當初的那只求婚戒指了。

她沒想到那戒指他居然還一直留著，甚至還會隨身掛在身上……

倒是永康帝神色如常地又把那枚戒指收了回去，他的表情很平常，再面向她的時候，他淺淺笑了下，直到此時他才開口問她：「王妃身體還好？」

「調養得挺好的。」吳曉曉趕緊回道：「前幾日劉皇后還從宮裡賞了些補藥。」

她尷尬地都不敢去看他的眼睛，她都不知道他怎麼就能做到這樣坦然淡定。

幸好晉王很快就趕了過來，把永康帝領去花廳。

等永康帝走後，孩子也被奶娘接了過去，吳曉曉忙又讓奶娘把孩子抱給自己。

她嘟著嘴望著小傢伙，點著小傢伙的額頭說：「你這小調皮，好好地抓你大伯的戒指做什麼……」

小傢伙這下被逗弄了起來，非要追著她的手指抓不可。吳曉曉又氣又笑，忍不住低頭親了親小娃娃的額頭。

等了好一會兒，晉王才又重新進來，他也沒提哥哥的事兒，夫妻倆都沒說什麼，只安靜地湊在一起，笑著看床上的小傢伙，中間晉王還會擺弄著小傢伙的小胖腿。

吳曉曉看了便會拍他一下說：「別這麼逗孩子。」

幾個在內伺候的丫鬟，見他們夫妻如此恩愛，一家人其樂融融，便都輕抿著嘴，輕手輕腳放下手中的東西悄悄走出去。

走在最後面的紅梅，還特意把房門合上，室外陽光明媚，透過窗子照在三人身上，分外溫馨。

【番外一】戒指

【番外二】小世子進宮

【番外三】團圓

〔戒指〕

吳曉曉多少有些感慨，再加上山上的歲月待久了，也有些煩悶，她就跟伺候的人說了一聲，想到山下散散心。

知畫最近這段日子跟紅梅等人熟悉了，幾個小丫頭一聽說吳貴人要下山，都紛紛準備著，別的都好說，就是山下的路不大好走。

等準備妥當出發時，吳曉曉還特意讓人把她的腳踏車也一併帶上。她想重新在山裡騎騎車，這是她跟以前的世界唯一的聯繫了，只怕久了連自行車都會一併忘掉。

從君山上下來倒是不費勁，往她記憶中剛穿越來的地方趕去。

路上不大好走，走了好一會兒才到。

她身邊的人多，有護衛、丫鬟，還有宮女。

她下了轎後讓人把腳踏車牽過來，她這次出來特意換了輕便的衣服，只是騎車還是困難點，需要把裙子掀起來一些，於是吳曉曉趕緊吩咐護衛都靠邊些，不要圍得太近。

只是那些宮女們也太大驚小怪了，一見她要騎車都紛紛要過來攙扶她。

吳曉曉不得不安撫大家道：「沒事的，妳們不要擔心，都往旁邊站一點，找樹蔭乘涼一下，我不會摔倒的……」她一邊說一邊動作輕鬆地跨上車，為了顯示自己不會有事，她還踩了幾下。

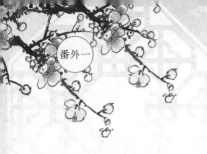

她騎車在附近晃，只是剛看到記憶中跟永康帝逃跑時摔倒敲中頭的那塊石頭，吳曉曉愣住了。

她眨巴了眨巴眼睛，往站在石頭邊的那個人使勁看過去，試圖證明自己看到的只是個幻覺。

可是那人不是幻覺，他的服飾及頭上戴的翠玉頭冠……

吳曉曉在呆愣了片刻後，很快就想明白了，這種偶遇絕對不是偶然，這種荒郊野外，一般人不會過來的。

再說這個地方太特別了，她便是在這兒遇到永康帝，多半永康帝也是跑來回憶以前的事情。

這下吳曉曉可尷尬了。其實永康帝身邊的護衛很多，只是同她一樣，他也把身邊的人都打發遠了。

她過來時，吳德榮老遠便看到她了，吳德榮讓御林軍把路讓開了些，好讓她暢通無阻地過去。

此時站在永康帝面前的吳曉曉遲疑了好半天，最後才嘆息一聲道：「陛下，謝謝您把車子還給我……」

「朕只是物歸原主。」永康帝除了最初的時候看了她一眼外，便不再看她，他的口吻也是涼涼的，沒有絲毫情緒。

吳曉曉其實心裡很緊張，連腳趾都鬱悶地蜷縮了起來，心裡想著要不要趕緊離開？

可是這樣會不會顯得太刻意了？

而且他都已經放下了，自己還這麼計較……也不好吧？

吳曉曉輕咬了下嘴唇，笑著說：「陛下，其實我是過來騎車的……等我這次騎完車後，我會把以前的事都忘掉，重新跟晉王開始……」

永康帝表情未變，淡淡地點了下頭，「既然如此，待妳騎完車，便把這輛車埋在這裡吧。」

吳曉曉沒想到他要埋她的車，小心地看了看永康帝的表情，也瞧不出個所以然來。

早知道他要埋車，她就不說那種暗示的話給他聽了。

一想到車子要被埋了，吳曉曉就心疼得不得了，想當初她可是騎著這輛車穿過來的，她很不捨。

雖然要埋葬過去，可把這麼好的車子埋掉，她怎麼想都覺得心疼，她亂哄哄地想著，以後再也沒有機會騎車了吧？

正當她出神想著這些事情的時候，忽然感覺地面好像微微顫抖了一下，不過很快又恢復了平靜。

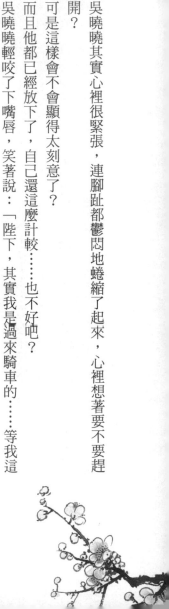

她正輕撫著車子，回憶著以前的事。

當初她穿過來時，曾騎著這輛車從一個很陡的地方衝到這條河邊，那時候的河水比現在湍急多了，當時還下著大雨。

正胡亂想著以前的事情，天空就像要配合她的回憶似的，忽然有豆大的雨點打在她的身上，她納悶地抬頭看了看天，明明出來的時候日頭好著呢，並沒有要下雨的跡象。

倒是永康帝淡淡問她：「一直沒有問妳，在你們那裡，男人若是對女人求婚都是怎麼做的？」

吳曉曉低頭咬了咬嘴唇，不大明白他的意思，可還是直說道：「一般都會送女子戒指作為定情信物。」

他淡淡點了點頭，很快從手上取下一枚有些粗的玄色戒指，天子身上沒有多餘的配飾，即便是這個戒指都與眾不同。

吳曉曉心裡納悶，只見他走了兩步來到她面前，淡淡說道：「我有中宮皇后，可朕……」永康帝的目光清淺柔和，「如果我只是平常男子，這枚戒指妳可否收下？」

吳曉曉呼吸急促了下，很快又淡定下來，為難地抬眸看向他，「陛下，不管您是誰，曉曉今生會收到的戒指只有那一枚，請陛下恕罪……」

永康帝也未說別的，只淡淡點了點頭。

說話間瓢潑大雨忽然從天而降，吳曉曉知道自己剛才的拒絕挺無情的，她不敢太刺激永康帝，便小心說道：「陛下，雨很大，您要不要離開這裡，去別的地方避避雨？」

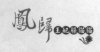

他把身邊的人都打發走了，現在那些人肯定不敢過來。他卻沒出聲，只是安靜地站著。

雨越下越大，她身上的衣服很快就濕透了，吳曉曉精疲力竭地嘆了口氣，「陛下，我想這種事是要靠緣分的……若有來世，曉曉答應陛下如何？」

雨水順著她的頭髮往下淌，衣服早都貼在身上了。

吳曉曉心裡很害怕，不知道永康帝的心裡在想什麼？即便王爺在這裡，雖然有兄弟之情作為牽絆，可是古代封建社會，向來以天子為尊，君讓臣死，臣不得不死的。若是他真的動了什麼心思，只怕不光是自己，恐怕連晉王爺也要不好了。

明明雨那麼大，她卻覺得冷汗從身體裡直往外冒，腳底發虛，有點搖晃。

到了避雨的地方，這裡是一處山凹，而且正好面對下方的一片水潭，後面則是坡度很大的山丘，雨水接連不斷下著，還有雷鳴聲響此起彼伏。

轟鳴中，吳曉曉心裡有些擔憂，忍不住用眼睛瞄他。

那枚她一直沒要的戒指，他很隨意地套在他的小手指處。

吳曉曉遲疑了下，想到什麼，「陛下，您富有四海，何苦……」

他戴著戒指的手輕輕捏起，淡淡地笑道：「第一次見到妳時便是在這樣的

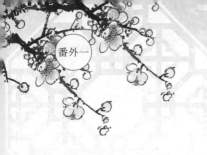

地方，好像也下了一場雨。」

他把手探出避雨的地方，雨水打在他的手上濺起微弱的水花。

吳曉曉不知道是不是她太擔憂了，只覺得地面有些微顫，就好像她的腿在哆嗦一樣，心裡納悶，便趕緊往外面看了一眼，那些遠遠避開的隨從們，不知道為何忽然不顧天子的命令，忽然瘋了似地往他們這邊狂奔過來，而且隱約在喊著什麼。

吳曉曉正要說什麼，便見身旁的永康帝忽然臉色一變，手臂一捲，便把她抱了起來，隨後便縱身往外躍去。

他的動作很快，可還是慢了一步，吳曉曉在隨著他跳出去的時候，便見之前躲雨的山凹處有無數的泥石砸了下來，好像山洪一般從高高的坡頂滾落，永康帝抱著她幾個騰挪，只是還是被碎石砸到了，讓他往水中歪了下，若是只有他一個人應該是可以避開的，可偏偏還抱著礙事的她，最終一個不察，腳底一空，他抱著她便掉到了下面的河水裡。

原本還算平靜的河面，因為有暴雨衝擊，此時早已經變得湍急，吳曉曉雖然會游泳，可是這種地方不是會游泳便能安全的，她險些嗆水，在水裡掙扎著想要抓到什麼東西。

慌亂間，倒是永康帝沉著地抓住她，安撫道：「別亂動，抓緊我。」

吳曉曉這才從水裡探出頭去，抓著他的手臂，隨著他順著水流的方向飄著，也不知道那些隨從過來了沒有，能不能追上他們？

她心裡很難過，不知道會被沖到哪裡去？

不知道過了多久水流終於緩了一些，在永康帝的幫助下，吳曉曉終於爬上岸，整個人都濕漉漉的，腳下的鞋子還被沖跑了，頭髮更是披散開，模樣狼狽不堪。

吳曉曉用手擦了擦臉上的水，往左右看了看，這裡看著很荒涼，不像是有人煙的樣子，她心裡擔憂，而且看樣子隨從護衛並沒有追上來，天氣又這麼冷，還在下著雨，也不知道這個地方危不危險？

永康帝同她一樣狼狽，除了頭髮沒沖散外，整個人也濕漉漉的。

等上了岸，若是沒下雨還能找些乾柴生火暖暖身體，如今這樣，別說生火了，連找一處乾燥的地方都不容易，她凍得嘴唇都發白了。

倒是永康帝眼力好，在雨霧中看到了微弱的燈光，估計是山裡有獵戶，他攙扶著她起來，「前面有人家，咱們過去投宿一晚吧。」

吳曉曉點了點頭，牙齒打顫，「好想喝點熱湯，好冷啊。」

沒想到話音剛落，他已經把她抱了起來。

吳曉曉一驚，趕緊掙扎著要下來，他卻冷冷道：「妳的鞋子都沖跑了，妳還想自己走？」

吳曉曉這才注意到，這裡到處都是荊棘，若光腳走過去一定很疼的，她明白地點了點頭，又有些過意不去，「陛下，這地方……您走路的時候要小心，不然很容易被劃傷的。」

這次他沒說話，只是抱著她往前走，看著那戶人家很近，可其實走路仍有段距離，吳曉曉雖然知道自己不會很重，可是這種天氣，又是抱著自己走這麼遠，最後也要變得沉甸甸了。

她幾次試圖下來，「你放我下來吧，你這樣會累倒的，而且山路一點都不好走……」

只是他沒理她，說煩了他才會低頭，冷冷道：「妳留些力氣吧。」

吳曉曉這才閉上嘴巴，心裡感激他，可又覺得這樣被動接受他的種種好意有些不好。

她的心情很微妙，不想再欠他什麼了，偏偏這次卻又欠下這麼多……

等到了那處農家，看著院門不是很富裕，牆頭上掛了一些野菜，這個時候被雨沖得七零八落的，而且也沒什麼院牆，不過是個籬笆院子。

吳曉曉知道他自幼長在宮裡，只怕不知道怎麼跟平民打交道，她便說道：「陛下，您先把我放下來，還有您身上的龍袍要脫下來，不然被普通百姓看到，一定會嚇到的，既然是過來借宿，便沒必要嚇到這些人。」

永康帝這才把她放下來，隨後脫去帶著龍紋的外袍，幸好裡面穿的是素色的衣服，倒是不顯眼。

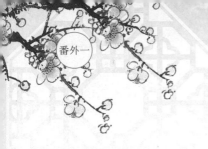

吳曉曉這才深吸口氣走到門前，抬手敲了敲院門。

沒多久便有一位五十多歲的大娘從房裡走了出來，一面走一邊說：「誰啊，大雨天還往外面跑，不怕淋病了嗎？」

一等打開院門，那大娘愣了下，顯然是被吳曉曉兩人嚇到了。

吳曉曉忙笑著說：「大娘，您別怕，我們是過路的旅客，忽然遇到山洪被沖到河裡，剛才從河裡爬上來，包裹及衣服都被沖散了，如今想過來投宿一晚……」

說完她往永康帝那看了眼，便見他也一身狼狽，一路走來，衣服早被樹葉灌木蹭髒了，頭髮也被雨水浸濕緊貼著臉頰。

除了第一次相遇外，她還是頭次見到他如此狼狽的樣子，當初在蕭城被圍攻時，他都沒有一絲慌亂，此時他的表情卻有些不同，顯得有點落寞似的。

吳曉曉有些為他難過，幾不可聞地嘆了口氣，心想眼前這情況這都是什麼倒楣的發展啊？

聽了這話，那個大娘便理所當然地以為他們是一對夫妻，在那裡直說：「欸，兩位怎麼這麼晚還出來啊？真是……快請進吧！你們還真是幸運，遇到山洪還能跑得掉。」

吳曉曉見大娘很熱情，也不想虧待了那大娘，便往身上摸了摸，可實在是身邊那麼多伺候的人，壓根不用她帶銀兩出門的，所以摸也沒摸出什麼來。

倒是永康帝想起什麼，他小手指上還套著那枚素色戒指呢，便拿出來遞給吳曉曉。

吳曉曉遲疑了下，最終無奈接過去，轉手交給那大娘道：「這個戒指便押在妳這裡，等明日我家的家丁過來找我們，自然會有別的謝禮。」

那大娘見兩人周身貴氣，哪裡敢怠慢，連忙親自迎著他們進去。

此時天色早暗了下來，大娘人很熱情，把他們迎到房內後，見他們濕漉漉的，趕緊拿了熱水給他們擦洗，弄完後，怕他們著涼，又特地生了火，讓吳曉曉他們先烘乾衣服。等做完這些後，大娘就去給他們準備飯菜了。

一等大娘出去，吳曉曉往永康帝那裡看。只見他站在原地一動不動，就連擦頭髮的動作都很機械化，他的表情還有些木然。

吳曉曉心情也有些複雜，而且太尷尬了，那大娘多半以為他們是夫妻，便理所當然地把他們安排到同一間房間，可是吳曉曉也看過了，這個地方只怕也沒多餘的房子，若是貿然說出他們不是夫妻，惹大娘側目，反倒不好了。

不過這個地方連床上的蓆子都是破破爛爛的，吳曉曉怕上面會有跳蚤蟲子，不敢靠近。

她發現永康帝倒是挺淡定的，也不說什麼，只坐在蓆子上安靜地想事情，只是他的表情有些微妙。

吳曉曉想了下，她對這位永康帝也說不上是有好感還是討厭，而且也不知道那些護衛什麼時候能找到他們，趁著大娘做飯的工夫，他們正好可以商量一下口風。

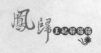

她便靠近了一些，壓低聲音道：「陛下，在這種地方我不好再稱呼您陛下，您……要不取個假名？」

「晟，我以前告訴過妳的。」他看向她的時候，目光看似清冷又透著一絲柔意。

倒是吳曉曉比他還要緊張小心，點頭道：「我明白了，那我以後叫你晟先生吧？」

他沒吭聲，她便轉過臉去，準備梳理頭髮。

等她梳理好重新轉過身時，便發現他也在重新梳理頭髮，唯一的問題就是他的頭髮很長，以前他在宮內是有專門負責的太監為他梳頭髮的。

她知道按講究來說，古代的男子在成年後都是束著髮冠，而且對古人來說梳頭髮是件很繁瑣的工作，每次都要用很長的時間去整理，她記得晉王每天早起時，都會有三個專門伺候的人過來為晉王梳理頭髮，還有一個捧著銅鏡的，前後左右地圍在晉王身邊。

那段時間她跟晉王住一起，晉王有次心血來潮，忽然把梳髮的人打發走，對她勾著手指說：「妳過來。」

她不得不過去從其中一名丫鬟的手裡接過梳子，小心地為晉王順頭髮。

平心而論晉王的髮質很不錯，梳起來全然沒壓力。

那段時間正是他們蜜裡調油的時候，她給晉王梳好頭髮後，晉王還按著她坐到椅子上，要反過來給她梳頭。

番外一

吳曉曉以前沒這麼頻繁地想起晉王，現在離開了，反倒想得越發頻繁了。

倒是此時永康帝顯得很笨拙，他的頭髮很順，從肩膀長長地垂落腰處，別看他做事穩妥，性子沉穩，可是當他跟自己的頭髮奮戰時，連吳曉曉都看得想吐血，她深吸口氣，走過去，故意福了福道：「陛下，還是讓我來吧。」

說完便接過他手中的梳子，為他梳理了起來。

平心而論，他的頭髮雖然濕漉漉的，可是漆黑柔順得很，握到手裡竟然比晉王的頭髮要柔軟一些，哪裡像個殺伐果斷的帝王，倒像個多情種子。

她梳理過晉王的頭髮，很知道怎麼打理男人的頭髮，只是她故意面無表情地梳理他的頭髮。

做了一會兒，他忽然開口說道：「妳那個世界是什麼樣的？」

「什麼樣？」吳曉曉納悶地說：「就那副樣子啊，有電視、電燈，還有汽車、火車、飛機那些，跟這裡截然不同。」

「那裡的夫妻呢，也是這樣嗎？」

吳曉曉輕笑了下，不知道該怎麼對這位帝王講現代社會的一夫一妻制，她想了想才說：「不是這樣的，雖然也是一夫一妻，可是男人不會納妾，而且也沒有什麼出嫁從夫的規矩，女人出嫁後也能自由出去工作，用不著像這裡，每次出門都要稟告丈夫。」

「真會有那樣的地方？」他目光迷離，有些不明白地搖了搖頭，「那男人和女人也不是靠三媒六聘成親的？」

「自然也不是了，大多是自由戀愛的。」說完吳曉曉想起這個世界沒有自由戀愛這個詞，便又解釋道：「便是遇到喜歡的人，會主動追求她，只要兩個人互相喜歡對方，就算雙方父母不樂意，也沒媒人，但只要到具體的地方登記就可以成為幸福的夫妻，當然婚禮還是會舉辦的，就是把雙方親友找來一起擺酒，告訴大家他們從此是一家人了，沒有現在的麻煩，也沒那麼多規矩，可是感覺比這個時代的男人與女人要幸福很多……」

也不知道她說的話，他是否能聽懂，等說完，吳曉曉便全副心神放在打理他頭髮上。

農家不像宮裡會有粗粗的蠟燭燃著，農家的油燈很小，光線也不怎麼亮，燃起來還有些味道。房間裡也不知道是不是放過獸皮，隱約還有些腥臊的味道，而且因為外面下著雨，房內也有些濕氣，好在很暖和，一旁的炭火盆還有微弱的小火苗竄著。

她很快便把他的頭髮打理好，正要轉身走開，他忽然一把拉住她的胳膊，吳曉曉渾身一僵，抬頭看他，便見他表情微妙，雙目有神地說道：「若是我能同妳一起去那個地方呢？」

「什麼？」吳曉曉嚇了一跳，忍不住回道：「可是陛下，您是天子，不能隨意離開，說這話太玩笑了，而且那地方又不是說去便能去的，若是能去的話，我早就回去了。」

「不是玩笑，若是真有那樣的地方，我同妳去的話，會是什麼樣？沒有三媒六聘，沒有妾室，只有妳和我？」他說得如此執著鎮定。

此時永康帝這樣專注地看著自己，她何德何能能讓一個皇帝這樣對自己？吳曉曉覺得自己的心都要爆開了，可是不行的，心裡早已經住進了別人，沒有辦法再喜歡他……

她遲疑地說道：「可是陛下，即便是去了那種地方，我也只會當您是一位不錯的朋友，一位非常穩重的兄長，我跟你絕對不是情人或夫妻。因為不管是在那裡還是在這裡，我都沒有喜歡過你……」

她話說得如此絕情，他的表情卻沒有立即變化，還牽著她的手，力道很大，好像不願意鬆開她一樣。

原本還覺得外面的雨聲不大，可等房間一靜下來，便覺得雨聲連成了一片，無數雨點打在樹葉上，還有房內油燈燈花爆開的聲音，都特別明顯。

她的呼吸很沉重，他的手太熱了，簡直可以燙到她，可她掙脫不了，他握得如此有力，那麼執著堅定，好像在把他生命中所有的熱情都燃燒了起來。

只是不可以……她滿腦子都是「不可以」三個字，理智不斷告訴她不要有絲毫的猶豫，因為但凡猶豫一下，傷害的便是三個人。

時間好像被無限拉長了，明明應該只是短短的一會兒時間，卻好像讓人的心臟都停止跳動一般。

他們正僵持不下時，外面做熱湯的大娘忽然一臉驚訝地跑了進來，「天啊，外面不知道為何來了好多官兵，好像在找什麼，舉著火把過來……你們是不是有什麼話沒告訴我？」

等說完話，一看見房內的兩人，那大娘心裡都暗自吃驚，剛才只覺得兩個人一身狼狽，渾身都是泥濘，此時收拾妥當，尤其是那個男人，等把頭髮都梳理好後，一種天然的貴氣讓人簡直都不敢抬頭直視。

她腳下一軟，很自然地跪了下去，嘴裡說道：「老奴有眼不識泰山，剛剛得罪了兩位，請兩位恕罪。」

吳曉曉見狀趕緊把自己的手抽了回來，安撫那位大娘道：「妳哪裡得罪了，妳剛才對我們那麼熱情，等會兒他們到了還要給妳賞賜呢。」

聽了這話，大娘才終於笑了起來，知道自己遇到好脾氣的貴人，也知道自己好心有好報，半夜收留他們會有大賞賜的。

不過一炷香的時間，那些官兵便都到了，吳曉曉一直不敢去看永康帝的表情，她怕他再說些什麼。

幸好等人過來後，他未再說過什麼話，好像剛剛一切只是她的幻覺，他又變成了那個高高在上，永遠清冷平淡的永康帝。

甚至從這間農家出去時，永康帝都沒有再看她一眼，雖然他這樣的冷淡很不好，可吳曉曉卻長吁了口氣，倒是那位大娘從御前侍衛那裡得了很多賞賜，忽然想起什麼，趕緊走過來，對著吳曉曉福了福，「貴人，老奴剛才不知道您的身分，這才收了這枚戒指……」

說完便拿出那枚做工精巧的素色戒指，正要遞給吳曉曉，吳曉曉卻笑道：

「不礙事的，這個既然給妳了，妳收住便好。」

這個戒指她是不會要的，只怕永康帝也不會收，這樣的結局最好，想到這個吳曉曉淺淺笑了笑。

下了一夜的雨，外面空氣變得清新，待太陽出來後，整個世界都被沖刷得很乾淨，鳥語花香的，綠色的樹木、藍色的天空，還有不遠處平靜的河面……

她想，她該回家了，在某個地方還有人在等著她……

〔小世子進宮〕

小世子一歲的時候被接到宮內，宮內空了這些年，至今永康帝還沒有一子半女，宮內的妃嬪寂寞得很，就連賢慧的劉皇后都耐不住了。

趁著把小世子接到宮裡的機會，幾位宮內的貴人都紛紛找了小世子要抱抱，小傢伙軟糯可愛的樣子太招人喜歡了，睜著一雙大眼睛，眨巴眨巴地看人的時候，簡直萌到能把人融化。

宮內的妃嬪沒有一個不喜歡小世子的，朝堂上早就有了這樣的議論，只是永康帝畢竟還年輕，大臣們不便說出來，可其實照這樣的情形下去，東宮一直空著，將來能繼承大統的便只有這位小世子了。

所以宮內的主子們也越發想要在小世子面前露露臉，討個好。

劉皇后原本就是個賢慧的人，現在見了小世子也母愛氾濫，再來小世子是真的討人喜歡，總喜歡笑，見到誰都不認生，只要抱在懷裡，就會瞪大眼睛對人笑。

劉皇后滿心歡喜，小心翼翼地抱著小傢伙，很快就被小傢伙笑咪咪的樣子給逗樂了。

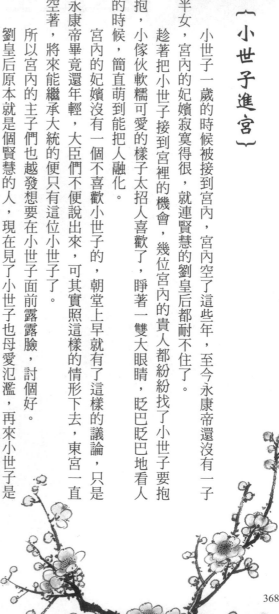

一向母儀天下的劉皇后對身邊的大宮女說道：「這孩子眉眼長得真好看，簡直像個磁娃娃，怎麼會有這麼好玩的小孩子，妳看他的眼睛多漂亮。」

那些宮女也都笑咪咪地看著，忍不住伸手做著各種怪臉或笑臉，想要逗小

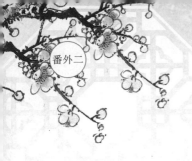

傢伙笑。

又有幾個宮女拿了些軟軟的小點心，各色粥品及湯品試著餵小傢伙。

小傢伙是來者不拒，給什麼都會張大嘴巴吃。

劉皇后怕撐著孩子，餵了幾口後連忙說：「哎呀，這孩子可真了不得，今天先餵這些吧，下次你再進宮，伯母給你準備更好吃的。」

那些吃的撤下去的時候，小傢伙也不鬧，只眨巴著大眼睛左右張望，看到好玩的就多看幾眼。

這一來二去的，宮裡的那些主子沒有不喜歡他的，等小世子被接回晉王府的時候，劉皇后跟妃嬪們就會想著法子找些好玩的、好吃的送給小世子。

而且宮裡不光是這些女主子們喜歡小世子，就連永康帝這位性情寡淡的君王，也額外寵愛這個姪子，每月都要派太監、宮女把小世子接到宮裡住上一些日子，而且進宮後的大部分時間，小世子都是由他親自帶著的。

開始只接去兩三天，晉王爺還沒事兒，可漸漸永康帝變本加厲，接到宮中的時間越來越長，到最後一接就是七八天，晉王爺終於受不了了，在王府裡同吳曉曉抱怨道：「大哥是怎麼回事？搶不過妳，現在要同我搶兒子嗎？每次都接過去那麼久，我聽宮裡的人說，他連處理政務的時候都要帶著孩子，他倒是不嫌孩子鬧……」

吳曉曉忙勸解：「王爺，你又亂想什麼呢？什麼搶來搶去的，是大哥在宮裡寂寞想找人陪而已，我早說過的，有時間你就多進宮裡去陪大哥。」

晉王爺笑了下，拍拍身邊的位置，示意吳曉曉坐到身邊，等她坐好後，便一把摟住她道：「不過這樣的話，倒是把時間留給了咱們，妳看這樣好不好，咱們再生一個孩子，不管男孩女孩，等孩子多了，咱們就讓孩子們輪流進宮去陪我大哥？」

吳曉曉笑著擋住了他遞過來的嘴唇。

夫妻兩人雖這麼笑鬧，其實做母親的哪有不想念孩子的道理，又過了兩天，吳曉曉也想孩子想得緊了，便跟王爺提了一聲想進宮去接孩子。

吳曉曉進宮的時候特意算好時間，她怕遇到永康帝，專揀著早朝的時間去的，結果趕巧了，永康帝因為偶有不適，壓根沒上朝，正在寢宮裡。

等吳曉曉到了寢宮的時候，太監通稟進去，她想再轉身回去就不妥當了，等永康帝宣她進去時，吳曉曉只得硬著頭皮進去。

這還是上次見面後，兩人頭次單獨見面，更讓吳曉曉意外的是，永康帝穿著一身常服，正抓著小世子的手教孩子怎麼握筆。

兩個人的視線一對上，吳曉曉就覺得尷尬，他們彼此間總有種說不清、道不明的思緒在裡面。

宮內靜悄悄的，只有永康帝溫和的聲音，吳曉曉很少見到他如此輕聲細語地說話，此時他全神貫注教著小世子握筆，只是孩子還小，學了一會兒小傢伙就打起了呵欠。

吳曉曉這才走過去，輕輕喚了一聲：「陛下……」

永康帝已經抱起小世子，動作輕柔地把孩子交到她懷裡。

吳曉曉趕緊伸胳膊去接，把孩子緊緊抱住。

在兩個人交孩子的時候，小世子乍一看到媽媽，先是很開心地抱著媽媽，親媽媽的臉，可隨即又跟想到什麼似地，小傢伙扭著脖子，張著粉嫩粉嫩的小手，不斷對永康帝比劃著什麼。

顯然這孩子非常喜歡大伯，在媽媽懷裡不斷伸出胳膊想要再抱抱大伯。

永康帝走近了，吳曉曉因為他走近的距離緊張了一下，幸好他只是把手指伸給小世子而已，他始終都沒有說話，眼睛也一直看著小世子。

小世子玩著大伯的手指，這孩子是個心大的孩子，又打了幾個呵欠後，小傢伙很快就睡著了，胖嘟嘟的小臉鼓鼓的，小拳頭還緊緊握著大伯的手指。

吳曉曉不得不坐下，抱著孩子哄著。

永康帝便望著沉睡中的孩子。

兩個人半天沒有說過一句話，過了不知道多久，吳曉曉終於出了聲，她的嗓子都緊繃著，努力平靜心情，輕聲勸慰著：「現在四海升平、國泰民安，殿下有空還是多出去看看吧……不然總在宮裡也是悶了一些。」

永康帝沒有出聲，只是安靜握著小世子的手指，小傢伙在睡夢中張開嘴笑著，不知道夢到了什麼好事兒，還是吃到了什麼好吃的，胖乎乎的小手握得緊緊的。

過了好一會兒，永康帝才淡淡道：「晉王會等急的，你們回去吧。」

吳曉曉心裡有點沉沉的，等出了宮門的時候，她忍不住嘆了口氣。

吳曉曉用臉貼著小世子的臉，輕聲說著：「小傢伙，以後你要多陪陪你大伯，他太寂寞了……」

等她回去的時候，晉王果然等急了，老遠便看見他正在王府門前等著呢。

不知道什麼時候天上下起了小雪，吳曉曉心裡暖暖的，雖然還有段距離，她便把轎簾掀了起來，同遠處的晉王說道：「王爺，我回來了！」

兩人的目光交融在一起，小雪還在慢慢下著，吳曉曉知道她到家了。

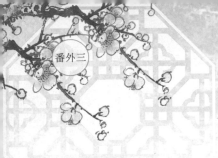

〔團圓〕

中秋節的時候，吳曉曉的肚子又有些鼓了起來，最近幾年她已經同晉王生了兩子一女，她不想再繼續生下去了，只是古代沒什麼有效的避孕手段，而且她跟晉王不斷開枝散葉，宮裡卻是一直都沒有動靜，如今東宮懸空，朝中大臣都急了，幾次上書勸著永康帝選後宮。

按宮裡規矩，到了中秋這日，怎麼也要入宮團圓的，吳曉曉少不了要帶著孩子們進宮。

等天色就要暗下來的時候，她便開始準備著參加夜宴的事。身邊的幾個小丫鬟圍著她，分別端著盛著水的銅盤、溫熱的帕子、擦得亮亮的銅鏡。

衣服依次擺開讓她挑選。鑲三色萬字曲水紋織金鍛邊真紅宮裝、煙霞紫吳錦長衣、百褶如意月裙、百花曳地裙……

她看得眼都花了，而且看哪件都好，正在遲疑間，旁邊伺候的丫鬟又把首飾匣子捧了出來，紫金飛鳳玉翅寶冠、千葉攢金牡丹首飾、紅翡翠滴珠耳環、姬柳然慧心累絲珠釵、鑲寶金龍金簪、紅翡滴珠鳳頭金步搖……

吳曉曉這下更是不知道如何挑選了，最後索性隨便指了一套顏色喜慶的說道：「不選了，就這套吧。」

那些丫鬟聽了忙為她梳洗打扮起來，等都收拾妥當了，眾宮娥眼中都露出驚豔的樣子，都說女子生了孩子後，便容易顯老，可不知道為何王妃卻是臉色越發紅潤、皮膚越發細膩了。如今打扮出來，即便是女人看了心裡都愛，都覺得她肌膚如玉、面若桃花。

吳曉曉對著鏡子照了照，覺得一切都妥帖了，她沒有遲到讓人等的習慣，便道：「既然都妥帖了，我便過去吧。」

下面的丫鬟聽了，連忙去外面準備馬車。

等上了馬車，沿路都張燈結綵的，進到宮裡的時候，更是看到巍峨的宮殿聳立著，月亮很亮，瞧得出這是個好天氣，而且中秋的時候月亮最圓，只是宮內卻沒有想像的熱鬧，如今宮內外都知道宮內子嗣艱難，到如今還沒有皇子出生，倒是她這次一次帶了三個孩子入宮，這情形便有些微妙了。

果然到了中宮時，那位看著好性子的皇后娘娘，雖然面上沒顯露出什麼，可是話裡已經隱隱帶出了嫉妒，一面笑著拉過她的孩子誇道：「真是隨著晉王長的，個個都長得這麼好，而且轉眼都這麼大了，男的俊秀，女孩漂亮，王妃真是會生，每一個都這麼好……」

吳曉曉知道中宮也為子嗣的事兒為難，如今那些大臣急得連廢后的話都說出口了，她便也淺淺地笑笑，不多說什麼。

等晚宴開始的時候，她陪坐在皇后身邊，以往宮內擺宴偶爾會在殿外擺一些，如今天冷，所以夜宴都是在殿內的。

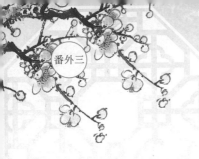

正在用御宴，吳曉曉忽然聽到外面有走動的聲音。

很快隨著一聲聖駕到，眾星捧月地走進來一個明黃色的身影，能在宮內穿這樣服飾的肯定只有萬歲爺。

吳曉曉趕緊同眾人跪拜在地行禮。倒是永康帝慢慢看去，在衣香鬢影間，他終於找到那個久違的身影，一片錦衣中，吳曉曉跪在中間，她穿著鮮亮的衣服，那明豔的顏色襯得她丰姿綽約、豔光逼人。

他一時間竟是看愣了，過了好半晌才想起什麼，淡淡道：「免禮平身。」

皇后這才帶領眾宮妃緩緩起身，吳曉曉一直低著頭，已經好久沒見過他了，尤其是在他為宮中子嗣發愁的時候，她更是一次都沒見過他。

倒是永康帝好像看到了什麼，忽然伸手說道：「到大伯這裡來。」

那孩子並不認生，他小時候就常進宮陪著大伯的，而且那麼多人怕他大伯，可他一點都不怕，他很快跑過去，小手用力牽著大伯的手指。

永康帝淺淺笑著，把世子抱到膝蓋上，衝著吳曉曉說：「怎麼好久不見妳進宮，便連小世子都不怎麼來了？」

吳曉曉不好說是要避嫌，這個時候明知道宮內缺少子嗣，她卻總讓孩子進宮，若是被有心人看到了，只怕還會說出什麼難聽話呢。

倒是永康帝看著世子漂亮的眼睛，像是想起什麼似地說道：「朕歲數大了，如今東宮懸空，不如小世子住進去好不好？這樣也能多陪陪大伯。」

小世子不懂那些，只覺著大伯是除了爸爸外，對他最好的男人，便帶著童音說道：「好啊！」

吳曉曉卻是臉色都變了，而且這話當著宮內這麼多人說，金口玉言只怕已經不能迴旋了，她明白這意味著什麼，難道她的孩子以後要繼承大統？這讓宮中的皇后嬪妃們都怎麼想？

她正這麼愣愣地跪著呢，倒是永康帝忽然說道：「晉王妃，妳同朕過來，朕有話要單獨對妳說。」

吳曉曉一臉忐忑地跟了過去，他沒有走太遠，而是去了附近的一處偏殿，周圍的隨從都被打發走了，如今偌大的偏殿內只有他們兩人。

永康帝的表情很平靜，口吻也很和緩，只是目光充滿情緒，恍若星辰墜落，帶著點點星光。

她不敢直視，心跳得厲害，這一世她虧欠了他太多，即便連一個眼神她也不敢給他。

永康帝明白她心中所想，看著她淡淡笑道：「妳別這樣，如今妳我都是這樣的年紀了，又過了這麼多年，朕已經不是當年的朕，這次叫妳過來是有事想讓妳做。」

吳曉曉這才抬起頭來，不明所以地看著他，他目光輕緩，她剛才沒敢抬頭看，所以並不知道他手上拿著一塊月餅，他輕輕把那月餅遞到她面前說：「難得這樣好的月亮，咱們一起賞月、喝茶、吃月餅怎麼樣？」

吳曉曉都要驚呆了，不是吧？讓外面的人那麼傻乎乎地等著，他們卻在這裡喝茶賞月？

吳曉曉躊躇了下，終歸是抵不住他的執著，而且也不知道晉王怎麼了，她只得坐下來，正要倒茶準備勉強陪永康帝品嘗一下，倒是忽然聽見外面傳來疾走的腳步聲，隨後晉王特有的爽朗聲音傳了過來：「皇兄，我剛聽說消息了，你啊……」

見吳曉曉也在，晉王也不說什麼，只是笑著搬了把椅子坐在吳曉曉與永康帝中間。

這樣一來吳曉曉鬆了口氣，她連忙為這兩兄弟倒上茶水，微笑著說：「既然人都來全了，大家團團圓圓的，不准抬槓、不准吵嘴，只喝茶、吃月餅、賞月怎麼樣？」

晉王明白地拍了拍她的手心，「好的。」

天上的月又圓又亮，照在人身上帶著無比柔意。

那月色迷得人都有些醉了……

（全文完）

【作者後記】

希望借著自己的筆，把創作時的感動傳達給讀者

如今讀者大大已經看完了上下兩冊全文，不論如何，在這裡要先謝謝您的支持，我會繼續努力寫出更好的作品！還有謝謝那些線上鼓勵我、為我留言的讀者，你們的熱情透過電腦螢幕讓我感受到溫暖，另外在這裡也要謝謝一直努力製作本書的編輯大大，不管是封面還是周邊都費心了。

其實每個人閱讀的初衷都很簡單，我最初喜歡上看書，沉迷在書的世界，是想在書裡得到一份感動，也因為那份感動，一直支持著我。

還記得當學生時，每天都會跑到書店找書看，有時甚至為了想多買幾本書還會省下早餐錢，以至於被媽媽發現後痛罵一頓。等上了大學，我仍舊癡心不改，日復一日地泡在圖書館裡，我甚至比圖書管理員都要清楚哪本書放在哪裡。為了能夠搶先一步找到喜歡的書，或者能夠早早借到那些熱門的書，我甚至連去圖書館的時間都卡得很准。

也不知道是什麼時候開始動筆的，一旦動起筆來就好像著了魔一樣，不管是在課堂上，還是課下時間，都會付出全部的精力寫作，現在想起來很

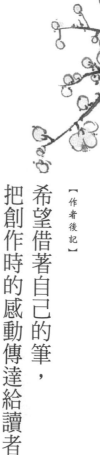

對不起當時的老師，老師大概以為我是在奮筆做筆記吧？

這是我寫的第一部古言作品，在動筆之前總有種忐忑的感覺，讀書做筆記自然是少不了的，還有和朋友的種種討論，等到真正動筆時才發現，之前討論的問題都是細枝末節，任何問題都比不上男女主角感情的發展，一旦寫到一定程度，筆下的人物就好像活了一樣，自己的文字賦予了人物生命，明明已經有了初步的構思，可是寫到一半的時候，便會發現這樣性格的女主角，會做這樣的事嗎？

於是大綱被推翻，女主角會做出更符合自己性格的事情，已經不再是我賦予文字，而是文裡的人物在牽動著我的筆，那種感覺非常奇妙，每次寫文寫到這種地步，都會覺得非常開心，也希望借著自己的筆，能把這份難得的感動傳達給那些喜歡我、支持我的讀者。

除了寫文外，我還是個喜歡旅遊的人，喜歡在閒暇時間到處去旅遊。

在寫完本書的時候，我曾經第二次拜訪黃山，第一次去的時候還是十年前，那時的我還是學生，看著略微有些發黃的照片，看著自己稚嫩的臉龐，漂亮得好像水墨畫一樣的背景，總覺著那樣美麗的黃山不去第二次的話有些可惜。

跟十年前的感觸不同，現在的黃山又開發了西海大峽谷。

那是個非常險峻的地方，我選擇了被推薦最多的路線，從上往下爬，然後再坐纜車上行。雖然早知道這樣的行程是最輕鬆的，可在真正下到西海峽谷的時候，還是被嚇到了，一個全然原始的峽谷就在自己的右邊，而唯一隔斷自己與峽谷的只有縫隙很寬的圍欄。完全不知道古人是怎麼爬到黃山上的，明明走樓梯都覺得危險，甚至有些地方完全不敢抬頭欣賞風景，只敢低頭慢吞吞地往下爬。

而且很不巧，在下到峽谷的時候，還遇到了一陣暴雨，那些雨水彙集成小溪，從峽谷間穿流。峽谷的工程師大約是早有預兆一般，在幾個很顯著的地方特意修建了儲水池一樣的東西，在躲雨的時候，我驚訝地發現那些儲水池內竟然養了很多條錦鯉。這些錦鯉常年在這種地方，完全不怕周圍的遊客，只要拿出麵包屑，很快就有大批的錦鯉圍了過來。

等雨停後，太陽很快又露了出來，黃山的天氣就是這樣神奇，就好像小孩子的臉一樣，一會兒笑、一會兒哭。

我一面走一面想著，如果是我家的女主角同男主角在這樣的地方隱居的話，不知道會住在哪裡？會武功的王爺會不會帶著女主在山林間穿梭？

如此一想，行程也變得輕鬆起來，終於到了西海溪谷的底部，抬頭往上看的時候，腦子裡又忍不住想，如果是古人打仗的話，在這樣的地方相逢該是什麼樣的場景？還有剛才的水池，如果夜深人靜的時候，有個漂亮的女子在那裡沐浴，被錦鯉環繞著，然後俊俏的將軍徒步而來……

總覺著這樣秀麗的景色，如果沒有一次浪漫的邂逅就不圓滿似的>_>

不知不覺又差點把後記寫成個人的遊記了，這都跟我喜歡旅遊，然後到處找靈感有關。每次到了漂亮的地方，總忍不住冒出奇奇怪怪的想法，比如去上海的時候便會想，在這樣的燈紅酒綠映襯下，不知道有多少人誤入浮華，兜兜轉轉的尋找著真愛……

在平時生活裡，我是個非常癡迷文字的人，不知多少次關上電腦準備休息的時候，忽然想起某個地方寫的不對，或者某個地方表達的不精準，我都會立刻重新打開電腦。現在想起來都覺著自己固執得可怕，明明那是一段很冷清、很難熬的日子，可是憑著這份堅持，一直讓我努力上進，這才有了現在的我。

在這裡要謝謝一直支持我的老公，還有我家乖乖的寶寶，謝謝你們的支持。不管是夜裡劈里啪啦的打字聲音，還是忽然想起什麼打開燈，老公從來都沒有抱怨過什麼，讓我能夠一直繼續自己的夢想。

本書到這裡就要結束了，謝謝您的支持，希望還有機會讓我繼續同您在書裡相遇。熱愛寫作、熱愛生活的金大在這裡衷心的說一聲：您的支持，是我努力的前進的動力⊃_⊃

我會繼續努力加油的！

金大

綺思館
晴空強檔新書
戀愛吧！一切的不可理喻都好可愛
舞青蘇
夜貓公子愛捉鼠
清楓聆心／著
卷一
光棍節之宅男穿越遇到愛！
夜貓子神探VS.小老鼠騙子，
在夜色中畫出撲朔迷離、動人心弦的戀愛繪卷！
《掌事》《御宅》人氣作者清楓聆心，
費時一年精心打造的全新作品，實體書獨家首發！
晴空
更多精彩書介與活動請上
「晴空萬里」部落格：http://sky.ryefield.com.tw

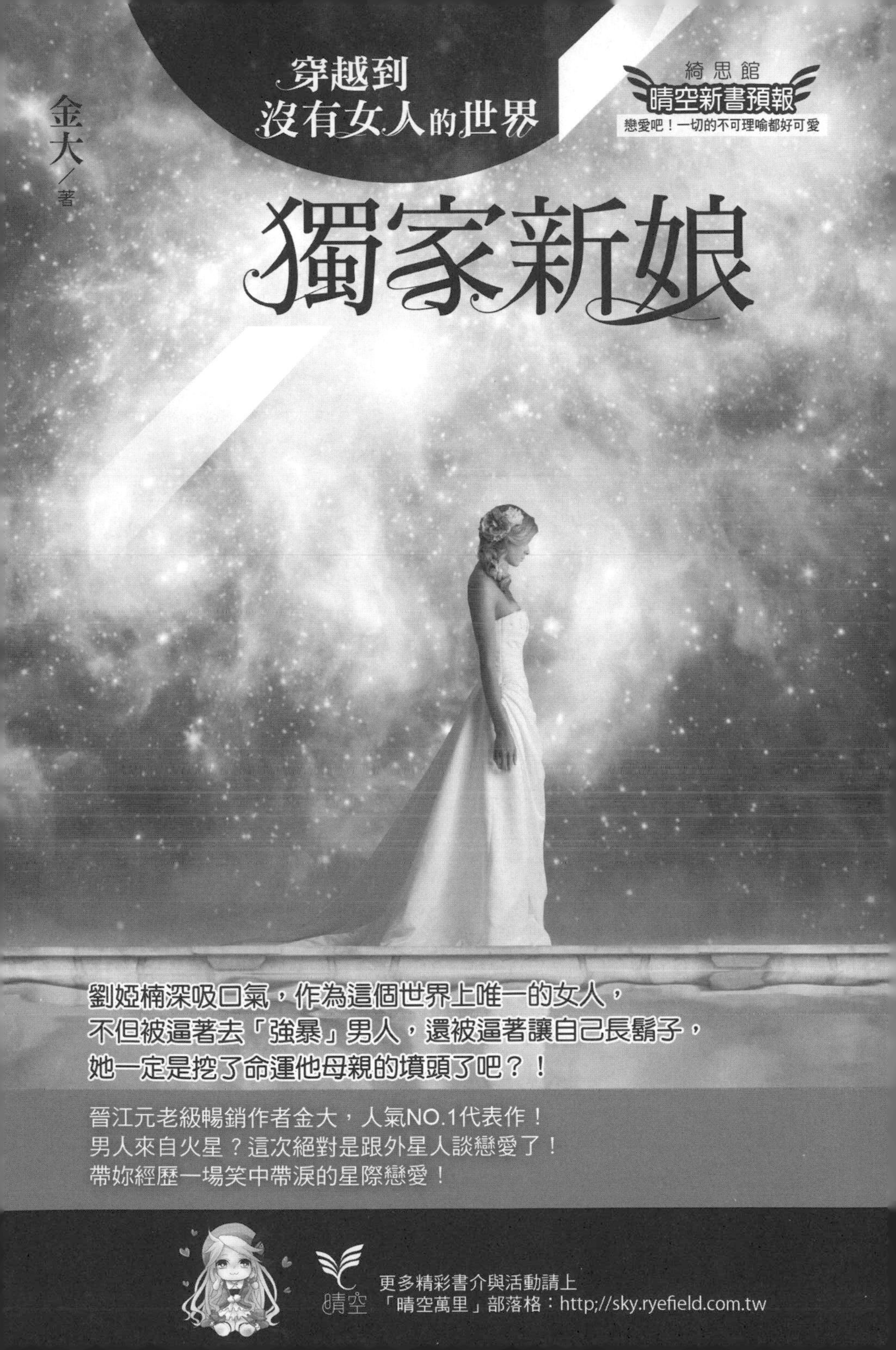
穿越到
沒有女人的世界
金大／著
綺思館
晴空新書預報
戀愛吧！一切的不可理喻都好可愛
獨家新娘
劉婭楠深吸口氣，作為這個世界上唯一的女人，
不但被逼著去「強暴」男人，還被逼著讓自己長鬍子，
她一定是挖了命運他母親的墳頭了吧？！
晉江元老級暢銷作者金大，人氣NO.1代表作！
男人來自火星？這次絕對是跟外星人談戀愛了！
帶妳經歷一場笑中帶淚的星際戀愛！
晴空
更多精彩書介與活動請上
「晴空萬里」部落格：http;//sky.ryefield.com.tw

綺思館026

鳳歸：王妃躲貓貓〔卷二〕（完）

國家圖書館出版品預行編目資料

鳳歸：王妃躲貓貓/ 金大著. -- 臺北市 ：晴空出版
: 家庭傳媒城邦分公司發行,
2015.12
 冊； 公分. --（綺思館025）
ISBN 978-986-92184-7-4（2冊：平裝）

857.7 104019208

作　　者　金大
封面繪圖　MOON
文字校對　劉綺文
責任編輯　高章敏
國際版權　吳玲緯
行　　銷　艾青荷　蘇莞婷
業　　務　李再星　陳玫潾　陳美燕　枒幸君
副總編輯　林秀梅
副總經理　陳瀅如
編輯總監　劉麗真
總 經 理　陳逸瑛
發 行 人　凃玉雲
出　　版　晴空
城邦文化事業股份有限公司
104台北市中山區民生東路二段141號5樓
電話：（886）2-2500-7696　傳真：（886）2-2500-1967
E-mail：bwps.service@cite.com.tw
發　　行　英屬蓋曼群島商家庭傳媒股份有限公司城邦分公司
104台北市中山區民生東路二段141號2樓
書虫客服服務專線：(886)2-2500-7718；2500-7719
24小時傳真服務：(886)2-2500-1990；2500-1991
服務時間：週一至週五09:30-12:00；13:30-17:00
郵撥帳號：19863813　戶名：書虫股份有限公司
讀者服務信箱E-mail：service@readingclub.com.tw
晴空部落格　http://sky.ryefield.com.tw
香港發行所　城邦（香港）出版集團有限公司
香港灣仔駱克道193號東超商業中心1樓
電話：852-2508-6231　傳真：852-2578-9337
E-mail：hkcite@biznetvigator.com
馬新發行所　城邦（馬新）出版集團【Cite(M)Sdn. Bhd.(45832U)】
411, Jalan 30D/146, Desa Tasik,Sungai Besi, 57000 Kuala Lumpur, Malaysia.
電話：(603) 9056-3833　傳真：(603) 9056-2833

美術設計　陳涵柔
內頁排版　洸譜創意設計股份有限公司
印　　刷　沐春行銷創意有限公司
初版一刷　2015年12月
定　　價　260元
I S B N　978-986-92184-7-4